서정과 생명의 시학

이 도서의 국립중앙도서관 출판예정도서목록(CIP)은 서지정보유통지원시스템 홈페이지(http://seoji.nl.go.kr)와
국가자료공동목록시스템(http://www.nl.go.kr/kolisnet)에서 이용하실 수 있습니다.(CIP제어번호: CIP2015025436)

# 서정과
# 생명의 시학

오세영 · 맹문재 엮음

푸른사상
PRUNSASANG

蘭

바람 불어도 눕지않는  細葉風蘭
그러나 문득 노을빛에
　　속눈썹 적시는
　　情 깊은 노래가슴

2012 壬辰年 초여름　　金后蘭

김후란 시인의 자화상

1948년 부산사범병설중학교 2학년 때 거제동 소재 철도관사 35호에서 찍은 가족사진(뒷줄 오른쪽)

1974년 신석초 시인과 함께

1967년 12월 문인들 송년의 밤
왼쪽부터 시계 방향으로
신석초 시인, 조연현 평론가,
이종환 소설가, 김후란 · 김수영 ·
성춘복 · 이형기 · 박재삼 시인

2009년 문단 등단 50년 기념 심포지엄과 '님 시인상' 시상식을 마치고

# 진실의 시와 시인

1

이 책의 연구 대상인 김후란 시인은 1960년 『현대문학』을 통해 작품 활동을 시작한 이후 첫 시집 『장도와 장미』를 비롯해 총 열두 권의 개인 시집을 간행했다. 또한 장편 서사시 「세종대왕」을 집필했고, 시극 「비단 끈의 노래」를 창작해 무대 위에 올리기도 했다. 1963년부터는 '청미동인 회(靑眉同人會)'를 만들어 동인지를 지속적으로 발간했고, 시화전 및 시 낭송 등으로 시 운동에도 적극적이었다.

시인은 시 작품뿐만 아니라 수필과 동화의 창작에도 열정을 보였다. 『너로 하여 우는 가슴이 있다』 등 20권의 수필집과 『덕이』 등 네 권의 동 화집을 간행했다. 이외에도 영역 시집 *A Warm Family*(따뜻한 가족), 일 역 시집 『빛과 바람과 향기』, 시 전집 『사람 사는 세상에』, 시 선집 『오늘 을 위한 노래』 『존재의 빛』 등을 간행했다.

또한 시인은 남성 못지않은 사회 활동을 보였다. 월간 교양지인 『새 벽』의 기자를 비롯해 『한국일보』 『서울신문』 『경향신문』 문화부 기자, 『부 산일보』 논설위원 등 23년간을 언론계에 몸담았다. 뿐만 아니라 한국여 성개발원 원장, 제6차 경제사회발전 5개년 계획 여성개발부문위원회 위 원장, 세계 여성대회에 비정부단체(NGO) 대표단 단장, 방송광고공사 공익자금관리위원회 위원장, 간행물윤리위원회 윤리위원 및 교양분과 심의위원, 문화방송재단 방송문화진흥회 이사, 서울시 명예시민증수여(외국인) 심사위원, 한국여성문학인회 회장, '생명의 숲 국민운동' 이사장, 자연을 사랑하는 '문학의 집·서울' 이사장, 성숙한 사회 가꾸기 모임 공동대표, 한국문학관협회 회장, 문화체육관광부 올해의 예술상과 훈장 심사위원장 등을 역임했다.

시인은 다양한 사회 활동을 하면서도 시 쓰는 일을 결코 소홀히 하지 않았다. 남다른 활동으로 사회적 지위나 명예를 가질 수 있었지만, 시인의 길을 흔들리지 않고 걸었다. 시인의 길을 운명으로 또 생의 목표로 삼고 걸어온 것이다. 그러므로 김후란 시인은 1960년대 이후의 한국 시문학사에서 여성시를 이끈 문인으로 평가하고 그의 시세계를 주목할 필요가 있다.


2


이 책은 총 4부로 구성되었다. 제1부는 김후란 시인의 전체 시세계를 다룬 글들이고, 제2부는 김후란 시인의 첫 시집부터 제12시집까지를 살핀 글들이다. 그리하여 제1부는 주제론으로, 제2부는 작품론으로 정하고 해당하는 글들을 모아 수록했다. 제3부는 김후란 시인의 면모를 그린 시인론이고, 제4부는 김후란 시인과 후배 문인들이 나눈 대담이다.

제1부에는 유종호, 이태동, 김주연, 이건청, 김재홍, 한영옥, 구명숙, 김석준, 홍용희, 이경철, 맹문재의 글을 수록했다.

유종호는 「서정의 기품과 소통」에서 김후란 시인이 일관되게 추구한 시세계를 두 가지로 정리하고 그 의의를 부여했다. 난해시로 경사되기 쉬운 시대의 유혹에 넘어가지 않고 독자들과 소통하려는 시작법을 견지한 점과, 인류의 보편적인 가치인 자연 사랑과 생명 존중 및 인간 존중의 사상을 추구한 점을 부각시킨 것이다.

이태동은 「내면 공간의 확대와 미학적 현현(顯現)」에서 실존주의 관점으로 김후란 시인의 시세계를 조명했다. 시인이 사물을 인간과의 관계로 인식하고 그것의 내면적인 공간을 예리한 감각을 통해 실존적인 차원으로 확대시킨 점을 주목한 것이다.

김주연은 「서정, 자연에서 신(神)을 노래하다」에서 김후란 시인의 시가 자연과 함께하는 서정시의 본질을 보여주었다고 평가했다. 단순히 자연을 예찬하거나 자연과 정서적 동화를 추구한 것이 아니라 자연에 대한 깊은 관찰과 인식으로 서정시의 본질을 획득했다고 본 것이다.

이건청은 「정제된 부드러움의 시」에서 김후란 시인의 시에는 자신의 존재 가치를 수호하려는 완강한 정신이 버티고 있음을 발견했다. 김후란 시인의 절대적 미(사랑)의 세계가 외부로부터 주어진 것이 아니라 자기 시련과 단련을 통해 획득된 것으로 파악한 것이다.

김재홍은 「생명과 사랑의 시, 희망과 평화의 시학」에서 김후란 시인의 시세계를 생명과 사랑의 정신, 희망과 평화의 철학으로 보았다. 생명 사상을 토대로 사랑의 철학을 형성하고 인류사적 보편성으로 확대해 어둠에서 밝음으로, 슬픔에서 기쁨으로, 절망에서 희망으로 나아간 시인의 신념을 주목한 것이다.

한영옥은 「'존재의 빛'을 향한 경건한 여정(旅程)」에서 김후란 시인의 시 세계가 자연과 인간의 생명력을 존재의 빛으로 탐사한 것으로 보았다. 뜨겁고도 겸허한 시선으로 목숨이면서 동시에 목숨을 이루는 힘이기도 한 존재를 추구한 시인의 시세계에 주목한 것이다.

구명숙은「김후란 시에 나타난 '가족'의 의미와 현실 인식」에서 김후란 시인의 시가 모성과 가족애를 통한 생명과 사랑을 노래하고 인류 사회의 평화와 희망을 지향했다고 평가했다. 모성애를 사회적 의미로 확장시키고 존재론적 성찰로 긍정적인 현실 인식을 나타낸 면을 부각시킨 것이다.

김석준은「시간의 무늬 혹은 사랑으로 쌓은 언어의 집」에서 시간, 역사, 뮤즈 등의 관점으로 김후란 시인의 시세계를 고찰했다. 삶의 흔적들을 영원으로 위치시키고, 화해와 긍지와 사랑의 역사의식을 견지하고, 시의 여신을 유혹하여 삶과 일치시킨 면을 발견한 것이다.

홍용희는「'오늘'의 진정성과 충만한 영원」에서 김후란 시인의 시가 선형적이고 직선적인 시간이 아니라 '지금, 여기'를 내세우는 실존적인 시간관을 내세우고 있다고 파악했다. 사랑과 평화와 포용의 정서를 내포하고 긍정의 힘과 삶의 충일감을 준다고 본 것이다.

이경철은「시를 읽고 먹고 만인의 가슴속에 꽃피우는 김후란 시인」에서 김후란 시인의 작품들이 개인적인 정한의 그리움과 사랑을 노래하면서 사회성을 껴안은 것은 물론 우주적으로 확산시켜 시대에 함몰되지 않는 서정시를 획득했다고 평가했다.

맹문재는「존재의 심화와 확대」에서 김후란 시인의 시세계는 자기 존재를 심화하고 확장하는 것으로 파악했다. 작품 활동의 시기를 1960년대, 1970년대부터 1990년대까지, 21세기 이후 등 세 단계로 나누어 살펴보면서 시인이 일관되게 추구한 존재의 시학에 주목한 것이다.

제2부에는 김후란 시인의 첫 시집부터 제12시집까지의 작품 세계를 살핀 고영섭, 이가림, 김재홍, 김현자, 정한모, 오승희, 신진숙, 최동호, 오세영, 최호빈의 글을 차례로 수록했다.

고영섭은「가시와 칼날 혹은 미(美)와 미소」로 김후란 시인의 등단작과 첫 시집의 세계를 살폈다. 신석초 시인에 의해 1959년부터 1960년까지『현대문학』에「오늘을 위한 노래」(1회),「문」(2회),「달팽이」(3회) 등이 추천되어 작품 활동을 시작한 상황을 자료를 통해 살핀 뒤 시인의 시세계를 사랑의 완성과 구원의 성취로 보았다.

이가림은「향기로운 포도주 맛의 시」로 김후란 시인의 제3시집『어떤 파도』를 소개했다. 생의 찬연한 자취를 화사한 시적 이미지로 분장시켜 보여주었을 뿐만 아니라 현실 참여에까지 관심을 넓힌 면을 주목했다.

김재홍의「사랑과 평화의 시」는 김후란 시인의 제4시집『눈의 나라 시민이 되어』를 해설한 글이다. 시인의 시세계를 내면적인 면에서 깨달음과 반성을 통한 자기 발견과 구원의 과정으로, 외면적인 면에서 사랑의 실천과 평화의 지향으로 파악했다.

김재홍의「삶에 대한 존재론적 성찰」은 김후란 시인의 제7시집『우수의 바람』을 해설한 글이다. 김후란이 시인이 추구해온 사랑과 평화의 정신이 지속되고 있음을 파악하면서 존재론적 성찰 또한 추구하고 있음을 발견하고 그 진지한 모색에 의미를 부여했다.

김현자 역시「바람의 영속성과 내면적 탐구」로『우수의 바람』을 살폈다. 김후란 시인의 시들이 억압과 해방이라는 바람의 이중적인 속성을 삶의 양면성과 연결시켜 사랑을 회복했다고 보았다.

정한모는「문화적인 치적과 인간 면모 시적으로 승화시켜」로 김후란 시인의 서사시『세종대왕』을 소개했다. 세종대왕의 치적만을 그리지 않고 인간적인 면모를 부각시켜 현실감을 획득했을 뿐만 아니라 장시의 관념성도 극복했다고 평가했다.

오승희 역시「삶, 그 위대성과 강인함」으로『세종대왕』을 소개했는데 역사적 사실에 충실하면서도 시적인 형상화로 새로운 서사시의 가능성을 보였다고 평가했다. 또한 서시를 비롯해 초장, 중장, 종장으로 구성한 서사시의 형식을 시조의 형식으로 해석했다.

신진숙은 「서정의 지평과 주체」로 김후란 시인의 제10시집 『따뜻한 가족』을 살폈다. 시인의 시세계를 가족, 사라짐, 숲 등으로 조명하면서 서정의 깊이를 획득했다고 보았다.

최동호의 「빈 의자와 생명의 빛」은 김후란 시인의 제11시집 『새벽, 창을 열다』를 해설한 글이다. 연작시 「빈 의자」를 비롯해 작품들에 나타난 생명의 깃털, 지혜의 눈, 우주적 상상력 등에 주목하면서 침착한 어조와 담백한 언어로 진지한 서정의 시세계를 이루었다고 평가했다.

오세영은 「빛과 음악이 짜아올린 영원의 공간」으로 김후란 시인의 제12시집 『비밀의 숲』을 살폈다. 시인의 시세계가 자연의 탐구 및 사랑의 정신을 형상화한 것으로 보고, '별'을 소재로 한 작품들에서 공간성과 시간성이 일원화된 면을 주목했다.

최호빈 역시 「약동하는 자연과 생명적 상관물」로 『비밀의 숲』을 소개했다. 김후란 시인의 시세계에서 삶과 결합해 있는 자연의 근원적인 생명력을 발견한 것이다.


제3부에는 김후란 시인을 그린 성춘복, 이현재, 문효치, 이길원, 김선영, 서정자, 정호승, 이승희의 글을 수록했다.

성춘복은 「청동그릇 같은 무게의 시인」에서 김후란 시인이 격조 높은 시 창작의 성과를 이루었을 뿐만 아니라 시인으로서의 품위와 사랑과 의지를 지녔다고 소개했다.

이현재는 「김후란과의 '감성대화'」에서 김후란 시인의 「바람고리」를 읽은 소감을 전하며 인간의 유한성을 의식하고 생명의 광채를 사랑한 시인의 시세계에 주목했다.

문효치는 「생명 신비의 탐구」에서 김후란 시인이 풀꽃 같은 작은 생명에도 깊은 성찰과 사랑으로 생명의 신비와 존엄성을 품고 동행하는 면을 발견했다.

이길원은 「영혼이 맑은 시인」에서 김후란 시인이 남의 흄을 보지 않을 정도로 인품을 갖추었고 젊은이 못지않은 건강과 열정을 지녔다고 소개했다.

김선영은 「존재의 빛으로 우주와 소통하는 시인」에서 김후란 시인이 수많은 직함을 가졌으면서도 시인의 길을 이탈하지 않고 열정적으로 작품 활동을 해온 점을 주목했다.

서정자는 「나에게 시를 가까이하게 한 시인」에서 박화성, 나혜석을 비롯한 여성 작가들을 연구할 수 있는 기회를 준 김후란 시인을 소개했다.

정호승은 「'회사후소(繪事後素)'의 시인 김후란」에서 『논어』의 「팔일」 편에 나오는 회사후소를 설명하면서 김후란 시인에게 인격을 갖춘 뒤에야 좋은 시를 쓸 수 있음을 배웠다고 밝혔다.

이승희는 「시인으로 살아가는 일의 행복」에서 김후란 시인과 나눈 문학과 삶에 대한 대담을 바탕으로 우리의 삶을 이해하는 가장 아름다운 방법 중의 한 가지가 시문학이라는 사실에 동의했다.

제4부에는 김후란 시인과 조병무, 김광협, 김재홍, 최준, 김인육, 정진혁 등이 나눈 대담을 수록했다.

조병무와 나눈 「이슬을 진주로 만드는 자연 사랑의 시인」에서는 문화적이었던 부모님과의 어린 시절, 허난설헌의 뒤를 이어 훌륭한 시인이 되라는 뜻을 담은 필명 '후란(后蘭)', 영향 받은 박두진의 「해」와 릴케의 작품들, 간행한 수필집들, 가톨릭 영세, 청미동인회 활동 등을 들려주었다.

김광협과 나눈 「시 쓰는 마음으로 일하고 사랑하며」에서는 서울에서 태어나 안양으로 부산으로 다시 서울로 이사를 다닌 과정, 학창 시절 문예반 활동, 결혼과 자녀 교육,『한국일보』 등의 기자, 한국여성개발원 원장,『너로 하여 우는 가슴이 있다』 등의 수필집, 정치인으로 외도하지 않고 시인의 길을 걸어온 사실 등을 들려주었다.

김재홍과 나눈 「나의 문학, 나의 시작법(詩作法)」은 김후란 시인의 등단 25주기를 기념해서 마련한 것이다. 시인으로의 등단 과정, 첫 시집 『장도와 장미』를 비롯해 간행한 시집들, 장편 서사시 『세종대왕』 등을 소개하면서 시 창작의 사상성과 예술성의 조화를 강조했다.

최준과 대담한 「문학의 숲을 가꾸는 사람」에서는 우리나라 문학의 집 1호인 '문학의 집·서울'을 건립하게 된 동기와 과정, 산림문학관의 시설과 행사 등을 전했다. 아울러 시는 결코 소멸하지 않을 것이라는 열정을 내보였다.

김인육과 대담한 「시를 먹이는, 시를 꽃피우는, 숲과 나무의 시인」에서는 서울대학교 명예졸업, 현대시박물관이 제정한 제1회 '님' 시인상 수상, 교육자가 되고 싶었던 꿈, 여성개발원에서의 역할, 자전적 동화 『덕이』 출간 등을 들려주었다. 또한 문학은 자신의 이름을 걸고 세상과 소통하는 것이기에 자기 작품에 책임을 져야 한다고 강조했다.

정진혁과 나눈 「외유내강의 아름다움」에서는 구상 시인과의 인연, 첫 시집에 대한 애정, 시집 『따뜻한 가족』에서 추구한 가족의 의미, 여성으로서 창작 활동과 가정생활을 병행하는 데 따른 애로사항, "좋은 시는 그 가장자리에 침묵을 거느린다"는 폴 발레리의 말 등을 들려주었다.


3


김후란 시인의 시세계를 고찰한 글들을 읽고 난 뒤 떠오른 단어는 '진실'이었다. 일관성, 신념, 열정, 품위, 겸양, 진지함, 긍정 등의 단어도 떠올랐다. 그 단어들은 마치 '김후란 시인'이라는 나무에 열린 열매들 같았다. 정갈하면서도 기품이 있고 단단한 열매들……. 온갖 모순과 기만이 횡행하는 세태 속에서도 색깔이 변하거나 크기가 줄어들거나 기운이 위축되지 않을 열매들…….

> 시인이 시를 쓴다는 것은 시적 진실을 추구하고 삶의 진실을 구현하려는 것이라고 생각해요. 시의 진실과 시인의 진실은 별개의 것이 아닙니다.
>
> ―「나의 문학, 나의 시작법」 부분

김재홍 문학평론가와 나눈 대담에서 김후란 시인은 "시의 진실과 시인의 진실은 별개의 것이 아닙니다"라고 밝혔다. 시는 근본적으로 휴머니즘을 추구하는 것으로 인식한 모습이다. 휴머니즘은 추상적이거나 순수한 개념이 아니라 인간을 중심으로 하는 구체적이고도 역사적인 개념이다. 따라서 휴머니즘은 인간다운 삶을 지향하는 데 방해가 되는 대상들에 맞선다. 김후란 시인은 그 길이 선하고 아름답고 예술적이고 그리고 인간적이라고 여기고 추구해왔다. 김후란 시인의 시세계가 이 책을 통해 더욱 심도 있게 고찰될 수 있기를 기대한다.

귀중한 글을 주신 필자 분들과 책을 만드느라고 애쓴 푸른사상사에 깊은 감사의 인사를 드린다.

2015년 8월
엮은이들

**차례**

책머리에  진실의 시와 시인 · 7


제1부

# 주제론


유종호  서정의 기품과 소통                                           23

이태동  내면 공간의 확대와 미학적 현현(顯現)                        29

김주연  서정, 자연에서 신(神)을 노래하다                             51

이건청  정제된 부드러움의 시                                        63

김재홍  생명과 사랑의 시, 희망과 평화의 시학                        73

한영옥  '존재의 빛'을 향한 경건한 여정(旅程)                         93

구명숙  김후란 시에 나타난 '가족'의 의미와 현실 인식                 105

김석준  시간의 무늬 혹은 사랑으로 쌓은 언어의 집                    127

홍용희  '오늘'의 진정성과 충만한 영원                               145

이경철  시를 읽고 먹고 만인의 가슴속에 꽃피우는 김후란 시인          157

맹문재  존재의 심화와 확대                                          173

제2부

# 작품론

고영섭 가시와 칼날 혹은 미(美)와 미소  185

이가림 향기로운 포도주 맛의 시  201

김재홍 사랑과 평화의 시  207

김재홍 삶에 대한 존재론적 성찰  221

김현자 바람의 영속성과 내면적 탐구  239

정한모 문화적인 치적과 인간 면모 시적으로 승화시켜  245

오승희 삶, 그 위대성과 강인함  251

신진숙 서정의 지평과 주체  259

최동호 빈 의자와 생명의 빛  273

오세영 빛과 음악이 짜아올린 영원의 공간  287

최호빈 약동하는 자연과 생명적 상관물  295

제3부

# 시인론

성춘복  청동그릇 같은 무게의 시인                                307

이현재  김후란과의 '감성 대화'                                   311

문효치  생명 신비의 탐구                                        315

이길원  영혼이 맑은 시인                                        319

김선영  존재의 빛으로 우주와 소통하는 시인                        323

서정자  나에게 시를 가까이하게 한 시인                           327

정호승  '회사후소(繪事後素)'의 시인 김후란                        335

이승희  시인으로 살아가는 일의 행복                             341

제4부

# 대담

김후란 · 조병무  이슬을 진주로 만드는 자연 사랑의 시인            351

김후란 · 김광협  시 쓰는 마음으로 일하고 사랑하며              371

김후란 · 김재홍  나의 문학, 나의 시작법(詩作法)               385

김후란 · 최  준  문학의 숲을 가꾸는 사람                    401

김후란 · 김인육  시를 먹이는, 시를 꽃피우는, 숲과 나무의 시인      411

김후란 · 정진혁  외유내강의 아름다움                       429


시인 연보                                           437

발표지 목록                                         445

찾아보기                                           449

필자 소개                                          455

# 제1부

# 주제론

유종호

# 서정의 기품과 소통

## 김후란의 시세계

시력(詩歷) 50여 년에 열두 권의 시집을 상재한 바 있는 김후란(金后蘭) 시인은 2012년에 자선 시집 『존재의 빛』을 선보였다. 전통적 한지에 활판인쇄로 된 이 중후한 시선집에는 100편의 정선된 시편이 수록되어 있다. 3부로 구성되어 있는데 제1부에는 초기의 풋풋한 인생 관조 시편, 제2부에는 존재론적 심층 추구와 자연 사랑의 시편, 제3부에는 인간관계의 소중함과 생명 존중 사상을 주조로 한 시편이 모여 있다고 시인은 토로하고 있다.

시인의 술회와 관계없이 이 시선집의 독자들은 초기 시편부터 공자가 "하고 싶은 대로 하여도 규범을 넘지 않게 되었다"는 연치를 훨씬 넘어서게 된 시절의 시편에 이르기까지 일관되게 유지된 몇 가지 특징을 발견하게 된다. 이 특징들은 그대로 이 시인의 시세계에 접근할 때 아주 유효한 참조 사항이 되어주리라고 생각한다.

첫째 난해시로 경사하기 쉬운 당대의 일반적 풍조와 달리 그러한 유혹에 넘어가지 않고 직정 언어의 호소력으로 독자와 소통하려는 시법(詩法)을 견지했다는 사실을 지적할 수 있다. 자기 개성에의 충실을 도모하는 젊은 시인들은 흔히 난해성이란 벽에 부닥치게 된다. 개성에 충실하려 할 때 사회적인 것과는 거리가 멀어지게 마련인데 본시 언어는 사회적인 것이어서 개성적인 것을 희석시키거나 훼손한다. 이 과정에서 자기 개성에의 집착은 난해성이란 결과를 낳는다. 개성적인 것과 사회적인 것의 조화를 통해서 원만한 소통이 가능하지만 그것은 쉽게 이루어지지 않는다. 반복적인 조율을 통해서 기약될 수 있는 원활한 소통을 시인은 일관되게 추구하고 추구해왔다.

> 생애 끝에 오직 한 번
> 화사하게 꽃이 피는
> 대나무처럼
>
> 꽃이 지면 깨끗이 눈감는
> 대나무처럼
>
> 텅 빈 가슴에
> 그토록 멀리 그대 세워놓고
> 바람에 부서지는 시간의 모래톱
> 벼랑 끝에서 모두 날려버려도
>
> 곧은 길 한마음
> 단 한 번 눈부시게 꽃피는
> 대나무처럼.
>
> ―「소망」 전문

일관된 사랑의 희구를 노래한 이 시편에서 '멀리 세워놓은 그대'와 죽기 전 단 한 번 핀다는 대나무 꽃을 연결하지 못할 독자는 없을 것이다. 그러나 시인이 그 접속을 완결하는 과정은 결코 손쉬운 과정은 아니다.

중요한 것은 후기 작품에 보이는 이러한 원활한 소통이 초기 작품에서 부터 시종 추구되어 벗어남이 없다는 사실이다. 가령 이 시선집 첫머리에 보이는 세 개의 「장미」 시편과 후기 시편인 「소망」을 비교해보라. 그러한 완강한 고집이 없었다면 시인의 시세계는 성취되지 못했을 것이라는 추정이 가능할 것이다.

둘째, 인류의 보편적인 추구 사항이자 과제인 자연 사랑이나 생명 존중 및 인간 존중 사상의 표출에 주력하면서 일탈이 없었다는 것을 지적할 수 있다. 이러한 보편적 추구 사항은 자칫 판에 박힌 관용구로 떨어질 위험성을 항시 안고 있다. 도처에서 많은 사람들이 같은 목소리를 낼 때 그것은 거리의 요란한 함성처럼 들릴 공산이 크다. 그리고 쉽게 상투적인 말씨나 어조로 떨어질 개연성이 높다. 그러한 위험성으로부터 자유롭기 위해서는 시인 독자의 격조나 기품이나 음정을 보여주어야 한다는 것은 자명하다.

> 거치른 밤
> 매운 바람의 지문이
> 유리창에 가득하다
> 오늘도 세상의 알프스 산에서
> 얼음꽃을 먹고
> 무너진 돌담길 고쳐 쌓으며
> 힘겨웠던 사람들
> 그러나 돌아갈 곳이 있다
> 비탈길에 작은 풀꽃이
> 줄지어 피어 있다
> 멀리서
> 가까이서
> 돌아올 가족의 발자국 소리가

피아니시모로 울릴 때
집 안에 감도는 훈기
기다리는 사람이 있다.

─「가족」 전문

"세상의 알프스 산에서/얼음꽃을 먹고/무너진 돌담길 고쳐 쌓으며/힘겨웠던 사람들"이란 빼어난 그러나 낯설지 않은 대목을 독자들은 쉬 잊지 못할 것이다. 평범한 사항이나 소재를 소화해서 성공적인 시편으로 올려놓는다는 것은 쉬운 일이 아니다. 아마 가장 어려운 일일지도 모른다.

우리는 가족이나 가정을 단순한 생물적, 경제적 단위로 생각하기 쉽다. 그러나 그 못지않게 가족은 교육적 단위이며 심정적 정서적 연대의 단위이다. "아비 없는 후레자식"이란 우리의 전래적 속담은 가족이 교육 단위임을 상기 시킨다. "시어머니 죽을 때는 좋더니만 보리방아 물 부으니 생각난다"란 전래 민요는 가족이 경제적 단위임을 보여준다. 그러나 가족이나 가정이 심정적 정서적 연대 단위임을 보여주는 민요나 속담은 별로 없다. 왠지 그것은 고리타분한 얘기여서 유교 경전이나 공자 맹자에게 맡겨둘 고인(古人)의 전담 사항이라는 선입견이 작용했기 때문인지도 모른다.

그러나 우리가 일상에서 실감하듯이 가족은 심정적 정서적 연대의 단위로서 인간 생활에서 막강한 중요성을 가지고 있다. 세상의 알프스로부터 돌아갈 수 있고 기다리는 사람이 있는 가족처럼 소중한 것이 어디또 있을 것인가? 일상의 평범한 소재 처리를 통해서 호소력을 획득하는 김후란 시편의 좋은 사례의 하나라 할 것이다. 그러한 특징은 후기 시편에서 독자적 경지를 이루게 되는데 가령 다음과 같은 대목도 좋은 사례가 된다.

어린 동생같이
애틋한 2월에
어깨 시린 이 쓸쓸한 시대에

풀잎 같은 언어로 시를 쓰고
사랑이라는 한마디에 기대어 산다

—「희망의 별을 올려다보며」 부분


"어린 동생같이/애틋한 2월"이란 직유는 당돌하게 참신하면서도 현실감 있게 다가온다. 그 뒤를 잇고 있는 "어깨 시린 이 쓸쓸한 시대"란 대목이 환기하는 적요(寂寥)감도 박진감이 있다. 요설과 화려한 비유가 이룰 수 없는 경지임을 아는 사람은 알 것이다. 이러한 절묘한 대목이 「희망의 별을 올려다보며」라는 극히 범상한 표제의 시편 속에 놓여 있다는 것이 이 작품의 깊은 아이러니가 되어 있다.

서정시란 시대와 장소를 떠나서 인간 존재의 기본적 희로애락의 표출에 주력하는 장르이다. 흔히 삶의 짧음이라든가 행복의 덧없음이라든가 사랑의 기쁨이나 아픔이라든가 살아 있음의 고마움이 소재로 처리된다. 서정시에 관한 한 인간 존재의 본원적 동일성이란 국면이 전경화(前景化)된다. 그렇다고 그 동일성이 늘 같은 가락이나 주조로 반복되는 것은 아니다. 그것은 항상 변화를 수반한다. 동일성 속의 변화와 변화의 지속성을 동서고금을 막론하고 서정시의 역사는 보여준다. 그래서 가령 인간 존재의 본원적인 슬픔은 서정시의 끊이지 않는 항구적 선율이 된다.


우리들은 모두
어딘가로 떠나가네
어딘지 모를 그곳으로

떨어지는 낙엽처럼
빛의 나그네처럼
어딘가로 모두 떠나가네

쓸쓸한 헤어짐
잎 지는 나무의 속 무늬처럼
시인은 가고 시만 남으니
가슴에 차오르는
고독한 그림자
어딘가로 모두 떠나가네.

—「어딘가로 모두 떠나가네」 전문

위의 작품은 시선집『존재의 빛』의 끝자락을 장식하고 있다. 사람살이의 아픔과 고마움과 슬픔을 시종 차분하고 절제된 언어로 노래하고 있는 시인은 이 모든 것 또한 떠나가는 것이라고 말한다. 이승에 잠시 머물다가 떠나가는 인간 존재의 구경은 쓸쓸한 헤어짐이라고 말하는 것으로 보인다. 독자는 조용히 귀 기울이며 시편에 전염되어 물들어가는 자신의 감정을 지켜보게 된다. 서정시는 그렇게 독자에게서 완결된다.

이태동

---

# 내면 공간의 확대와 미학적 현현(顯現)

김후란의 시세계

1

김후란은 한국 현대 시사(詩史)에서 노천명과 모윤숙, 그리고 김남조와 홍윤숙의 뒤를 잇는 원로 여류 시인이다. 그러나 그의 시의 실체는 물론 그것의 문학적 가치가 우리들에게 뚜렷하게 알려지지 않은 경향이 없지 않았다. 그가 1960년에 『현대문학』을 통해 문단에 나온 이래 2009년 지금까지 열 권의 시집을 발표했지만 그의 시가 크게 빛을 발하지 못한 것은 다음 두 가지 이유 때문이다. 하나는 그가 언론인이자 공직자로서 많은 사회 활동을 해왔기 때문에 사람들이 그를 시인으로 인식하기보다 여성 지도자로서 바라보는 경우가 많았다는 것이고, 다른 하나는 1970년대 이후 우리 문단이 다양화를 지향하지 못하고, 불행한 우리의 사회 상황을 대변해야 했던 리얼리즘 문학이 존재 문제를 탐색하는 순수시가 설 자리를 잃도록 할 만큼 너무나 지배적이었다는 것이다.

그렇다면 김후란의 시세계는 무엇인가. 그의 시세계는 현존하는 환희의 순간을 사랑할 것을 약속하는 그의 데뷔작 「오늘을 위한 노래」가 잘 나타내고 있는 것처럼 사회적인 역사에 관한 것이라기보다 제한된 삶의 내면적 공간을 넓히기 위해 성숙한 삶의 환희를 노래하는 밀도 짙은 실존(實存)에 관한 시편들로 이루어져 있다.

　　밤. 흐느적거리는 어둠 속에 온통 흐드러진 들꽃 내음. 거리를 잴 수 없는 밀도(密度)

　　시도(試圖)는 끝났다. 다시는 있을 수 없는 순간을 위하여 기쁨은 한갓 은은한 그리움에 영원의 정박(碇泊)을 마련하였고 모든 흐름은 또 하나의 마음의 여울로 연결되는데

　　미진한 것들을 태워 버리고 슬픔도 자랑도 던져버리고 여기 현존하는 흐느낌이 있다 결코 헛되지 않을 우리의

　　그리하여 지새운 들길에 부서지는 별빛을 안고 가늘고 긴 어둠길을 바람같이 치달아 올라 숨찬 환희에 몸을 떨며

　　사랑하리라 넘쳐흐르는 가슴만으로 뜨겁게 뜨겁게 사랑하리라 어제와 내일 없는 오늘만으로 온전히 사랑하며 살아가리라.

　　　　　　　　　　　　　　　　　　　　　—「오늘을 위한 노래」 전문

　　그가 사회 문제에 관심을 가지고 활동을 하면서도 그의 예술 작업인 시작(詩作)에 있어서는 "밤. 흐느적거리는 어둠 속에 온통 흐드러진 들꽃 내음. 거리를 잴 수 없는 밀도(密度)"에서처럼 개체의 실존적인 삶에 주로 깊이 천착한 것은 개체가 성숙된 평화로운 삶을 누릴 수 있을 때 사회도 그만큼의 역사적 발전을 이룩할 수 있다고 생각했기 때문일 것이다. 이러한 사실은 김후란이 자신의 시세계를 개체의 실존적인 삶과 관계가 있는 "내면 공간"의 확대라는 말로 표현한 것으로 뒷받침되고

있다.

그러나 지금까지 어느 비평가도 그의 시의 특징과 의미를 파악하기 위해 실존주의적인 관점에서 그의 시세계에 접근하지 않았다. 시적 대상을 역사적으로 보는 것이 사물을 통시(通時)적으로 보는 것이라면, 시 속에 나타난 사물의 내면적 공간을 확대하려는 노력은 공시(共時)적일 뿐만 아니라 실존적이라고 말할 수 있다.

리얼리스트들은 아리스토텔레스적인 역사성에서만 도덕성을 찾으려고 한다. 그러나 존재의 내면 공간을 확대하는 실존주의자들의 움직임에도 역사주의자들의 그것 못지않은 도덕성이 있다. 역사적인 흐름 속에서 개체의 잠재력을 극대화하는 것은 개체가 타자(他者)와의 관계 속에서 역사적인 공간을 수직적으로 탐색해서 확대하는 의미를 지니고 있기 때문이다.

개체의 생명력이 가지고 있는 가능성을 실현하지 못하고 사멸한다면, 그것은 역사적인 측면에서도 무의미하지 않은가. 김후란이 사물에 주어진 존재의 확대를 위해 시를 썼다고 아래와 같이 말한 것은 위의 사실과 깊은 관계가 있으리라.

> 일상의 눈으로 보지 못하고 느끼지 못한 것, 미처 깨닫지 못하던 것을 시로써 현현(顯現)시키고 구체화하는 작업, 여기에 존재의 확충이 있고 문학적 미학이 성립되는 것이다.[1]

이러한 그의 시론은 마르틴 하이데거의 실존 철학에 의해서도 뒷받침되고 있다. 그의 철학에서 말하는 실존적 존재, 즉 현존재(Dasein)는 어

---

1    김후란, 『김후란 시 전집』, 서울, 융성출판, 1985. 8쪽.

떤 공간에 위치한다는 것을 의미한다. 또 공간 속에 존재하는 것은 다른 사물과 관계를 맺고 그것에 대해 애정이나 관심(care)을 표현함으로써 존재론적인 의미를 풍요롭게 확대한다.

그래서 개체 혹은 사물의 존재를 "공간에 위치한 사물," 즉 "현존재" 로 파악한 하이데거는 반 고흐가 즐겨 그린 "네덜란드인의 나막신"이 "땀과 노역 그리고 희망과 삶을" 말해주고 있다고 말하며, 예술의 기능 은 "현존하는 것에 숨은 진실을 밝히는 것……. 예술은 그 자체를 나타 내지 않고 숨겨져 있는 어떤 존재의 가치에 상응해서 탄생한 것이다."[2]라 고 주장했다. 여기서 하이데거가 예술에 대해서 언급한 것은 김후란이 말한 "내면 공간"의 확대와 같은 문맥에 있는 듯하다. 실제로 그는 자기 "시와 시론"에 대해 하이데거의 실존 철학과 유사한 그의 시작 과정을 다음과 같이 언급했다.

> ……나에겐 며칠이고 계속해서 나 자신에 대한 끊임없는 성찰과 탐 구에 몰두하는 버릇이 있습니다. 인간 생명의 유한성과 인간으로서 의 허무와 한계, 그리고 좌절과 번뇌를 겪으며 그의 초극을 위해 노력 합니다. 또한 나를 둘러싼 삶의 현장과 이웃, 그리고 세계에 대한 관 심과 이해의 문제로 많이 괴로워합니다. 이러한 구심력의 두 힘이 독 자적으로, 혹은 서로 이어지고 얽혀들면서 조합된 생명감 있는 언어 의 결정이 바로 내 시라고 말할 수 있을 것입니다. 끊임없이 자신의 현존재(Dasein)를 확인하면서 나 이외의 생명체에 대한 연민과 사랑 의 시선을 던지는 것이라 할까요.[3]

---

2 Reynold Brozaga, *Contemporary Philosophy* : *Phenomenological and Existential Currents*, Milwaukee, The Bruce Publishing Company, 1966. p.192. 참조.

3 김후란, 346~347쪽.

그래서 그의 대부분의 시는 눈으로 볼 수 없는 사물의 본질을 탁월한 시적 감각을 통해서 "현현"시키거나 혹은 그것의 내면 공간을 확대해서 형상화시키고 있다.

너는 포옹할 수가 없다
너는 미워할 수가 없다
너는 꺾어버릴 수가 없다
너는 모르는 체 지나칠 수가 없다
너무도 우아하여
너무도 진실하여
너무도 애틋하여
너무도 영롱하여.

— 「장미 1」 전문

은장도 빼어든
여인의 손
파르르 떠는
소매 끝에
사랑, 그 한 가락으로
피었다

섬세한 자락
과즙이 묻은 입술

향기로운 눈빛으로
웃고 있네, 태양이 하오
장미 가시에 찔려
온통 미소로 부서지는.

— 「장미 2」 전문

대부분의 독자들은 김후란의 대표작인 이 작품을 두고 단순히 "장미"에 대한 아름다운 묘사라고만 생각하기 쉽다. 그러나 위에서 언급한 그의 시론을 중심으로 생각하면, 이 작품은 장미의 아름다운 특징을 의인화(擬人化)를 통해 나타내고 있다. 시인이 여기서 장미를 의인화시킨 것은 "은장도 빼어든/여인의 손/파르르 떠는/소매 끝에/사랑, 그 한 가락으로/피었다"라는 구절에서 볼 수 있듯이 단순한 수사학적인 범위를 넘어 장미라는 사물을 인간과의 관계 속에다 놓고 그것의 내면적 숨은 공간을 놀라울 만큼 예리한 감각을 통해서 실존적으로 확대시켜놓고 있다. 그러나 이 시 속의 "장미"는 인간과의 관계뿐만 아니라 태양과도 관계를 맺어 그것의 존재 범위를 더욱 넓히고 있다.

존재하는 것의 실존적인 삶의 절정은 그것이 비록 순간적인 것이라고 하더라도 불꽃같이 뜨거운 정열을 통해 초월적인 세계에 이르는 것을 의미한다. 김후란이 그의 대표작들에 속하는 「횃불」과 「환(幻)」에서 비둘기와 "백조" 등의 이미지를 사용한 것도 실존적인 초월의 경지를 형상화해서 나타내기 위함이다.

> 시청 앞 광장에 노는
> 비둘기 무리는
> 시간이 흘리고 간
> 정오의 묵시(默示)를 씹는다
>
> 어깨를 추스르며
> 달려가는
> 무수한 낙서
>
> 범람하는 차륜(車輪) 사이를
> 누비며

오늘의 신화는, 이제
꿈틀거리는 밤을
기다리지 않는다

웅성대는
도시의
한낮의 햇불은

일제히 머리를 들고
무리져 날아가는
저
비둘기 발목에
빨갛게 점화되었다.

―「햇불」 전문

　위에 인용한 시편에서 비둘기가 하늘로 나는 것은 실존하는 존재가
광장에서 "꿈틀거리는 밤"에서 벗어나 치열한 삶을 상징하는 한낮에 작
열하는 불꽃의 힘으로 초월적인 세계로 비상(飛上)하는 것을 탁월하게
형상화하고 있다. 이 계열에 속하는 작품들은 이들 시편에만 한정된 것
이 아니다. 「문」과 「달팽이」 같은 수작들도 실존하는 대상들이 각각 실
존적인 고뇌의 어둠에서부터 여명의 빛이 들어오는 문을 향해서 맨발로
나아가기도 하고 스스로 옷을 벗고 뜨거운 햇볕 속에서 몸을 태운다. 이
것뿐만 아니다. 「해바라기」 「꽃샘바람」 「창」 등 김후란의 처녀 시집 『장도
와 장미』에 실려 있는 대부분의 시편들은 실존하는 주체들이 놓여 있는
상황 속에서 나름대로의 어려움을 극복하고 실존적인 기쁨을 찾는 과정
을 우아한 언어로 탁월하게 그리고 있다.
　그런데 여기서 시인 김후란이 "내면적 공간"을 넓히는 방법, 즉 실존

적인 자아를 실현하는 방법은 빛을 찾기 위해 어둠을 탈출하기 위한 처절한 고난을 극복하는 능동적인 노역(勞役) 과정에만 있는 것이 아니다. 그는 혼탁한 마음을 비우고 그것을 갈고 닦는 방법을 통해서도 실존적인 자아를 발견하고 확대할 수 있다고 노래한다.

구름을 밀어내듯
손바닥으로 안개를 지우면
거기 서운한 모습을
가누고 선
내가 있다

투시(透視)하는 눈 두 개
주인 없는 한 방에 안식을 찾아
램프처럼 흔들리는데

어둠 속에 물방울 떨어지는 소리
똑, 똑, 무겁게 인내하듯
내 실재(實在)를 확인하듯
그것은 잠기지 않은 수도꼭지에 매달린
한 가닥 여유의 내 호흡이다

모든 시간이 정지한 채
뒤를 돌아다봄 없이
무수히 흘려보내는

침묵의 예고(豫告)를 간직하고
뒹구는 숱한 허용이
네 앞에선 한갓 사랑스런 여인이고 싶어도
다만

너의 무한을 가로질러 스쳐가는
하나의 에트랑제.

—「거울 속 에트랑제」 전문

마음을 갈고 닦듯이 안개 낀 거울을 지우고 그 속에 나타난 시인의 제한된 "내면 공간"을 무한한 영원의 공간 속에 위치시키면서 이렇게 확대시킬 수 있는 것은 시인 김후란만의 몫이다. 거울 속에 나타난 그의 초상은 에트랑제의 슬픔을 지니고 있지만, 그것이 그의 실체임을 발견한 것은 그가 그의 실존의 영역을 그만큼 넓혔기 때문이다.

시인 김후란이 내면적인 공간에 수직적인 울림을 가져다주는 시적인 경험을 추구하는 노력은 여기에서 멈추지 않는다. 그의 장시인 「목마」에서 볼 수 있는 바와 같이 그는 그의 주변을 스치며 밝아오는 삶의 풍경을 전음계(全音階)로 밀도 짙게 경험하기 위해 삶의 궤도를 타고 선회(旋回)하는 모습까지 보인다.

빛을 나르는 음계를 타고
소복의 나비들이 날개를 편다
눈이 오는 날은, 눈이 오는 날의 눈부신
햇살은 비둘기도 눈이 시어 부리를 찧는다

…(중략)…

기적은 언제나 이웃으로 스쳐가고
우리에게 조용한 개선(凱旋)이 있다

주어진 날의 의미는 충분히 알고 있었다
출발은 몇 번이고 축배로 시작이다
인간의 체온을 동맥으로 흘리면서
쑥스러운 혼자만의 정의(情誼)로 기대어 오는

목마, 나의 형제여
회전하는 원반 위에서
무한한 가능의 우주를 그리며
묻고 싶은 어휘일랑 바람에 날리자
바람에 바람 태워 두둥실 날리자.

—「목마」 부분

물론, 실존적인 경험의 추구는 광적인 행동의 방향으로 나아갈 수 있다. 그러나 시인 김후란은 그의 다져진 교양과 절제력을 통해 그것을 수직적으로 그러나 폭 넓은 인식론적인 경험으로 머물게 해서 그 자신과 그의 이웃에 위치한 독자들을 보다 높은 단계로 승화시킬 수 있는 아름다운 시를 탄생시키게끔 하고 있다. 여기서 우리가 "사람 사는 세상"에서 아름답게 느끼는 풍경들을 예술의 바탕으로 만든 것은 김후란의 언어적인 재능의 몫이라고 해야 할 것이다.


## 2


그러나 흐르는 세월과 함께 시대정신이 바뀌고 삶에 대한 김후란의 경험에 변화가 찾아옴에 따라, 그의 시세계도 약간의 우울한 그림자가 드리워지는 듯한 양상을 보인다. 그러나 시인 김후란은 그의 시의 저변에 실존적인 의식을 보이지 않게 깔고, 시적인 대상(對象)에 대해 시인의 "내면 공간"을 넓히는 작업을 계속하며, "사람 사는 세상"에서 일어나는 삶의 다양한 경험들을 그의 연금술적인 우아한 언어를 통해 울림이 있는 음계(音階)와 같이 여운이 있는 미학적 공간을 창조하고 있다.

이를테면, 김후란은 우리가 살고 있는 세상 풍경과 삶의 모습들이 지니고 있는 스펙트럼이 얼마나 아름다운가를 새롭게 인식하도록 만들어 주고 있다. 그가 언어로 그린 그림들에는 우리 주변에서 우리가 항상 친숙하게 만나지만 신비감과 함께 그리움과 사랑의 대상이 되는 "맨 처음 눈을 뜬 백조"와 사계(四季)의 풍경은 물론 "바람"과 "분수," "우중(雨中)의 꽃잎," 그리고 "노을"과 "코스모스" 등등이 아름다운 슬픔으로 그려져 있다. 그러나 그는 여기서 세상의 아름다운 풍경들을 단순히 언어의 화폭 속에 담은 것이 아니라, 아래 두 편에서 볼 수 있듯이 그 속에 숨어 있는 삶의 예지와 도덕적 요소를 보이지 않게 탐색하고 있다.

우중(雨中)에 떠는 꽃잎을 보아라
칠흑에 잠긴 그 손을 보아라
천자문을 줄줄 외는 아이보다도
텔레비전을 분해하는 아이보다도
더욱 경계해야 할 것은
혼자 노는 아이
더욱 경계해야 할 것은
혼자 우는 여자
그 무위(無爲)한 목 언저리에
무궁한 번뇌의 자락에
비는 사정없이 내리네
아, 낙화(落花)를 몰아온
거센 빗줄기.

— 「우중 꽃잎」 전문

목이 긴 아이들이
햇볕을 굴리며 놀고 있다

화사한 재잘거림이

물결이
바람이
음악이
끝내 사치한
합창이
온 언덕을
휘몰아치누나.

―「코스모스」 전문

　전자의 시편에서 거센 비를 맞고 아름다운 꽃잎이 떨어지는 모습이
우리를 슬프게 한다. 그러나 김후란은 그것을 아무것도 하지 않고 "혼자
우는 여자/그 무위(無爲)한 목 언저리에/무궁한 번뇌의 자락에" 내리는
비와 병치시킴으로써 도덕적인 의미를 창조하고 있기 때문에 슬픔 속에
서도 아름다움을 느끼게 한다. 후자의 시편에 그려진 "코스모스"가 유난
히 아름답게 보이는 것은 비록 그것들이 연약하지만, 서로가 무리지어
움직이며 바람과 싸우며 조화 속에 합창을 하고 있기 때문이다.

　그러나 시인 김후란은 "사람 사는 세상"의 아름다운 풍경만을 그린
것이 아니다. 그가 쌓이는 연륜과 함께 그는 존재에 내재해 있는 어두
운 그림자가 수많은 파도가 되어 밀려옴을 우울한 시선으로 형상화하
고 있다.

여자는 울고 있었다
유괴당한
미래의 시간이
산더미 같은
파도의
흰 거품이

눈 위를
쓸고 간다.

—「파도」전문

그러나 그는 부닥친 삶의 높은 파도가 가져온 슬픔을 센티멘털한 감정으로 표현하지 않고 바람이나 비와 같은 상징적 이미지를 통해 서정적인 미학으로 객관화시키는 데 성공하고 있다.

억울하게 여윈 혼백은
산에 가 숨는다지

저 깊은 산 속에
어린 너
이승 불빛 넘겨다보며
흐느끼는
넋이여

오 검은 산이
가슴을 저민다

오너라 한 자락 바람으로
고여 있는 설움을
풀어놓아라

젖은 풀포기
풀벌레에 업혀서
찾아오거라

손을 맞잡고 울고픈

봄밤.

―「봄밤」 전문

누워 있는
가슴에
파고드는
비
소리로 오는 비

해묵은 이야기를
들춰내어
가닥 가닥 펼치는
밤에만 내리는 비

흐느끼다
흐느끼다
마침내 호곡(號哭)하는
큰 강의 비.

―「밤비」 전문

위의 두 작품은 요절한 아우의 죽음에 대한 비애를 바람이나 비의 이미지로 여과시키고 있지만 슬픈 감정이 많이 묻어나고 있다. 그러나 그의 예술은 여기서 머물지 않는다.

그는 「생선 요리」와 같은 작품에서 볼 수 있듯이 아무리 참혹하고 무서운 참상을 그리는 데 있어서 감정을 영점에 이르기까지 배제하는 백색 화폭을 창조해서 우리에게 신선한 미학적인 즐거움을 가져다준다. 이 작품에서 시인이 생선을 바다의 이미지로 바꾸어놓은 것도 놀라운 기지(機知)지만, 「은행나무」에서 볼 수 있는 "순교자의 눈"을 가진 황금

빛 낙엽처럼 피로 물들은 붉은 파도의 이미지가 아니라 하얀 파도의 이미지를 통해 더욱 용기 있고 치열한 싸움의 현장을 나타낸 것은 결코 범상치 않은 일이다.

> 부엌으로 침입한 바다
> 도마 위에 바다가 출렁거린다
> 햇살에 도전하는
> 갑옷을 벗기고 탁탁
> 토막을 치기까지엔
> 진정 얼마간의 용기가 필요하다
> 세계는 이미 눈을 감고 있다
> 바다로 내려가는 계단에서
> 칼날을 물고 늘어지는
> 하얀 파도.
>
> ─「생선 요리」 전문

　그러나 보다 중요한 것은 그가 이 지점에서 어려운 생의 시련에 부닥침을 그의 시에서 보이지 않게 나타내고 있으나 결코 그 높은 파도에 침몰하거나 절망의 늪에 빠지지 않고 그의 정원에 사과나무를 심듯 생에 대한 희망을 버리지 않고 부드러우면서도 강인한 견인력을 가지고 불빛을 찾아 일어나는 모습을 보이고 있다는 것이다. 「꽃나무는 실로」 「환(歡)」 「밤바다」 「등대처럼」 그리고 「봄 예감」 등과 같은 작품은 이러한 그의 의연한 삶의 태도를 밀도 짙게 형상화하고 있다.

## 3

이어서 시인 김후란은 생의 하오(下午)에 찾아오는 고독과 힘겨운 삶의 무게를 그의 동반자와의 사랑과 새롭게 태어나는 생명이 가져다주는 기쁨으로 극복하는 모습을 보인다. 그러나 그는 그것보다 자신을 버리는 것과 같은 삶의 아픔을 절제력과 견인력을 통해 불 속에서 흙으로 빚은 "백자"와 같은 보다 숭고한 아름다움을 시적으로 창조하고 있다는 것이다.

> 옛 현인 이르기를
> 온전히 나 버리는 때
> 나 한 줌 건진다 하였거니
> 나를 버려 구할 영혼 있다면
> 나를 버리라 하오면
> 불붙는 육신
> 기꺼이 아니 버리랴
> 흙으로 빚어진
> 이 목숨.
>
> —「백자」 전문

김후란이 「백자」에서 보인 세계는 그 흰색이 상징적으로 말하듯이 육체를 아픔 속에서 불태운 다음 찾아오는 죽음과도 같은 초월적인 세계를 눈의 이미지로 형상화한 시편 「눈의 나라」와 연결되고 있다.

> 겨울이면 나는 눈의 나라 시민이 된다
> 온 세상 눈이 다 이 고장으로 몰린다
> 고요하라 고요하라

희디흰 눈처럼
차고도 훈훈한 눈처럼
고요하라는 계율에 순종한다
사랑을 하는 이들은
안개의 푸른 발
이사도라 덩컨의 맨발이 되어
부딪치는 불꽃이 되기도 한다
겨울이면 나는 눈의 나라 시민이 되어
유순하게 날개를 접는다
그러나 이따금 불꽃이 되고
허공에서 눈물이
되려 할 때가 있다
슬픔이 담긴 눈송이들끼리.

—「눈의 나라」 전문

이 시 속에 등장하는 모든 개체는 빗물이 얼어서 된 눈처럼 스스로 흰 빛을 발할 만큼 자기의 몸을 갈고 닦아 겨울로 상징되는 죽음에 조용히 복종하는 모습을 보인다. 이것은 젊음의 육체를 불태우고 도달하게 되는 죽음에 가까운 노년이 마음을 비운 상태에서 얻게 되는 지혜 세계를 의미 할 수도 있다. 만일 이 작품이 여기서 죽음만을 노래한다면 도덕적인 가치의 상실로 별다른 의미를 갖지 못할 것이다. 그러나 시 속의 화자는 죽음의 세계에 복종하는 "눈의 나라의 시민"이 되지만, 자신을 아직도 완전히 죽음의 세계에 묻혀버리지 않고 그곳에서 다시 사랑의 힘으로 맨발의 무희 이사도라 덩컨처럼 생명의 불꽃을 피우기 위해 처절하게 노력하는 모습을 슬프게 그러나 담담하게 그리고 있다.

그래서 김후란의 시적 세계는 우주의 정신을 상징하는 바람의 힘으로 명암이 교차하는 상상력 속의 여러 "나라"를 이동하면서 환상적인

죽음과 삶이 변증법적으로 창조하는 시적인 공간에서 새로운 변모를
보인다.


4


그러나 다음의 시적 단계에 와서 김후란은 그 자신의 현재와 그 자신
이 꿈꾸는 상상력 속의 이상 세계인 "그 섬"사이에 존재하는 바다로 상
징되는 삶의 공간을 건너려는 처절한 욕망을 서정적으로 나타내어 보
인다. 왜냐하면 화자가 마음속에서 "그 섬"을 찾아가는 과정이 그의 "존
재의 확대"에 대한 은유가 되기 때문이다. 그의 눈앞에 펼쳐져 있는 시
간의 바다는 조용할 때도 있지만 넘어야 할 "수천 개 수만 개"의 파도가
일고 있다. 그 파도들이 바다를 출렁이게 하지만, 그것이 햇빛에 반사
된 거울이 부서지고 다시 일어나는 고난의 파도를 타고 바다를 건너 "그
섬"으로 가는 모습을 보인다.

> 그 섬은 어디에 있을까
> 파도의 옷자락 날리며
> 물보라 일으키며
> 잠길 듯 잠길 듯 바다를 헤쳐간
>
> 수천 개 수만 개의 거울이
> 햇빛에 부서지고
> 다시 눈부시게 일어서는
> 파도에 밀리며
>
> 그 섬은

아무도 가보지 않은
먼 바다 어디에 있을까.

―「그 섬은 어디에 있을까」 전문

그래서 그의 시 속의 화자는 현재 그가 서 있는 장소와 그가 찾아가는 섬 사이의 시공(時空)을 "꽃이 피고 지는 시간"으로 나타내면서, 거기에서 전개되는 다양한 삶이 서로 간에 관계짓는 양상을 시적으로 노래하고 있다. 그는 때때로 어둠 속에서 발견하는 빛이 "그 섬"이 있다는 것을 나타낸다고 생각하고 안개 속에서 혹은 광산의 막장과 같은 어둠 속에 빛을 찾는 일을 계속한다. 그러나 그는 "꽃이 피고 지듯이" 꽃으로 상징되는 빛을 창조하는 과정에서 나타난 고통스러운 슬픔을 아름다운 슬픔 속에 은유적으로 형상화하고 있다.

누구 가슴 딛고 피어난
꽃들이기에
저리 애잔한 숨결이런가

가는 곳마다
지천으로 피어 있는 꽃들이
눈부셔라
너무 고와 슬퍼라

여린 빛깔로 형체를 그리며
말없는 말로
노래를 하며

누구 가슴에 피었다 지는
꽃들이기에

한 송이 한 송이
눈물방울이네.

—「꽃의 눈물」 전문

　그런데 여기서 중요한 것은 화자가 먼 바다 어디에 있을지도 모르는 "그 섬"을 찾아가는 과정에서 어려움을 극복하고 행복을 느끼게 하는 길은 그의 주변에 있는 사람들, 즉 "우리 가족"들과 함께 나누는 삶이라고 노래한 것이다. 그가 가족과의 사랑이란 관계 속에서 삶의 즐거움을 발견하고, 그 즐거움 속에서 일생을 두고 찾아 헤매었지만, 어디에도 없는 "그 섬"에 도달할 수 있을 듯한 단서를 발견한다. 다시 말하면, 그가 「우리 가족」이란 시편에서 보여주는 이웃 사람들을 사랑하는 관계가 아름다운 자연과의 친화는 물론 우주적인 차원으로까지 확대되어 어둠 속에서 빛을 발하는 별들과의 "따뜻한 가족" 관계를 이룬다.

하루해가 저무는 시간
고요함의 진정성에 기대어
오늘의 닻을 내려놓는다
땀에 젖은 옷을 벗을 때
밤하늘의 별들이 내 곁으로 다가와
벗이 되고 가족이 된다
우연이라기엔 너무 절실한 인연
마음 놓고 속내를 나눌 사람
그 소박한 손을 끌어안는다
별들의 속삭임이 나를 사로잡을 때
어둠을 이겨낸 세상은 다시 열려
나는 외롭지 않다
언젠가는 만날 날이 있을 것으로 믿었던
그대들 모두 은하(銀河)로 모여들어

이 밤은 우리 따뜻한 가족이다.

—「따뜻한 가족」 전문

위에서 인용한 시편에서 읽을 수 있듯이 별들은 타자(他者)지만 어둠 속에 빛나는 존재이기 때문에 화자가 그렇게 찾아 헤맸던 "그 섬"에 상응하는 상징적 이미지가 되고 있기 때문이다. 현실적으로나 물리적으로 "그 섬"에 도달하는 것은 불가능할 것이다. 그것은 다만 생이 끝난 후 찾아오는 형이상학적인 죽음의 세계에서만 가능할 것이다. "하루해가 저무는 시간/…(중략)…/땀에 젖은 옷을 벗을 때/밤하늘의 별들이 내 곁으로 다가와/벗이 되고 가족이 된다"는 말은 죽은 자들의 세계를 상징적으로 나타낸 것이리라. 그러나 김후란은 현세계의 어디에도 없는 "그 섬"을 죽음의 세계에서 발견하려는 것이 아니라, 살아 있는 인간, 즉 현존재(Dasein)가 지닌 내면적인 공간을 확대해서 존재 깊숙이 숨어 있는 진실을 미학적 현현(顯現)을 통해서 현실 세계에 밝히는 시적인 성취를 거두었다.

지금까지 살펴보았던 것처럼, 비록 김후란은 그의 시적인 대상을 남다른 통찰력으로서 묘사하는 데 남다른 재능을 보여왔지만, 그것은 사물에 대한 단순한 그림이 아니다. "묘사가 계시(啓示)이다"라는 월리스 스티븐스의 말과 같이 그가 일생을 두고 써왔던 10여 권에 해당되는 많은 시편들은 현존하는 자신의 삶은 물론 그의 존재와 관계를 맺고 있는 주변 사람들과 기타 여러 가지 사물들의 내면적 공간을 확대해서 그 속에 숨어 있는 진실을 밝혀왔다고 볼 수 있다. 다른 말로 하면, 그의 시는 현존재가 놓여 있는 어떤 위치에서 그것이 지닌 가능성을 충분히 실현하는 느낌의 기록인 동시에 비전이다. 그의 시적 초점은 "장미"와 같은 개체적인 사물에서 공동체적인 집단을 의미하는 "가족"은 물론 우주적인 것으로까지 확대되고 있다. 그는 역사의 수레바퀴에서 짓밟혀 꽃을 피우지 못하고 희생되는 개체의 죽음보다 개체가 지닌 생명력의 가능성을 꽃피우고 또 그것이 지닌 진실의 의미를 심화시키는 데서 그의 예술적 목적을 찾으려고 했기 때문인 듯하다.

그의 시적 언어가 부드러우면서도 우아한 견인력을 가진 것은 이러한 사실을 간접적으로 말해주고 있지 않은가.

바람 불어도
늅지 않는
세엽풍란(細葉風蘭)


그러나 문득 노을빛에
속눈썹 적시는
정 많은
노래 가슴.

—「자화상」 전문

김주연

# 서정, 자연에서 신(神)을 노래하다[1]

### 김후란의 시세계

시력 반세기를 훨씬 넘는 시간, 한결같이 단아한 모습으로 시를 일궈
온 김후란의 시는, 말의 정확한 의미에서의 서정시라고 할 수 있다. 혹
은 이 시인과 더불어 혼란 속에서도 꾸준히 서정시가 지속되어올 수 있
었다고 말할 수 있다.

서정시에 대한 다소간의 논란이 최근 일어난 일이 있지만 그 어떤 논
의도 결국 서정시가 시의 본류라는 것을 끊임없이 확인시켜주는 행위이
며, 서정시에 대한 관심과 사랑의 소중함을 환기시켜주는 일이었다.

이런 과정을 거치면서 이른바 포스트모던 문화 속에서 전복적 해체시
의 격랑을 타고 생명의 요람으로서 서정시는 그 아름답고 오롯한 모습
을 지켜낸다. 그 솟아오른 줄기의 한 정점에 김후란의 시가 있다. 이처
럼 자연과 함께 가는, 또 반드시 함께 가야 하는 서정시의 본질에 김후

---

1    이 글은 『따뜻한 가족(2009)』『새벽, 창을 열다(2012)』『노트북 연서(2012)』 그리고 연작시
「자연 속으로」를 중심으로 이루어졌다.

란의 시는 철저하게 밀착해 있다.

> 나는 파도의 옷자락을 끌고
> 이 숲으로 왔다
>
> ─「비밀의 숲」부분

파도는 자연이다. 자연의 거대한 샘이다. 파도를 노래한 시인은 많지만, 파도가 단순한 낭만적 표상만은 아니다. 일찍이 창조주가 수면 위를 운행하였다거나(창세기 1:2), 물 가운데 궁창이 있어 물과 물로 나누어졌다는(창세기 1:6, 7) 기록은 세계가 태초에 바닷물에서 시작되었음을 보여준다. 파도, 즉 바다 아닌가. 이러한 진리는 신을 뒤엎어버림으로써 이른바 '현대'의 원조가 된 니체나 그의 충실한 후예 G. 벤에 의해서도 파도는 원초적인 세계의 힘으로 인식된다. 가령 다음과 같은 시.

> 밤의 파도 ─ 바다양과 돌고래
> 가볍게 움직이는 히야신스의 짐을 지고
> 장미 월계수와 트라배어틴이
> 텅 빈 이스트리아 궁전 둘레를 감돈다

「밤의 파도」라는 G. 벤의 시 첫 연이다. 낯선 이미지들 때문에 다소 난해한 인상의 이 시는 G.벤 특유의 '절대시'를 보여주는 전형으로 흔히 거론되는데, 여기서도 파도가 힘의 원천임을, 즉 창조의 첫 단계임을 보여준다. 파도는 자연의 출발지인 것이다. 김후란이 '나는 파도의 옷자락을 끌고/이 숲으로 왔다'고 그의 「자연 속으로」 연작시를 시작하고 있음은, 따라서 예사롭지 않은 일로 보인다. '파도의 옷자락'이란 우주 생성의 단초인데, 시인은 그것을 만지고, 이끌고 있는 것이다. 어디로? '숲으

로 왔다'고 그는 적는다. 파도라는 원초적 자연을 다음 단계의 자연이라
고 할 수 있는 숲으로 이끌고 온 것이다. 시는 계속해서 발전한다.

> 변화를 기다리는 생명들이 있었다
> 바위조차 숨죽이고 기다렸다

'자연 속으로 1'이란 부제를 달고 있는 「비밀의 숲」 다음 부분이다. 앞
의 인용과 더불어 4행으로 구성된 이 시의 첫 연은, 전통적 서정시와 포
스트모던 계열의 해체시들을 반세기 동안 두루 훑어온 나에게 놀라운
철학과 감동으로 부딪힌다. 무슨 말인가. 서정성의 깊은 의미를 보여주
는 전형과 같은 시의 울림을 보여준다는 뜻이다.

이러한 언급에서 주목되어야 할 부분은 '깊은' 즉 깊이다. 그럴 것
이 서정, 혹은 서정성은 우리 시에서 아주 자주 단순한 자연 예찬이거나
자연에 대한 정서적 동화라는 의미로만 읽힌 경우가 대부분이기 때문이
다. 이럴 때 그 서정시를 쓴 시인은 사물에 대한 깊은 관찰, 시의 대상에
대한 깊이 있는 인식 대신 자연의 피상에 대한 인상을 감상적으로 기술
하거나, 자기 자신의 감정적인 정서를 자연에 빗대어 토로하기 일쑤다.
자연의 의미에 대한 깊이 있는 인식은 당연히 여기서 수행될 수 없다. 서
정시에 대한 인상이 일반적으로 '안이한 것'으로 비추어지는 까닭도 이
와 연관된다.

파도의 옷자락을 끌고 숲으로 온 시인의 손길에는 자연에 홀리고 반
한 그의 본능적인 사랑이 우선 숨어 있다. 그 사랑은 옷자락이 말해주듯
섬섬옥수의 관능성만은 아니다. 그 손길은 따뜻한 어머니의 맹목이지만
동시에 헌 양말에 전구를 넣어 꿰매는 공작인의 사랑에 가깝다. 어머니

의 사랑은 그처럼 생명의 원천이면서도 누더기가 된 삶의 현장을 늘 꿰매어가는 보수 작업의 인부를 닮아 있다. 이 시인도 마치 그 어머니의 마음과 손으로 '파도의 옷자락'을 끌고 숲으로 온 것이다. 그렇다면 왜 숲인가.

시인의 통찰력은 여기서 놀랍게 빛난다. '숲'에는 "변화를 기다리는 생명들이 있었다." 숲도 생명이지만, 그 숲은 원천으로서의 힘 — 생명의 고향을 기다리고 있었다. 바위조차 숨죽이고 기다리고 있었다고 하지 않는가. 이 간단한 변화와 기다림의 과정은, 그러나 거대한 생명 생성의 과정을 함축하면서 그 사이에 개입하는 시인의 자리를 보여준다.

시인은 말하자면 신이 창조한 생명을 위탁받아 거기에 변주를 가하는 공작인으로서 그 생명을 다양화하고, 인간적인 눈높이로 변화시킴으로써 생명의 현재화를 돕는다. 시인은 그러므로 신의 뜻에 충실하면서도 인간의 사정을 헤아리는 매개자로서 기능한다. 「비밀의 숲 — 자연 속으로 1」은 이런 의미에서 한국 시에 유례없는 아름다운 신성과 인간성을 동시에 구현한다. 시는 계속된다.

> 푸른 잎새들 이마에
> 천국의 새들이 모여들고
> 들꽃을 피우려고 비를 기다리던 산자락에
> 바다가 입을 맞춘다
> ─「비밀의 숲 — 자연 속으로 1」 부분

처음 3행은 숲 속의 세계, 즉 인간적 신성(파도가 신적 신성이라면, 상대적으로 숲은 그 이후 변모된, 혹은 시인이 개입하였다는 의미에서 그렇다)의 세계이며 제4행은 원래의 신성과 함께 만나는 세계이다. 푸른 잎새들은 숲의 나라에 편재하는 구체적인 집들인데, 거기에 신의 입김이 '천국의 새들' 모습이 되어 서식한다. 들꽃을 피우기 위해서도 하늘의 비가 필요한데, 시인은 그 산자락에 바다를 끌어다가 입을 맞추게 한다. 시인은 정녕 바다와 파도를 숲과 산으로 끌어오는 자, 신의 계시자인가. 보다 종교적인 표현을 사용한다면 일종의 성령 아닌가. 그리하여 그 기운을 덧입은 자연은 아연 생명감으로 충일한 모습이 되어 출렁거린다.

> 겹겹 옷 입은 산 황홀하여라
> 비밀의 숲은
> 깊이를 알 수 없는 안개 속에서
> 어린 나무들과
> 키 큰 나무들의 숨소리에
> 저 소리꾼의 진양조 가락이 울린다
>
> 눈부셔라
> 언제나 새롭게 태어나면서
> 아침 햇살에 비늘 번득이는 바다처럼
> 산은 살아 있다 청렬하고 푸근하다
>
> 신(神)이 만든 숲이다 나를 끌어안는다
> 나는 영혼의 긴 그림자를 끌고
> 천천히 걸어간다.
>
> ―「비밀의 숲― 자연 속으로 1」 부분

마침내 산은 '아침 햇살에 비늘 번득이는 바다처럼' 살아 있다. 파도의 옷자락을 숲으로 끌고 온 시인의 공작으로 말미암아 산은 창조의 원천인 바다와 동일한 위상을 획득한다. 그럼으로써 산은 황홀하게 빛나고, 소리꾼의 가락으로 울릴 수 있으며, 눈부시게 새로 태어날 수 있다. '신이 만든 숲'이라는 시인의 천명이 아니라 하더라도, 숲이 신이 만든 작품이라는 것은 이제 자명해진다. 그러나 잊지 말자. 그 만듦의 계기에 시인이 있다는 사실을.

　'신이 만든 숲'이 '나를' 끌어안는다는 진술에는 신이 시인을 숲이 시인을 끌어안는다는 뜻과 함께 시인이 숲을 끌어안음으로써 신에게 다닌다는 매개 작용의 진리가 숨어 있는 것이다. 이 일을 끝마친 시인의 시적 자아를 드러내주고 있는 마지막 부분.


　　　나는 영혼의 긴 그림자를 끌고
　　　천천히 걸어간다.


　흡사 영적인 고투를 벌이고 있는 파우스트를 만들어낸 괴테가 「나그네의 노래(Wanderlied)」를 통해 보여주는 달관이 연상된다. 그러나 괴테의 노래가 지적인 편력과 그 과정에서 함께 파생된 죄와의 싸움, 그로 인한 피로의 축적 끝에 토로된 휴식의 갈구였다면, 김후란의 그것은 신성과 인간성을 자연을 대상으로 매개시킨 자의 흐뭇함에 따른 여유와 여력의 분위기가 달관에도 불구하고 남아서 맴돈다는 특징을 지닌다.

　생명은 영혼인데, 시인은 그 그림자를 길게, 그리고 천천히 끌고 걸어간다. '긴 그리고 천천히'의 미학 속에서 시인의 자연은 깊은 서정으로 용해된다.

　최근작 '자연 속으로' 연작은 반세기 넘는 시간, 조용하고 잔잔한 서정의 올레길을 차분히 걸어온 시인으로서는, 한편으로는 자연, 다른 한편으로는 시인의 운명과 본질에 도전하는 역작이며 문제작이다. 연작 1, 2, 3, …… 9에 이르는 아홉 편의 작품들이 모두 이러한 문제 의식을 한 줄로 꿰고 있는데, 앞서 살펴본 1에 이어서 다른 여덟 편도 이러한 논의를 심화시킨다.

> 오랜만에 옛 숲을 찾아왔다
> 보이지 않는 그 무엇이
> 곳곳에서 변하고
> 다시 태어나면서
> 나를 사로잡는다
>
> ―「생명의 얼굴 ― 자연 속으로 2」 부분

> 고요로워라
> 잠든 듯 말이 없는 산
> 그 안에 품어 키우는 세상은
> 참으로 놀라워라
>
> ―「저 산처럼 ― 자연 속으로 5」 부분

두 작품 모두 자연으로서의 숲, 그리고 산의 묘사인데, 그것들은 오직 묘사됨으로써 예찬받는 대상으로서의 자연이 아니다. 숲과 산은 시인을 품고 세상을 키우는 위대하고 거룩한 자연이며, 시인과 합일을 이루면서 끊임없이 거듭나는 자연이다. 시인 G. 벤은 니체를 향하여 "아직도 자연에 무엇을 기대하는가?" 하면서 아주 조금 자연에 미련을 갖고 있었던 그를 힐난한 일이 있는데, 참으로 그는 자연의 이와 같은 숨은 힘을 보지 못하였던 것이다. 20세기 초라는 시대, 그리고 동서양 지역차가 주는 어긋남이라기에는 자연관의 본질이 사뭇 다르다.

김후란의 시는 무엇보다 자연과의 관계에서 시와 시인의 본질을 보고 있으며, 그것이 신성과 연결된다는 점에서 의미심장하다. 그럼으로써 그의 시는 서정의 지속이라는 측면 이상의 의미, 즉 마멸되어가는 생명의 회복이라는 점에서 서정의 시대적 소명 강화에 기여한다.

물론 이때 가장 중요한 것은 시인의 자리가 그 회복을 돕는 자로서 새롭게 부각된다는 사실이다. 이 일은 조금 거창하게 말한다면, 궁핍한 시대에 시인은 무엇을 할 수 있느냐고 애통해했던 횔덜린의 18세기, 서정시의 진실성을 회의했던 아도르노의 20세기에 대한 응답으로서 충분한 가능성을 던진다. 니체 이후, 더 멀리는 횔덜린 이후 끊임없이 절망의 포즈를 양산해온 현대시가 결국 신성의 와해에 대한 애통함-아쉬움이었다면 이제 원초의 자연이 품고 있는 가능성의 기본에 대한 철저한 인식은 역시 시인의 손길에 의해서 이루어질 수 있을 것이다. 그 차분한 출발점에 김후란의 시가 있다.

평생에 걸쳐 엄청난 시력을 쌓은 원로 시인의 자리를 출발점에 놓는 일은 다소 어색해 보일지 모른다. 실제로 시인은 『장도와 장미』『음계』 『어떤 파도』『눈의 나라 시민이 되어』『숲이 이야기를 시작하는 이 시각에』『서울의 새벽』『우수의 바람』『세종대왕』『시인의 가슴에 심은 나무는』『따뜻한 가족』『새벽, 창을 열다』 등 열한 권의 시집과 『오늘을 위한 노래』『노트북 연서』 등의 시선집을 갖고 있는데 이들은 한결같은 시세계 안에서도 확실한 발전, 성숙을 보여주고 있다. 거꾸로 말하자면 오늘의 '자연 속으로' 연작은 60년 가까운 그의 시 작업이 성취한 성과로서, 지난 시력은 이러한 성취를 향해 익혀온 하나하나의 밀알들이라고 할 수 있다.

그리고 이제 그 성취는 생명을 살려내는 시인이라는, 시인의 새로운

21세기적 사명을 일으키는 출발점이 되고 있다는 것이다. 사실 김후란의 최근 시의 이러한 성격은 1990년에 발간된 시집 『숲이 이야기를 시작하는 이 시각에』를 기점으로 한 후기 시 이후 서서히 특징화되고 있다. 이 부분을 『따뜻한 가족』(2008) 『새벽, 창을 열다』(2012)를 중심으로 되돌려 살펴본다면,

> 그 섬은 어디에 있을까
> 파도의 옷자락 날리며
> 물보라 일으키며
> 잠길 듯 잠길 듯 바다를 헤쳐간
>
> 수천 개 수만 개의 거울이
> 햇빛에 부서지고
> 다시 눈부시게 일어서는
> 파도에 밀리며
>
> 그 섬은
> 아무도 가보지 않은
> 먼 바다 어디에 있을까.
>
> ―「그 섬은 어디에 있을까」 전문

파도의 옷자락을 시인은 즐겨 사용하는데 어감이 주는 신선함과 소박한 수사 이상으로, 그것이 깊은 뜻과 연관된다는 점은 앞서 살펴본 대로다. 과연 '파도의 옷자락'은 움직이는 생명의 가장 부드러우면서 날카로운 표징이다. 여기서는 그 파도의 옷자락이 스스로 물보라를 일으키면서 바다를 헤쳐간다.

최근작에서 시인에 의해 숲으로 끌려간 그 옷자락이 그에 앞서서 먼

저 생명의 율동을 보여준 것이다. 그 율동을 시인은 수천 개의 수만 개의 거울이 햇빛에 부서지는 것으로 묘사한다. 율동이 만들어내는 빛! 생명은 곧 빛 아닌가. 빛의 생산을 거듭하는 파도를 보면서 이윽고 시인은 '그 섬은 어디에 있을까' 궁금해하고 그리워한다. 신성으로서의 생명을 땅, 곧 인간성과 연결짓고 싶어 하는 시인의 인간화 갈망이 서서히 태동하는 대목이다.

말하자면 이 시절 시인은 단순한 자연 묘사 단계를 훨씬 넘어서 바다/파도에 내재한 신성을 느끼면서 그 인간적 접점의 현장으로서 아직 '아무도 가보지 않은' 섬을 발견한다. 김후란의 자연이 지닌 깊이, 그리고 그것을 인격화하는 의미 부여의 능력과 성격은 그즈음 벌써 확연해지고 있는 것이다. 이보다 3년 뒤 2012년에 발간된 시집에는 다음과 같은 시가 실려 있다. 「한 잔의 물 — 빈 의자 7」 후반부다.

> 한 잔의 물 건네는 공양의 손길에
> 먼 바다 끝에 있는
> 작은 섬에 오르듯
> 비로소 빛부신
> 그분의 옷자락을 잡는다
> 경계를 허물고
> 지혜의 눈이 뜨인다.

이 시에는 파도의 옷자락을 바라보며 아무도 가보지 않은 섬을 찾았던 시인이 드디어 그 섬에 오르는 장면이 등장한다. 물론 이 장면은 일종의 환유로 나타남으로써 현실 자체는 아닌 듯하지만, "먼 바다 끝에 있는/작은 섬에 오르듯"이라는 묘사가 말하는 그 현실감은 상당하다.

시의 숨겨진 메시지는 그다음, 즉 "비로소 빛부신/그분의 옷자락을 잡는다"에서 그 실체를 드러낸다. 그분이 누구인가. 최근작에 와서 분명해진 신 아닌가. 그러나 시인은 결코 '신'을 어디에서도 직접적으로 적시하지는 않는다. 오히려 "경계를 허물고/지혜의 눈이 뜨인다"는 부드럽고 겸손한 표현을 통해 신과 인간의 도식적인 이원화를 슬며시 비켜가면서 그 경계에 '작은 섬'이 있음을 넌지시 내보여준다.

작은 섬이란 사람이 거의 살고 있지 않은 바다나 다름없는 한 점 뭍이 아니겠는가. 바다와 뭍은 작은 섬에서 만나고 그것은 신과 사람의 만나는 지점으로 상징화된다. 김후란 시의 의미 구조는 이런 과정을 통해 조용히, 그러면서도 착실하게 성숙해온 것이다. 「한 잔의 물」에서 또 한 가지 주목되어야 할 점이 있다. 그것은 제목 그대로 한 잔의 물이다. 다시 읽는다.

바람에 휘둘려 숨 가쁘던 생
한 잔의 물 건네는 공양의 손길에

시인은 우리 세속의 생이란 '바람에 휘둘리는 것'으로 생각한다. 흔한 표현 같지만, 거기에 간결하게 압축된 삶의 요체가 있다. 이런 세속에서, 어찌 보면 깊고 높기 짝이 없어 보이는 신의 세계에 어떻게 도달할 것인가. 시에서 그것은 자칫 형이상학적 췌사나 관념적 조작을 통해 거론되기 십상이며, 실제로 국내외의 시에서 이런 분위기의 관념시 혹은 변신론적인 형이상의 시들을 보기 쉽다.

그러나 김후란의 시는 다만 '한 잔의 물'을 통해 인간의 구체적인 헌신이 신에 이르는 길임을 암시할 뿐이다. 고즈넉한 구체성의 그림자 안에서 김후란이 보여주는 신성의 그림이 작은 파동으로 너울거린다. 이 시인에게서 "한 잔의 물 건네는 공양의 손길"과 "파도의 옷자락" 그리고

"먼 바다 끝에 있는 작은 섬"은 모두 동일한 범주에서 어울리는 신이자 동시에 인간이다. 그리고 바로 그것이 시다. 그 일체화의 그림 속으로 걸어 들어가는 이는 행복하다. 나도 그렇다.

# 정제된 부드러움의 시

가치는 항상 사회적 제도나 관습과 같은 외부의 척도에 의해 평가되고 측정되게 마련이다. 척도는 항상 질서나 규범의 근간이 된다. 그러나, 척도가 불변하는 눈금으로 존재하는 것이 아니기 때문에 가치에 대한 평가나 측정은 지난한 일이 되게 마련이다.

척도는 시대의 변천에 따라 부단히 변모하면서 사회적 변화에 적응하려 한다. 따라서, 사회적 변환이 심한 사회일수록 척도는 부단히 재조정되어야 할 것이다.그런 시대일수록 척도의 중요성도 더욱 부각되게 마련이다.

가치는 한 시대를 지탱해가는 근간이고 한 개인의 중심을 확고히 하는 지주인 것이다. 그런데, 하나의 자아가 확고한 중심으로 서기 위해서는 숱한 외부와의 길항(拮抗)을 감내하지 않으면 안 된다. 하나의 자아가 확고한 중심을 지켜가기 위해서는 부단한 자기 연마와 혹독한 시련을 이겨내야 하는 것이다.

김후란의 시를 일관해서 흐르는 것이 가치의 문제이다. 김후란은 자아의 중심적 가치를 지켜가기 위해 외부와의 팽팽한 균형 위에 서 있다.

그는 이 균형 속에서 자신에게 계율과 균제를 부여함으로써 모진 자기 시련 속으로 자신을 내몰고 있는 것이다.

그러므로, 일견 부드럽고 우아한 것으로 형상화된 그의 시 속엔 언제나 공고한 중심이 자리 잡고 있게 마련이다. 시련을 통해 도달한 온화함이기 때문에 정신적 깊이와 넓이가 내재해 있는 것이다. 그의 시가 보여주는 평이한 진술 속에도 스스로의 존재 가치를 수호하려는 완강한 정신이 비티고 있는 것이다.

> 은장도 빼어든
> 여인의 손
> 파르르 떠는
> 소매 끝에
> 사랑, 그 한 가락으로
> 피었다

「장미」라는 제목이 붙은 이 시에서 노래되고 있는 것은 장미의 아름다움이거나 그것의 지조나 절개 같은 관념이 아니다. 이 시에서 우리는 아름다움이란 무엇이며 어떻게 존재하는가에 대한 근원적인 물음과 만난다. 범상한 존재가 어떻게 해서 드높은 가치로 승화되며 드높은 가치는 어떻게 하나의 체계로 형태를 지니게 되는가에 대한 깊은 성찰이 이 시를 떠받치고 있는 것이다.

시인은 존재에 대한 깊은 탐구를 통하여 원초적 본질의 세계와 교감한다. 이 원초적 근원의 세계는 일상사에 탐닉해버린 사람들이 더 이상 관심 갖기를 포기해버린 것들이다. 실용적 관심 때문에, 교환가치 때문에 적당히 무관심하고 뻔뻔스런 세속에 골몰하게 되면서 원초적인 것들에의 관심을 던져버렸던 것이다.

김후란은 이렇게 던져버린 무관심해진 일상사 속에서 원초적인 가치가 어떻게 존재해야 하는지와 그것을 존재의 차원으로 끌어올려주는 과정을 노래한다. 아니, 어떤 의미에선 모진 자기 시련과 단련의 과정 자체가 김후란에겐 가장 중요한 것이 되어 있기도 하다. 그가 추구하는 절대적 미의 세계는 외부로부터 주어지는 것이 아니라 자기 시련과 단련을 통해 획득하는 것이다. 따라서, 김후란의 시에서 절대적 미의 세계로 가는 과정의 중요성은 도처에서 노래된다.

앞의 시「장미」에서의 '장미'는 절대적 가치의 존재 양식으로 하나의 여인을 상정하고 있다. 이 여인은 여성으로서의 계율과 엄격한 정절에 철(徹)해 있는 조선조 가치관에 발 딛고 있다. 그러나, 이 여인이 계율과 규범만이 화신이 되어 있는 것은 아니다. 한 송이 장미로서의 농염 속에 확고한 자의식과 자기주장이 있는 것이다. 그리고 이 농염함이 팽팽한 균형 위에 서게 되면서 드높은 형이상적 가치가 된다.

조선조 여인의 절도와 계율, 그것은 무섭도록 엄격한 것이면서 뜨거운 것이기도 하다. 이 엄격함은 지고·지선의 가치를 떠받치는 교각인 것이다. 교각들의 헌신이 전제되지 않을 때 절대적 가치로 가는 다리도 놓일 수 없을 것이다. "은장도"와 "사랑"은 대립적 속성을 지니는 것이지만 김후란의 시에서는 상호 보완적인 것이 되어 있는 것이다.

따라서, 김후란의 시가 일견 우아함과 부드러움의 얼굴로 보일 때도 그것을 뒷받침하고 있는 절도와 계율, 균제의 팽팽한 힘이 부단히 그것을 감싸고 있는 것이다. 따라서, 이 시인의 시가 보여주는 우아함과 부드러움은 정신적 단련을 통해 획득된 드높은 정신이 되는 것이다.

① 햇살이 부신 마루에서
　품안의 아기와 정담(情談)을

나눈다

아기는 아직 말을 모른다
연연한 복사꽃빛 두 볼과
방실 웃음이 고이는 눈과
현(弦)을 잡으면
온 세상이
내 것으로
울리네

—「아기」 부분

② 너의 뜻으로 깔린 우단 보료를 밟고서
　동백 한 송이 촛불처럼 가눠 쥐고
　이 밤을 따라서
　그대 집에 이르렀다

　사랑하는 이의 문 앞에 서듯
　눈 오는 밤을 기대면

　흩뿌린 보석
　온 세상에 창이 있네
　따뜻한 불빛이

　빨갛게 타는 동백 창가에 놓고 오며
　참 잊었던 애기가 가슴에 지핀다

　맑은 밤 아니 아침이었다.

—「동백 한 송이」 부분

①과 ②의 시가 노래하고 있는 것은 어떤 갈등이나 파멸도 내재해 있

지 않은 안온하고 뿌듯한 인간관계이다. ①의 시는 육친애가 노래되고 있고, ②의 시에서는 이성애가 노래되어 있다. 그리고 이 인간관계는 전 폭적 신뢰와 완벽한 화해에 기초하고 있다.

품 안에서 아기를 바라보는 이 시의 시적 화자는 지금 벅찬 기쁨을 느 끼고 있다. "연연한 복사꽃과 두 볼"과 "방실 웃음이 고이는 눈"을 바라 보면서 화자는 그 속에서 온 세상이 내 것이 된 듯한 감개를 느끼는 것 이다.

온 세상이 내 것으로 울리게 된 것은 물론 품 안의 아기에게서 무한 한 가능성과 잠재성, 그리고 규정할 수 없는 원초성을 발견한 데서 연유 된 것이다. 이 시의 화자는 아기에게서 볼 수 있는 이런 속성들을 통해 서 자기 자신까지도, 규정할 수 없는 순수의 환희에 도달하고 있음을 발 견하고 있다.

②의 시에서는 '그대'와의 완벽한 합일에 도달함으로써 느끼는 환희 로움이 구체화되어 있다. 이 시에서 '그대'와 '나'는 떨어져 있는 것으 로 되어 있다. '그대'와 '나'와의 간격은 그러나 '그대'와 '나'와의 관계를 소원하게 하는 거리가 아니다. 오히려 이 '거리'는 두 개의 개체가 지니 는 화해로움과 환희로움을 반성적으로 드러내기 위해 의도적으로 설정 된 것이라 보는 것이 좋을 것이다. 왜냐하면 '그대'와 '나' 사이에는 "너 의 뜻으로 깔린 우단 보료" 위를 걸어 "그대 집"에 가기만 하면 되는 것 이다. "흩뿌린 보석" 같은 별빛 아래 온 세상으로 열린 창을 바라보는 이 시의 화자는 어떤 좌절이나 파멸과도 연계되어 있지 않다.

①의 시에서의 육친애나 ②에서의 이성애는 이렇게 해서 추상적 관념 의 옷을 벗게 되고 구체적 형상화의 위업을 구현하게 되는 것이다. ①과 ②의 시를 통해 발견할 수 있는 사랑은 '공고한 사랑'이며 '공고한 신뢰' 에 기초해 있는 것이다. 그리고, 이 점은 앞에서 지적한 절도와 균제ㆍ

계율을 통해 정신적 안정의 상태에 도달한 이 시인이 누릴 수 있는 삶의 일부가 되어 있다.

그런데 이 시인이 추구해 마지않은 미의 궁극은 무엇인가. 그 미는 어떻게 해서 그의 삶의 지향이 되고 어떤 방식으로 획득되어야 하는 것인가. 이 점을 정확하게 밝혀주는 시가 그의 「환(歡)」이란 작품이다.

> 처음으로 지순(至順)한 눈을 들어
> 거울 앞에 앉는다
> 정적(靜寂)은 부서지고
> 두려운 듯 화사한 몸짓
> 여린 숨결에 하르르 떠는 불꽃이
> 수정(水晶)인 양 빛나며
> 오색 영롱한 명주올
> 현란한 비단으로 몸을 가린다

"지순한 눈"의 화자가 부서지는 "정적"과 조우하게 된 것은 그가 거울 앞에 앉게 되었기 때문이다. "거울"을 통해 투사된 자신을 보게 되면서 이 시의 화자는 적나라한 자신의 실체와 만난다. 그런데 그가 보게 된 자신은 한없이 나약하고 부끄러우면서도 화사한 모습이다. "여린 숨결에 하르르 떠는 불꽃이/수정(水晶)인 양 빛나며/오색 영롱한 명주올/현란한 비단으로 몸을 가리"고 있는, 이를테면 규정되지 않은 순수인 것이다. 어떤 모순이나 갈등에도 침윤되지 않은 처녀성의 순수인 것이다. 그런데, 김후란이 노래하고 있는 것은 이 절대 순수에의 예찬이 아니다. 절대 순수가 미의 궁극으로 존재할 수 있는 바로 그 존재 방식이 노래되고 있는 것이다. 김후란 시인이 미의 궁극으로 상정하고 있는 것은 '사랑'인데 그의 시에서 '사랑'은 '꽃'의 등가물이 되어 있다.

〈이제야 알겠습니다
사랑하는 죄값으로 죽어야 한다면
불로써 불을 끄고 죽어지이다
이승의 만남이 운명일진대
속박의 비단으로 휘어 감긴 작은 목숨
너와 더불어 떠나갈 배에
기꺼이 오르겠습니다〉

김후란이 미의 궁극으로 상정한 '사랑'은 그것의 절대성을 확보하기 위한 '죽음'과의 조응의 과정을 거친다. '사랑'을 획득하기 위한 전제로 제기된 '죽음'을 앞에 두고 이 시의 화자는 머뭇거리지 않는다. '사랑'과 '죽음'은 선택될 수 있는 두 개의 대상일 수 없기 때문이다. '사랑'이 지니는 가치의 위대성이 너무도 높고 깊고 큰 것이기 때문에 '죽음'이 대립될 수 있는 대상일 수 없는 것이다.

이 시의 화자가 '죽음'을 수용함으로써 '사랑'을 획득하는 길을 찾아내게 된 것은 그러므로 조금도 이상한 일이 아니다. 부끄러움과 조심스러움·화사함뿐인 것처럼 보이는 이 절대 순수의 자아는 미의 궁극에 도달하기 위한 매서운 결의를 통해 공고함을 획득한다. "불로써 불을 끄고", "죽음"을 대가로 해서라도 '사랑'을 획득하려 하는 것이다. 이승에서의 만남을 '운명'으로 받아들이면서 "너와 더불어 저승으로 떠나갈 배"에 기꺼이 오른다는 것이다. 육신을 태워버림으로써 저승의 합일을 지켜가는 조선조 여인네의 모습을 떠올려준다. 불의 시련을 거쳐 순백의 자태를 지니는 자기(瓷器)처럼 품격을 지닌 그런 여인의 모습을 김후란의 시는 보여주고 있는 것이다. 불의 시련 속에 자신을 버림으로써 높고 절대미의 세계를 획득할 수 있는 이런 지혜는 선인들이 지녔던 오랜 규범에 토대를 둔 것이었다.

옛 현인 이르기를
온전히 나 버리는 때
나 한 줌 건진다 하였거니
나를 버려 구할 영혼 있다면
나를 버리라 하오면
불붙는 육신
기꺼이 아니 버리랴
흙으로 빚어진
이 목숨.

—「백자」전문

　목숨의 근원이 흙임을 자각하는 데서 이 시는 비롯되었을 것이다. 질박한 흙이 백자로서의 자태를 지니게 되는 데에는 불의 시련을 견디는 과정이 전제되어 있다. 물론 불의 시련을 기꺼이 감내하는 것은 백자로서의 영원한 삶에 대한 기대 욕구 때문이다. 그러나, 이 시가 노래하고 있는 것은 백자로서의 형태를 지니고자 하는 열망이 아니다. 흙으로서의 자신을 깨닫게 되면서 흙인 자아가 백자로 승화될 수 있는 그 과정을 노래하고 있는 것이다. "기꺼이 아니 버리랴"는 진술 속에서 독자는 이 시인이 도달한 정신적 성숙과 그 높이를 가늠해볼 수 있을 것이다.

너를 만나려고
그토록 먼 먼 길을 돌아
모든 것 지나
나 지금 네 앞에 섰네

—「우리 둘이」부분

　「우리 둘이」에서 김후란은 그가 도달한 원숙한 종합의 세계를 노래하고 있다. 이 세계는 오랜 절제와 자기 단련의 과정을 거쳐온 그의 추구가 드디어 완결되고 있음을 노래하고 있다. 그가 추구해온 규범과 균제의 세계가 절대미와 합일되고 있는 것이다. 이 시에서 "먼 길 돌아"온 "나"는 "네" 앞에 설 수 있게 된 것이다. "내"가 "네" 앞에 서게 됨으로써 자기 절제와 탐구로 점철된 정신의 단련 과정이 성취에 도달하였음을 알 수 있다.

무서운 자기 절제와 균제를 통하여 절대미의 세계로 가는 도정을 끊임없이 조명해온 김후란의 시들은 일견 도덕주의나 규범주의에 기대고 있는 것처럼 보이기도 한다. 이론 인상이 그의 시를 조금쯤 엄숙한 분위기에 휩싸이게 하는 요인이 되어 있는 것도 사실이다. 그러나 그의 시는 언제나 뜨거운 중심을 지니고 있어서 도덕주의나 규범주의의 관념을 벗어난다. 이것이 김후란의 시를 지탱케 해주는 요체인 것이다.

> 겨울이면 나는 눈의 나라 시민이 된다
> 온 세상 눈이 다 이 고장으로 몰린다
> 고요하라 고요하라
> 희디흰 눈처럼
> 차고도 훈훈한 눈처럼
> 고요하라는 계율에 순종한다
> 사랑을 하는 이들은
> 안개의 푸른 발
> 이사도라 덩컨의 맨발이 되어
> 부딪치는 불꽃이 되기도 한다
> 겨울이면 나는 눈의 나라 시민이 되어
> 유순하게 날개를 접는다
> 그러나 이따금 불꽃이 되고
> 허공에서 눈물이
> 되려 할 때가 있다

슬픔이 담긴 눈송이들끼리.

—「눈의 나라」 전문

김후란이 이 시에서 노래하고 있는 것은 규범의 세계에서의 개체가 어떻게 존재해야 하는가의 문제이다. 겨울이 되어 눈이 내려 모든 개체들을 덮어준다. 개체가 지니는 외양을 순백으로 덮어가는 것이다. 마치 하나의 규범이나 계율이 질서를 이뤄가듯이 이 "눈의 나라"를 덮어가는 것이다. 김후란은 그 속에서 "눈의 나라 시민"으로서의 자신을 깨닫게 되고 "고요하라 고요하라"는 규범과 만난다. 그리고 "고요하라는 계율에 순종"하고 있는 눈을 보는 것이다. 그러나 김후란은 이 고요함의 계율 속에 섞여 고요함의 일부로 침잠해 들어가기를 거부하고 뜨거운 중심으로 솟구쳐 오르기도 한다. "이사도라 덩컨의 맨발이 되어/부딪치는 불꽃이 되기도 하"다는 것이다.

일률의 규범이 지배하는 이 "눈의 나라 시민"들 속에서 맨발의 춤을 통해 "부딪치는 불꽃"이 되려 한다. 물론 이 "불꽃"은 이 시인이 추구해 마지않는 생명의 궁극이 될 것이다.

김후란의 시는 범상한 존재가 어떻게 해서 드높은 가치로 승화되며 드높은 가치는 어떻게 존재해야 하는가에 대한 성찰에서 출발한 것이다. 그는 무관심 속에 던져진 일상사 속에서 자신이 존재해야 할 계율적 도정을 설정한다. 이 계율적 도정은 절대미의 세계로 가는 길과 이어져 있다. 모진 자기시련과 단련이 그의 지향을 높은 가치로 끌어올린다. 이런 정신적 단련은 부드럽고 우아한 그의 시 속에 공고한 중심을 형성하고 있는 것이다. 물론, 이 공고한 중심 속엔 확고한 가치가 자리 잡고 있는 것이다.

김재홍

# 생명과 사랑의 시, 희망과 평화의 시학

## 1. 김후란이란 누구인가

김후란 시인은 1960년 『현대문학』으로 등단한 이래 반백 년의 세월을 오로지 시와 이 땅 문화 발전을 위해 진력해온 대표적인 시인이자 문화계 지도자의 한 사람이다.

그의 생애는 대체로 시인으로서의 문학적 측면, 언론인으로서 문화적 측면, 여성계 지도자로서의 사회사적 측면 그리고 근년 '문학의 집·서울' 이사장 등을 맡으며 사회봉사에 힘을 기울이는 모습 등으로 요약할 수 있다.

첫 번째, 시인으로서의 그는 데뷔 이래 50년 동안 한결같이 시의 길을 걸어오면서 지금까지 첫 시집 『장도와 장미』 이래 『따뜻한 가족』에 이르기까지 열 권의 창작시집을 상재하는 과정에서 생명과 사랑의 정신, 희망과 평화의 철학을 다양하고 깊이 있게 천착해왔다. 이러한 시인으로서의 한결같은 정진과 매진은 온갖 혼란과 어둠의 역사를 헤쳐온 이 땅 문학사에 사랑과 평화의 메시지를 통해서 생명 사랑, 인간 사랑, 자유 사랑, 평화 사랑의 정신을 뿌리내리게 하는 데 크게 기여해온 것으로 판단된다.

두 번째, 언론인으로서 그는 적지 않은 세월을 문화부 기자, 논설위원 그리고 방송사 이사 등으로 활약하면서 이 땅 언론 문화 창달과 발전에 폭넓게 이바지해왔다.

세 번째, 그는 한국여성개발원 원장, 여성정책심의위원 등으로 활동하면서 이 땅 여성의 권익 신장과 평등사회 실현을 위해 진력하는 한편 각종 사회단체와 문학단체에 헌신적으로 봉사해온 사회운동가로서도 일익을 담당해왔다.

네 번째, 그는 근년에도 '자연을 사랑하는 문학의 집·서울' 이사장, '생명의 숲 가꾸기 국민운동' 이사장, '성숙한 사회 가꾸기 모임' 공동대표 등으로 활약하면서 이 땅 사회·문화·역사 발전에 중요한 역할을 지속적으로 수행하고 있는 소중한 분이기도 하다.

이렇게 본다면 김후란 시인은 시인으로서의 본도를 지키면서도 문화 발전을 위해 노력하고 나아가서 사회·역사 발전에도 정성을 기울여온 이 땅 문화예술계의 원로이자 사회 발전에 있어 한 지도자로서 소리 나지 않게 조용히 또 꾸준하게 전심·진력해온 분이라는 점을 확인할 수 있게 된다. 그의 실천적 면모를 바탕으로 본고에서는 김후란 시인의 시집 중 『따뜻한 가족』을 중심으로 그가 추구한 시세계를 살펴보도록 하겠다.

## 2. 생명 사상과 사랑의 시학

김후란 시의 출발점은 생명의 시학, 사랑의 시학으로부터 비롯된다. 그의 시는 세상에서 가장 소중한 것으로서의 생명을 기리고, 그 생명을 태어나게 하고 자랄 수 있게 하는 근원적 힘으로서 사랑의 동력을 지속적으로 노래하고 있는 점에서 그러하다.

> 세상이 아무리 넓다 해도
> 우주가 아무리 크다 해도
> 나 없으면 불은 꺼지고
> 나 없으면 모든 빛 눈을 감는다
>
> 살아 있다는 건 얼마나 고마운 일인가
> 풀벌레 우는 소리 담 넘어 울리고
> 새벽이면 긴 팔 뻗어
> 내 어깨 흔드는 햇살
>
> 소중하여라 오늘도
> 나를 일으켜 세우는 힘
> 신비하여라 흐르는 세월의 강물
> 기다림을 입술에 물고 쳐다보는
> 내일 모레 글피
> 또다시 내일 모레 글피
> 우주는 청순한 부챗살로 열린다.
>
> ─「살아 있는 기쁨」 전문

이 시에는 김후란 시의 생명 사상 또는 사랑의 철학이 잘 나타나 있다.

모든 생명이란 "세상이 아무리 넓다 해도/우주가 아무리 크다 해도/나 없으면 불은 꺼지고/나 없으면 모든 빛 눈을 감는다"처럼 하나하나가 다 세계의 중심이면서 우주의 근원으로서 존재한다. 그러기에 "살아 있다는 건 얼마나 고마운 일인가"일 수밖에 없을 게 자명한 이치이다.

그렇다면 이러한 생명을 태어나게 하고 자라가게 하는 근원적인 힘은 무엇인가? 한마디로 그것은 "새벽이면 긴 팔 뻗어/내 어깨 흔드는 햇살" "우주는 청순한 부챗살로 열린다"에서 보듯이 '해'의 상징으로 제시된다. 햇빛이야말로 우주만물을 태어나게 하고 운행하게 하는 우주 에너지라는 뜻이다. 말하자면 '해'가 상징하는 빛(光)과 열(熱)이야말로 우주 에너지, 즉 사랑의 힘으로서 생명의 탄생 원리이고 운행 원리로서 모든 생명을 태어나게 하고 살아갈 수 있게 하는 원동력으로 작용한다는 말이 되겠다. 그러기에 사랑은 "소중하여라 오늘도/나를 일으켜 세우는 힘/신비하여라 흐르는 세월의 강물"로서 생명을 지켜주고 우주를 떠받치는 풀잎 기둥으로서 의미를 지닐 수 있을 것이 자명하다.

이처럼 김후란의 시는 생명 사상을 핵으로 하면서 사랑의 철학을 형성해감으로써 생명의 시학, 사랑의 시학을 지향하며 전개돼가는 특징을 지닌다.


## 3. 별의 시학, '따뜻한 가족'을 위하여

생명 존중 사상, 사랑 시학에 바탕을 두기에 김후란 시는 '나'와 '너' 즉 '우리'로 집중되면서 가족 사랑, 이웃 사랑으로 확대되어 나아간다. 생명과 사랑이라는 화두가 나와 너, 그리고 우리로 구체화되면서 인류 사적 보편성의 세계로 확대돼 나아가는 것이다.

그것은 '별'의 시학으로 구체적인 표상성을 지니게 된다.

> 문득 저 아득한 밤하늘에
> 신비의 눈길 던진다
> 부드럽게 흐르는 은하계에

수천억 별이 있고
또 그만 한 은하계가
우주에 헤아릴 수 없이 많다고 하면
생각할수록 아찔 현기증이 난다
우리는 너무 작은 일에 가슴앓이하면서
자주 사람끼리 상처를 입고
자주 돌부리에 걸려 넘어지지만
그 많은 별 중에 지구상에 태어나
사랑으로 만난 우리
이게 어디 예삿일인가
이게 어디 예사로운 인연인가
나에겐 그대가 필요하다
시(詩)가 된 그대
별들이 눈부시다.

―「밤하늘에」 전문

생각해보면 지상에 수억만 송이 풀과 꽃이 피어나 자라듯이 우주에
는 수천억 개의 별이 존재하고 지금도 빛나고 있지 않은가? 그야말로
하늘엔 별, 땅엔 꽃, 그리고 사람이 지구 위에 더불어 존재하고 있는
모습이다.

인용 시에는 이러한 하늘의 '별'로서 땅의 꽃, 그리고 지상의 인간이
조응되고 있어 주목된다. 그렇게 지천으로 널린 별이란 바로 땅의 꽃과
지상의 인간과 더불어 하나의 공동체를 이루고 있기 때문이다. 바로 여
기에서 생명을 탄생시키고 운행해가는 원리로서 다시 사랑과 인연의 중
요성이 제시된다. "그 많은 별 중에 지구상에 태어나/사랑으로 만난 우
리/이게 어디 예삿일인가/이게 어디 예사로운 인연인가"라는 구절이 그
것이다. 생명의 운행 원리는 바로 사랑의 법칙에 좌우되며, 그 사랑은

인연의 고리로서 연결돼가기 마련이다. 너와 내가 이웃과 더불어 살아가는 일이란, 사랑이 매개 원리로 작용하면서 인연이 그 연결고리가 되어 전개된다는 뜻이다.

바로 이 점에서 '나'는 '너'와 다시 '가족'과 이웃, 그리고 겨레와 인류로 확대되고 심화돼가는 것이 아니겠는가? 여기에서 다시 강조되는 것이 바로 사랑의 철학이다. 사랑이야말로 모든 가족관계, 인간관계에 있어 근본 원리와 운행 법칙으로서 작용하며 가족과 사회, 민족과 인류로 그 지평을 확대해 나아가게 하는 견인력이 되기 때문이다. '나'가 세상의 주인, 우주의 중심이듯이 확장된 '나'로서 가족이란 말 그대로 우주의 중심 또는 최소 단위에 해당하는 것 아니겠는가? 그리고 그것은 사랑의 원리와 인연의 법칙으로 형성되고 전개돼가는 것 아니겠는가. 따라서 사랑, 즉 사랑의 인간관계는 세계를 움직이는 근본 원리이자 우주 에너지가 아닐 수 없다.

그렇다! 사랑은 모든 가족관계, 인간관계의 근본 원리고 운행 법칙에 해당한다. 그것은 인간뿐만 아니라 산천초목 삼라만상 모든 생명 있는 것들을 태어나게 하고 살아가게 하는 근본적인 섭리이고 우주 에너지로서 작용한다. 그러기에 모든 인간관계, 가족관계는 사랑의 원리 즉, 상호 공경과 사랑 또는 모심과 기룸의 법칙을 바탕으로 형성되며 또 전개돼갈 것이 당연한 이치이다.

사실 오늘의 삶이란 어떤 모습인가? 생명체들의 과다한 탐욕과 이기심으로 인해 나날이 인간관계는 단절되고 소외되어 가족 해체가 급속도로 진행돼가고 있지 않은가? 그래서 각종 사건, 사고가 빈발하고 모든 생명체, 인간들은 온갖 위험에 무방비 상태로 노출되어 있지 않은가.

이 점에서 김후란 시인이 지속적으로 강조하고 있는 '따뜻한 가족'의 회복과 유지, 사랑의 시학은 바로 인간성 회복 운동이고 나아가서 생명성 회복 운동이 아닐 수 없음이 분명하다. 그리고 그것은 모든 생명, 가족 구성원 하나하나가 제자리를 올바로 지키고 서로의 존재를 인정하고 사랑하고 공경해 나아갈 때 비로소 이루어질 수 있는 것이리라.

## 4. 자연 사랑 또는 대지 사상을 위하여

그렇다면 이러한 생명의 시학, 사랑의 시학의 근원은 과연 어디에서 연원한 것일까? 그것을 우리는 대지 사상 또는 자연사에 대한 관심과 애정으로 파악해볼 수는 없을 것인가?

그렇다! 김후란 시 속에는 모든 생명들이 뿌리내리고 살아가는 터전으로서 대지에 대한 믿음과 생명력에 대한 찬탄이 지속적으로 표출되고 있다는 점에서 그의 건강한 대지 사상과 생명 사상을 엿볼 수 있다. 그의 시에는 살아 있다는 것으로서 생명에 대한 기쁨과 함께 대지와 그 생명력에 대한 감사와 외경심이 물결치고 있기 때문이다. 그의 시에는 어둡고 음습한 분위기보다는 언제나 맑고 밝은 태양의 기운, 그리고 긍정과 낙관의 미래지향적인 생명력이 살아 움직이고 있기에 건강성이 돋보인다는 뜻이다.

> 아름다운 대지여
> 꿈꾸는 새여
> 너의 빛나는 눈빛을 본다
>
> 새날의 큰 획이 그어지는 시간
> 사랑을 하는 이들은 새 집을 짓고
> 그리움에 사는 이들

추억의 창가에 앉아
멀리 그려지는 미래를 바라본다

대지에 굳건히 뿌리 내리고
높이 두 팔 벌린 의지의 나무들
그 긴 손가락이 가리키는 하늘에
은은히 노랫소리 가슴 적실 때

아, 인간 세상 모든 흐름 정의롭기를
슬기롭고 평화로운 날들이기를
열의에 찬 걸음 이웃을 손잡아주며
땀 흘려 일하는 이 기운 넘치고
바른 길 활기차게 열려가기를
사람답게 사는 세상 큰 나라여
패기 넘치게 일어서라.

—「꿈꾸는 새여」 전문

이 시에서는 "아름다운 대지여/꿈꾸는 새여/너의 빛나는 눈빛을 본
다…(중략)…//대지에 굳건히 뿌리 내리고/높이 두 팔 벌린 의지의 나무
들/그 긴 손가락이 가리키는 하늘에/은은히 노랫소리 가슴 적실 때"라
는 구절에서 보듯이 '대지, 새, 나무, 하늘'이 서로 조응되면서 대지와 생
명의 교향시를 연출하고 있다. 아울러 이러한 대지적 생명력에 대한 찬
탄은 "아, 인간 세상 모든 흐름 정의롭기를/슬기롭고 평화로운 날들이기
를/열의에 찬 걸음 이웃을 손잡아주며/땀 흘려 일하는 이 기운 넘치고/
바른 길 활기차게 열려가기를"과 같이 인간사와 연결되고 공동체 의식
과 노동 의지로 열려감으로써 건강성을 확대하고 심화해가게 된다.

## 5. 역사의식 또는 문화적 상상력을 위하여

한편 김후란의 시에는 사람이 살아온 과거와 살고 있는 오늘, 그리고 살아갈 미래에 대한 성찰로서 역사의식 또는 문화적 상상력이 지속적으로 작용하고 있음을 본다.

아득하여라 그 옛날 5세기 때부터
백제의 배는 일본으로 향했다
총칼 대신 문화의 뿌리를 싣고
규슈로 나라로 오사카로
이웃집 정 나누듯 삶의 길 터나갔다

열매 따 먹고 바닷가 조개 캐 먹던
일본인들 일으켜 세워
벼 농사법 보리갈이 채광 철공기술 등
차분히 일깨우며 가르쳤다
베틀로 옷감 짜고 바느질로 옷 지으며
문자도 종교도 삶의 질 높이는 정신의 눈뜨임

미소 어린 얼굴로 손 내민
선비 나라 백제인들 문화의 꽃
손에 손 잡고 함께 일어섰던
아름다운 역사를 기억한다면
꿈과 사랑이 있었던
그 시절 정을 생각한다면
사람 사는 세상 좀 더 한 물결로 출렁이리.

—「문화의 뿌리」 전문

이 시에는 한국과 일본 사이의 역사, 문화적 영향 관계와 연대 의식이 잘 드러나 있다. 이웃해 있는 두 나라, 그러면서도 선린보다는 자주 적대 의식으로 대립과 갈등을 겪어온 두 나라의 역사가 사실은 문화사적인 면에서 한 뿌리이기에 그러한 불행했던 과거사를 떨치고 상생의 철학, 평화의 세상으로 나아가자는, 나아가고 싶다는 염원과 갈망을 표출하고 있는 것이다.

역사적인 면에서 두 나라는 "아득하여라 그 옛날 5세기 때부터/백제의 배는 일본으로 향했다/총칼 대신 문화의 뿌리를 싣고/규슈로 나라로 오사카로/이웃집 정 나누듯 삶의 길을 터나갔다//열매 따 먹고 바닷가 조개 캐 먹던/일본인들 일으켜 세워……"와 같이 우리나라가 일본에 미친 역사적 영향과 상호 관계를 소상히 밝히고 있다.

특히 그것은 "베틀로 옷감 짜고 바느질로 옷 지으며/문자도 종교도 삶의 질 높이는 정신의 눈뜨임……"에서 보듯이 생활사적인 면뿐 아니라 문화사, 정신사 면에서도 심대한 영향을 끼쳤음을 강조함으로써 뿌리 깊은 역사적 유대 관계를 제시한다. 무엇보다도 "문자도 종교도 삶의 질 높이는 정신의 눈뜨임"을 강조한 것은 김 시인의 역사의식 중심에 문화의식 또는 문화적 상상력이 자리 잡고 있다는 점을 말해준다고 하겠다.

이처럼 김후란의 시에는 선린 관계로서 한·일간의 역사적 유대 관계가 제시되면서 무엇보다 그것이 인간이 살아가는 뜻과 정으로서 인류적 양심과 정의의 길, 즉 바람직한 역사의식과 문화적 상상력에 기반을 두고 있어야 한다는 점에서 설득력을 지닌다.

아울러 이러한 역사의식과 문화적 상상력은 "이웃 나라 사람들 손을 잡은 형님이었다/큰 하늘에 별들이 사이좋게 반짝이듯이"와 같이 건강한 평화의 시학, 미래지향성으로 연결됨으로써 바람직한 방향성을 확립하게 된다.

## 6. 희망의 시학, 평화의 시학을 향하여

김후란의 시는 궁극적인 면에서 희망의 시학, 평화의 시학을 지향한
다. 1960년 등단 이래 50년 반세기에 이르는 동안 그가 추구해온 시 정
신은 일관되게 어둠에서 빛으로, 슬픔에서 기쁨으로, 절망에서 희망으
로 나아가려는 희망의 정신이며 동시에 그 모든 삶과 시, 역사 행위는
평화의 정신에 바탕을 두고 전개돼 나아가야 한다는 신념을 일관되게
보여주기 때문이다.

> 우리에겐
> 건너야 할 강이 있다
>
> 그 너머에 마을 불빛 보이고
> 어린 아기 웃음소리 들린다
>
> 어두운 숲에서
> 잠자던 새가 푸드득 난다
> 새벽이 오고 있었다
>
> 그래 우리에겐
> 건너야 할 강이 있다
> 혼돈의 시간을 딛고
>
> 어둠을 거둬내는
> 빛이 흐르고
> 먼 길이 보인다.
>
> ―「희망」 전문

우리에게 '건너야 할 강'이란 무엇인가? 그것은 바로 역사의 흐름이며 역사의 온갖 시련으로서 어둠의 강물이 아니겠는가, 수많은 수난과 역경, 고통과 시련으로 점철된 역사의 강물을 건너 우리는 "어두운 숲에서/잠자던 새가 푸드득 난다/새벽이 오"는 곳을 향하여 나아가야 하는 것이다. 그야말로 "그 너머에 마을 불빛 보이고/어린 아기 울음소리 들리"는 그러한 희망의 나라, 평화의 나라로 나아가야 한다는 뜻이다. 그때 비로소 "어둠을 거둬내는/빛이 흐르고/먼 길이 보인다"와 같이 역사의 새벽, 희망의 새 아침이 열려갈 수 있는 것이기 때문이다. 그러므로 희망의 시학은 평화의 시학으로 나아가게 된다.

그것은 바로 희망의 시학이며, 평화의 시학이다. 생명이 살아 있는 한 그 삶에 있어서 희망은 빛이고 소금이 아닐 수 없으며, 그 희망이 자라고 꽃피우고 열매 맺게 하기 위해서 평화가 가장 소중한 관건이 아닐 수 없다. 그만큼 희망과 평화란 삶에 있어서, 나아가 역사 전개에 있어서 원동력이면서 추동력이고 동시에 이념적 목표이자 지향점이 아닐 수 없다는 뜻이 되겠다.

실상 온갖 기계문명의 홍수와 자본 만능의 물신주의 팽배 현상 속에서 나날이 인간성은 황폐해지고 생명력은 고갈되어 인간 상실, 가족 해체가 심화되어가는 것이 오늘날 21세기의 어두운 풍경이 아닌가.

이에 비추어 인간성의 회복은 바로 생명력의 회복이고 사랑의 회복, 따뜻한 가족의 회복에서 찾아질 수 있을 것이 분명하다. 그리고 그것은 바로 건강한 희망의 철학, 평화의 실현을 통해서만이 이루어지고 확립돼갈 수 있는 것이 자명한 이치이다. 그리고 이러한 생명과 사랑, 희망과 평화의 철학이 올바로 구현되는 데서 개인과 사회, 역사와 그리고 인류사의 바람직한 지평이 열려갈 수 있을 것이기 때문이다.

겨울이면 나는 눈의 나라 시민이 된다
온 세상 눈이 다 이 고장으로 몰린다
고요하라 고요하라
희디흰 눈처럼
차고도 훈훈한 눈처럼
고요하라는 계율에 순종한다
사랑을 하는 이들은
안개의 푸른 밭
이사도라 덩컨의 맨발이 되어
부딪치는 불꽃이 되기도 한다
겨울이면 나는 눈의 나라 시민이 되어
유순하게 날개를 접는다
그러나 이따금 불꽃이 되고
허공에서 눈물이
되려 할 때가 있다
슬픔이 담긴 눈송이들끼리.

—「눈의 나라」 전문

　겨울에 애송하는 시의 하나가 '눈의 나라'이다. 이 시에서는 '눈'과 '불꽃', 그리고 '눈물'의 세 이미저리가 핵심으로 나타나 있다.
　'눈'은 순결한 평화의 상징으로서 의미를 지닌다. "고요하라 고요하라/희디흰 눈처럼"이라는 구절 속에는 고요함으로서의 평화에 대한 순결한 의지와 소망이 담겨 있다. 아울러 '불꽃'은 사랑과 환희의 표상이다. "부딪치는 불꽃"으로서 사랑은 삶의 가장 중요한 힘이며 가치이다. 그러나 '불꽃'으로서의 사랑은 동시에 허무와 비애로서의 '눈물'을 지닐수밖에 없다. 불꽃으로서의 사랑과 눈물로서의 허무는 삶의 본질적인두 양면이기 때문이다. 사랑과 환희로서의 생은 깊은 허무와 비애로서의 그것과 표리의 관계를 이루면서 삶을 보다 완성된 것으로 이끌어 올리게 되는 것이다. "슬픔이 담긴 눈송이들끼리", "이따금 불꽃이 되고", "허공에서 눈물이 되려" 한다는 구절 속에는 단독자로서 생을 살아갈 수밖에 없는 근원적 비애가 첨예하게 드러나 있다.

이 점에서 '평화의 길', '사랑의 길'의 의미가 더욱 강조되게 된다. 이 시가 궁극적으로 말하려는 것은 허무나 비애 그 자체가 아니라, 그러한 것들의 초월과 극복에 있는 것으로 여겨지기 때문이다. 이 초극의 방법이 바로 "고요하라" 하는 평화에의 길이며, "훈훈한 불꽃"으로서의 사랑의 길인 것이다.

이렇게 볼 때 김후란의 시가 지향하는 것은 '사랑의 길'과 '평화의 정신'이며, 이것은 그대로 그의 삶이 지향하는 바와 일치되는 것으로 여겨진다. 그러므로 김후란의 시는 궁극적으로 내면적인 면에서 깨달음과 반성을 통한 자기 발견과 구원의 과정으로 인식되는 것으로 이해된다. 또한 외향적인 면에서는 사랑의 실천과 평화에의 지향에 의미가 놓인다. 그의 시는 투쟁 · 분열 · 흥분 등의 행동적 · 비판적 투쟁심보다는 눈물 · 사랑 · 진실 등의 내향적 · 옹호적 감정에 주로 의지하고 있는 것으로 이해되기 때문이다. 그의 시는 민중 · 현실 · 자유를 소리 높여 외치는 것이 아니라, 사랑 · 평화 · 진실을 뜨겁게 간직하고 소박하게 노래하려는 시의 자세를 보여주고 있다.

이 점에서 김후란의 시는 고함 소리 드높은 시대에는 별반 설득력을 지닐 수 없을지 모르나 내밀한 진실에 귀 기울일 줄 아는 진지한 독자에게는 깊고 은은한 감동을 불러일으킬 수 있을 것이 확실하다.

시인의 가슴에
심은 나무는

산수유 마을에선
노란 산수유꽃으로 피고
매화 마을에서는
뽀얀 매화꽃으로 피네

허공 가로질러 날아가던 새가
잠시 아주 잠시
깃을 접고 쉬어가고
피어 있는 잎사귀마다
그리운 이름이 적혀 있는

시인들은 저마다
다른 나무를 키우면서
저마다 잘생긴 나무로 키우면서

밤이 깊어지면
나무 한그루씩 품어 안고
길을 떠나네
맨발로 먼 길을 떠나네.

ㅡ「시인의 가슴에 심은 나무는」 전문

　누가 시인이 되려고 하는 자, 좋은 시를 쓰려고 하는 사람은 나무와 새, 그리고 강물을 깊이 있게 바라보고 공부해야 한다고 했던가.

　이 시는 바로 이 중에서 나무와 새, 즉 자연을 깊이 있게 탐구하는 모습을 보여준다. 시인은 "시인의 가슴에/심은 나무는/산수유 마을에선/노란 산수유꽃으로 피고/매화 마을에서는/뽀얀 매화꽃으로 피네"와 같이 시인들은 각자 나무의 삶과 생애, 생리를 배우고 본받으면서 개성적으로 보다 깊이 있는 사유, 아름다운 표현을 찾아내어 시로 형상화해야 한다는 뜻이다.

아울러 자유의 표상인 새처럼 나무와 친화와 교감을 나누면서 살아가는 생명 존중 사상, 상생의 철학을 공부하고 그것을 노래한다는 뜻이다.

부드러운 몸짓으로
천년을 가는
저 강의 가슴은 향기롭구나

강가에 스쳐가는
그 많은 노랫소리
오늘은 다만 한자락 바람이네

아서라 애틋한 그리움 실어
누군가를 부르는
그 목소리
노래로 바람으로
흐르는 강물에 몸을 씻누나.

—「흐르는 강물에」 전문


이 시는 강물의 흐름을 통해서 시간의 존재로서 인간, 삼라만상의 본질과 현상을 탐구하고 있다. 강물은 "부드러운 몸짓으로/천년을 가는/저 강의 가슴은 향기롭구나"와 같이 부드러운 파동성과 굽이침으로 온 대지와 생물들에게 생명력을 불러일으키면서 영원 속으로 흘러 들어가기 때문이다. 늘 과거를 흘러왔으면서 현재를 흘러가고 있고 미래를 흘러갈 것이기에 강물은 생명의 흐름과 인간의 삶, 그리고 사회·역사의 흐름을 표상하는 것이 아닐 수 없다. 이 점에서 이 시도 김후란 시의 특성을 보여주는 주요한 작품에 해당한다.

먼지는 살아서 날아다닌다
어디나 앉았다가
다시 날아오른다
죽은 듯 살아 있는
먼지

나 살아 있음도
그중의 하나련만
60kg 무게로
몸보다 더 무거운
삶의 의미를 짊어지고
마음은 온 우주의 핵이 되어
더없이 소중하게
살아 있다

이 세상 무어나
그런 것이련만
가벼운 먼지처럼
살아 있건만
천근만근 무거운
삶의 의미.

—「먼지처럼」 전문

　이 시는 삶의 모습을 '먼지'로 비유하고 있다. 그렇게 아무것도 아닌 것 같으면서도 또 의미를 가질 수밖에 없는 것으로서 삶의 의미를 파악하고 있는 것이다. "먼지는 살아서 날아다닌다./어디나 앉았다가/다시 날아오른다/죽은 듯 살아 있는/먼지"의 모습은 그대로 삶의 실존적 의미일 수 있기 때문이다. 존재론이란 무엇이던가? 한마디로 그것은 삼불이 지니고 있는 근본적인 진리를 객관적으로 통찰하고 그를 통해 인간의 본래 모습과 그 가치를 탐구하고자 하는 노력을 의미한다.

바로 이 시에서 삶의 근원적인 모습을 '먼지'로 비유하고 그 속에서 존재와 무의 모습을 꿰뚫어보면서 긴간 존재의 궁극적 모습을 파악하려 한 것은 바로 이러한 존재론적 삶의 탐구 자세를 반영한 것이라 할 수 있다.

먼지처럼 가볍고 하찮은 것 같지만 인간 존재는 "삶의 의미를 짊어지고/마음은 온 우주의 핵이 되어/더없이 소중하게/살아 있"는 모습인 것이다. 특히 여기에서 "가벼운 먼지처럼/살아 있건만/천근만근 무거운/삶의 의미"라는 결구는 중요한 존재론적 깨달음을 담고 있어 주목을 환기한다.

삶이란 하나하나 덧없는 것처럼 보이지만 그 모두는 천근만근 무거운 의미를 지니고 있으며 그러기에 하나의 존재론적 우주를 이룬다. 하나의 존재는 우주와 등가를 이룬다는 점에서 중요성을 지닌다. 그러나 동시에 그렇게 무게를 지니기에 실존이란 힘들고 고통스러울 수밖에 없는 것이 자명하다. 인생이란 육신을 지닌 데 따르는 인간 조건이 끊임없이 삶의 과정에 슬픔과 기쁨, 고통과 환희, 분노와 용서, 열정과 미지의 소용돌이를 만들어감으로써 존재론적 드라마를 형성해가는 것이기 때문이다.

> 살아가는 길에
> 떠나감이 없다면
> 떠나보내는 아쉬움이 없다면
> 그래, 인생은
> 눈부심의 순간들이지만
>
> 가끔 뜨거운 얽힘이 있어

서로를 잊지 못하네

그리운 날들
그리운 이름들
노을이 지는
아름다움처럼
눈시울이 젖으면서

먼 먼 길이
떠나가는 시간으로
이어지네.

—「떠나가는 시간」 전문

이 시에서 핵심은 시간의 존재론이다. 삶이란 존재와 무의 변증법으로 이어지는 허무에의 길이다. 모든 존재는 언젠가는 사라져가는 것, 사라져갈 것이 분명하다. 다만 삶이란 그러한 시간의 흐름 위에 유의미한 느낌표를 찍어가는 것일 뿐, "가슴 뜨거운 얽힘이 있어/서로를 잊지 못하는" 것일 뿐이다. 인간은 어차피 시간 속에서 태어나 시간 위를 살다가 시간 밖으로 사라져가는 허무의 존재일 뿐인 것이라는 존재론적 인식이 이 시의 핵심을 이루고 있는 것이다. 바로 이러한 시간의 존재로서 모든 존재의 덧없음 또는 인간 존재의 허무함을 노래한 것이라고 하겠다.

김후란의 시를 일관해서 흐르는 것이 가치의 문제이다. 김후란은 자아의 중심적 가치를 지켜가기 위해 외부와의 팽팽한 균형 위에 서 있다. 그는 이 균형 속에서 자신에게 계율과 균제를 부여함으로써 모진 자기 시련 속으로 자신을 내몰고 있는 것이다. 그러므로 일견 부드럽고 우아한 것으로 형상화된 그의 시 속엔 언제나 공고한 중심이 자리 잡고 있게 마련이다. 시련을 통해 도달한 온화함이기 때문에 정신적 깊이와 넓이가 내재해 있는 것이다. 그의 시가 보여주는 평이한 진술 속에도 스스로의 존재 가치를 수호하려는 완강한 정신이 버티고 있는 것이다.

**한영옥**

# '존재의 빛'을 향한 경건한 여정(旅程)

## 김후란 시선집『존재의 빛』의 세계

## 1. 들어가며

김후란 시선집『존재의 빛』은 시인의 시력을 한자리에서 조망하는 길을 내준 귀한 자료다. 시에 부지런한 시인은 이후로도 수 권의 시집을 더하고 있지만 시적 특성들은 시선집의 자장 안에 있으리라 짐작한다. 이에 시선집『존재의 빛』을 읽으며 그의 시 작업을 관류하는 맥을 찾아보기로 한다. 이 글은 시기별 작품에 집착하지 않고 전체 작품에 고루 투사된 시 정신을 읽어가면서 그 흐름들을 잇대어 맥을 찾는 방식을 취하려 한다.

시선집의 제목은 시「존재의 빛」에서 취해진 것인데 이 묵직한 시어 '존재의 빛'은 그의 시를 읽어가는 동안 내내 귀한 열쇠가 돼주었다. 시인은 일상의 여러 세목들, 그중에서도 자연과 인간의 생명력을 존재의 빛으로 탐사하면서 그 터전의 은혜로움과 신비함에 주목하는 동시에 존재의 영원성을 지향하는 뜨겁고 겸허한 시선을 간직하고 있었기 때문이다. 시의 주체가 간직하고 있는 겸허한 자세는 마침내 지평을 넘어 경건함의 세계를 매개하는데 여기서 특유의 부드럽고 깊은 목소리가 마련되고 있었다.

이와 같은 흐름을 조망하면서 시편들의 행로에 '일상의 승화'와 '존재의 탐색'이라는 이정표를 세워보았다. 좀 더 구체적이고 세밀한 길은 실제 시편들을 읽으며 찾아가기로 하자.


## 2. 일상의 승화 — 지평을 넘는 시선

시인은 자신의 둘레를 엮어주는 가족과 지인들 나무와 꽃, 새로부터 별, 은하의 우주에 이르는 광활한 세계까지를 자연스럽게 일상의 범주에서 녹여낸다. 그의 어조는 늘 조용하고 버릴 잉여가 없다. 말하고 싶은 요지를 치장 없이 소박한 전언으로 바꾸는 정갈한 힘을 동력으로 하기 때문이다. 그렇기에 그가 불러내는 일상은 아무리 큰 폭으로 확장된다 하더라도 고요하고 잔잔한 수위를 벗어나지 않는다. 여기서 진솔함과 격조가 저절로 자리 잡힌다.

> 은혜로움 가득한
> 첫여름 새벽
>
> 눈뜨는 것 모두가
> 부드러운 눈길이네
>
> 이승과 저승이
> 한 잎 물 위에 뜬
> 연잎처럼 가까운데

물 위에 펼쳐진
저 하늘처럼
큰 가슴이기를 빌며

고요히 눈 감고
고단한 삶의 언덕을 보네

비틀거림 없이
물 밑도 보고 싶네.

─「어느 여름날」 전문

여름날 연못의 일상적인 풍경으로부터 건져올린 성찰이 잔잔하게 펴져 있다. 초여름의 새벽은 생명의 눈뜸이 가장 찬연한 시간일 것이다. 그럼에도 생명의 눈뜸에만 시선은 머물지 않는다. "한 잎 물 위에 뜬 연잎"을 통해 저승과 이승의 거리를 동시에 관망하는 것이다. 그럼에도 주체의 눈길은 섧지 않다. 오히려 한 자리에 동시에 투사된 지평 너머의 세계를 감득하면서 "큰 가슴"을 얻는다. 여기서 '큰'은 이승과 저승을 동시에 조망하는 정신의 크기일 것이다. 그런데 '큰'의 의미는 여기서 머물지 않는다. "비틀거림 없이/물밑도 보고 싶네"까지 확장되는 것이다. 여기서 물밑의 세계는 여러 의미망을 가질 것이나 일단 주체가 망설이는 어떤 두려움의 세계라고 볼 수 있다. 그 세계와도 비틀거림 없이 만나려는 것은 또한 큰 가슴의 자세가 아닌가. 무심한 일상의 풍경이 그 외연을 넓혀가면서 큰 깨달음의 세계를 모셔온 것이다.

사과는 우주를 품고 있다
사과 바구니에서
잘생긴 사과를 고른다
이리 뒤적 저리 뒤적 사과를 건드린다

사과가 몸살을 앓는다
나 다쳐요
파르르 소리친다

그래 내가 틀렸다 너희들 모두
맛있는 사과다
모양새만으로 사과를 고르는 건
내 욕심이다

실팍하게 응집된 속살을 깨문다
향기가 세상 밖으로 튄다.

　　　　　　　　　　　　　　　―「사과를 고르다」 전문


　먼저 "튄다", "건드린다", "앓는다", "소리친다" 등의 역동적 감각어들
이 튀어 오르며 만드는 생동감을 맛본다. 그러한 가운데 침묵에 가까운
어떤 엄숙한 세계를 만나게 된다. 이는 보기 좋은 사과를 고르려는 일상
의 구매자로서의 태도가 비약하는 묘미와 겹쳐진다. "우주를 품고" 있
으며 또한 "향기가 세상 밖으로 튀"는 것은 사과의 본래적 자리로의 비
약일 것이다. 이는 일상적인 분별심을 끄고서야 보이는 세계다. 그래서
"내가 틀렸다"고 주체는 일상의 관점을 순순히 내려놓는다. 이는 "상처
많은 나"라는 자기 성찰과도 맞물린다. 이와 같은 내면적 절차들을 통해
나와 사과는 우주적 자리로 되돌아가며 한 태양 밑의 공동 생명으로 만
나는 은혜로운 시간을 누린다.

　이렇듯 일상의 범주를 우주적 범주로 확장해가는 시선은 그의 시 도
처에서 확인된다. 이는 "내일 모레 글피/또다시 내일 모레 글피/우주는
청순한 부챗살로 열린다(「살아 있는 기쁨」)"고 끄덕이며 삶을 긍정하는
시선에게만 주어진다. 또한 "문득 저 아득한 밤하늘에/신비의 눈길 던진

다(「밤하늘에」)"는 능동적 의지에서만 가능한 일이다. 그리고 무엇보다 겸허한 마음가짐에서 비롯할 수 있음은 물론이다. 이러한 삶의 자세를 단적으로 엿보기 좋은 시 한 편을 고른다.

　　　　나는 외람스럽게도 예수의 그윽한 눈을 사랑한다 신념이 있고 예언
　　　할 수 있고 인간을 볼 수 있는 이, 그런 이만이 가진 속 깊은 눈을 사
　　　랑한다

　　　　그 눈앞에 내 어둠을 죽이고 싶다

　　　　가장 아름다운 건 슬픔을 누르고 미소 짓는 것, 미소 너머로 세상을
　　　보는 것, 오 그런 이만 가진 뜨거운 눈물을 사랑한다

　　　　그 눈물로 씻기우고 싶다.

　　　　　　　　　　　　　　　　　　　　　　　　　　　—「그 눈앞에」 전문


　　"인간을 볼 수 있는" 진정한 눈과 "미소 너머로 세상을 보는 것"을 간구하고 있다. 세상을 정직하게 바라보며 사랑하고픈 열정이 "뜨거운 눈물"로 고여 있다. 그런데 이 눈물을 담은 눈은 "그윽한 눈"이며 감히 예수의 눈이다. 시인은 그의 이미지를 빌려 아름다운 사랑의 사람이 되고자 독백의 어조를 마련한다. "씻기우고 싶다"고 절대자의 힘 안에서 거듭나고 싶음을 간절히 토로하는 것이다. 그의 시편들이 모두 미소 너머의 부드럽고 겸허한 음성으로 읽히는 동력이 여기에 있을 것이다.

## 3. 존재의 탐색 — 현존의 떨림과 영원으로의 고리

앞서 말한 대로 시인은 존재를 빛으로 탐색하면서 존재의 빛에 초점을 모은다. '빛' 이미지는 시편들 곳곳에서 활용되는바 시인은 빛의 숭모자이기도 하다. 그의 시 속에 빈번히 등장하는 '존재'는 목숨이면서 동시에 목숨을 이루는 신비한 힘이기도 하다. 즉 현상적인 것에서부터 그 바탕이 되는 보이지 않는 빛으로서의 존재까지를 아우르고 있다.

> 새벽별을 지켜본다
>
> 사람들아
> 서로 기댈 어깨가 그립구나
>
> 적막한 이 시간
> 깨끗한 돌계단 틈에
> 어쩌다 작은 풀꽃
> 놀라움이듯
>
> 하나의 목숨
> 존재의 빛
> 모든 생의 몸짓이
> 소중하구나.
>
> ─「존재의 빛」 전문

보는 대로 "존재의 빛"은 "하나의 목숨"이며 "생의 몸짓"으로 드러난다. "풀꽃"의 연약한 이미지를 통해 목숨의 경건한 의미를 환하게 투사하고 있다. 이처럼 존재의 빛을 설정하면서 그는 현존하는 존재의 아름다움 그 벅찬 떨림에 숨죽이며 다가선다. 또 한편으로는 존재의 유한성을 극복하는 기제로 존재의 이어짐을 제안하면서 영원성에 대한 갈망을 그려내기도 한다.


        은장도 빼어든
        여인의 손
        파르르 떠는
        소매 끝에
        사랑, 그 한 가락으로
        피었다

        섬세한 자락
        과즙이 묻은 입술

        향기로운 눈빛으로
        웃고 있네, 태양이 하오
        장미 가시에 찔려
        온통 미소로 부서지는.

                                    —「장미 2」전문


　　존재의 떨림을 표상하는 데 꽃은 더없이 적절한 오브제다. 따라서 꽃 모티프는 시인이나 화가들에게 동서고금 줄기차게 사랑받고 있다. 시인은 초기에 몇 편의 장미 시편들을 선보인 바 있다. 탐미적인 시선이 듬뿍 밴 장미의 시편들 중 특히 위의 시는 절정의 아름다움, 전율의 긴장감이 팽팽하게 살아 있다. "은장도 빼어든/여인의 손"과 "태양이 하오/장미 가시에 찔려/온통 미소로 부서지는"의 긴장미는 다름 아닌 존재의 드러남, 그 자체의 매혹이라 하겠다. 바늘 끝의 감각으로 포착한 장미의 눈부심이 향기와 미소로 와 닿는다.

> 이른 봄
> 목련꽃 하얀 노래
> 허공에 사무쳐
> 잎보다 먼저 깨어나
> 온몸으로 내뿜는
> 울리고 되울리는
> 목련 절창.
>
> ―「목련 절창」 전문

하얗게 나뭇가지를 뒤덮은 이른 봄의 목련꽃은 "온몸"이 스스로 "절창"이다. "하얀 노래"로서 곧 "목련 절창"인 것이다. 때로 시인은 감각적 표현에 남다르게 능란하다. 특히 대상 그 자체의 상에 몰두할 때 공감각 어들을 적절히 배치하여 완성도를 높이는 특장을 보인다. 이 시의 경우에도 시각과 청각의 화음이 스스로 절창으로 솟구치는 감각의 향연이 매섭고 단정하다.

장미와 목련을 통해 생명의 개현을 세밀한 감각미로 포착한 경우를 본 셈이다. 비단 꽃에서뿐 아니라 온갖 생명에서 빛을 찾는 시인은 스스로의 존재감도 "발끝에서부터 오묘한 핏줄이/온몸 온 세상을 휘감았다/내 삶은 그렇게 뻗어갔다(「황홀한 새」)"고 닿을 듯한 감각으로 더듬는다. 이렇듯 시인은 존재의 현존이 발하는 빛의 감각에 예민하다. 때문에 존재의 소멸을 안타까워하며 이를 극복하려는 의지를 감추지 않는다. 이는 존재들이 무궁한 빛으로 이어지는 이음의 세계를 구현하는 것으로 시도된다.

생이 지루한 때쯤
새 생명 태어나 웃음꽃 피듯

저 나뭇가지에
연초록빛 잎사귀들
눈빛을 바꾸노니

살아가는 재미는
이어짐에 있구나

천 근 무게로도
폭풍 속 바다에 떠가는 배처럼
보이지 않는 손
받쳐주는 힘.

—「새 생명」전문


"새 생명"의 탄생으로 "지루한 때"는 새롭게 쇄신되고 이어지면서 영원으로 뻗어간다. "이어짐"은 "보이지 않는 손" 혹은 "받쳐주는 힘"으로 작용하는 존재의 섭리다. 생명들은 이 바탕 위에서 탄생한 것이기에 이 섭리를 통해 또한 영원한 빛으로 면면할 수 있다.


사라져가는 것의 작은 흔적도
다시없이 귀한 눈물이다
내 가슴을 딛고 가는 어떤 형상이
떠난다 해도
그 울림이 영원으로 이어진다
지구를 박차고 날아오른 새 떼
하늘 아득히 물무늬 지듯
법정 스님의 나무쪽 이어 붙인 의자도

삼천 년 전 투탕카멘의 황금 의자도
침묵하며 칼바람 소리
스르릉 허공에 획을 그으며
마음의 고리를 이어간다.

　　　　　　　　　　—「마음의 고리 — 빈 의자 3」 전문


　나를 스쳐가는 것들과 "영원으로 이어"지는 울림은 시공간을 넘어 보이지 않는 고리로 이어지는 울림이다. "허공에 획을 그으며" "마음의 고리"를 이어가는 신비를 감득하는 정신은 논리의 지평선을 훌쩍 넘는다. 영원성을 감지하는 일은 이처럼 "칼바람 소리" 속에서 문득 깨닫는 우주적 사건이다. '마음의 고리'는 다른 시 「바람 고리」에서 "어제와 내일을 이어주는/무한 공간의/바람 고리"로 변주되기도 한다. 시인이 이어짐의 표상으로 마련한 '고리'는 이처럼 무한 공간, 즉 우주로 뻗으며 영원으로 연쇄된다.

　한편 시인은 이와 같은 무궁한 이어짐의 미래를 자손들을 통해 확신하면서 그 충만감을 누리기도 한다.


안개꽃
부드러운 바람
솜털 묻히고 다가온
나의 사랑아

이 세상 밝은 아침
그 조그만 발로
이 세상 험한 언덕
그 조그만 발로

그날
너의 비단 이불
은수저도
마련해놓고

유빈
정한
채빈
주한

그 조그만
발로.

—「너를 반기며」 전문

　우선은 가족애를 구현한 소박한 목소리를 들을 수 있다. 그러나 시인의 시맥을 더듬어가는 길에서 이 시는 보다 중요한 의미를 지닌다. 존재의 이어짐을 보다 구체적으로 보여주는 예가 되기 때문이다. 존재의 빛에 이어진 또 다른 빛의 출현, 자손들은 면면한 미래를 약속하며 나와 고리를 잇는다. 결국 "그 조그만 발"의 기적을 통해 인류의 도도한 흐름이 여일하게 펼쳐질 수 있는 것 아닌가. 이어짐의 구현은 다시 더 나아간다. 또 다른 시 「따뜻한 가족」에서 보는 것처럼 "나는 외롭지 않다/언젠가는 만날 날이 있을 것으로 믿었던/그대들 모두 은하(銀河)로 모여들어/이 밤은 우리 따뜻한 가족이다"로 확장되기도 하는 것이다. 우리 모두는 별의 자손들이니 고향으로 돌아가 어느 은하에서 다시 만나지 않겠는가. 김후란의 시가 보여주는 이어짐의 미학은 이렇듯 여러 겹으로 입체화되어 두툼한 의미 층을 짓는다.

## 4. 나오며

어느새 나오는 길목이다. 시편들을 따라 걷던 내내 미소 너머로 세상을 바라보라는 채찍이 뒤따랐다. 그러나 충분히 즐겁고 부드러운 학습이었다. 여정(旅程)의 철학자 가브리엘 마르셀의 언급처럼 '사랑은 자신을 자신의 중심에서 벗어나게 하는 것이며 베푸는 너그러움이며 너그러움은 빛으로 존재하는 기쁨'임을 실감할 수 있었기 때문이다. "서로가 그리운 느낌(「세상 보기」)"이 되자는 시인의 너그러움 안에서 존재의 충만성을 누리는 존재의 빛, 그 다양한 스펙트럼들은 모두 간절한 사랑의 파장이었으니 어두워지려는 마음들에겐 더없이 밝은 등불이 되어줄 것이다. 시인의 순결과 열정 그리고 깊은 예지의 시간들이 고루 발효된 한 채의 집, 『존재의 빛』은 그대로 시인의 그윽하고 단정한 눈빛과 고리를 잇는다. 환하게 이어진다.

구명숙

# 김후란 시에 나타난
# '가족'의 의미와 현실 인식

『따뜻한 가족』을 중심으로

## 1. 머리말

오늘날 경제난과 사회적 혼란 속에서 가족의 해체가 늘어가는 시대를 살아가는 현대인들은 여유와 따뜻함을 상실해가고 있다. 김후란 시인의 열 번째 시집『따뜻한 가족』은 이러한 시대의 고통과 어려움을 극복할 수 있는 원동력이 가족과 사랑이 주는 따뜻함에서 나온다고 보고, 그것을 이루는 근본적인 생명과 모성에 여성의 정체성을 두어 진솔한 서정성을 바탕으로 사랑과 희망, 평화를 노래하고 있다. 즉,『따뜻한 가족』은 물질문명에 감각이 마비된 현대인에 대한 냉정한 비판을 안으로 삭이면서 여성의 정체성을 근본적인 생명력에 두고 있는 것이다.『따뜻한 가족』이라는 시집은 그 제목에서 우선 마음을 따뜻하게 끌어당기는 힘이 있다. 동시에 '가족'은 늘 따뜻한가? 하는 반문을 불러일으키면서 가족의 의미를 되새기게 하고 오늘날의 각박한 삶을 반성하게 한다. 그는 '따뜻한 가족'을 통해 인생의 귀환점을 말하면서 언제나 가족이 삶의 원동력이 된다는 신념을 담아 노래하고 있는 것이다.

김후란은 사범학교와 사범대학을 거치면서 반듯한 교육자의 길을 넘어 기자 생활을 하면서 대인 관계를 넓혀가면서도 늘 조용한 사람으로 책만 읽고 지냈다고 한다. 반듯한 생활 습관이 반듯한 성격을 형성해내었다고 할 수 있다. 시작 활동 역시 50년 동안 고요하게 흔들림 없이 지속하며 자신의 시세계를 구축해나갔음을 알 수 있다. 그를 선비 기질을 지닌 여장부로 칭하는 데서도 짐작할 수 있듯이, 그의 시세계는 섬세하고 부드러운 여성적 특성만을 내포하고 있는 게 아니라 안으로 끓는 열정을 서늘한 향기로 조화시켜 단정한 안정감을 드러내 보인다.

김후란 시인의 50년 시작 활동의 한 귀결점으로 볼 수 있는 이『따뜻한 가족』에는 진솔한 체험에서 우러나온 모성적 따스함이 두드러지게 나타난다. 여기서 '모성적'이란 희생, 헌신, 포용, 무조건적 사랑을 바탕으로 하고 있는 전통적·전형적인 모성애로서 포용과 화해의 정신을 의미한다. 김후란은 이러한 모성과 가족애를 통한 생명과 사랑 그리고 인류 사회의 평화와 희망을 지향하고 있다. 이러한 모성적 사랑은 구원의 존재인 어머니로서 자연과 동일시되어 작품 곳곳에서 힘을 발휘하고 있다. 모든 것을 평등하게 사랑으로 끌어안고 포용하는 모성은 삶의 근원이며 이러한 모성을 통해서 생명이 살아 있음을 강조하고 있는 것이다. 또한『따뜻한 가족』에는 생명과 희망과 긍정적 현실 인식이 나타나 있다. 그런데 건강하고 부드럽고 긍정적이기 위해서는 어떤 의지를 수반하고 있기 마련이다. 본고에서는 이러한 김후란의 시를 지탱해주고 있는 긍정적 정신을 파악해보면서 아울러 작품 저변에 흐르고 있는 모성에 주목해, 그 같은 의지의 원천을 모성애로 보고 문화적 페미니즘의 관점에서 조명해보고자 한다. 그의 폭넓은 시작 활동 중 일부에 국한된 제한적 연구가 되겠으나,『따뜻한 가족』이 그가 가장 최근에 펴낸 시집이면서 가족에 대한 시가 주류를 이룬다는 점에 착안하여 이 시집에 나타난 가족의 의미와 모성 그리고 그의 현실 인식에 대해 짚어보고자 하며, 이는 그의 시 전체를 통해 간과할 수 없는 주제라고 여겨 이 연구에 의의를 둔다.

## 2. 가족의 의미와 모성

한국은 가족주의 사회라고 부를 만큼 가정·가족 지향적 문화를 지니고 있었다. 대가족제도 하에서 넓은 울타리를 형성하고 3, 4대가 모여 서로 돕고 배우며 어우러져 살던 우리 가족 문화가 점점 와해되어가고, 오늘날은 초미니 핵가족을 구성하며 살아가고 있다. 그러한 현대인들의 삶은 간편해진 부분이 상당히 늘어났다고 하겠으나 아이러니하게도 그만큼 여유를 잃은 채 따뜻함을 상실해가고 있는 것도 사실이다. 가정에서조차 사회 못지않게 긴장되고 갈등하며 개인주의로 흘러간다면 이 치열한 경쟁과 냉혹하고 복잡한 시대에 숨 쉴 공간이 어디 있겠는가?

김후란 시인은 "시를 읽자, 시를 먹자, 가슴에 시를 꽃피우자고 하면서 이곳까지 왔다"며 "이번에는 경제난과 사회 혼란 속에서 가족이 해체돼가는 시대에 대한 안타까움으로 시를 썼다"고 고백한다. "고통과 어려움을 극복할 수 있게 해주는 것은 가족과 사랑이 주는 따뜻함"이라고 강조하며 시집 제목을 '따뜻한 가족'으로 정한 배경도 가정 해체 풍조를 예사롭게 여기는 현실을 치유하기 위해서"라고 밝히고 있다. 건강한 가정 안에서 소중한 가족들의 희망을 키우고 행복을 만들어가는 일이 사회를 건강하고 튼튼하게 이루어가는 것이라는 신념을 표출하고 있다. 그

---

1  이영경, 「등단 50돌에 부르는 노시인의 '희망가'」, 『경향신문』, 2009. 5. 5.

의 시 작품들은 가족의 해체 현상에 대해서는 뚜렷하게 묘사하는 바가 없으나 '따뜻한 가족'이라는 시집의 제목에서 이미 반어적으로 따뜻하지 않은 가족의 형태를 시사하며 상상하게 한다. 한 단계 더 깊이 들어가면 가부장제 사회의 여성 억압적 상황이나 성차별, 타자화된 여성적 삶 내지는 우리를 둘러싼 온갖 억압 체계에 대한 상징적인 이미지가 떠오르게 된다. 다른 한편 제도와 관습의 편견, 자본주의적 일상, 상호 소통이 불가능한 삶을 조화롭고 유기적인 아름다운 세계로 이끌어가기 위한 잠재된 노력을 드러내고 있는 것으로 보인다.

그 어떤 여성 문제를 주제로 삼거나 형상화한 작품을 『따뜻한 가족』 안에서는 찾아볼 수가 없지만 생명, 사랑, 평화, 희망 등의 시어들과 '손잡고 함께 가려는' 공동체 의식을 드러낸 시인의 의지를 통해서 어떻게 따뜻한 가족을 만들어갈 것인가를 스스로 성찰하게 한다. 어느 한편에 의해서가 아니라 남녀가 함께 이루는 가정이기 때문에 '따뜻한 가족'이 되려면 평등해야 함을 전제로 한다. 심리학자들은 남성은 여성에 비해 사회지향성이 높은 반면 여성은 남성에 비해 가정지향성이 높다고 주장한다. 여성들이 추구하는 여성 인권, 권익 증진, 성 평등의 문제들이 해결되고 융화되어 한의 응어리가 다 녹아내려야 여성이 따뜻한 가족을 만들어낼 수 있다는 의미가 내포되어 있다고 본다. 여성과 남성이 사랑으로 함께 만들어내는 가정은 궁극적으로 여성이 더 많이 가꾸어간다고 할 수 있다. 즉, 가족이 어울려 함께 생활하는 공간을 여성들이 관리하는 편이다. 그렇다면 시인이 의미하는 '따뜻한 가족'은 어떤 의미를 담고 있는가?

김후란 시인의 '따뜻한 가족'의 내면에 두드러지게 나타나는 것은 바로 모성적 따스함이다. 여기에서의 '모성적'이란 희생, 헌신, 포용, 무조건적 사랑을 바탕으로 하고 있는 전통적, 전형적인 모성애를 가리킨다.

가족 해체와 개인주의가 만연되어가고 있는 세태에 시인은 조용히 희생의 가치를 부활시키고 있는 것이다. 그는 『따뜻한 가족』에서 그러한 모성적 따스함이나 포용, 화해의 정신을 흔들림 없이 그리고 있다. 일상생활의 느낌들, 그를 통한 생명과 사랑 그리고 인류 사회의 평화와 희망에 대한 얘기들로 이루어져 있다. 대체적으로 생활에서 겪은 자신의 진솔한 체험을 바탕으로 독자들에게 공감을 호소하고 있는 것이다.

그는 희생과 헌신을 바탕으로 하는 모성적 따스함에 확고한 신념을 가지고 있는데, 이러한 힘이 한 개인, 더 나아가 사회까지 바꾸어놓을 수 있다고 확신한다. 따라서 그의 이러한 모성적 사랑은 작품 곳곳에 버팀목으로 나타나기도 한다.

> 강물은 살아 있다
> 미물조차 사랑으로 품어 안고
> 토닥토닥 어미 노릇
> 살아 있는 기쁨이어라
>
> 먼 길 나그네로 살면서
> 사랑의 노래 흥얼거리며
> 어느 산길 외로운 가슴
> 뒤척이며 뛰어내리며
> 어제도 오늘도 유유히 흐르면서
>
> 미래의 언어로 바다를 부르네
> 작은 물방울 흩어지지 말자고
> 우리 모두 정답게
> 손잡고 가자고.
>
> —「강물은 살아 있다」 전문

위의 인용 시에서 보듯이 "강물은 살아 있다/미물조차 사랑으로 품어 안고/토닥토닥 어미 노릇/살아 있는 기쁨이어라"라는 구절은 귀천 없이 모든 것을 평등하게 사랑으로 끌어안고 토닥이는 어머니의 모성이 삶의 근원임을 말하며 모성을 통해서 생명이 살아 있음을 노래하고 있는 것이다. 가족의 구성은 너와 나로 인해 성립되었고 우리를 중심으로 존재하기에 서로 흩어지지 말고 손잡고 함께 가야 하는 것이라고 한다. 그렇게 끌어안고 가는 버팀목의 힘을 모성으로 발휘하게 한다.

김후란에 의하면, "혈육 간에는 너무 가깝기 때문에 오히려 평소에 진정한 정의 표현을 생략해버리고 또는 일부러 투박하게 나타내기도 하는 경향이 있다. 쑥스럽다는 것이다. 그러나 인생은 짧고 지나간 시간은 돌아오지 않는다. 쑥스러워하지 말고 곰살궂게 서로를 다독여주고 서로를 아끼면서 살아가는 것이 진정한 혈육의 정"이라는 것이다.[2]


① 빗발이 점점 굵어지고 있었다

저녁 뉴스로 전해지는 연쇄 살인 사건
부도 사태, 가출 가장 노숙자 폭증 소식
후식으로 입에 물던 과일 한쪽이
목에 걸려 기침이 쏟아졌다

…(중략)…

아무 탈 없이 하루가 지나고
우리 가족 이웃 가족
모두 다 평온하기를!

---

2  김후란, 「어머니와 나」, 『연꽃마을』 232호, 2007, 5쪽.

빗줄기가 더욱 거세진다
귀가가 늦은 아들에게 핸드폰을 건다.

—「비 오는 밤」 부분


② 하루해가 저무는 시간
　고요함의 진성성에 기대어
　오늘의 닻을 내려놓는다
　땀에 젖은 옷을 벗을 때
　밤하늘의 별들이 내 곁으로 다가와
　벗이 되고 가족이 된다
　우연이라기엔 너무 절실한 인연
　마음 놓고 속내를 나눌 사람
　그 소박한 손을 끌어안는다
　별들의 속삭임이 나를 사로잡을 때
　어둠을 이겨낸 세상은 다시 열려
　나는 외롭지 않다
　언젠가는 만날 날이 있을 것으로 믿었던
　그대들 모두 은하(銀河)로 모여들어
　이 밤은 우리 따뜻한 가족이다.

—「따뜻한 가족」 전문


③ 우리집 네모난 방들은
　저마다 다른 얼굴로
　치장을 하고
　저마다의 향기로 채워져 있다
　발그레 뺨이 고운 아이들
　거실에서 식탁에서 침실에서
　노상 쏟아지는 웃음소리 음악이 되어
　천장을 울리고
　창밖으로 새어 나가고

레이스 커튼 하르르 날리고
피어나는 화분에 빛이 넘친다
정겨운 낡은 풍금처럼
언제 보아도 편안한
우리 가족.

—「우리 가족」 전문


④ 맑은 샘물 큰 강물 되듯이
절로 고요 넘치는 웃음소리
포근하여라 가족이라는 울타리
서로가 가까이 다가가며
거친 바람 지나가게 가려주면서

—「이 오월에」 부분


김후란 시인은 사회 활동을 무난하게 하면서 시를 써왔지만 혼자 눈물 흘렸을 때가 있었던바, 어머니가 돌아가셨을 때라고 한다. 좀체 헤어날 수가 없었고, 그리움의 아픔에 견딜 수 없었고, 손을 잡을 수 없다는게 가장 슬펐다고 토로한다. 위 인용한 시 ①~④는 모두 손잡고, 함께 가는 길, 서로 돕고 이끌어주는 편안한 가족을 그리고 있으며, 육친의 정이 인간 사랑의 기본이며 그러한 가족의 사랑이 이웃 사랑, 나라 사랑으로 확대되어감을 깨닫게 한다. 어려운 일을 당했을 때에도 가장 먼저 손잡고 살아가게 하는 것이 가족임을 일깨워주고 있다. 가족은 늘 벗이 되고 언제나 편안하며 그 가족의 울타리는 포근하기만 한 평화로운 공간으로 묘사하여 안정과 평화, 행복이 느껴지게 한다. 가족이라는 그 울타리는 서로가 가까이 다가가게 하며, 거친 바람이 지나가게 가려준다는 것이다. 즉, 인생에 있어 가족의 울타리는 그 생존의 보호막이며 삶의 안전지대 역할을 한다는 의미를 반복해서 드러낸다. 가족을 외면하거나 가족이 와해된다면 이러한 안전지대, 사회가 무너지게 될 것이다. 그러므로 시인은 가족의 따뜻함, 가족의 포근함, 가족의 힘을 강조하고 있는 것이다.

가족 중에 구원의 존재인 어머니, 어머니는 힘이 들 때 언제든 찾게 되는 따뜻한 이미지로 나타난다.

> 무슨 꽃일까
> 송이송이 이 가슴에 피어나
> 잠들 때 소리 없이
> 함께 눕는 꽃
>
> 속눈썹엔 눈물 진주
> 부드럽고 포근한
> 무명 옷자락
>
> 오월은 어머니의 질박한 손
> 상처 많은 가슴에 대고 문지르며
> 열 번 스무 번
> 부르고만 싶은
> 어머니
> 어머니
> 어머니꽃 피네.
>
> ―「어머니꽃」 전문

어머니는 상처 많은 가슴을 가지고 있지만 그 상처를 끝내 꽃으로 피운다. 시인의 가슴에도 어머니의 꽃이 피어 있지만 늘 그리워진다. 어머니의 꽃은 곧 딸이 되기도 한다.

숲은 어머니 가슴
산에도 들에도 우리 마을에도
아낌없이 품어주는
어머니 가슴으로 우거져 있네

—「자연은 신의 선물」 부분

위의 시는 어머니와 동일시한 자연을 노래한다. 한없이 넓은 가슴으로 만물을 품어 안는 자연은 곧 어머니의 가슴이라고 노래한다. 어머니의 포용력은 자연의 품 그것이다. 김후란 시인의 회고담 "나의 영원한 이상향 우리 어머니"를 보면 그에게 어머니가 어떤 존재였는가를 잘 알 수 있다.

> 그렇게 자그마한 체구에, 그것도 부끄럼 많던 황해도 재령 얌전이에게 어떻게 그런 용기와 능력이 있었는지 실로 놀라운 변화가 아닐 수 없었다. 그런 자립정신과 자립의지를 나에게 심어준 분이 바로 어머니였다. 내가 한국일보 기자로 있다가 같은 대학선배인 김아(金雅)와 결혼을 하면서 그 당시 50년대 후반의 시대 관습대로 일단 직장을 그만두었다. 그러자 신문사 장기영 사장이 계속 출근하도록 여러 차례 연락을 해왔다. 여기자가 귀한 때여서였을 것이다. 나는 남편과도 의논을 했지만 친정어머니를 만나 어찌할까 여쭈어보았다. 어머니는 조용히 말씀하셨다. "살림살이도 재미있겠지만 너는 사회 활동을 계속하는 게 좋지 않겠니? 글쓰기를 좋아하니까 신문사 일도 네 적성에 맞고 외아들과 결혼했으니 평생 시부모 모시고 살 텐데 답답할 때도 있을라." 어머니는 점잖게 돌려서 말씀하셨지만 그건 체험을 통한 충고였다. 내가 평생을 직업여성으로 지내면서 가정생활과 양립시키며 나의 길을 확고히 가꿔온 데는 이렇듯 자립의지를 일깨워주신 어머니의 격려가 있었던 것이다. …(중략)… 그런 어머니여선지 나는 어릴 때부터 한평생 나의 어머니를 나의 이상형으로 여기며 살아왔다.[3]

위 인용문을 통해 모녀 관계를 짐작할 수 있듯이, 어머니 스스로는 가부장제 사회에서 많은 제약을 받고 자신의 꿈과 능력을 제대로 키우지 못한 삶이었던 것 같다. 그런데 김후란이 어머니에게서 자립정신과 자립의지를 배웠고, 남편에게서보다 어머니의 권고로 가정과 일을 양립하겠다는 결단을 내려 기자 생활을 다시 시작하게 된 것은 놀라운 일이 아닐 수 없다. 어머니의 충고와 자립정신이 어머니를 영원한 이상형으로 정립시킨 것이다.[3]

격동의 현대사 속에서 기자 생활을 20년간이나 해온 김후란의 치열한 사회 활동, 특히 한국여성개발원 원장 등의 다양한 경력을 보면 정치나 이데올로기의 문제, 여성 문제에서 투쟁 의식 또한 자유로울 수 없었으리라 짐작되는데, 시인은 줄곧 모성적 본능이나 사랑을 바탕으로 하면서 따스한 시선을 놓지 않는다.

> 숲에는 어머니가
> 살고 계시다
> 우렁우렁 울리는 그 목소리
> 정겨운 우리들의 고향이다
>
> 숨죽여 매운 바람
> 이겨내면서
> 철따라 푸르름 눈부시게 살리는
> 놀라운 저력의
> 넓고 깊은 품
>
> 이 여름 또다시

---

3  김후란, 「어머니와 나」, 『연꽃마을』 232호, 2007, 5쪽.

서늘한 그늘 주시는
그 사랑 가슴에 기대어
어머니이…… 마음 놓고 소리쳐본다

오냐오냐
멀리 돌아 내게 오는
어머니의 목소리
이 가슴 메아리지고.

—「우리들의 고향」 전문

위의 인용 시「우리들의 고향」역시 따스한 시선, 포용하고자 하는 넉넉함으로 대상을 바라보고 있으며, 시적 견고함을 지닌다. 또한 이데올로기에 길들여지는 것을 거부한 만큼 정치적, 역사적 현실을 바라보는 그의 시각은 훨씬 개방적이고 포용적이다. 그의 시「문화의 뿌리」, 「베틀 앞에서」등을 통해서 그러한 점을 확인할 수 있다. 그것은 바로 열림과 화해의 시각이다. 이 두 작품에는 한국과 일본 사이의 역사·문화적 교류와 영향 관계가 잘 드러나 있다. 가깝고도 먼 나라로 불리어지는 이웃 나라 일본과의 관계는 역사적으로 대립과 갈등이 지속되어왔다.

김후란의 시 작품「문화의 뿌리」에서는 백제의 문화가 일본으로 향해 총칼 대신 문화의 뿌리를 심어주고 문명 세계로 이끌어주었다는 점을 상기시켜주고 있다. "문자도 종교도 삶의 질 높이는 정신의 눈뜨임//미소 어린 얼굴로 손 내민/선비 나라 백제인들 문화의 꽃/손에 손잡고 함께 일어섰던/아름다운 역사를 기억한다면/꿈과 사랑이 있었던/그 시절 정을 생각한다면/사람 사는 세상 좀 더 한 물결로 출렁이리"에서 보듯이 백제가 일본에 전수한 문화의 뿌리를 통한 문화사, 정신사의 영향 관계뿐만 아니라 사람 사는 세상답게 화해와 열림의 세계로 펼쳐지기를 바라는 평화의 정신이 깃들어 있어 주목을 끈다. 시「베틀 앞에서」의 3연에서는 "저고리 앞섶 다소곳이 여미는 바느질법/일본 여인들에게 올올이 심어주며/작은 바늘 하나의 큰 지혜를 나누었다/어머니의 정성으로/어머니의 사랑으로"라고 읊고 있는데, 이 시는 한·일 간의 역사적 유대 관계를 제시하면서 무엇보다 그것이 "인간이 살아가는 뜻과 정으로서 인류의 양심과 정의의 길, 즉 바람직한 역사의식과 문화적 상상력에 기반을 두고 있어야 한다는 인간적인 배려와 따뜻함이 설득력을 지닌다"[4]. 그리고 "어머니의 정성으로"를 반복하여 강조하며 여성성, 즉 모성적 포용성과 섬세함과 부드러움으로 나눔과 평화의 세계를 열어갈 수 있다는 점을 보여준 데서 페미니즘의 대안과 방향성을 찾을 수 있다.

김후란의 시는 이처럼 따뜻함을 바탕으로 출발해, 자신의 주변에 있는 일상적인 것들에서부터 때로는 사회, 역사 현실에까지 눈을 돌린다. 그러나 건강한 정서가 자칫 빠지기 쉬운 정열의 과장을 경계하면서 일정한 거리를 두고 사색적으로 관찰하고 있다. 그리고 사랑과 헌신을 바탕으로 하는 삶에 확고한 신념을 가지고 있는데, 건강한 자아를 바탕으로 삶의 깊이를 헤아리고 담아내는 시들은 여전히 모성성과 포용을 드러낸다.

우리 사회에서 '어머니=자기희생적 존재'라는 등식은 새삼스러울 것도 없을 만큼 당연한 것으로 받아들여지고 있으며, 어머니의 이런 자식에 대한 완전한 사랑은 여성이 선천적으로 가지고 있는 하나의 생물학적 특징으로 인식되고 있다. 그러나 페미니즘 논의들은 어머니-여성들이 '어머니 노릇' 하기에 대해 고통을 느끼는 사례들을 근거로 하여 모성을 생물학적 특징으로 규정짓는 것에 대해 이의를 제기하고 있다. 즉,

---

4  김재홍, 「생명과 사랑의 시, 희망과 평화의 시학」, 『김후란 시집』, 시학사, 2009, 146~147쪽. 참조.

모성은 순수하게 생물학적인 특성이라기보다는 사회적 관계 형성의 산물이라고 볼 수 있는 것이다. 그럼에도 불구하고 지금까지 모성을 생물학적 특징으로 규정짓고 그것을 여성들의 가장 중요한 역할로 강조함으로 인해서 어머니-여성들은 부당하게 억압되기도 하였다.[5]

그런데, 김후란의 시들은 모성의 '문제'보다는 그 '정서'를 바탕으로 하고 있으며 자발적이고 긍정적이다. 여성의 삶, 즉 가족을 얘기하면서 그의 시는 사회현실적인 색채를 띠지 않는다. 남성과 여성의 관계에 있어서도 마찬가지이다. 남성과 여성을 대립 구도 속에서 역학 관계로 바라보는 것이 아니라 바로 자신이 지니고 있는 모성적 '정서'를 바탕으로 남·녀의 구분 없이 역지사지의 입장에서 따스한 시선을 보내고 있는 것이다.

김후란의 시는 모성이 가진 긍정적 측면을 자기의 정서로 삼아 모든 인간에게 자신의 어머니가 그랬듯이 포용과 희망의 따뜻한 시선을 보내고 있는 것이다. 그의 시를 문화적 페미니즘의 입장에서 바라볼 수 있는 근거는, 이렇듯 모성애를 긍정적으로 인식시키고 있기 때문이다. 그것은 모성애의 사회적 확장과도 연결되는 부분이다. 지금까지 '모성성'은 세계에서 고립된 채, 가족과 자식들에 대한 맹목적 집착으로 평가되는 부분이 있었다. 그러나 김후란의 시에서 '모성성'은 결코 사회 현실을 외면하지 않으며 종전과 다른 방법으로 접근하고 있다고 할 수 있다. 즉, 모성적 정서를 사회적 관심과 연계시키고 있는 것이다. 모성이 마침내 사회로 확장됨으로써 건강한 정서로 기능을 한다는 점은 페미니즘의 입장에서 매우 의의가 있는 부분이다. 또한 사회 현실에 대해 지적을 할 때에도 궁극적으로는 부드러운 시각을 바탕으로 한 포용력이 세상을 바

---

5  서강여성문학연구회 편, 『한국문학과 모성성』, 태학사, 1998, 65~66쪽 참조.

꿀 수 있는 힘임을 저변에 드러내 보인다. 그러므로 대립과 대결의 구도를 벗어나 화해와 평화를 추구하는 경향이 지배적인 새로운 세기의 비전으로도 부드러운 모성적 정서가 손색이 없음을 인지시켜준다.

김후란 시인은 어머니의 삶을 통해서 다시 자신의 삶을 추스른다. 구세대인 어머니의 의지와 충고를 받아들여 여성적 한계를 극복하고 굳건한 삶을 살아가게 된다. 이처럼 어머니뿐 아니라 인간은 모두 희생과 헌신을 바탕으로 한 노역의 삶을 살고 있으며 또 그래야 한다는 인식에 이르렀다는 것은 주목할 만한 부분이다. 이처럼 김후란의 시에 드러난 모성애는 건강하고 능동적이다. 인간의 삶에 대한 깊은 사색, 부드러운 힘, 여성적 특성을 살려 평화로운 사회를 이루려는 포괄적 의미로 해석된다.

섬세하며 부드러운 포용력으로 나눔과 베풂을 통한 아름답고 향기 나는 세상을 가족에서부터 이루고 사회에 확대시켜나가면 평등과 평화가 찾아온다는 의지를 보여주며, 커다란 외침보다는 조용한 음률 속에서 '따뜻한 가족'의 의미로 새로운 시대적 요구와 대안을 제시하고 있다고 하겠다.

## 3. 희망과 긍정적 현실 인식

시인의 의식 세계는 사회 상황으로부터 얼마만큼 영향을 받는가? 그리고 작품이 시인의 의식 속에서 걸러진 사회 현실이라 할 때 그 작품은 이것을 어느 정도로 반영하는가? 시인은, 그가 말과 글을 깊이 천착하고 닦아가는 예술가이기에 그윽하고 진지한 인식의 눈을 열고, 칼날보다 예리한 감성을 에너지원으로 삼아 특유의 어법과 구성 방식으로 사회 현실을 그려내고 있는 것이다. 이런 의미에서 시인은 감성이 풍부한 사회 현실의 반영자라 할 수 있다. 그리고 그가 창작해낸 작품은 시대 상황의 거울이 될 수 있다.

김후란 시인이 격동의 시대를 살아오면서 시인으로서 어떻게 살아야 하는가를 고민할 때 희망을 던져준 말이 "예술의 사명은 인생을 정화시켜주는 것, 예술은 사람들 마음에 빛을 보내는 행위"라는 말이었음을 다음의 인용문에서 확인할 수 있다.

> 이념 문제 · 분단 문제 · 정치 문제 등 현실 상황에 직면하여 찢겨져 가던 와중에서 수렁을 건너오면서 겪었던 문학인으로서의 고통도 어찌 보면 매우 의미 있는 체험이기도 하였다. 그런 때 나의 불면의 시간에 따뜻이 손을 잡아주는 말들이 있다. 예술의 사명은 인생을 정화시켜주는 것이라고 한 로버트 프로스트나 예술은 사람들 마음에 빛을 보내는 행위라고 한 슈만의 예술관에 공감하면서 시인으로서의 길에 아스라이 한 가닥 빛이 잡히는 것이었다.[6]

김후란 시인은 사회문제에 관심을 가지고 활동을 하면서도 그의 예술 작업인 시작(詩作)에 있어서는 개체의 실존적인 삶에 주로 깊이 천착하였다. 그것은 개체가 성숙된 평화로운 삶을 누릴 수 있을 때 사회도 그만큼의 역사적 발전을 이룩할 수 있다고 생각했기 때문일 것[7]으로 풀이하기도 한다. 그는 또한 어릴 때부터 칠남매의 한가운데 끼여 누구의 편도 들 수 없었고 내 쪽에서 누구를 건드릴 처지도 아니었다고 한다. 그래서 감정을 직접적으로 표출시키는 행위를 하지 못했고, 그런 행위를

---

6    김후란, 「생명의 옹호」, 『시와 시학』 겨울호(통권 제4호), 1991, 20쪽.
7    이태동, 「가을빛의 비장미(悲壯美)」, 『계간문예』 제17권, 2009, 42쪽 참조.

본능적으로 혐오하는 편이었다.[8] 이러한 정황으로 볼 때 그의 성격상 작품을 쓸 때 무엇이든 직접 표현하는 일이 드물었을 것으로 여겨진다.

김재홍은 김후란의 시는 "투쟁 · 분열 · 흥분 등의 행동적 · 비판적 감정보다는 눈물 · 사랑 · 진실 등의 내향적 · 옹호적 감정에 주로 의지하고 있다"고 보며, 그의 시는 "민중 · 현실 · 자유를 소리 높여 외치는 것이 아니라, 사랑 · 평화 · 진실을 뜨겁게 간직하고 소박하게 노래하려는 참된 시의 자세를 보여주는 것"[9]이라고 평가한다.

이러한 주장들을 통해 보더라도 김후란 시인이 현실에 직면하여 현실을 반영하고 대응하는 예술 활동을 펼쳤다기보다는 한 발 물러서서 깊이 성찰하고 시대 상황을 극복할 대안을 찾아 '사람들 마음에 빛을 보내려고 했던 것'이 분명함을 알 수 있다. 그러므로 시인은 손잡고 함께 가는 상생의 길, 모두 동행하는 희망의 길을 제시한다. 시 「젊은 그대여」에서 "그대여 밝은 날/함께 가자 말하자"고 노래하며 어둡고 험한 인생길도 손잡고 함께 간다면 두려움도 사라지고 어려움이 덜어질 것으로 위안하며 끊임없이 희망을 준다. 함께함으로써 문제가 해결될 수 있다는 긍정적인 사고가 시의 주류를 이룬다고 하겠다. 시 「산아」에서는 "산아 너그러운 품의 산아"라고 외치고 있는데, 시인 자신이 그렇게 너그러운 품이 되어 구석지고 어둡고 그늘진 또는 소외된 자들을 품어 안고 함께 가고 싶은 뜻으로 이해된다. 또한 아래에 인용한 네 편의 시 작품들이 말해주듯이, 생명은 희망을 낳고 희망은 살아가는 새 힘을 준다.

---

8  정종민, 「한국 현대 페미니즘 시 연구」, 성균관대학교 박사학위 논문, 2008, 86쪽.
9  김재홍, 「사랑과 平和의 詩」, 『金后蘭 詩全集』, 융성출판사, 1985, 364쪽.

보드라운 아기
품에 꼬옥 안고
세상은 살아갈 만하다고
창을 열고 싸늘한 밤하늘
희망의 별을 올려다본다.

—「희망의 별을 올려다보며」 부분

가슴 벅찬
희망의 뿌리를 껴안는다

은혜로운 자연의 순환 속에
할 일 많은 세상 마음이 바쁘다
그 많은 별 중에 사랑으로 만난 우리
그래, 오늘도
힘 있게 일어선다.

—「새벽에 일어나서」 부분

우리에겐
건너야 할 강이 있다

…(중략)…

어두운 숲에서
잠자던 새가 푸드득 난다
새벽이 오고 있었다

그래 우리에겐
건너야 할 강이 있다
혼돈의 시간을 딛고

어둠을 거둬내는
빛이 흐르고
먼 길이 보인다.

— 「희망」 부분


아, 인간 세상 모든 흐름 정의롭기를
슬기롭고 평화로운 날들이기를
열의에 찬 걸음 이웃을 손잡아주며
땀 흘려 일하는 이 기운 넘치고
바른 길 활기차게 열려가기를
사람답게 사는 세상 큰 나라여
패기 넘치게 일어서라.

— 「꿈꾸는 새여」 부분


어디선가 아기 울음소리가 들린다
멀리 마을 불빛이 보이고
푸드득 푸드득 잠들지 못한
새의 날갯짓이 숲 그늘에서 흔들린다

아직 갈 길이 있다는 건 고마운 일이다
어둠이 걷힐 때까지
빛이 흐르는 먼 길이 몸체를 드러낼 때까지
아직 깨어 있으므로
희망이 있으므로
더 가야 할 길이 있으므로.

— 「가야 할 길이 있으므로」 부분


위의 시편들에서는 공통적으로 희망을 제시하며 밝고 힘차게 가야
할 길을 노래한다. "희망의 별을 올려다본다" "희망의 뿌리를 껴안는다"

"오늘도/힘 있게 일어선다" "어둠을 거둬내는/빛이 흐르고/먼 길이 보인다"라는 구절들에서 어둠보다는 밝음과 희망을 노래하며, 내일을 위해 오늘도 힘차게 일어서는 긍정적인 모습을 생성해내고 있다. 희망의 별을 올려다보는 긍정적 현실 인식은 가족에게, 이웃에게 나아가서는 인류에게 무한한 가능성을 보여준다고 하겠다. 이처럼 희망의 삶을 던져주고 새 힘을 일으키려는 시인의 기본적 의지와 시적 공력이 현실을 긍정적으로 바라보게 되는 결과를 낳은 것이라고 본다.


## 4. 맺음말

지금까지 살펴본 바와 같이, 김후란의 시집 『따뜻한 가족』은 생명과 헌신의 의지를 바탕으로 하고 있다. 따라서 생명력을 품어내는 긍정적 현실 인식을 따뜻하고 관조적으로 그려내고 있다. 그런데, 이런 정서의 뿌리는 모두 사랑과 생명, 평화에 닿아 있다고 할 수 있다.

김후란의 시는 모성적 따스함에서 출발하여 주변의 일상적인 것들에서부터 사회·역사 현실에까지 눈을 돌려 열림과 화해의 시각으로 세계를 넓혀 평화를 지향하고 있다. 남성과 여성의 관계도 대립 구도로 바라보지 않고, 모성적 정서를 바탕으로 헌신과 화해와 포용의 정신을 강조하고 있으며, 나아가서는 모성애를 사회적 의미로 확장시키고 존재론적 성찰을 통해 긍정적 현실 인식을 나타내고 있는 점에서 그 특성이 드러난다. 이러한 모성적 정서의 부드러운 힘은 문화적 페미니즘의 입장에서 볼 때 새로운 시대의 비전이자 대안으로서 기능할 것으로 보인다.

김후란은 여성 시인이지만 '여성'에 대한 인식에서 자유로운 시인으로 보인다. 그는 여성에 대한 부조리한 억압을 표현하거나, 사회적으로 구축된 정체성에 의문을 표시하지 않는다. 그렇다고 그의 시가 현실순응주의적인 태도만을 보이고 있다고 볼 수는 없다. 비록 페미니즘적인 의식이 가시화되어 나타나 있지는 않지만 사랑과 생명, 평화 그리고 인간에 대한 애정과 연민이라는 휴머니즘의 정신이 여성성, 즉 모성성을 긍정적으로 인식하는 계기를 마련해주고 있기 때문이다. 표면에 돌출시키지 않고, 대립 대신 포용으로 존재하고 있는 모성적 정서는 페미니즘의 하나의 대안으로서, 긍정적 가능성으로서 기능하게한다.

좋은 시의 전범은 구체적 삶의 현실과 생생한 언어 체험이 매개로 이루어진다고 볼 때 그의 시는 어느 정도 개인적이고 관념적이며, 현실성, 역사성, 사회성이 결여되어 있다고 보는 견해도 있지만, 그만큼 더 근원적이라고 할 수도 있다.

시는 눈물을 쓰는 것이 아니라 눈물의 끝, 눈물의 그 이후를 쓰는 것이며, 사랑은 서로 완성시켜주는 것, 보다 높은 경지로 이끌어 올려주는 것이 아니겠는가. 김후란 시인은 『따뜻한 가족』에서 그런 사랑을 노래하며 끊임없는 존재에 대한 성찰을 통해 긍정적이고, 건강하고 따뜻하고 아름다운 여백을 보여주고 있다.

김석준

# 시간의 무늬 혹은 사랑으로 쌓은 언어의 집

김후란론

## 1. 글을 들어가며

한 시인의 시적 궤적이 반세기를 넘어 아직까지 진행형일 때, 우리는 그러한 시살이를 어떤 방식으로 이해하여야 하는가. 시말의 위의 앞에 너 나 할 것 없이 약자로 존재하는 것이 시인의 초상인 것만은 분명하지만, 시인이 그 시간 속에 기입된 영혼의 표징을 사랑의 언어로 육화시켜 갈 때, 그 시말의 진경은 또 무엇인가. 분명 김후란 시인의 시말 운동은 오늘이라는 시간과 영원이라는 시간을 언어로 가로지르면서 언어가 곧 시인의 영혼임을 증명하고 있다. 하여 시인의 시말길 전체는 투명하다 못해 명징하기까지 한 말의 내접면에 사랑과 평화의 전언들을 세밀하게 안치시키면서 혹은 역사와 문명적 삶에 서정의 온기를 불어넣으면서 한 세계를 건너왔음에 틀림없다.

하여 김후란 시인에게 있어서 시간에 관한 단상과 그 시간을 살아낸 삶의 흔적들을 사랑으로 기술하는 것은 너무도 당연하다. 물론 그 시간을 온전하게 포착하는 것은 불가능에 가깝기는 하지만, 따라서 우리는 언제나 시간 내부에서 소멸하게 되어 있지만, 시인은 그 시간 옆에 사랑이 유유히 흘러넘친다는 사실을 직감하게 된다. 우리는 시간의 절댓값이 아니라 시간의 아스라한 잔영이거나 시간 안에서 소거되는 흔적이다. 헌데 김후란 시인은 "슬프도록 아름다운 시간의/영원함"을 "순수한 기억"(「장미」)으로 재구하면서 삶-시간-세계 전체를 사랑의 전언으로 가득 채우고 있다.

## 2. 시간이라는 마물을 통과하기 : 오늘과 영원 사이

삶-시간-세계를 이끌어가는 실질적인 주체는 시간이다. 시간의 앞면이 오늘이라는 즉발적 현존성으로 휘어진 지속적인 운동이라면, 시간의 뒷면은 침묵으로 휘어진 고요한 영원이다. 헌데 김후란은 그 미지의 실체인 영원을 시인 특유의 감성의 언어로 예인하면서 삶-시간-세계 전체를 오늘이라는 현재의 시간에 응고시키고 있다. 마치 오늘을 "영원의 정박(碇泊)"(「오늘을 위한 노래」)지라고 인식하면서 시인은 오늘 속에 사랑의 전언들을 가득 채우고 있다. 하여 시인에게 사랑은 영원으로 표상될 수 있는 저 괴물 같은 시간의 선험성을 가볍게 초극할 수 있는 그 무엇이다. 김후란 시인에게 시간은 오늘이다. 아니 시인에게 삶-시간-세계란 '오늘'이라는 지극히 미시적인 시간성 내부에 내파되어 있을 뿐만 아니라, 오늘이라는 시간을 충실하게 살아가는 것만이 영원성에 도달할 수 있는 그 무엇으로 표상된다. 허나 그럼에도 불구하여 우리는 시인 김후란에게 다음과 같은 질문을 해야만 한다. '대저 우리는 영원과 오늘 사이를 어떤 존재의 문양으로 가로질러야만 하는가. 영원은 무엇이고, 인간에게 오늘은 또 어떤 의미인가.' 헌데 진짜 문제는 인간학이

처한 위치인데, 그것은 바로 삶-시간-세계가 처한 위치이자 오늘과 영원 사이에 위치한 인간의 존재론적인 문양이다. 다시 말해서 시인 김후란은 오늘과 영원 사이를 사랑학으로 가득 채우면서 오늘이라는 현존의 시간을 살아가는 우리네 삶을 따스한 시선으로 보듬어 안으면서 생 전체가 사랑이라는 상생의 문양으로 휘어지기를 열망하고 있다.

> 사랑하리라 넘쳐흐르는 가슴만으로 뜨겁게 뜨겁게 사랑하리라 어제와 내일 없는 오늘만으로 온전히 사랑하며 살아가리라.
>
> ─「오늘을 위한 노래」 부분

인간학이란 오늘이라는 "순간"이 기술하는 "기쁨"이거나 오늘을 사랑하는 "그리움"으로 휘어진 애절한 사랑이다. 우리는 늘 오늘이라는 '바로 지금 여기 이 순간'을 살아가는 것이지 영원을 사는 존재가 아니다. 하여 우리는 오늘이다. 아니 역으로 우리는 오늘을 통해서만 우리 자신을 사랑하고 우리가 처한 운명의 기호를 알게 된다. 말하자면 시「오늘을 위한 노래」는 "어제와 내일 없는 오늘만으로" 휘어지는 현재의 사랑이다. 헌데 우리는 이 지점에서 김후란 시인에게 오늘이라는 시간이 어떤 의미를 물어야만 한다. 왜냐하면 시인의 시말 운동은 저 영원이라고 표상되는 절대의 시간성을 오늘이라는 지극히 일상적인 시간 속으로 내파시키고 있기 때문이다. 따라서 인간학이란 오늘이다. 아니 우리는 오늘이라는 지극히 현상적인 시간 위에서만 우리를 알고 시간의 본질 또한 알게 된다.

헌데 김후란 시인의 시간에 대한 단상들은 시간 전체를 미분함수로 치환시켜 영원의 파편이 시간의 본질임을 설파하고 있다. 시간은 "슬픔"이기도 하고, "자랑"이기도 하다. 시간은 "결코 헛되지 않을 우리"라는

존재의 내접면으로 유유히 굽이치게 된다. 때론 "숨찬 환희"의 순간을
향유하기도 하고, 때론 "현존하는 흐느낌"으로 휘어지기도 하면서 영원
을 하여 우리는 오늘의 사랑이다. 우리는 오늘을 피부호흡하고 사랑함
으로써 영원을 영원으로 인지하게 된다.

> 저마다 다른 빛깔의 시간이
> 일상의 잔에 채워진다
>
> —「토요일」 부분

> 오늘도 무심히
> 펼쳐지는
> 하루.
>
> —「무국을 들며」 부분

> 나는 오늘
> 남에게 무에 될까
>
> 나도 남에게
> 기쁨이 되고 싶다
> 사랑이 되고 싶다
> 우리 모두 한마음
> 가족이 되게
>
> —「기쁨과 사랑」 부분

김후란 시인에게 "오늘"이라는 시간은 그 자체로 하나의 화두다. 오
늘은 너와 내가 만나는 접점, 즉 인륜성이 실현되는 첨예한 시간성을 함
의하고 있는데, 그것은 바로 시간의 공간화에 다름 아니다. 오늘은 "저

마다 다른 빛깔"로 채워진 "일상"의 적층들로 이루어진 시간이자, "소소한 설렘"으로 휘어진 삶의 흔적이다. 이를테면 우리는 오늘이 펼쳐내는 다양한 문양 속에서 스스로를 인식하게 되는데, 그것은 역으로 영원이 존재하는 방식이다. 우리는 영원을 살아내는 존재이다. 우리는 지극히 첨예한 오늘이라는 시간 내부에 영원을 정박시켜 삶–시간–세계의 진경을 응시하게 된다.

허나 그럼에도 불구하고 오늘이라는 시간은 "무심히/펼쳐지는/하루"이기도 하다. 마치 오늘이라는 시간의 반복을 통해서 영원에 접근하는 것처럼, 우리는 "–도"라는 동일한 것의 반복을 살아내고 있는지도 모른다. 왜냐하면 김후란 시인이 「무국을 들며」에서 말한 것처럼, 우리는 소소한 일상들이 만들어내는 하루의 반복이기 때문이다. 하여 시인의 시간에 관한 의식은 하루라고 표상될 수 있는 오늘 속에 영원을 각인시키는 행위에 다름 아니다. 하루를 사는 것은 영원을 사는 것과 마찬가지다. 아니 그것은 역으로 영원히 현전적인 오늘을 통하지 않고서는 우리는 영원을 모른다고 말하는 것이 타당하다. 일상적인 하루의 반복 사이사이에 사랑과 기쁨을 각인시키면서 시인 김후란은 절대의 경지로 이입해 들어가고 있다.

그러한 시인의 마음을 표현한 작품이 바로 시 「기쁨과 사랑」이다. 말하자면 시인의 시말 운동 전체는 오늘이라는 지극히 일상적인 시간 속에 내파되어 있지만, 그 시간의 흔적을 인류성으로 고양시키는 데 있다. 마치 상호타자성의 원칙을 시적 현실성이라고 생각하면서 시인은 시간의 본성을 기쁨과 사랑의 전언으로 치환시켜가고 있다. 하여 시인의 시살이 전체는 '나'의 변성 과정이거나 나를 미루어 너에게 가닿는 마음이다.

나고 사는 한 세상
꽃으로 피었다가
꽃으로 눕는 지혜
높은 길 가리.

—「기도」 부분


영원으로 통하는
문을 이루고

그 문을 향하여
머리 곱게 빗은 나
맨발로 몇백 년이고 걸어가오리다.

—「문」 부분


　삶-시간-세계란 언제나 그렇듯이 하루라는 오늘과 무한으로 표상되
는 영원 사이에서 벌어지는 변증법적인 운동임에 틀림없다. 왜냐하면
인간학이란 "태고(太古)의 적(寂)"(「속리산 대불」)으로 귀의하는 필연의
운동이기 때문이다. 하여 인간에게 허여된 오늘이라는 즉발적인 시간은
신성한 하루다. 우리는 일상의 내부에 숭고한 "기도(祈禱)"를 저며 넣으
면서 "지혜"의 "높은 길"에 당도하게 되는데, 그것이 바로 영원이자, 그
영원을 삶-시간-세계 내부에 정박시키는 행위이다. 시 「기도」는 김후
란 시인의 시말길이 향하는 궁극의 지점이자 시적 염결성이 체화된 숭
고한 정신의 경지임에 틀림없다. "꽃으로 피어" "꽃으로 눕는" 그 "승천"
의 고결한 정신성이 시인이 지향하는 시살이다. 하여 다음의 시 「문」으
로의 귀의는 필연이다. 물론 시 「문」은 김후란 시인의 등단작이다. 헌데
이 시가 문제적인 이유는 자연인 김후란뿐만 아니라, 시인 김후란이 지
향하는 삶-시간-세계에 관한 의식을 총체적으로 노정하고 있기 때문이

다. 때론 "가난한 영혼"의 노래를 부르면서 때론 "참회의 밤"에 꺼이꺼이 울음을 울면서, 시인은 "마지막 구원"을 염원하고 있다. 마치 "모든 것이 오늘로 끝나고 또 오늘로 시작됨"을 영원의 문틈으로 응시하는 것처럼, 김후란은 자신의 시적 초심을 영원성으로 응결시켜 다져나아가고 있다. 말하자면 시인의 시말 운동 전체는 오늘과 영원 사이에 다리를 놓으면서 삶의 흔적들을 영원의 문 안쪽에 위치시키고 있다.

## 3. 역사와 사랑의 변주

삶-시간-세계 전체를 사랑의 기호로 가득 채울 수만 있다면, 이 세계는 그 자체로 유토피아가 실현되는 인륜적인 공간이라고 말할 수 있겠다. "민족의 얼"(『세종대왕』)을 따스한 마음으로 보듬어 안으면서 "예지의 눈"(『세종대왕』)으로 밝혀 우리가 살아가는 공간을 사랑으로 충일하게 만든다면, 그것만큼 이상적인 세계도 없을 게다. 헌데 시인 김후란은 유유히 굽이쳐 흐르는 역사성을 시인 특유의 사랑학으로 키질하면서 세계-내-공간 전체를 유미화시키고 있다. 그것은 시인이 육화시킨 사랑 전체가 역사의 편린이거나 그 편린들을 사랑의 계보학으로 건설하는 행위에 다름 아니다. 따라서 사랑은 시간을 떠받치는 궁극적인 심급이거나 시간의 운동인 역사 전체가 사랑으로 휘어져 있음을 예증하고 있다. 이를테면 김후란 시인의 시말 운동 전체는 시간을 표상하는 현재와 과거의 역사 내부에 사랑을 새겨 넣으면서 역사와 사랑의 변주곡을 연탄하고 있다.

나 이 세상에

빛으로 태어나서

그대 비추는
작은 불빛으로 태어나서
행복한 작은 성(城)을
지켜가려 했건만

─「빛의 나그네」 부분

우리는 너 나 할 것 없이 시간 앞에 선 나그네다. 우리는 "빛"으로 탄생하여 그 빛으로 소멸하는 시간의 운동이다. 마치 모든 역사가 생성과 소멸의 변증법적인 운동으로 휘어지듯이, 김후란 시인은 인간학 전체를 저 숭고한 빛의 운동 속에 응고시켜 삶-시간-세계가 펼쳐내는 역사적인 역동성을 응시하고 있다. 이를테면 시 「빛의 나그네」는 "잠들지 않는 혼(魂)"에 관한 문제를 "꽃과 바람"으로 실어 나르면서 생이 직면하는 그 모든 것들을 처연하게 바라보고 있다. 산다는 것은 그 자체로 불투명한 "안개를 헤치려는 허우적거림"이다. 하여 때론 "갈 길 없는 방황의 늪"에 빠지기도 하고, 때론 "청춘의 아슴한 빛깔"을 가슴에 품고 살아가다가, 우리 인간 전체는 시간의 주름 속에 소멸하게 된다. 하여 우리는 저 빛이 창조한 시간의 나그네, 즉 역사적 운명성을 온몸으로 체현하는 서글픈 운명이다.

인간 세상의 노래와
꿈의 비단을 풀어놓은 곳
아침이 되면 이슬이
흔적도 없이 사라지지만
저 유려한 기왓골에 박혀 있는
눈빛은

결코 사라지지 않으리

―「서울의 새벽 ― 역사의 숨결 1」 부분

유순한 한민족의 동맥
의기 찬 선비의 품성
기나긴 역사의 소리를 삼키며
큰 가슴 넓은 소매
한강 흐르다

―「한강 흐르다 ― 역사의 숨결 2」 부분

오늘은 돌다리만 달빛에 젖어 있네
잊혀진 세월 속에.

―「수표교(水標橋) ― 역사의 숨결 9」 부분

역사의 숨결은 곧 삶의 숨결이자 사랑의 숨결이다. 비록 "역사의 수레바퀴"가 "힘과 의지"(「서울의 새벽 ― 역사의 숨결 1」)를 통해서 시간의 선분 위를 질주하는 것만은 분명하지만, 시인 김후란은 『서울 새벽』 전체를 "낭만과 그리움만 어린 곳"(「서울 소묘」)이라고 단언하고 있다. 하여 시인에게 "역사의 소리"(「서울의 새벽 ― 역사의 숨결 2」)는 삶을 사랑했던 흔적이거나 면면히 이어져 내려가는 삶-시간-세계의 역동적인 운동임에 틀림없다. 역사란 공간에의 사랑이다. 아니 역사란 공간 내부에 기입된 사랑의 흔적들이거나 공간이 펼쳐내는 사랑학이다. 비록 공간의 내부에 "무거운 침묵의 바위"가 가로놓여 있는 경우도 없지 않아 있지만, 시인의 일련의 서울에 관한 연작들은 공간 속에 기입된 시간의 흔적들을 시인 특유의 시적 몽상을 통해서 새로운 시말길을 예인하고 있다. 시인이 의도했던 것처럼 서울이라는 공간을 의식의 눈으로 촘촘하게 가로지르면서 역사의 진경을 목도하고 있다.

하여 역사란 면면히 이어져 흐르는 의식의 공간이다. 때론 "꿈빛으로 채색된/내일"을 몽상하면서 때론 "선비의 품성" 또한 추억하면서, 시인 김후란은 의식의 공간 내부에 사랑을 그득 채운다. 어쩌면 시인에게 역사란 "화해와 긍지의 몸짓"이거나 "잊혀진 세월"을 환기시키는 작용인지 모른다. 왜냐하면 역사란 그 자체로 언제나 사랑의 역사였지, 미움과 투쟁의 역사가 아니기 때문이다. 물론 시인의 역사 읽기 방식이 공간에 투영된 시간의 흔적 읽기로 짜여져 있는 것만은 분명하지만, 김후란에게 있어서 시간은 그 자체로 사랑이 은거하는 지대라고 말하는 것이 타당하다. 역으로 공간에 기입된 의미적 읽기는 역사에 대한 상상적 읽기에 다름 아니다. 여명이 밝아오는 새벽 무렵에 현재의 서울과 과거의 서울 동시에 부조시키면서 시인은 공간의 성화를 시도하고 있다.

> 태초에 말씀이 있었으니
> 말씀이 곧 마음이라
> 마음을 글로 적어
> 하늘에 고하고
> 자손만대 전하니
> 이 아닌 기쁜 일이랴
>
> —「한글, 그 빛나는 창제」 부분

역사의 외접면이 아와 비아의 투쟁의 연속으로 기술되는 반면에, 그것의 내접면은 상처 난 환부를 치유하는 사랑의 역사로 기술될 수 있다. 특히 장편 서사시인 『세종대왕』은 역사 전체를 사랑학으로 치환시키고 있다. 다양한 역사적 사료들의 의미적 읽기를 감행하면서 시인은 역사의 내접면에 기입된 사랑의 주름들을 면면히 기록하고 있다. 물론 장편 서사시 『세종대왕』은 신이한 출생부터 한글 창제 당시까지의 영웅의 일대기를 시인의 상상력으로 얽어매면서 삶-시간-세계 전체를 유가철학의 "민본(民本)" 사상으로 응결시키고 있다. 한 나라의 백성을 측은히 여겨 그들을 위해 문자를 창제한 것은 그 자체로 인류애적인 사랑이다. 말하자면 장편 서사시 『세종대왕』은 시인이 지향하는 사랑학의 확장적 국면이거나 인륜적 가치를 표방하는 문화 내부를 사랑으로 투시한 것에 해당한다. 한편으로 "역사의 아름다운 전통"을 세우면서, 다른 한편으로는 백성들의 지난한 삶을 위무하는 "세종대왕"의 모습을 통해서, 김후란 시인은 역사의 본질이 사랑 위에서 고동 치고 있음을 예증하고 있다.

〈이제야 알겠습니다
사랑하는 죄값으로 죽어야 한다면
불로써 불을 끄고 죽어지이다
이승의 만남이 운명일진대
속박의 비단으로 휘어 감긴 작은 목숨
너와 더불어 떠나갈 배에
기꺼이 오르겠습니다〉

—「환(歡)」 부분


빛나는 아침 햇살
창문을 노크한다
은혜로운 시간의 시작이다

날마다 새롭게 찾아오는
오늘을 감사하며
사랑으로 만난 우리
깊은 인연을 생각한다

—「사랑의 말」 부분

인간학은 사랑으로 시작해서 사랑으로 종결된다고 해도 과언이 아니다. 이를테면 김후란 시인의 일련의 시말 운동은 사랑의 문양을 다층적으로 변주하여 삶−시간−세계 내부를 사랑의 말로 가득 채우고 있다. 하여 시인에게 사랑은 선험적 가정이다. 설령 그것이 한때 타올랐던 불 같은 사랑으로 형상화될 때조차, 사랑은 사랑 그 자체를 사랑하면서 사랑을 완성시키게 된다. 물론 시「환」이 즉발적인 사랑의 지대를 감각적으로 그려내고 있다는 사실만은 부인할 수 없다. 아니 사랑은 "멸도(滅度)의 어여쁨"이자 "살갗을 태우는 촉심(燭心)의 열기(熱氣)" 속에서 터져 나오는 열락의 기쁨이다. 하여 시「환」에 육화된 사랑은 강렬했던 젊은 날의 "형벌"적 사랑이다. 비록 시인의 영혼이 "사랑하는 사람의/우주 안"에서 안온한 몽상의 나래를 펴는 것만 분명하지만, 시말길 전체는 사랑 그 자체를 휘어 사랑을 기호 '〈 〉' 안에 넣는다. 사랑은 "불의 화신(化身)"이다. 사랑은 사랑의 불길을 따라서 사랑 대상을 불에 휩싸이게 만들면서 스스로가 불구덩이 속으로 침몰하게 된다. 하여 사랑은 역설이다. 물론 인간학 전체가 사랑이라는 생성의 지점을 승화시킨 것이기는 하지만, 사랑은 항상 여분의 "죗값"을 우수리로 남겨 사랑을 "번뇌"로 치환시키게 된다. 사랑이 사랑을 하게 된 순간, 사랑은 그 음가를 의미 변주하여 그 사랑의 형태를 "상처"나 "눈물"로 변모시킨다.

그런데 시인 김후란은 영원의 정박지로 생각되던 그 사랑의 지대를 육체의 형식에서 인륜성으로 변환시킨다. 말하자면 남녀간의 열렬한 사랑은 "소진(消盡)"되어 사랑을 다른 사랑으로 고양시킨다. 이를테면 시「사랑의 말」은 사랑이 도달할 수 있는 최고의 극점이다. 시혜적 사랑 혹은 감사의 마음. 사랑이 사랑 그 자체를 사랑하게 된 순간, 사랑은 아가페이거나 필리아에 이르게 된다. 말하자면 시인의 사랑은 그 의미를 질적 전환시켜 인간 그 자체를 사랑하는 인간애로 고양된다. 어쩌면 김후란 시인이 자신의 사랑의 색조를 범성적으로 변모시키는 것은 너무도 당연한 일인지도 모른다. 왜냐하면 이 세계는 그 자체로 하나의 유기체적인 면모를 지닌 "따뜻한 가족"(「따뜻한 가족」)임에 틀림없기 때문이다. 시인이 우리가 살아가는 이 세계와 그 속에 존재하는 사람들 전체를 "가족"이라고 명명한 순간부터 시인의 사랑은 사랑 그 자체를 사랑하는 숭고한 사랑으로 승화된다. 때론 면면히 이어져 내려오는 역사의 문양 내부를 사랑의 시선으로 보듬어 안으면서 때론 현재 우리가 살아가는 이 즉발적인 삶-시간-세계를 사랑으로 응결시키면서, 시인 김후란은 인간학이 사랑학임을 예증하고 있다.


## 4. 뮤즈에 관한 몽상 혹은 시와 삶의 일치

시살이란 그 자체로 하나의 몽상적인 삶을 지칭한다. 그것은 시의 성패를 떠나 시인이 견지해야 할 마음자리이다. 하여 시살이란 시와 삶이 일치하는 그야말로 전일한 의식의 상태이거나 시인이 시인으로 존재하는 존재론적인 국면이다. 때론 밝고 맑은 아름다움을 몽상하면서 때론 생의 굴곡면을 응시하면서 김후란 시인은 몽상과 삶의 접점에서 시말을 욕동시키고 있다. 하여 시인의 시말길 전체는 저 순결한 뮤즈의 전당으로 잠입해 들어가 시의 여신을 유혹하여 말의 심혼을 언어로 육화시키고 있다. 시인에게 시말은 곧 하나의 구원이자, 삶-시간-세계의 본질이다. 어쩌면 시인이 지향하는 시살이가 문학의 본질일지도 모른다. 왜냐하면 본래 시란, 삶의 이편과 저편을 동시에 아우르는 영혼의 몸짓이기 때문이다. 때론 슬픔의 지대를 유랑하면서 때론 그 슬픔 속에 기입된 삶-시간-세계의 지난한 초상을 위무하고 어르면서 시인 김후란은 시와 삶이 일치하는 아름다운 진경을 연출하고 있다.

> 시(詩)여 나를 구하소서
> 나를 끌어올리소서
> 믿음만이 목숨을 끌어안듯
> 시의 여신이여 나를 끌어안으소서
>
> —「헌화가(獻花歌) — 시의 나라의 여신에게」 부분

시란 구원의 언어이자 끌어안음의 마력이다. 시란 하나의 종교다. 시란 삶의 앞면이 펼쳐내는 일상을 영원성으로 고양시키면서 말 자체가 하나의 본질을 대변하는 승화의 언어이다. 하여 시란 꽃을 받치는 마음이거나 "방황하는 영혼의/사슬"의 풀림이다. 어쩌면 김후란 시인이 시 「헌화가(獻花歌) — 시의 나라의 여신에게」에서 언표한 그 모든 말들이 맞을지도 모른다. 왜냐하면 시인에게 시란 3천 년에 한 번 꽃을 피우는 "우담화(優曇華)"와 같은 지난한 고통의 지대를 통과한 후에만 얻어지는 그 무엇으로 표상되기 때문이다. 따라서 시의 진정한 위의란 "한 줄의 시" 속에 응고된 "지고(至高)의 아름다움"이다. 때론 "캄캄한 어둠"과도 같은 "미명의 안개" 속을 헤매기도 하면서 때론 "향기로운 바람과/슬기로운 소리"에 영혼을 정화시키면서, 언어가 곧 우매한 영혼을 일깨우는 기호임을 예증하는 바로 그곳에 시말이 있고 뮤즈가 살아 숨 쉰다.

> 시인들은 저마다
> 다른 나무를 키우면서
> 저마다 잘생긴 나무로 키우면서
>
> 밤이 깊어지면

나무 한 그루씩 품어 안고
길을 떠나네
맨발로 먼 길을 떠나네.

—「시인의 가슴에 심은 나무는」 부분

시(詩)가 된 그대
별들이 눈부시다.

—「밤하늘에」 부분

시란 마음으로 키운 한 그루의 "나무"다. 시란 "뽀얀 매화꽃"으로 표상되거나 "노란 산수유꽃"으로 피워낸 순결한 영혼의 표징이다. 하여 시인이라는 존재는 그 자체로 지구의 종말이 와도 한 그루의 사과나무를 심은 스피노자다. 시인은 "그리운 이름"을 가슴에 새기면서 삶-시간-전체를 위무하는 영혼의 사자(使者)이기도 하다. 시「시인의 가슴에 심은 나무는」은 그러한 경우의 적확한 예인데, 시인의 나무는 세상의 근심을 덮는 가슴이 너른 나무다. 늘 제자리에서 서서 침묵의 전언으로 이 세상을 품어 안는 그것이 바로 시인의 나무다. 때론 뙤약볕이 내리쬐는 한여름에 시원한 그늘을 드리우기도 하고, 때론 하늘을 나는 새들의 쉼터가 되기는 그 나무의 너른 품이 시인이 견지해야만 하는 마음자리이다. 헌데 이 시가 재미있는 점이 있다. 시인의 나무는 저마다 "다른 나무"를 키운다는 사실이다. 시인은 자신이 처한 운명의 "길"을 "맨발"로 떠나면서 저마다 아름다운 한 그루의 나무를 심어내고 있다.

시「밤하늘에」는 그러한 시인의 마음을 확장하여 인간학적 전체를 하나의 아름다운 시로 간주하면서 인간 사이사이에 가로놓인 "인연"을 숭고한 정신성으로 승화시키고 있다. 사랑이다. 시인도 사랑이고, 시도 사랑이다. 아니 삶-시간-세계를 포괄할 수 있는 유일한 실재는 저 "예사로운 인연"이 아닌 것으로 간주되는 삶―시간―세계의 문양들을 사랑의 심급 밑으로 가라앉히는 데 있다 하겠다. 말하자면 김후란 시인의 시말 운동은 '시=삶=사랑'이라는 등식 위를 전후좌우로 가로지르면서 이 세계 전체가 뮤즈의 전당임을 예증하고 있다. 그것은 역으로 시인의 시살이가 사랑의 심급이 만든 존재의 문양이라는 말과 같다. 다시 말해서 김후란의 시말길 전체는 그 모든 인간학적 사태를 사랑 쪽으로 휘어지게 만들어 삶―시간―세계 전체가 사랑이었음을 고지하고 있다.

> 어린 동생같이
> 애틋한 2월에
> 어깨 시린 이 쓸쓸한 시대에
>
> 풀잎 같은 언어로 시를 쓰고
> 사랑이라는 한마디에 기대어 산다
>
> ―「희망의 별을 올려다보며」 부분

　삶―시간―세계가 희망의 원리로만 작동하지는 않는다. 시인이 말한 것처럼, 분명 우리가 살아가는 이 시대, 이 공간은 "쓸쓸함"으로 표상될 수 있다. 맞다. 분명 우리가 살아가는 21세기의 디지털 공간은 개인화되고 철저하게 이윤 추구로만 치달아가고 있다. 헌데 김후란 시인은 그러한 시대의 단면도를 응시하면서 이 세상에 아직 남은 "희망의 별을 올려다보며" 시의 위의를 사유하고 있다. 시란 "감사"이자, "뜨거운 마음"이다. 시란 "사랑"이다. 시란 "고통"을 위무하는 따뜻한 "친구"의 손길이다. 시란 "풀잎 같은 언어"이다. 시란 "희망의 별"이다. 하여 시란 현재의 현재를 고동시켜 욕망을 충족시키는 현재의 언어가 아니라, 미래의 미래, 즉 "보드라운 아기"의 숨결 속에서 느껴지는 희망의 전언이다. 따라서 김후란 시인에게 시란 과거와 현재를 안아 넘는 "새날"로 휘어진 미래이거나 새날 내부에 각인시킨 희망의 별이다. 삶-시간-세계 전체가 "따뜻한 가족"으로 표상되는 한, 우리는 서로가 서로를 위무하고 보듬어 안으면서 한 세계를 건너가게 된다. 결론적으로 김후란 시인의 시말 운동 전체는 뮤즈의 전당 내부를 꿈과 사랑으로 가득 채우면서 이 세계, 이 공간을 긍정하는 아름다운 심혼으로 휘어져 있음에 틀림없다.

## 5. 글을 나오며

시인에게 시란 어찌해볼 도리가 없는 운명이다. 시란 불현듯이 "어느" 한순간에 영혼을 사로잡는 마물이다. 시란 "백지" 위에 쌓은 "언어의 집"이다. 하여 시인은 말과 씨름하면서 말이 곧 하나의 세계임을 현시하는 자이다. 시 「시의 집」은 시인에게 시가 어떠해야 하는지를 예시한 중요한 좌표계인데, 그것은 시와 말 사이에 위치한 시인의 운명이거나 이 양자를 시말로 승화시키는 시인의 진지한 태도의 문제이다. 말하자면 시인이 된다는 것은 늘 그렇듯이 중세의 연금술사처럼, 절망의 심연으로 추락하여 끝내는 영혼의 정화에 도달하는 고난의 길이다. 마치 시지푸스의 신화처럼, 시인과 말의 관계는 쌓고 허물고 또 쌓는 반복 속에서 언어의 축조술을 체득하는 데 있다. 김후란 시인의 「시의 집」은 시인의 천형적 운명성을 승인하면서 시의 위의를 단단히 구축하고 있다. 어쩌면 그것은 반세기 넘게 시를 쓰는 시인으로 살아온 시살이의 아름다운 진경인지도 모른다. 아니 시인이란 자고로 자신의 고유한 "작은 기와집 한 채"를 짓는 깨달음의 과정이라고 말하는 것이 타당하다.

어느 때부터인가 연필이
좋아졌다
백지에 언어의 집을 짓는다
짓다가 잘못 세운 기둥을 빼내어
다시 받쳐놓고
저엉 성에 안 차면
서까래도 바꾼다
그렇게 연필로 세운 집
고치고 다듬고 다시 일으켜 세우는
잠들지 못하게 눈 비비게 하는
연필로 집 짓는 일이 좋았다
작은 기와집 한 채
섬돌 반듯하게 자리 잡아주고
흙 묻은 고무신 깨끗이 씻어놓고.

—「시의 집」 전문

홍용희

# '오늘'의 진정성과 충만한 영원

　김후란의 시세계는 경건하고 따뜻한 어조로 사랑과 평화와 포용의 정서를 지속적으로 노래해왔다. 그래서 그의 시를 읽으면 긍정의 힘과 삶의 충일감을 느끼게 된다. 이 점은 그가 1959~1960년『현대문학』을 통해 등단한 이래『장도와 장미』『음계』『어떤 파도』를 비롯하여 근자의『따뜻한 가족』등에 이르는 10여 권의 시집을 통해 일관되게 견지하는 시적 특성이다. 그가 50여 년에 걸친 시적 삶을 통해 지속적으로 긍정적 세계관과 충일한 진정성의 미의식을 견지할 수 있었던 배경은 무엇일까? 김후란의 시적 삶의 미학적 원리와 직접 연관되는 이러한 질문 앞에 그의 첫 데뷔작인 다음의 시편이 놓인다.

　　밤, 흐느적거리는 어둠 속에 온통 흐드러진 들꽃 내음. 거리를 잴
　　수 없는 밀도(密度)

　　시도(試圖)는 끝났다 다시는 있을 수 없는 순간을 위하여 기쁨은 한
　　갓 은은한 그리움에 영원의 정박(碇泊)을 마련하였고 모든 흐름은 또
　　하나의 마음의 여울로 연결되는데

미진한 것들을 태워 버리고 슬픔도 자랑도 던져버리고 여기 현존하
는 흐느낌이 있다 결코 헛되지 않을 우리의

그리하여 지새운 들길에 부서지는 별빛을 안고 가늘고 긴 어둠길을
바람같이 치달아 올라 숨찬 환희에 몸을 떨며

사랑하리라 넘쳐흐르는 가슴만으로 뜨겁게 뜨겁게 사랑하리라 어
제와 내일 없는 오늘만으로 온전히 사랑하며 살아가리라.

—「오늘을 위한 노래」 전문

김후란은 데뷔작에서 이미 자신의 시적 삶의 지향성을 부드러우면서
도 결곡한 어조로 선명하게 드러내고 있다. 그는 선언한다. 이제 "시도
(試圖)는 끝났다." 오직 "다시는 있을 수 없는 순간"과 "현존"에 대한 충
실한 삶이 있을 뿐이다. 그것만이 "헛되지 않"을 것이다. 그렇다면, "순
간"과 "현존"을 충실하게 살 수 있는 방법은 무엇인가? 그것은 "미진한
것들을 태워버리고 슬픔도 자랑도 던져버리고" "어제와 내일 없는 오늘
만"을 "사랑"하는 것이다. 다시 말해, "어제"에 대한 미련, 집착, 아쉬움
이나 "내일"의 당위성에 더 이상 "오늘"을 도굴당하지 않겠다는 것이다.
　선형적인 직선적 시간관을 부정하고 '지금, 여기'의 현재를 강조하는
실존적 시간관을 전면에 내세우고 있는 것이다. 직선적 시간관은 삶의
가치 척도를 합목적론적인 가상의 미래에 둔다. 그래서 현재의 의미와
가치는 미래에 의해 재구성되고 변용된다. 이때, 살아 있는 현재는 지속
적으로 유예되고 붕괴된다. 그래서 선형적인 직선의 시간관 아래에서는
정작 살아 있는 현재의 삶을 잠시도 구가하지 못하는 운명을 강요받게
된다. 따라서 시적 화자가 "어제와 내일"을 가감하게 거세하고자 하는
것은 "오늘"을 있는 그대로 소생시키고 이를 향유하기 위한 의지의 표명
이다.

이렇게 보면, 김후란의 시적 삶의 특성인 긍정의 힘과 충일한 진정성의 미의식은 "오늘만으로 온전히 사랑하며 살아가리라"는 등단작의 출사표에 대한 실천의 결과물로 파악된다. 실제로 그는 「오늘을 위한 노래」를 발표한 지 50년 만에 간행한 시집 『따뜻한 가족』(2009)에서도 다음과 같이 노래하고 있다.

> 살아 있다는 건 얼마나 고마운 일인가
> 풀벌레 우는 소리 담 넘어 울리고
> 새벽이면 긴 팔 뻗어
> 내 어깨 흔드는 햇살
>
> 소중하여라 오늘도
> 나를 일으켜 세우는 힘
>
> ─「살아 있는 기쁨」 부분

> 빛나는 아침 햇살
> 창문을 노크한다
> 은혜로운 시간의 시작이다
>
> 날마다 새롭게 찾아오는
> 오늘을 감사하며
> 사랑으로 만난 우리
>
> ─「사랑의 말」 부분

50여 년의 세월의 간격 속에서도 한결같이 「오늘을 위한 노래」의 정서와 감각이 지속되고 있음을 확인할 수 있다. "오늘"에 대해 항상 고맙고 "소중"하고 "은혜로운 시간"으로 인식하는 긍정적인 세계관이 표나게 드러난다. 실제로 김후란의 시세계에서 "오늘은 모든 생령(生靈)들의

생일이"고 "빛 밝은 날의 호사스런 축제"(「목마」)이며, "세계는 그대로/
수채화 한 폭"(「꽃나무는 실로」)이라는 따뜻하고 긍정적인 시각이 전제
를 이룬다. 그래서 그의 시편들은 대체로 밝고 건강하고 아름답고 충일
한 이미지들로 빛난다.

> 잠든 아기를 안고
> 나무 밑을 서성거리는 시간은
> 충일(充溢)하는 빛으로 온 세상이 밝다
>
> ―「아기」 부분

> 충일하는 연연한 그 빛
> 우거진 수림 사이로
> 연수정 그림자를 비춰보며
> 처음으로 여인(麗人)은
> 다디단 꿈에 잠긴다
>
> ―「강변의 연인」 부분

　사랑의 의지와 일상의 시간이 만나면서 미적 충일성이 생성되고 있
다. 아기를 돌보는 모성이나 강변의 연인들 모두 "충일"한 정감으로 가
득하다. 결핍과 회의, 절망과 고통과는 거리가 먼 평온하고 충만한 언
어들이 주조를 이룬다. 그의 시세계에 등장하는 "당신들이/사는 나라"
의 풍경에는 대체로 "싸움도 시기도 노여움도 없고/고단한 빚을 지고/허
덕이는 이도 없다/그윽하게/초연하게/오늘을 사는"(「죽어서 사는 나라」)
이들로 모여 있다.
　한편, 여기에서 강조해야 할 점은 김후란의 시적 삶의 원점을 이루는
충일한 "오늘"의 노래가 과거나 미래와 차단되고 단절된 일시적 현상을

가리키는 것은 결코 아니다. 현재의 시간의 화살이 과거와 미래 속에 복속되는 것이 아니라 과거와 미래의 시간의 화살이 현재 속으로 집중하고 생성되는 것이다. 이를 형상적 이미지로 감각화하면 다음과 같은 시편이 된다.

흔연히 머문
석탑
사양(斜陽)을 등지고
천년섬광(千年閃光) 어린 뜻이
우뚝 솟아 있다

맑은 옥 찬 기슭에
긴 머리채 흘려 감고
지금 막 일어선 여인같이
창연한
화강암 자락에
고운 물기가 흐른다

먼빛으로 어른거리는
옛 사람들 모습

어느 틈엔가 내 안에 자리한
또 하나의 석수(石手)
아니 그것은 훨씬 이전에
이미 내 안에 생성하여
숨 쉬며
톡 톡 톡
돌을 쪼아오고 있었던 것을

이제사 내 몫의 한 석수를 감각하여
부끄러이 눈 앞의 의욕
살아 있는 석탑을
황홀히 올려다보는 것이다

—「다보탑 앞에서」 부분

다보탑이 "천년섬광(千年閃光)"으로 묘파되고 있다. 천년의 역사가 찰나의 "섬광"으로 점화된 형국이다. 그래서 다보탑에서는 "먼빛으로 어른거리는/옛 사람들 모습"이 아련히 반사된다. 천년 역사의 현재적 발현이 이루어지는 지점이다. 과거의 시간 의식이 경험된 현재로 재현되고 있는 것이다. "옛 사람들 모습"은 "어느 틈엔가 내 안에 자리한/또 하나의 석수(石手)"로 소생한다. 과거의 현재화는 자신의 삶의 원형에 대한 발견의 통로를 열어놓는다. 그래서 화자는 "내 안에 생성"하고 있는 나의 한 초상을 자각할 수 있게 된 것이다. 현전자(Anwesendes) 속에 내재되어 있는 비-현재적 현전자의 개시이다. 이것은 이를테면, 하이데거가 전언한 비-현재적 현전자(과거와 미래)가 현재적 현전자로 이행된 동안을 가리키는 현재적 시간 의식의 개념과 상응한다. 현재의 시간성은 표면적인 현상뿐만 아니라 비-현재적 현전자들의 심연과 공명하고 있는 것이다. 그래서 "오늘을 위한 노래"의 실존적 시간관은 현존재자의 근원의 시간성과 연속성을 이룬다.

따라서, 그에게 "오늘"에 대한 진정성은 충만한 영원성과 연관된다. "하루"에는 "억겁"이 "뜨겁게 뜨겁게 부딪"(「우리를 흔들리게 하는 건」)치고 있는 것이다. 그래서 그는 더욱 진정성의 언어로 화해와 평화의 세계를 추구하고자 한다. 물론, 그 역시 현실 세계가 불안과 고통으로 미만해 있다는 것을 모르지 않는다. 그러나 긍정적인 세계관으로 이를 감내하고 초극해야 한다는 견실한 삶의 의지를 강조한다.

노하지 말라
슬퍼하지 말라
별빛마저 불안스러이 떠는 밤
우리들의 눈물을
저 어린것에게 보이지 말라
세상은 이처럼 꽃피어 있고
꽃잎이 지기까지 아직
시간이 있으니.

—「세상은 이처럼」 전문

시적 화자는 "별빛마저 불안스러이 떠는 밤"이지만 그러나 이를 스스로 감당해내면서 "우리들의 눈물을/저 어린것에게 보이지" 말아야 한다고 전언한다. "세상은 이처럼 꽃피어 있"지 않는가. "캄캄한 어둠을/달빛이 밀어내고/햇살이 밀어내"(「평화」)듯이 "꽃"의 눈부심으로 "불안"을 밀어내어야 한다는 신념이 강조되고 있다. 물론 이것은 단순히 정서적인 태도와 관점의 문제만은 아니다. 여기에는 "흙에서 넘어진 이/흙을 딛고 일어서라/마음을 일으켜/흙을 딛고 일어서라"(「미소하는 달」)는 강한 자기 극복의 의지와 노력이 바탕을 이룬다.

그렇다면, 이처럼 시적 화자가 "별빛마저 불안스러이 떠는 밤" 속에서도 "흙에서 넘어진 이 흙에서 일어서"는 견실한 자기 초극의 신념을 지속적으로 견지할 수 있는 힘은 어디에서 연원하는 것일까? 그것은 그의 시편에 자주 등장하는 "빛", "눈", "님" 등으로 변주되는 절대적 존재자에 대한 종교적 믿음과 연관되는 것으로 보인다.

① 빌딩의 숲에서
아코디언 소리가 울린다

햇살이 사방팔방
노크를 해댔다
찬란한 햇빛이
나비가 되어
벌이 되어
공작이 되어

—「도시의 봄」 부분


② 순결과 헌신의 희디흰 눈이 내려
　기쁜 성탄 축복의 날이 열리고
　추운 겨울 그늘진 자리 후미진 곳까지
　당신의 크고 부드러운 손길
　생명의 빛이 되어

—「이 기쁜 성탄절에」 부분


③ 나에게 주시는
　님의 말씀은

　옷자락에 묻은
　흙내 같은 것

　흙에서 태어난
　바람 같은 것

　눈길 하나로
　나를 부르고
　나를 보낸다.

—「님의 말씀」 부분

시 ①에서 "햇살"은 "도시의 봄"을 몰고 오는 주체이다. 도시의 봄은 "찬란한 햇빛"의 "사방팔방 노크"하는 기운 생동의 산물이었던 것이다. ①의 "햇살"이 구체적인 물질로 감각화되면 ②의 "눈"이 된다. "눈"이 내려 "성탄 축복의 날이 열"린다. "눈"은 "빛나며 흩날리는" "덕성과 은혜로움"(「눈이 오는 날은」)의 표상인 것이다. 그래서 시인은 "눈의 나라 시민이 되"고 싶어 한다. ③의 "님"은 ①과 ②의 의인태로 해석된다. "나를 부르고/나를 보"내는 절대적 존재자로서의 "님"이 현시되고 있다. 이때 "님"은 자신과 세계를 향해 "슬픔을 누르고 미소 짓는 것, 미소 너머로 세상을 보는"(「그 눈앞에」) 자기 초극과 긍정의 힘을 지속적으로 부여하고 지켜주는 동력으로 파악된다.

여기에 이르면, 김후란의 시세계에는 "오늘"에 대해 "온전히 사랑하며 살아"가기 위한 자기 결의와 이를 지속적으로 실천하기 위한 자기 구원의 힘으로서의 절대자를 향한 희구가 동시적으로 작용하고 있음을 알 수 있다. 다시 말해, 그는 지상의 척도와 천상의 척도가 연속성을 이루는 삶을 지향하고 있는 것이다. 지상에 뿌리를 내리고 있으면서도 겸허하고 경건한 자세로 천상의 평화와 사랑과 환희를 실천하고 내면화하고자 한다.

이러한 시인의 인생관 앞에 가장 친숙하게 다가서는 시적 상관물은 무엇일까? 그것은 "나무"이다. 지상과 천상의 연속성을 수직적인 몸의 언어를 통해 가시적으로 보여주는 전범이 "나무"인 것이다. 김후란이 "나무와 숲에 경도되어" 간행한 시집 『시인의 가슴에 심은 나무』은 물론 이외에도 여러 시집 도처에 "나무"가 자주 등장하는 배경이 여기에 있다.

어딘지 모를 그곳에
언젠가 심은 나무 한 그루
자라고 있다

높은 곳을 지향해
두 팔을 벌린
아름다운 나무
사랑스런 나무
겸허한 나무

어느 날 저 하늘에
물결치다가
잎잎으로 외치는
가슴으로 서 있다가

때가 되면
다 버리고
나이테를
세월의 언어를
안으로 안으로 새겨 넣는
나무

그렇게 자라가는 나무이고 싶다
나도 의연한 나무가 되고 싶다.

— 「나무」 전문

시적 화자는 "나무"와의 동일성을 추구한다. "나무"는 지상에서 천상
의 원리를 지향하고 이에 순응한다. 그리하여 "아름답고/사랑스럽고/겸
허한" 모습을 스스로 지켜나간다. 그리고 "때가 되면" 기꺼이 "다 버리

고/나이테를/세월의 언어를/안으로 안으로 새겨넣"는 겸허한 절조를 지켜낸다. 그래서 화자는 "나도 의연한 나무가 되고 싶다"고 고백한다.

이렇게 보면, 김후란이 '생명의 숲 가꾸기 국민운동' 이사장으로서 나무의 전도사 역할을 맡게 된 것은 시적 삶의 숙명처럼 이해된다. 시인이 스스로 "나무"가 되고자 하고 있지 않은가. 그는 근자의 시집에서도 "내가 다시 산다면" "발끝으로 뿌리가 내려가는 동안/처음으로 세상이 열릴 때처럼/저 광막한 하늘에/두 팔을 벌리고/무한 공간 크게 크게 끌어안"는 "나무"(「나무와 새」)가 되고 싶다고 노래한다.

그에게 나무는 시적 소재이면서 동시에 주제 의식이다. 그는 "나무"의 세계를 만나면서 자신의 시적 삶은 물론 공동체적 삶의 근원과 가치를 실존의 차원에서 동시적으로 인식하고 노래하게 된다. "나무"는 시적 삶의 지향태이면서 동시에 실존적 삶의 가능태라는 특성을 지닌다. 나무와 인간은 서로 운명 공동체로서 "나무가 모여서 숲을 이루고/우리들의 꿈이 되어 함께 자"라고 "미래는 자연의 아기/자연은 신의 선물//우리의 아이들과/그 아이들의 아이들까지도/대대손손 우거진 숲에서 자라"(「자연은 신의 선물」)는 관계이기 때문이다.

이상에서 살펴보듯, 1959년 「오늘을 위한 노래」로부터 출발한 김후란의 시세계는 50여 년의 세월에 이르는 시적 삶의 과정 속에서 지속적으로 겸허하고 경건하고 포용적이고 긍정적인 세계를 펼쳐 보여왔다. 이것은 결국 "오늘"에 대한 진정성의 언어를 통해 충만한 영원성을 성취해 온 과정으로 정리된다. 그의 이러한 시적 삶은 천상의 가치와 지상의 가치가 연속성을 이루는 나무의 수직적 상상력에 천착하면서 구체적인 문화 운동의 차원으로 확산되는 특징적인 양상을 보여주었다. 나무는 정서적 대상이면서 동시에 삶의 공동체적 실존의 대상이기 때문이다. 앞으로 김후란의 시세계는 더욱 깊고 풍성한 숲을 일구어나갈 것이다. 그가 근자에 간행한 시집『따뜻한 가족』에서 노래하고 있는 "오늘"을 맞이하는 "새벽"의 언어가 이를 증거한다.

> 새벽에 일어나서
> 무릎 꿇고 앉아
> 화선지에 묵화 한 점 띄우다
>
> 열어놓은 창으로
> 밝아오는 날의 정기를 느끼며
> 오늘 하루
> 내일 또 모레 글피
> 모든 날 모든 가정 이웃과 나라의
> 평안을 생각하며
>
> 가슴 벅찬
> 희망의 뿌리를 껴안는다
>
> 은혜로운 자연의 순환 속에
> 할 일 많은 세상 마음이 바쁘다
> 그 많은 별 중에 사랑으로 만난 우리
> 그래, 오늘도
> 힘 있게 일어선다.
>
> —「새벽에 일어나서」 전문

이경철

# 시를 읽고 먹고 만인의 가슴속에
# 꽃피우는 김후란 시인

바람 불어도
눕지 않는
세엽풍란(細葉風蘭)


그러나 문득 노을빛에
속눈썹 적시는
정 많은
노래 가슴.

—「자화상」전문


김후란 시인이 정초에 핸드폰으로 문자 메시지를 보내왔다. 새해 덕
담과 함께 문예지 1월호에 실린, 미당 서정주 시인이 시를 고치고 깁고
다시 고치고 한 시작 노트를 분석한 내 글 잘 읽었다고. 자신도 퇴고를
많이 하는 사람이라 특히 공감이 컸고 새삼 배움이 있었다고.

어느 때부터인가 연필이
좋아졌다
백지에 언어의 집을 짓는다
짓다가 잘못 세운 기둥을 빼내어
다시 받쳐놓고
저엉 성에 안 차면
서까래도 바꾼다
그렇게 연필로 세운 집
고치고 다듬고 다시 일으켜 세우는
잠들지 못하게 눈 비비게 하는
연필로 집 짓는 일이 좋았다
작은 기와집 한 채
섬돌 반듯하게 자리 잡아주고
흙 묻은 고무신 깨끗이 씻어놓고.

—「시의 집」 전문


미당이 봤으면 틀림없이 '맞소, 맞네그려' 침을 다시며 공감했을 시이다. 김 시인도 이렇게 시(詩)를 언어의 사원 한 채 짓듯 고치고 다듬고 다시 일으켜 세우고 있으니 그런 미당의 시작 노트를 분석한 내 글에 공감할 수밖에.

그럼에도 문단 어른으로부터 그런 메시지를 받고 보니 문자 그대로 황송스러웠다. 그러면서도 반갑고 힘이 났다. 한참 아래인 후배의 글들도 꼼꼼히 읽고 먼저 힘을 북돋워주는 그 너른 품새가 고맙기 그지없었다. 그와 함께 몇십 년간 멀리서 혹은 가까이서 지켜보고 겪어온 김 시인의 인격이며 인품 그 자체가 그대로 느껴졌다.

프롤로그로 올린 시 「자화상」 그대로 김 시인은 개결하고 격조 있는 난초, 진하지는 않지만 은은히 멀리 번지는 난초 향기와 같다. 어느 한

군데라도 흐트러짐 없는 자세와 인품에서 함부로 범접할 수 없는 격조를 누구든 느꼈을 것이다. 그러면서도 후배들을 이리 도닥이고 힘을 북돋워주는 다정다감함이라니.

김 시인의 시편들 또한 난초 같은 기품을 지니고 있으면서도 "속눈썹 적시는 정 많은 노래 가슴"으로 범인들의 가슴속을 적시고 있다. 해서 삶의 자세, 인품이 시와 똑같이 가고 있다는 평을 처음부터 듣고 있는 시인이다.

> 밤. 흐느적거리는 어둠속에 온통 흐드러진 들꽃 내음. 거리를 잴 수 없는 밀도(密度).
>
> 시도(試圖)는 끝났다. 다시는 있을 수 없는 순간을 위하여 기쁨은 한갓 은은한 그리움에 영원의 정박(碇泊)을 마련하였고 모든 흐름은 또 하나의 마음의 여울로 연결되는데
>
> …(중략)…
>
> 사랑하리라 넘쳐흐르는 가슴만으로 뜨겁게 뜨겁게 사랑하리라 어제와 내일 없는 오늘만으로 온전히 사랑하며 살아가리라.
>
> ─「오늘을 위한 노래」 부분

『현대문학』, 1959년 11월호에 실린 김 시인의 데뷔작「오늘을 위한 노래」 부분이다. 오늘, 이 순간을 온전히 사랑하라 노래하고 있다. 그러나 그 오늘은 "거리를 잴 수 없는 밀도"를 가진 순간이다. "모든 흐름은 또 하나의 마음의 여울로 연결되는" 그리움의 영원이 정박한 순간이다. 먼 먼 과거의 회감과 먼 미래의 예감이 정박한 순간, 서정적 순간인 것이다. 그런 순간으로서의 매 시간 시간, 오늘을 온전히 사랑하며 살겠다는

의지를 데뷔작에서부터 펴 보인 것이다.

　　나는 그와의 평소의 친교(親交)로 그의 작품보다도 그의 품격을 더
욱 경애한다. 이렇게 말하는 것은 그의 작품이 그의 위인(爲人)보다
못하다는 것을 의미하려는 것은 아니다. 시작(詩作)이란 본디, 언어
에 의한 미의 창조에는 틀림없는 것이지만 흔히 말하는 '이미지'라든
가 '메타포'라든가 기교상의 문제라든가보다도 오히려 그것을 낳고
구성하는 정신이 보다 더 중요하겠기 때문이다.
　　여사(女士)의 이 작품엔 하등 분식(粉飾)이 없다. 거짓이 없고, 표현
의 교(巧)함이 없다. 그의 말과 운율은 도리어 생경한 데조차 있다. 그
러나 거기에는 인간이 부딪치는 파동(波動)하는 어느 현실의 한 '모멘
트'에서 지각하는 의연하고도 절실한 자세를 나타내고 있는 것이다.


　　같은 호에 실린 신석초 시인의 추천사 한 부분이다. 분식도 거짓도 교
함도 없이 의연하고 절실한 시와 인품이 똑같다는 찬사이다. 신석초 시
인은 "원래, 표현의 교(巧)를 시가가 좋아한 것이 아니다. 그것은 자칫하
면 시를 비천한 걸로 격(格)을 떨어뜨리기가 일쑤"라며 김 시인의 시와
인간의 격을 높이 사 김 시인을 시단으로 밀어준 것이다.


　　가슴속
　　향기 감돌게
　　깨끗이 비우고 고마워하기

　　차오르는 목소리
　　다스려 누르고
　　미소 짓는 여유로
　　세상을 보기

목마른 세월에
훈훈한 차 한 잔
세상에서 가장 소중한 사람
가만히 손잡고 정다운 눈길

아무것도 아닌 것
서운해 말고
서로가 그리운
느낌이 되기.

—「세상 보기」전문

오늘도 많은 사람들이 보고 감동하고 애송하고 있는 시「세상 보기」 전문이다. 이렇게 김 시인은 시로써 세상을 훈훈하게 하듯 사람 또한 그렇다. 격조 있는 인격으로 세상을 올바르고 훈훈하게 한다.

지난 연대 독재 시절 끔찍했던 기관의 남산 자락에 숨겨진 장소를 자연과 어우러진 문학의 공간으로 바꾸고 일궈낸 사람이 김 시인이다. 그 곳에 '자연을 사랑하는 문학의 집·서울'을 짓고 15년간 이사장으로 있으며 그곳에서 열리는 이러저러한 문학 행사마다 향기를 감돌게 하고 있다. 한국의 문인 치고 그 향기롭고 격조 있는 김 시인의 그 그리운 느낌 한번 안 느껴본 사람은 드물 것이다.

「세상 보기」에 보이듯 김 시인의 시편들은 우선 쉽고 공감대가 크다. 해서 많은 독자들에게 사랑을 받는다. 「나의 시, 나의 시론」에서 밝혔듯 "읽어서 즐거운 시, 읽혀지는 시…… 기쁘게 공감하고 절감하는 시"를 지향한다.

나는 시의 깊이를 원한다. 내면 공간이 넓은 시심(詩心)으로 살고자 한다. 현란한 표현이나 자극적인 말의 조합을 경계하면서 고요하고도 감각적인 아름다움, 세월이 침적된 동경(銅鏡)이나 진주처럼 내부에 깊은 숨결을 간직하고 은은히 빛을 발하는 생명력을 갖게 하고 싶다. 그리고 '시를 읽자, 시를 먹자, 가슴에 시를 꽃피우자'고 주장하면서 시를 사랑하는 공감자들을 기리며 산다.

2012년 시선집 『노트북 연서(戀書)』를 펴내며 책머리에서 한 말이다. 독자들을 시피보고 쉬운 시를 쓰는 것이 아니라 시를 사랑하는 대중들에게 속 깊은 시로 봉사하기 위해 가급적 쉽게 쓴다는 것이다. 김 시인의 시에는 데뷔작에서 보았듯 과거와 미래가 오늘, 이 순간에 함께한다는 '순간의 시학'과 우리 인간 세상과 사람들은 물론 천지간의 삼라만상이 시인과 하나요 한 몸이라는 '동일성의 시학', 즉 서정의 요체가 오롯이 들어 있다.

1934년 서울에서 태어난 김 시인은 초등학교 때 공무원인 아버지의 전근으로 부산으로 내려가 부산사범학교를 졸업했다. 학창 시절 문예반 동창들과 함께 4인 시집을 펴내기도 하고 경향신문 대학생 문예작품 공모에 「고아(孤兒)」가 당선되는 등 일찍부터 문재(文才)를 드러내기 시작했다.

부산사범학교를 졸업하고 서울대 사대에 입학, 김남조 시인의 강의를 들었다. 그때부터 가톨릭 영세를 받을 땐 대모로 삼는 등 김 시인은 김남조 시인을 평생 스승으로 모셔오고 있다.

몇 년 전 김남조, 김후란 시인을 비롯해 몇몇 시인들과 함께 일본을 며칠간 여행한 적이 있었다. 일본 시인들과 함께 양국의 시 전통과 현황 등을 알아보는 세미나와 시 낭송 등도 갖고 도쿄 근처도 관광한 며칠간의 그 여행에서도 김 시인은 김남조 시인을 어머니나 스승 모시듯 대했다. 자신도 원로 반열에 올랐으면서 더하지도 덜하지도 않은 그 깍듯한 어른 모심에서 김 시인 인품의 은은한 난향이 그대로 전해지는 듯했다.

1956년 한국일보 문화부에 입사한 김 시인은 『서울신문』『경향신문』 『부산일보』 등 23년간 기자, 논설위원 등으로 언론 활동을 펼쳤다. 1983년 국가여성정책연구기관인 한국여성개발원 창립 부위원장과 제2대 원장을 시작으로 여성정책심의위원, 정부공직자윤리위원회 위원, 한국방송광고공사 공익자금관리위원장, 성숙한사회가꾸기모임 공동대표, 생명의숲 이사장 등을 역임하며 국가 및 사회 활동도 열심히 했다.

1959년 등단 후엔 1963년 당시 신예 여성 시인 일곱 명으로 우리 현대시문학사상 최초, 최장수 여성시 동인인 '청미(靑眉)동인회'를 주도적으로 결성했다. "'청미'는 온갖 허식을 버리고 아쉬운 눈물로 누구의 가슴속에나 생활의 꿈을 주며 그들과 더불어 즐기며 슬퍼하고 공분할 줄 안다. 사랑스런 우리의 '청미'는 항시 애쓰고 참으며, 삶의 기쁜 뜻을 음미하는 모태가 되어 읽는 이의 마음을 정결케 한다"며 자신의 시관(詩觀)을 펴보이듯 청미동인회를 출범시킨 것이다.

지난해 청미동인회는 '신서정시의 여성 시인 일곱 명, 한국 현대시사에 빛나는 그 청미 동인의 50년이 여기 있다'며 동인지 출간 50주년을 맞아 기념총집 『청미』를 엮어냈다. 총집을 펴내며 김 시인은 "시를 사랑하고 시를 생각하면서 사유(思惟)의 돛을 가슴에 담고 있는 한, 우리들은 항시 젊은 정신으로 미래지향적으로 살고 있다고 자부한다"며 "청미 동인들의 청미(靑眉)가 진정한 백미(白眉)로서 심신 모두 아름답게 건강하게 빛나도록 진정성 있게 가꿔갈 것을 다짐한다"고 밝혔다.

그렇다. 김 시인은 시 창작은 물론이거니와 시를 통해 나 자신과 우리 사회를 아름답고 건강하고 진정성 있게 가꿔나가고 있다. 정보기관의 서슬 퍼렇던 고문 장소를 시와 문학의 꽃향기 가득한 문학의 집으로 가꿔내고 있는 사실이 김 시인의 그런 빛나는 노력을 잘 대변해주고 있지 않은가.

빛나는 게 어디 햇살뿐이랴

침묵의 얼음 밑에 흐르는 물
저 벗은 나무에도
노래가 꿈틀거리듯

보이지 않는 곳 어디에서나
생명은 모두
제 몫의 아름다움으로 빛난다

빛나는 건 어딘가로 번져가는 것
무지개 환상 펼쳐가는 것

어둔 마음 열어주려
가슴에 흰 깃 눈부시게 날아든
까치처럼

나도 기쁜 소식 전해주는
너의 빛이 되고 싶다
이 아침에.

— 「너의 빛이 되고 싶다」 전문

비교적 초기 시인 「너의 빛이 되고 싶다」 전문이다. 쉽게 써 공감대
가 넓은 이 시에선 김 시인이 평생 지켜온 시관이 제목에서부터 그대로
드러난다. 나와 너는 물론 삼라만상과 우리 사회를 건강하고 빛나게 가
꾸는 빛이 되겠다는. 그러면서 이 빛은 또 삼라만상을 낳게 한 태초의

빛, 빅뱅(Big Bang)의 빛에 맞닿으며 한량없는 시간, 공간을 내포하고 있다.

캄캄한 어둠, 혼돈 속에 뭔지 모를 것들이 서로서로 끌어안아 뭉치다 마침내 폭발해 한 줄기 빛이 되어 나아가며 이 무진장한 우주의 파노라마를 펼치고 있다는, 우주 탄생의 정설이 돼가는 빅뱅의 그 빛을 김 시인의 시는 처음부터 감지하고 있었던 것이다. 그런 빛이 낳은 삼라만상이기에 "생명은 모두/제 몫의 아름다움으로 빛난다"고 하지 않았겠는가.

> 처음으로 세상이 열릴 때처럼
> 광막한 하늘이 어둠을 찢고
> 눈부신 빛이 쏟아졌다
> 생명은 그렇게 태어났다
>
> 발끝에서부터 오묘한 핏줄이
> 온몸 온 세상을 휘감았다
> 내 삶은 그렇게 뻗어갔다
>
> ―「황홀한 새」 부분

천체과학, 물리학 등 최첨단 과학이 아니더라도 시인은 생래적으로, 시적 상상력으로 빅뱅의 빛을 온몸으로 감지하고 있었음이 위 시 부분에서도 확연히 드러나지 않는가.

> 새벽별을 지켜본다
>
> 사람들아
> 서로 기댈 어깨가 그립구나

적막한 이 시간
깨끗한 돌계단 틈에
어쩌다 작은 풀꽃
놀라움이듯

하나의 목숨
존재의 빛
모든 생의 몸짓이
소중하구나.

— 「존재의 빛」 전문

　　중기에 쓴 시 「존재의 빛」 전문이다. 2012년 말 그때까지 펴낸 열한 권의 시집에서 대표작을 자선해 활판(活版) 인쇄로 시선집을 펴내며 제목을 '존재의 빛'으로 달았듯 시인이 아끼는 시이다.

　　나무 한 그루 한 그루가 서로 어깨를 기대고 아름다운 숲을 이루듯 위 시에서는 모든 존재들이 다툼 없이 어깨를 기대고 어우러지며 "존재의 빛"을 발하고 있다. 모든 존재들이 빛의 고리로 한 몸으로 연결돼 있다. 인간적으로는 그리움이 새벽별을 바라보고 작은 풀꽃도 내려다보게 했을 것이다.

　　태초의 혼돈 속에서 서로서로를 끌어안으며 빛으로 터지게 해 뭔가 되고 싶어 한 인력(引力)이며 기운(起運), 그것을 시적으로 말하자면 그리움일 것이다. 그런 시인의 그리움이 모든 살아 있는 생령들의 몸짓은 물론 우주의 삼라만상을 "존재의 빛"이 되게 하고 있다. 그리움이 모든 사물들을 서로서로 끌어안아 어깨 기대게 하며 존재의 고리를 이어주고 있다.

어딘지 모를 그곳에
언젠가 심은 나무 한 그루
자라고 있다

높은 곳을 지향해
두 팔 벌린
아름다운 나무
사랑스런 나무
겸허한 나무

어느 날 저 하늘에
물결치다가
잎잎으로 외치는
가슴으로 서 있다가

때가 되면
다 버리고
나이테를
세월의 언어를
안으로 안으로 새겨 넣는
나무

그렇게 자라가는 나무이고 싶다
나도 의연한 나무가 되고 싶다.

―「나무」전문

위 이력에서 살폈듯 김 시인은 우리 문학, 문단의 나무이며 숲이다. 시
인의 삶이 그렇고 즐겨 나무를 노래하고 있는 시가 그렇다. 인간과 사회
를 빛나게 가꾸고 있는 김 시인의 모습 자체에서 의연하면서도 생명이 넘

쳐나는 나무와 함께 마치 그의 삶과 시의 주제처럼 위 시가 떠오른다.

위 시에서 나무는 높은 하늘을 향해 가지를 뻗치고 바람에 잎잎을 하늘 물결처럼 휘날리는 구체적 이미지로 형상화돼 있다. 그러면서 시인은 '아름답고 사랑스럽고 겸허하다'고 나무를 의인화, 내면화하며 시인 자신의 '가슴'속으로 품어 들이고 있다.

실제의 나무는 한 곳 붙박이의 유한한 존재이지만 위 시에서는 "어딘지 모를 그곳"과 "언젠가"로 시공을 확산시키며 우주론적, 존재론적 차원으로 나아가고 있다. 그러면서 나무는 나와 삼라만상을 모두 포괄하는 존재, 혹은 우주적 섭리의 "세월의 언어"가 된다.

> 그건 다만 흐름일 뿐
> 어느 기슭을 스쳐가는
> 노래일 뿐
>
> 떠난다는 건 슬프다
> 잠든 이의 평온함이
> 고요히 가라앉은 목소리로
> 허공에 사무친다
>
> 그러나 남기고 가는 것이 있다
> 이어짐에 얹힌 빛이
> 또 다른 고리가 되어
> 울림을 갖는다
>
> 어제와 내일을 이어주는
> 무한 공간의
> 바람 고리.
>
> —「바람 고리」 전문

바람은 위 시에서처럼 흐름이고 노래일 뿐 형상이 없다. 나무 잎잎들의 흔들림, 떨림, 울림 등에서나 그 유동체의 존재를 알아차릴 수 있을 뿐 형체 없는 존재이다. 그러나 바람은 형체 있는 모든 것들을 '존재의 빛'으로 영원히 유전(流轉)케 한다. 풀꽃이었다 흙이었다 비였다 사람이었다 등으로 형체를 바꾸며 빛의 아들인 존재들을 영속하게 하는 것이 바람 아니겠는가.

위 시 「바람 고리」에서 우선 바람은 형체 없는 유동체로 드러나고 있다. '노래'이지만 형체 없이 사라지는 것이어서 슬프다. 그리움이나 사랑처럼 머물 수 없이 떠나는 것이어서 "허공에 사무친다"고 했을 것이다. 아니 그런 슬픔이면서도 그리움이고 사랑이기에 "고요히 가라앉는 목소리"이고 노래라고 했을 것이다.

이와 같이 김 시인의 시는 있음과 없음, 슬픔과 기쁨, 영원과 유한 등 모든 상반성을 생래적으로 껴안아버린다. 형체 없이 스러져가는, 소멸돼가는 모든 것들, 바람도 "그러나 남기고 가는 것이 있다"고 의연하게 말하고 있지 않은가. '남기고 가는 것' 그것이 위 시에서는 바람의 '고리'이다.

고리는 너와 나를 이어주고 우주 삼라만상을 하나로 이어준다. 개체성을 넘어 사회성, 우주 유기체성의 '무한 공간'으로 확산돼가게 하는 이 '고리'는 그리움이며 사랑 아닐 것인가.

많은 여성시들이 그리움, 사랑을 노래하고 있다. 그리고 그리움과 사랑이 서정시의 뿌리일 것이다. 그러나 많은 시들이 개인적인 정한(情恨)으로서 그리움, 사랑을 읊고 있다. 김 시인의 시들은 그 개인성은 물론 민중시에 흔한 사회성을 껴안으면서도 처음부터 빅뱅의 그 빛으로 우주적으로 확산되는 그리움과 사랑을 노래해오고 있다. 여기에 시대에 함몰되지 않고 시대를 껴안고 가는 김 시인의 삶과 시의 넓이와 깊이가 있는 것이다.

　　　생애 끝에 오직 한 번
　　　화사하게 꽃이 피는
　　　대나무처럼

　　　꽃이 지면 깨끗이 눈감는
　　　대나무처럼

　　　텅 빈 가슴에
　　　그토록 멀리 그대 세워놓고
　　　바람에 부서지는 시간의 모래톱
　　　벼랑 끝에서 모두 날려버려도

　　　곧은 길 한마음
　　　단 한 번 눈부시게 꽃피는
　　　대나무처럼.

—「소망」 전문

　　김 시인이 앞서 말한 『청미』 50주년 기념총집을 펴내며 육필로 쓴「소망」전문이다. 서로 어깨를 기대며 숲을 이루는 나무들을 즐겨 소재로 다뤄오듯 대나무를 소재로 하고 있다. 그러면서도 기댈 어깨 너머 생의 지고지순한 가치, "곧은 길 한마음"을 향한 멈출 수 없는 그리움, 단심 (丹心)을 '그대'를 빌려 노래하고 있는 시이다.

　　그러나 시인의 연륜을 생각하며 다시 읽으니 "생애 끝에 오직 한 번" 이나 "바람에 부서지는 시간의 모래톱" 같은 구절이 가슴에 미어져와 아프다. 처음부터 매 순간순간의 오늘을 백 년에 한 번 핀다는 대나무꽃같이 귀하고 고결하게 삶과 시의 꽃으로 피워온 시인 아니던가. 지금도 줄 곧 그런 꽃을 피우며 "너의 가슴에 고운 꽃 한 송이/출렁이게 하고" 있는 시인이 김 시인 아닌가. 그러니 부디 계속 '시를 읽자, 먹자, 가슴에 시를 꽃피우자'는 시심으로 우리네 마음과 사회 건강하고 끝 간 데 없이 깊디 깊게 해주시길 빈다.

맹문재

---

# 존재의 심화와 확대

1

　김후란 시인은 1960년『현대문학』으로 작품 활동을 시작해 총 열두 권의 개인 시집을 간행했다. 그중에서 한 권은 장편 서사시집이다. 4년 반마다 시집을 간행한 셈이므로 그 나름대로 성실하게 시를 창작해왔다고 볼 수 있다. 2015년 8월 현재까지 시인이 발표한 작품 수는 총 559편이다.

　이외에도 시인은『사람 사는 세상에』등의 시 전집과『오늘을 위한 노래』『존재의 빛』등의 시선집, 영역 시집 *A Warm Family*(따뜻한 가족), 일역 시집『빛과 바람과 향기』등을 간행했다. 그리고『태양이 꽃을 물들이듯』을 비롯한 20권의 수필집과『돼지와 호랑이』를 비롯한 네 권의 동화집,『금각사』를 비롯한 네 권의 번역서 등도 세상에 내놓았다.

　김후란 시인의 시세계는 다양한 관점으로 조명할 수 있지만, 자신의 존재를 심화하고 확장한 면을 주목할 필요가 있다. 그와 같은 시세계는 다소 변주를 보였지만 일관되게 추구해왔다. 따라서 시인의 시세계를 초기 시에서부터 현재까지 세 단계로 나누어 좀 더 살펴보기로 한다. 시기적으로 보면 대체로 1960년대, 1970년대부터 1990년대까지, 그리고 21세기 이후이다.


2

김후란 시인은 작품 활동을 시작한 지 8년 만에 첫 시집을 간행했다. 그리고 3년 만에 두 번째 시집을 간행했다. 두 시집에 수록된 작품 수는 총 73편이다.

제1시집 『장도(粧刀)와 장미』(한림출판사, 1968) : 41편
제2시집 『음계』(한국시인협회, 1971) : 32편

작품의 화자가 '나'로 표기된 데서 보듯이 시인은 자신의 존재를 인식하는 시세계를 추구하고 있다. 거울 앞에서 "내 실재를 확인하"(「거울 속 에트랑제」)거나, "내가 지상의 왕과 같"(「사랑이란」)다고 토로하는 것이 그 모습이다.

그렇지만 존재를 심화하고 확장하는 것이 자신의 고유성만을 추구하는 것이 아니라 타자와의 관계에서 추구하는 것이기에 주목된다. 자신이 유아독존적으로 존재하는 것이 아니라 타자와의 관계에서 존재한다고 인식하는 것이다. 그리하여 시인은 장미나 달팽이나 포도나 연(鳶)이나 해빙의 뜰이나 빙화(氷花)나 이슬이나 분수를 '너'로 의인화해서 부르거나 동일화하고 있다. 백자(白瓷)나 등대나 해조음이나 봄밤 등에도 마찬가지이다. 또한 시인은 문(門)이나 불꽃이나 다보탑이나 목련이나 비

갠 날이나 어느 하오나 동백 한 송이나 물거울 앞에서도 자신을 비추고 있다. 빗속이나 바람이나 한 그루의 나무나 노을이나 토요일이나 굽이치는 여울이나 꽃나무 앞에서도 마찬가지이다. 고독이나 파적(破寂)이나 은행나무나 층계나 아침 앞에서도 '너'와의 합일을 추구하는 것이다.

이 아침 청아한 음계를
너와 더불어
듣고 싶었다

그중에 가장
넓은 진폭의 언덕마루
종소리가 울렸을 때

그 종을 차고 달린
바람 자락에
눈발이 확 번져
안개를 이룰 때

진정
너와 더불어 걷고 싶었다
이월의 보풀한 솜털이
네 살갗에
돋을 때.

—「너와 더불어」 전문

화자는 "아침의 청아한 음계를/너와 더불어/듣고 싶"어 한다. "종소리"의 울림 같은, "진정"한 바람이다. "너와 더불어 걷"는 일을 생의 행복으로 또 희망으로 여기고 있는 것이다. 시인이 노래한 '사랑'이 바로 그 표상이다. 시인에게 "사랑이란//내가 죽도록 그 안에 안기어 가는 것이"(「사랑이란」)다.

이렇듯 시인은 강여울 소리에서 너의 울음을 듣고 자신을 침몰시키려고 하거나, 꿈꾸는 너의 잠 속으로 자신이 이사하고 싶어 한다. 봄이나 가을의 변화에 너를 떠올리고, 새해가 되면 너와 은은한 정을 나누고 평화로운 날들을 펼치고자 한다. 네가 물방울로 흩어져도 바다에서 만날 것을 믿는다. 그리고 오늘이란 시간에 너를 세우고 자신도 세운다.


## 3

김후란 시인이 제3시집부터 제8시집까지 간행한 시기는 1970년대부터 1990년대까지이다. 이 시기에 발표한 작품 수는 총 229편이다. 개인 시집에 수록된 220편보다 아홉 편이 더 많은 것은 1985년에 간행된 시전집 『사람 사는 세상에』(융성출판)에는 들어 있지만, 이후에 간행된 개인 시집에 수록되지 않은 작품들이 있기 때문이다.[1] 이 시기에 장편 서사시 『세종대왕』을 창작한 점도 관심을 끈다.

제3시집 『어떤 파도』(범서출판사, 1976) : 46편.
제4시집 『눈의 나라 시민이 되어』(서문당, 1982) : 56편
제5시집 『숲이 이야기를 시작하는 이 시각에』(어문각, 1990) : 49편
제6시집 『서울의 새벽』(마을, 1994) : 11편

---

1 「강물 소리」「지는 잎」「정(情)」「봄의 손길」「겨울」「근심」「우리를 흔들리게 하는 건」「꿈의 바다」「새날의 빛」.

제7시집 『우수의 바람』(시와시학사, 1994) : 57편

제8시집 장편 서사시집 『세종대왕』(어문각, 1997) : 1편

제3시집에 수록된 작품들 중에서 「지하철 공사」 「무관심의 죄」 「나의 서울」 등은 현실 인식을 나타내고 있다. 적극적으로 사회참여의 목소리를 낸 것은 아니지만 타자와의 관계를 통해 자신의 존재를 확대하고 있다. 시인이 자신을 개인적인 존재를 넘어 사회적인 존재로 인식하고 있는 것이다. 그리하여 시인은 메탄가스가 부글대고 매연이 숨을 막는 서울을 창백한 도시, 빈혈증의 도시, 그리고 "홍역을 앓고 있"(「지하철 공사」)는 도시로 그렸다. 그러면서 제대로 대항하지도 대책을 마련하지도 못하는 자신을 반성한다. "나는 지성인이 아니다/나는 죄인이다"(「무관심의 죄」)라고 토로하고 있는 것이다. 타자와 진정한 관계를 맺지 못한 자신을 솔직하게 드러내며 존재를 심화하고 있는 것이다.

시인은 제4시집 『눈의 나라 시민이 되어』에서 자기 존재의 의의를 타자와의 관계를 통해 더욱 추구하고 있다. 작품의 화자가 '나'로 나타난 경우가 이전의 시집들에 비해 많으며, '우리'라는 복수 대명사를 사용한 경우도 상당하다. "손가락 마주 걸고 맹세도 했습니다/우리는 영원히 하나가 되리라고"(「둘이서 하나이 되어」), "꿈속에서/다시 만난/우리는 행복했지"(「기쁜 아침」), "우리가 되려고/우리 둘이가 되려고"(「우리 둘이」), "비가 오면 우리/비를 맞자"(「비가 오면」), "우리들의 세상은 외롭지 않다"(「너와 내가 있는 아름다운 나라」) 등에서 확인된다.

그리하여 제4시집에서는 사회적 관심을 이전보다 많이 나타내고 있다. "한 시대가 얼굴을 가리고 돌아선다"(「새벽의 나라」)와 같은 인식으로 「잊혀진 나라」 「그림자의 나라」 「죽어서 사는 나라」 「눈의 나라」 등을 그렸으며, 광부나 농부 같은 사회적 약자들을 안았다.

제5시집 『숲이 이야기를 시작하는 이 시각에』에서는 이 세상에 존재하는 모든 생명체들의 소중함을 인식하며 자신의 존재 의의를 사회적 또는 시대적 차원으로까지 확대했다. "공장에서 뿜어내는 매연/자동차 홍수의 소음에/누군가가 정신착란증을 일으키는"(「뚝섬 가는 길」) 상황으로 도시를 인식한 것이 그 모습이다.

> 한 마리의 잉어를
> 낚기 위해
> 밤새도록 물 위에 앉았는 너
>
> 한 시대를
> 지키기 위해
> 뜬눈으로 새우는 너
>
> 캄캄한 바람이
> 후려치고 지나가면
> 낚싯대가 활처럼 휘어진다
>
> 낚싯대만큼이나
> 굽어진 너의 등에
> 소금이 일고 있다.
>
> ―「소금」 전문

화자는 "한 시대를/지키기 위해/뜬눈으로 새우는 너"를, 그 헌신을 인식하고 있다. 한 개인이 시대를 지킬 수는 없지만 자신이 살아가는 불안한 상황을 반영하면서 시대를 인식하고 있는 것이다. 주지하다시피 1980년대는 광주학살이라는 역사적 비극을 통해 정권을 잡은 신군부가 주도한 시대였다. 신군부는 자신들의 정권을 부인하는 국민들을 탄압해 민주주의 가치가 크게 훼손되었다. 따라서 "시대를/지키"는 것은 정치적 탄압에도 굴복하지 않고 민주주의를 지켜내려는 행동으로 볼 수 있다. 결국 시인은 시대와의 관계를 통해 자신의 존재를 확대하고 있는 것이다.

제6시집 『서울의 새벽』은 서울을 제재로 삼고 창작한 연작 시집이다. '역사의 숨결'로는 한강, 경복궁, 숭례문, 흥인문, 사직단, 종묘, 수표교, 인경 종(보신각) 등을 그렸고, '서울의 소묘'로는 서울의 새인 까치와 서울의 꽃인 개나리와 서울의 나무인 은행나무를 그렸다. 장엄한 역사를 품고 있는 서울을 사랑하는 마음과 긍지로 노래한 것이다. 그러면서도 "한낮의 횃불은//일제히 머리를 들고/무리져 날아가는/저/비둘기 발목에/빨갛게 점화(點火)되었다"(「횃불」)라고 노래하고 있다. 서울의 평화를 밝히는 횃불이 꺼지지 않기를 기원하고 있는 것이다.

제7시집 『우수의 바람』은 연작시를 통해 존재의 깊이를 추구하고 있다. 살아가는 동안 겪는 기쁨이며 슬픔, 고통, 고독, 허무, 분노, 사랑 등이 결국 우수(憂愁)에 연결된다고 인식하고 그 쓸쓸함을 노래한 것이다. "호상인들 다르랴/가고 아니 오는/쓸쓸한 떠나감"(「쓸쓸한 떠나감—우수의 바람 12」)이 그 여실한 모습이다. 그러면서도 "그래, 시를 사랑하듯이/인생을 사랑해야지"(「시를 사랑하듯이 인생을 사랑해야지—우수의 바람 23」)라고 노래한 데서 볼 수 있듯이 우수를 적극적으로 극복하려고 한다. 생의 근원을 성찰하며 자신의 존재를 긍정하고 사랑하는 것이다.

제8시집 『세종대왕』은 장편 서사시이다. 1979년에 집필해 문예진흥원에서 발간한 『민족문학대계』 제18권에 수록했는데, 세종대왕 탄신 600주년을 기념해 단행본 시집으로 간행한 것이다. 『세종실록』 등 역사 자료를 탐구한 뒤 세종대왕의 일대기와 세종대왕의 위업인 한글 창제 및 그 정신을 기리고 있다. 서시에 이어 제1부 초장, 제2부 중장, 제3부 종장으로 구성했다.


4

21세기에 들어서도 김후란 시인은 자신의 시세계를 일관성 있게 추구하고 있다. 이전의 시집들에 수록된 작품들에 비해 나무, 가족, 우주 등을 좀 더 제재로 삼으면서 자기 존재에 대한 인식을 심화 및 확대하고 있는 것이다. 이 시기의 시집들에 수록된 작품 수는 총 240편이다.

제9시집 『시인의 가슴에 심은 나무는』(답게, 2006) : 61편
제10시집 『따뜻한 가족』(시학), 2009) : 73편
제11시집 『새벽, 창을 열다』(시학, 2012) : 63편
제12시집 『비밀의 숲』(서정시학, 2014) : 43편

시인은 제9시집『시인의 가슴에 심은 나무는』에서 나무들과 동화하고 있다. 말없이 의연하게 서 있는 나무의 의지와 생을 긍정하고 기꺼이 품고 있는 것이다. "의연한 자연의 약속/겨우내 숨죽인 마른 나뭇가지가/다투어 연초록빛 손을 내밀며/사월은 오직 사랑할 일만 있다"(『자연의 약속』)라고 노래한 면이 그 모습이다. 시인은 인간에 의한 공해와 전쟁 같은 재앙을 의연하게 극복하고 서 있는 나무의 자세를 거울로 삼고 것이다.

제10시집『따뜻한 가족』은 가족을 통해 자기 존재의 확대를 추구하고 있다. 가족은 사회를 구성하는 기본 단위이자 한 자아가 사회 활동을

하는 최소 단위이다. 그리고 한 개인이 자기 존재를 확대하는 토대이기도 하다. "우리들의 아침 밥상/사각대는 소리 은수저 꽂히는 빛살/그대의 눈웃음에 번지는 은은한 향기"(「이 순간」)나, "그대들 모두 은하로 모여들어/이 밤은 우리 따뜻한 가족"(「따뜻한 가족」)이라는 데서 여실히 볼 수 있다. 가족은 나와 네가 '우리'로 되는 사랑의 보금자리이다. 따라서 가족이 해체되는 현대사회에서 시인이 '우리'를 인식하는 것은 자기 존재를 확대하는 모습인 것이다.

시인은 제11시집『새벽, 창을 열다』와 제12시집『비밀의 숲』에서 자기 존재를 더욱 확대하고 있다. 나와 너와 우리의 차원을 넘어 우주적 차원으로 인식하고 있는 것이다.

> 깊고 푸른 밤
> 새벽 창문에 어리는
> 아주 작은 흔들림
>
> 은은히 빛나는 느낌 하나
> 이슬 한 방울
>
> 이 설렘
> 우주를 품다.
>
> ―「느낌 하나」 전문

화자는 "이슬 한 방울"에서 "설렘"을 느낀다. 그 "설렘"은 "은은히 빛나는 느낌"이어서 "우주를 품"게 한다. "깊은 눈 험한 길도/당신이 내 손을 잡고 걸으니/우리의 우주는 맑은 하늘입니다"(「사랑의 손을 잡고」)라고 노래하는 것과 같다. 헤아릴 수 없이 많은 별들 중에 하나인 지구에서 태어나 생을 영위하는 인간은 우주적 차원에서 볼 때 기적적인 존재이다. 그리하여 시인은 다른 존재의 소중함을 노래하며 자기 존재를 사랑하고 있는 것이다.

그동안 시인이 간행한 열두 권의 개인 시집에 수록되지 않은 작품 수는 총 26편이다. 시인이 지금까지 추구해온 시세계가 여전히 지속되고 있다. 자기 존재를 심화하고 확대하는 시편들이 밤하늘의 별처럼 빛나고 있는 것이다.

제2부

# 작품론

고영섭

# 가시와 칼날 혹은 미(美)와 미소

## 1. 첫 시집

시는 한 시대의 정신의 잣대요, 시인은 시대정신의 담지자다. 시가 읽히는 시대일수록 투명한 정신이 살아 있다. 그래서 유수한 시인들의 첫 시집에는 여타의 시집에서 볼 수 없는 투명한 정신이 담겨 있게 마련이다. 아직 무르익지 않은 치기와 일탈이 보이기는 하지만 장대한 시의 바다에서 갓 길어 올린 파닥거리는 젊음과 광기를 읽을 수 있어 즐겁다.

하지만 첫 시집을 내는 시인들은 매우 조심스럽다. 첫 시집은 등단의 관문을 거치고 나온 뒤 한동안 갈고 닦은 일정량의 작품을 껴안고 또다시 시단을 노크하는 재등단의 의미까지 지니기 때문이다. 한번 눈밖에 나면 쉬이 주목하지 않는 시단의 풍토이고 보면 풋내기 시인이 등단작뿐만 아니라 첫 시집은 가다듬고 가다듬은 옥돌을 내놓아야 한다는 부담감을 가지지 않고 용기 있게(?) 출간하기는 쉽지 않기 때문이다. 갓 등단한 시인들은 시의 길이 험난하고 지난한 작업이라는 사실을 첫 시집을 간행할 즈음에 이르러서야 비로소 온몸으로 체험하게 된다.

김후란은 1959~1960년에 걸쳐 『현대문학』에 「오늘을 위한 노래」(1회), 「문」(2회), 「달팽이」(3회)를 통해 등단했다. 추천 시인 신석초에 의해 "점액성(粘液性)의 지성(知性)"(신석초)으로 불린 그의 시는 이후 미와 미소, 사랑과 평화, 생명과 구원 등의 미학을 구축해왔다. 시인은 시력 40여 년 동안 『장도와 장미』(1968), 『음계』(1971), 『어떤 파도』(1976), 『눈의 나라 시민이 되어』(1982), 『숲이 이야기를 시작하는 이 시각에』(1987), 『서울의 새벽』(1994), 『우수(憂愁)의 바람』(1994), 장편 서사시 『세종대왕』(1997) 등 시집 여덟 권을 상재했다.

여성 시인이 많지 않았던 시대에 시업을 시작하여 오늘 한국의 대표적 여성 시인으로 자리하기까지 김후란은 자신의 시적 화두인 인간과 삶, 미와 미소를 통해 내면 공간을 넓혀왔다. 시인은 "압축미 속에 꿈틀거리는 내재율과 햇살에 튕겨 오르는 은어(銀魚) 같은 이미지로 읽는 이의 마음에 신선한 물보라를 일으키는 시, 읽어서 즐거운 시, 읽혀지는 시, 슬픈 것은 더욱 슬프게, 기쁜 것은 더욱 기쁘게 공감하고 절감하게 하는 시, 어렵더라도 느낌이 오는 시, 한 꺼풀 벗기고 재음미할수록 한결 가깝게 공감되는 시"(「나의 시, 나의 시론」)를 쓰고자 한다.

시인이 미소할 수 있는 여유와 저력을 가지고 살고 싶어 하는 까닭은 미는 결국 힘이며 미소는 승리임을 통찰하고 있기 때문이다. 미와 미소는 결국 김후란 시를 탄생시킨 원동력이었던 것이다.

시인을 발굴해낸 신석초 시인의 뜨거운 찬사(또는 경악(驚愕))를 받고 간행한 첫 시집 『장미와 장도』에 담긴 가시와 칼날, 미와 미소는 사랑의 완성과 종교적 구원을 갈망하는 시인의 현재와 미래의 기표(記標)이자 기의(記意)인 것이다. 김후란 시는 장미의 가시와 장도의 칼날에서 미와 미소를 읽어내는 데서부터 출발하였던 것이다.

## 2. 가시와 칼날

첫 시집 『장도(粧刀)와 장미(薔薇)』에 실린 첫 시 「장미」는 김후란 초기 시의 상징이 된다. 거기에는 김후란이 추구하려는 시적 방향이 담겨 있다. 이 시집에서 장미의 가시와 장도의 칼날은 사랑의 환유가 된다. 가시와 칼날은 미와 미소로 전이된다. 시인은 미가 지닌 힘과 미소가 지닌 칼을 통해 미소할 수 있는 여유와 저력을 갖고 싶어 한다.

그런데 그 미와 미소는 사랑의 상처 속에서 생겨 나온다. 물리적인 아픔만이 아니라 심리적인 아픔 속에서도 미소는 탄생된다. 때문에 사랑은 상처라는 계기를 통해 성숙해진다. 시인이 궁극으로 지향하는 지점은 상처투성이 속에서 피어나는 인간과 삶의 비극이다. 그리고 그 비극은 결국 사랑 안에서 화해한다.

김후란에게 있어 장미는 절대적 미의 표상으로 제시된다. 장미가 지니고 있는 화려한 외형적인 아름다움에 앞서, 모진 시련과 단련을 거치고 개화한 한 송이 장미는 가시와 칼날을 넘어 부드러움과 우아함을 머금은 꽃으로 다시 태어난다.

> 은장도 빼어든
> 여인의 손
> 파르르 떠는
> 소매 끝에
> 사랑, 그 한 가락으로
> 피었다
>
> 섬세한 자락
> 과즙이 묻은 입술

향기로운 눈빛으로
웃고 있네, 태양이 하오
장미 가시에 찔려
온통 미소(微笑)로 부서지는.

—「장미 2」 전문

흔히 장미는 서양의 꽃으로 널리 알려져 있다. 하지만 김후란은 장미를 동양의 꽃으로 새롭게 탄생시킨다. 온갖 풍상을 다 겪고 '인제는 돌아와 거울 앞에 선 내 누님 같은 꽃이여'(서정주, 「국화 옆에서」)로 상징되는 국화와 달리 화사한 이미지를 지닌 장미의 가시가 은장도의 칼날과 만나 절대적 사랑으로 승화되고 있다. 엄격함과 절도를 머금은 조선조 여인네의 은장도는 자신의 절대적 사랑을 지키고자 하는 준엄한 결기로 표현된다.

이 시에서는 화려함 뒤에 숨은 날카로운 가시와 속곳 깊숙이 감추어 둔 은장도의 칼날이 만나 성숙한 사랑으로 승화된다. '은장도'와 '사랑'은 대립적 속성을 지니지만 사랑하기 때문에 장도를 지닐 수밖에 없는 역설이 자리해 있다. 여기에서 우리는 조선조 여인들의 삶 속에서 사랑과 장도의 갈등과 화해의 미학을 본다.

사랑하리라 넘쳐흐르는 가슴만으로 뜨겁게 뜨겁게 사랑하리라 어제와 내일 없는 오늘만으로 온전히 사랑하며 살아가리라.

—「오늘을 위한 노래」 부분

김후란의 첫 추천작인 이 작품은 젊은 시절 그의 화두가 "사랑"이었음을 "뜨겁게" 보여준다. 그 사랑은 지금도 불쏘시개가 되어 시인의 내면 속에 살아 있다. 때문에 시인의 사랑은 "미진한 것들을 태워버리고 슬픔도 자랑도 던져버리고 여기 현존하는 흐느낌"(3연)으로 우리에게 다가온다.

시인은 오늘을 위하여 흐느적거리는 밤의 어둠 속에서 흐드러진 들꽃 내음을 맡고 거리를 잴 수 없는 어둠 속에서 사랑의 밀도(密度)를 느낀다. 그렇게 온전한 오늘의 사랑을 위하여 시인은 "지새운 들길에 부서지는 별빛을 안고 가늘고 긴 어둠길을 바람같이 치달아올라 숨찬 환희에 몸을 떤다".

시인을 추천한 신석초는 이 시를 이렇게 평했다.

> 이 작품엔 하등 분식(粉飾)이 없다. 거짓이 없고, 표현의 교(巧)함이 없다. 그의 말과 운율은 도리어 생경한 데조차 있다. 그러나 거기에는 인간이 부딪치는 파동(波動)하는 어느 현실의 한 '모멘트'에서 지각하는 의연하고도 절실한 자세를 나타내고 있는 것이다. 그러고도 여성다운 정감과 섬세한 감각은 잃지 않고 있다. 이것은 새로운 경향을 보여주는 것이다. 시가 운무(雲霧)와 꽃의 환영(幻影)에서 어쨌든 언어의 착잡(錯雜)한 수식의 혼란과 난삽성(難澁性) 속에 고뇌하고 있는 이때 이러한 제작 태도는 믿음직하다. 원래, 표현의 교를 시가가 좋아한 것이 아니다. 그것은 자칫하면 시를 비천한 걸로 격을 떨어뜨리기가 일쑤다. 그가 힘써 유니크한 경지에 이르를 것을 믿어 마지않는다.
> (신석초, 『현대문학』 1959. 11월호 제1회 추천사)

"인간이 부딪치는 파동하는 어느 현실의 한 모멘트에서 지각하는 의연하고도 절실한 자세"와 "여성다운 정감과 섬세한 감각"을 높이 사고 있는 석초의 지적처럼 시인은 이 시에서 절대적 사랑에 몰입하고 있다. 다시는 있을 수 없는 그 마지막 순간을 위해 숨찬 환희에 몸을 떤다.

그래서 시인은 어제보다는 오늘에 집중한다. 어제는 이미 지나버린 오늘이고 내일은 아직 오지 않은 오늘이다. 하지만 시인은 이미 지나가 버린 오늘과 아직 오지 않은 오늘보다는 다시는 오지 않을 '지금 이 순간'의 오늘에 몰입하고자 한다. 때문에 김후란은 오늘을 통해서 모든 것을 시작하려고 한다. 다시는 있을 수 없는 순간의 절대적 사랑을 위하여 시인은 오늘에 전신을 던진다.

> 모든 것이 오늘로 끝나고 또 오늘로 시작됨을
> 진정 믿어서 옳으리이까
>
> 꼬박 드새운 참회의 밤은
> 훤하게 열려오는 아침과 더불어
>
> 영원으로 통하는
> 문을 이루고
>
> 그 문을 향하여
> 머리 곱게 빗은 나
> 맨발로 몇백 년이고 걸어가오리다.
>
> ―「문」부분

그래서 시인은 자신을 던질 대상인 문 앞에서 참회와 다짐을 한다. 그 문은 "마지막 구원의 영상(影像)"이며 "영원으로 통하는/문"이다. "그 어디에서도 끝날 수 없는/긴 긴 밤"의 문이며 "그 무엇으로도 메꿀 수 없는/크낙한 공간"이다. 이 문은 우리에게 사랑에 대한 굶주림, 구원에 대한 공포(텅 빔)를 아울러 보여주고 있다.

어릴 때부터 "칠남매의 한가운데 끼여 누구 편도 들 수 없었고 내 쪽에서 누구를 건드릴 처지도 아니었던"(「나의 시, 나의 시론」) 시인의 처지는 시인의 의식을 내면으로 나아가게 했다. 그래서 "내던지듯이 감정을 표출시키는 행위를 하지 못했고 그런 행위를 본능적으로 혐오하는 편"이었다.

따라서 시인이 할 수 있었던 것은 내면 지향의 예술 활동과 종교적 세계에로의 침잠이었던 것이다. 내면 공간으로 멀찍이 나아간 이 「문」에 대해 신석초는 이렇게 말했다.

> '말'은 좀 숫된 데가 있으나 상(想)이 좋다. 문(門)! 낙엽이 휘날리고 알 수 없는 안개가 낀 그윽한 문! 두견의 소리도 그친 이슥한 문! 그 문에 서 있는 맨발의 여인, 머리는 흐트러져 내리고, 그가 매무새를 고치며 지향하는 곳은 아련히 아침 햇빛이 열리는 신비의 세계. 그것은 신(神)에 가까운 길이다. 그리고 그것은 또 인간이 기원하는 소이(所以)인 것이다. 가히 시의 경지에 들어갔다 하리라. 다만 이 시인이 앞으로 '말'에 대하여 더 좀 골라 쓰도록 하면 족하겠다." (신석초, 1960. 4월호 제2회 추천사)

김후란에게 있어 "아침 햇빛이 열리는 신비의 세계", "신(神)에 가까운 길"은 그가 추구하고자 하는 사랑의 완성의 길이자 종교적인 구원의 길이다. 그의 종교는 사랑과 구원을 통해 완성된다. 거기에 도달하기 위해 시인은 끝없이 갈구한다. "뜨거운 가슴을 가진 족속"으로 시인을 정의하는 김후란에게 있어 시는 종교적 구원의 길이자 사랑의 결실의 길이다.

그래서 시인은 동양 전통의 '힘'을 미를 통해서 이해하고, '칼날' 속에서 번지는 미소를 통찰한다.

시인은 장미의 가시와 장도의 칼날이 힘과 미소로 전이되기까지 부단히 노래한다. 그렇게 시인이 생각하는 것은 힘과 칼을 미와 미소로 대체할 여유와 저력을 가지고 싶어 하기 때문이다.

몇 번 되풀이해도 좋으리라
숨 가쁠 때
차라리 한아름의 허공을 호흡할 수 있다면
그것은 마냥 되풀이되어도 좋으리라

풀밭 그늘 속에 다디단 이슬 한 모금
거기 찬란한
네 집이 비친다

꿈도 사랑도 부끄러운 시샘도
움츠려 숨어버린
집 속에서

―조용히 파문 짓는
잃어버린 대화들

바람 한 점 불지 않는다
물결 흐르는 어둠을 뚫고 나와
비로소 그것이 네 뜻이 아니었음을 알리라

볕은 쨍쨍 눈부시다
돌아갈 수 없는 하늘 밑
냉연한 지열(地熱)은 몸을 태운다

작은 샘터 언저리
망각의 사슴들이 휘몰아간
넓고넓은 들에

달팽이 한 마리.

―「달팽이」 전문

세 번째 추천작인 「달팽이」는 김후란 시의 미래를 압축적으로 보여주고 있다. "꿈도 사랑도 부끄러운 시샘도/움츠려 숨어버린/집 속에서// ― 조용히 파묻 짓는/잃어버린 대화들" 속에서 말들을 찾아내는 작업이 김후란의 시 작업이기 때문이다. 본시 시인은 움츠리고 숨어버리고자 한 것이 아니었다. 그러다가 한참의 시간이 지난 뒤에서야 겨우 어쩔 수 없이 어둠 속에서 침잠해 있던 자신을 반성한다. 그리하여 이제 물결 흐르는 어둠을 뚫고 나와 비로소 그것이 자기의 본뜻이 아님을 깨닫고 '숨 가쁠 때 차라리 한아름의 허공을 호흡'하고 싶어 한다. 그리고 그 호흡을 통해 새로이 태어난다.

> 이로써 나는 한 귀중한 규수시인(閨秀詩人)을 우리 문단에 내보내는 자부(自負)를 갖는다. "꿈도 사랑도 부끄러운 시샘도/움츠려 숨어버린/집 속에서"(「달팽이」) ― 이 점액성(粘液性)의 지성(知性)은 어느 미지의 세계를 꿈꾸면서 모든 잡속(雜俗)한 것에서 초탈하려 한다. 이러한 모습은 유연하고도 담숙(淡淑)한 그 자신의 자세다. 여사(女士)의 시세계는 아직 젊다. 그러나 그의 시어는 정감으로 차 있으며 상(想)은 항상 깊다. 그가 그의 비유(秘有)한 재질을 한층 높은 경지로 끌어올릴 때 우리는 한 사람의 우수한 규수 작가의 출현을 깨닫게 될 것이다. 나는 그것을 믿는다. (신석초, 1960. 12월호 제3회 추천사)

김후란은 자신의 시적 화두인 인간과 삶을 미와 미소로 승화시키려 한다. 때문에 그의 시에는 생의 의미와 자연에의 관조를 바탕으로 한 아름다움과 여유로움이 넘친다. 시인의 시에 미와 미소의 지평이 두루할 수 있었던 것은 그의 삶이 비교적 순탄했기 때문이다.

그러한 시인의 평탄한 삶이 있었기에 어떠한 굴절 없이 지속적으로 "사랑과 평화의 시"(김재홍), "정제된 부드러움의 시"(이건청), "견인력과 난의 미학"(이태동)을 추구할 수 있었던 것도 그의 문학적 자산이 아름다움과 여유로움에 기초해 있었기 때문이다.

"한 귀중한 규수시인(閨秀詩人)"을 우리 문단에 내보낸다는 자부심을 가졌던 석초는 시인의 문학적 아버지다. 한 시인을 추천함에 있어 이렇게 지속적 격려와 기대를 아울러 보여주는 것은 더없이 찬란한 일이다. 시인이 추구하는 미와 미소의 세계는 초기 시에서부터 이러한 여유와 평탄 위에서 비로소 가능했던 것이리라.

## 3. 미(美)와 미소

김후란이 생각하는 미의 궁극은 '사랑'이다. 그 사랑은 때로 '죽음'과 조응하기도 한다. 그의 시적 제재는 '인간'과 '삶' 속에 내재해 있는 사랑과 죽음이다. 인간과 삶의 절대적 가치를 시인은 처녀 시집 『장도와 장미』에서 시종일관 "아름다움을 추구하는 마음속 깊이에 인간과, 삶을 묻는 진실한 몸부림을 가지고" 싶어 했다. 이러한 시인의 생각은 아래의 '(추)천(완)료 소감'에 무늬져 있다.

> 어떤 시심(詩心)이라기보다 자연(自然) 삶을 마음하는 동안에 이루어지는 인간의 노고는, 어느 날에서부턴가 살아오면서 결코 아무것도 잃지 않은 자신을 알게 할 것이다. 그래서 내가 바라는 그대로 잘 익은 열매가 되었을 때, 그때 더 이야기할 수 있는 삶이 시작되는 것이다.

시인이 바라는 "잘 익은 열매"는 어떤 것일까? 그때에 가서 "더 이야기할 수 있는 삶"이란 또 무엇일까? 시인은 자신의 시적 화두인 '인간과 삶'을 통찰하기 위해 몸부림친다. 인간과 삶은 모든 시인들이 공동으로 느끼는 시적 주제이다. 거기에는 일정한 정답이 없다. 인간의 삶이 진행형이듯이 말이다. 『장도와 장미』「후기」에서 밝힌 '나의 시 작업'에서 우리는 시에 대한 시인의 태도를 엿볼 수 있다.

> 아름다움을 추구하는 마음속 깊이에 인간과, 삶을 묻는 진실한 몸부림을 가질 때 나의 시 작업의 영역은 한층 곤감(困感)을 느낀다. 인간을 주제로 한 시를 쓰면서 항시 너무도 벅찬 감(感)이다. 그러기에 나의 작업은 더욱 요원하다.

대부분의 시인들처럼 김후란은 '인간을 주제로 한 시'를 지향한다. 그러나 여느 사람들에게는 매우 벅찬 것이다. 하지만 '뜨거운 가슴을 가진 족속'인 시인들은 그것을 통해 들숨과 날숨을 들이킨다. 그래서 시인은 아름다움을 추구하는 마음속 깊은 곳에서 인간과 삶을 묻는다. 인간과 삶을 묻는 진실한 몸부림! 이것이 시인이 지향하는 시에 대한 자세이다. 이러한 자세는 그의 시 속에 깊이 배어 있다.

> 작열(灼熱)하는 상태에서의 생명의 연소(燃燒), 여기에는 사랑도 하나의 소슬한 종교다. 『장도와 장미』에 담겨진 매혹의 시편들은 우리가 항용 생각할 수 있는 유려(流麗) 완곡(婉曲)한 여성 용어로서는 도저히 감당할 수 없는 그것들이다. 긴박한 가락, 치밀한 대비, 압축된 구절, 강렬한 어운(語韻), 감각적인 빛깔, 아우성치는 꽃잎의 소리……. 이러한 것은 여류시인에게서 드물게 보는 수법이다. 그것은 김후란만의 개성이고 모더니티다. 김후란만이 가질 수 있는 매력이기도 하다. 나는 찬사(讚辭)보다도 오히려 경악(驚愕)으로 이 작품들을 대한다.
>
> — 1967년 11월. 신석초 자정향관(紫丁香館)에서 씀.
> 첫 시집 『장도와 장미』에 부친 글

계절의 여왕 5월의 상징인 장미에는 생명의 불꽃이 담겨 있다. 정오의 이글거리는 태양이 장미 가시에 찔려 온통 미소로 부서지는 사랑의 정화인 꽃, 석초의 통찰처럼 이 꽃은 차라리 한 채의 소슬한 종교라 할 수 있다. "긴박한 가락, 치밀한 대비, 압축된 구절, 강렬한 어운, 감각적 빛깔, 아우성치는 꽃잎의 소리" 등 김후란 시 전반에 대해 '찬사(讚辭)'보다는 '경악(驚愕)'으로 이 작품들을 대한다는 석초의 시독법은 이 시인에 대한 석초의 무한한 관심과 애정을 엿보게 한다.

인간과 삶은 시의 영원한 화두이다. 시인이 인간인 이상 자신의 실존에 대한 물음과 삶에 대한 규명은 마땅히 시를 쓰는 이유가 된다. 인간과 삶 속에서 예술성과 사상성을 창출해내는 것은 시인들의 몫이다. 모든 시인들은 예술과 사상이 팽팽한 긴장과 탄력을 유지하는 지평 위에 자신의 시를 두고 싶어 한다. 김후란 역시 마찬가지다. 김후란의 인간과 삶을 보는 태도는 매우 따뜻하다.

그의 시에는 대부분 사랑과 평화, 구원과 미소가 물결치고 있다. 때문에 그의 시 곳곳에는 사랑에 대한 정의가 샘솟고 있다.


사랑은
구원(久遠)의 손길을 잡고
그 연변을 더듬는
너와 나의 에센스.

—「강변의 연인」 부분


사랑이란
몸을 굽혀 너의 안에 들어가는 것이다
외롭고 슬프고 즐겁고 환한
내가 미칠 것 같은 것이다

내가 지상의 왕과 같은 것이다

—「사랑이란」 부분

시인은 삶의 구극적 가치를 사랑의 완성, 구원의 성취로 파악한다. 때문에 시인에게 있어 사랑은 구원의 손길을 잡고 삶의 구석구석을 더듬는 에센스이다. 동시에 시인 자신은 몸을 굽혀 사랑의 대상 속으로 들어가고자 한다. 그래서 시인은 지상의 왕이 되어 사랑을 주재(主宰)하고 싶어 한다. 사랑의 왕, 사랑의 지배자가 되고 싶어 한다. 외롭고도 슬프고 즐겁고 환한 온갖 정감을 불러일으키는 지상의 왕이 되고 싶어 한다.


## 4. 늦게 피는 난(蘭)

시인 김후란은 본명이 '형덕(炯德)'이다. '늦게 피는 난(後蘭)'이란 필명은 그의 문학적 후견인인 석초의 작품이다. 그의 시에 꽃과 더불어 유난히 난(蘭)이 많이 등장하는 것도 필명과 연관시켜 이해할 수 있다. 난은 '견인력'과 '그윽함'과 '우아함'을 상징한다. 적은 말수, 고요한 성품의 시인이 자신의 시를 '동적인 침묵'이라고 정의한 것은 '난(蘭)'이 머금고 있는 정중동(靜中動)의 자태를 그대로 표현한 것이리라.

김후란의 미의 궁극은 사랑의 완성이자 종교적 구원이다. 그 사랑은 장미와 은장도로 대립되었다가 다시 미와 미소로 통합된다. 시인은 장미의 가시와 은장도의 칼날 위에서 미와 미소를 읽어낸다. 그리하여 시인은 생의 의미와 자연에의 관조 위에서 풍성하게 서정시를 빚어내어 왔다.

그래서 시인은 '공감(共感)과 절감(切感)의 시'를 지향한다. 신선한 시,

즐거운 시, 읽혀지는 시 등은 모두 시인과 독자가 느낌을 함께하는 시를 말한다. 시인과 독자가 만나는 지점은 인간과 삶에 담긴 미와 미소를 읽어내는 것이며 그것은 시에 대한 진정성의 지평일 것이다. 김후란 시의 울림과 감동 역시 사랑의 완성과 종교적 구원의 지평 위에서 형상화한 시에 대한 진정성의 지점에서 솟아나는 것이다.

김후란 시인을 만난 것은 인사동 입구의 나폴레옹 찻집에서였다. 언제나 그렇듯이 토요일 오후(3시)의 인사동은 분주했다. 찻집은 앉을 자리가 없을 정도로 만원이었다. 시인은 3시 5분쯤 되어서 도착했다. 시인의 제안으로 윤정구 시인과 함께 인사동 길로 내려가다가 새로 단장한 찻집 수희재(2층)에서 탐방을 시작했다.

시인은 생년에 비해 10여 년은 젊게 보일 정도로 고왔다. 중학교 때부터 교내 예술제에서 음악극 「꿈못」에서 주연으로 무대에 섰고, 고등학교 때는 4인 시집을 발간하기도 했던 시인은 문학소녀 시절부터 단편소설로 그 이름을 날렸다. 대학 재학 중에 『새벽』지 기자를 거쳐 『한국일보』 기자로 입사하면서 본격적으로 시작에 임하였다.

시인을 시단에 내보낸 신석초 시인은 본명인 '형덕(炯德)' 대신 '후란(後蘭)'이란 필명을 지어주었다. '늦게 피는 난'을 '왕비의 난(后蘭)'으로 바꾸었다. 이름을 바꾼 탓일까, 김후란 시인의 사회적 반경은 시단 활동보다 오히려 넓어 사회 각처의 직함을 다수 지니고 있다.

일찍이 부산사범학교(현재의 부산교대)를 졸업하고 서울 사대에서 수학한 뒤 『새벽』지 기자, 『한국일보』 문화부 기자로 시작한 20여 년의 언론계 생활을 『부산일보』의 논설위원을 끝으로 물러났다. 그 이후 한국여성개발원 부원장과 원장을 역임하고 현재는 방송광고공사 공익자금관리위원회 위원장, 국제 펜클럽 한국본부 부회장, 정부공직자윤리위원회 위원, MBC문화방송재단인 방송문화진흥회 이사, 간행물윤리위원회 위원, 최은희여기자상 심사위원장의 소임을 맡고 있다. 문단의 직함으로는 한국여성문학인회 회장, 한국문인협회 이사, 한국시인협회 심의위원 등의 소임을 맡고 있다.

이처럼 시인은 문단 안팎으로 활발하게 활동하는 팔방미인으로 널리 알려져 있다. 그동안 간행한 여덟 권 시집에는 짧은 서정시 이외에도 「목마」「쓸쓸한 여자의 장소」「환」「빛의 나그네」「헌화가」 등의 장시까지 실려 있다. 장편 서사시 『세종대왕』은 인간 세종의 고통스런 내면까지 깊이 있게 탐구한 것으로 평가된다.

사물에 대해 느낀 순수한 기쁨을 형상화한 첫 시집 『장도와 장미』, 언어의 조탁에 몰두한 『음계』, 사물을 대하는 시인으로서의 시각의 중요성에 대한 통찰을 담은 『어떤 파도』, 사랑과 평화의 정신을 탐구한 『눈의 나라 시민이 되어』 등을 거쳐 인생의 후반부를 맞이하면서 느끼는 사색을 쓸쓸한 바람의 이미지를 통해 형상화한 연작시(67편) 『우수의 바람』, 여덟 번째 시집이 된 서사시 『세종대왕』에 이르는 여덟 권의 시집에서 시인은 사랑의 완성과 종교적 구원의 길을 추구해왔다.

이외에도 시인은 세 권의 수필집을 간행했고 3회에 걸친 문학상 수상 경력이 있다. 아울러 1963년에 『돌과 사랑』을 간행하면서 결성된 청미동인회를 지금까지 이끌어오고 있다.

이가림

# 향기로운 포도주 맛의 시

　사과 한 알의 떨어짐이 뉴턴으로 하여금 만유인력의 발견을 낳을 수 있도록 했던 것처럼 한 시인의 시선은 거의 아무것도 아닌 듯한 사실로 부터 커다란 발견을 이끌어낼 수 있다.

　물론 과학자의 눈과 시인의 눈 사이에는 상당한 각도의 차이가 있는 것이지만, 어떤 단순한 사실에서 기적과 같은 새로움을 발견해낸다는 점에서는 일치하는 것이라 하겠다.

　어쩌면 시인은 "일생 동안 눈에 확대경을 대고 일하는 시계 제조공이 되어야 하며, 아무리 작은 용수철이라도 제자리에 놓아야 하는" 과학의 정밀성을 지녀야 하는지도 모른다.

　아무튼 추상적인 가상의 우연한 영감에 의존한다기보다는 구체적인 경험에 바탕을 둔 수공업적 제품으로서의 시가 더 많이 우리들의 잠든 꿈을 일깨워주고 상상력을 활동케 하는 것은 사실이다.

　역시 시는 판에 박은 모형 속에 밀가루 반죽을 부어 찍어내는 풀빵과 같은 것은 아니므로, 그 하나하나가 그것 자체로서 절대적이고 독립적인 의미를 지녀야 할 것이다.

그러나 요즈음 우리나라에서 태어나고 있는 여러 시편들을 들여다볼 때, 절대적이고 독립된 의미를 띠는 창조물이라기보다는 말이 말을 낳는 언어의 미망 속에 갇혀 있다는 느낌을 받게 된다. 전체적으로 다 그렇다는 건 아니지만 그러한 나쁜 징후들이 참다운 시의 영역을 침식해 들어가고 있다는 인상이다.

지나치게 신경질적인 대사회의식의 방향이건 경화된 은유의 껍데기만으로 집을 짓는 순수의식의 방향이건 간에 모종의 클리셰를 보게 된다. 이러한 것들은 시인이 자신을 둘러싸고 있는 세계의 사물과 현실을 극히 표피적으로 스쳐지나가는 습관적 접근에서 생겨나는 것이다. 사물과 현실의 진정한 내부를 투시하려는 도덕적 열정이 있어야 하는 것이다.

김후란의 세 번째 시집 『어떤 파도』는 신선하고 향기 짙은 포도주 맛이 나는 듯하다. 그녀가 그동안 빚어낸 술(1968년의 첫 시집 『장도와 장미』, 1971년의 두 번째 시집 『음계』 등)을 맛볼 기회를 놓쳐버린 필자로서는 그녀의 이번 술이 지난번의 것들보다 더 양질의 것인지 어떤지에 대해서 말할 수 없는 점이 퍽 유감스럽다. 그러나 두 번째 시집 이후 5년의 간격을 두고 묵혔다가 내놓은 이번 시집이 이 시인의 솜씨와 특징을 어느 만큼 드러내주고 있는 것이라 생각된다.

김후란의 『어떤 파도』는 후기에서 밝힌 것처럼 "내부의 축제와 같은" 화사한 이미지와 "은밀한 생의 찬연한 자취"를 눈부시게 분장시켜 보여준다. 이른바 여성 특유의 테두리 안에 정숙하게 머물러 있으면서 김후란은 관심의 폭을 여러 방면에 걸쳐 펼침으로써 외부적 현실을 여기저기 오려내는 것이다.

이러한 시선은 신문기자의 재빠른 카메라와 같아서 현대 도시문명의 병적 증세들을 예각적으로 찍어내기도 한다. 가령 제6부의 「나의 서울」

은 그 좋은 예가 될 것이다.

> 서울은 파괴되었다
> 등뼈는 굽어지고 갈쿠리로 할키우고
> 죽지가 부러져나갔다
> 고전(古典)은 한쪽 폐부에
> 겨우 붙어서 살아 있다
> 서울 아, 서울
> 뼈 마디마디로 울던 서울이여
> 잠긴 목소리로 울부짖던
> 어둑새벽의 얼굴이여!
>
> —「나의 서울」부분

언뜻 읽어서 소리 높은 어조의 노래 같은 느낌이 들지만, 날카로운 은유와 팽팽한 리듬의 배려에 따라 83행이라는 짧지 않은 시의 끝부분까지 읽어 내려가게 한다.

특히 메탄가스가 부글대며 숨 막히는 매연이 세계 공해 상위급이라도 "버릴 수 없는 추억의 발자국"이 묻어 있고 "내 키를 갈대처럼 쑥 자라게" 한 서울을 사랑할 수밖에 없다는 진술은 이 작품을 단순한 신문기자적 토로가 아니게끔 만든다. 어두운 현실 속에서 "조간신문을 꽃송이처럼 던지는 초록빛 소년"을 발견해내는 김후란의 시선은 이제 더 이상 차가운 카메라의 눈만이 아니다.

그녀는 어둠 속에서 밝음을, 밤 속에서 대낮을 보려는 의지를 지니고 있다. 이러한 의지의 힘 때문에 「나의 서울」 끝부분에서 볼 수 있는 바와 같은 '뜨락을 거닐면서 넘쳐나는 바다를 안고 선 여인'의 이미지로 서울을 그려내는 것이 가능한 것이다.

김후란의 시적 감수성이 매우 성공적으로 꽃피는 시는 무거운 주제
(시 「환(歡)」 「우기(雨期)」 「오늘 만나는 우리들의 영혼은」 「무관심의 죄」
「지하철 공사」 등)을 다루는 것보다는 오히려 여성다운 경험을 바탕으
로 하는 경우(시 「생선 요리」 「고독 1, 2」 「샤넬의 향기를」 「백자」 「봄밤」
등)이다.

> 부엌으로 침입한 바다
> 도마 위에 바다가 출렁거린다
> 햇살에 도전하는
> 갑옷을 벗기고 탁탁
> 토막을 치기까지엔
> 진정 얼마간의 용기가 필요하다
> 세계는 이미 눈을 감고 있다
> 바다로 내려가는 계단에서
> 칼날을 물고 늘어지는
> 하얀 파도.
>
> ─「생선 요리」 전문

범속한 경험으로부터 이만큼의 돌발적이고 참신한 '시적 현실'을 구
축해낸다는 것은 그리 쉬운 일이 아니다. "부엌으로 침입한 바다"라는
첫 행의 충격을 조금도 누그러뜨리지 않은 채 '바다'로 추상화되고 확대
된 한 마리 생선의 요리 과정을 김후란은 눈에 보일 듯이 선명하게 그려
보여준다.

그러나 우리가 여기서 느끼는 시적 감흥은 한 마리 생선의 요리 과정
을 실감나게 보여주는 사실에 있는 것이 아니고 방금 태어난 듯한 '아담
적 언어'의 싱싱함에 있는 것이다.

엄정한 의미에서, 김후란 시집 『어떤 파도』에 들어 있는 상당량의 시

편들이 일차적 감정의 분비물을 아름답게 묘사하는 데 머물러 있으며 두꺼운 사물의 핵심을 투시하는 데까지는 이르지 못했다 할지라도, 새로운 '아담적 언어'를 통한 시적 현실의 창조(특히 그녀의 최근작이라 할 수 있는 제2부에 수록된 시편들의 경우)에 참여하고 있다고 말할 수 있다.

그녀의 시적 지향이 앞으로 어느 쪽으로 전개될 것인지 자못 기대된다. 우리가 그녀의 다음 시집을 기다리는 것은 바로 이러한 이유 때문이다.

김재홍

# 사랑과 평화의 시

## 1

이 글은 김후란 시에 관한 논의에 있어 한 예비 각서에 지나지 않는
다. 따라서 근작 시집『눈의 나라 시민이 되어』(1982. 12)에 수록된 몇 편
의 시를 중심으로 그의 시의 지향점을 간략히 살펴보기로 한다.

먼저 시「어디서 어디까지」에는 그의 시의 출발점이 드러나 있다.

　　어디서 어디까지
　　어디서 어디까지가
　　나의 길일까

　　바람도 없는데
　　흔들리는 흔들림
　　고요함이여
　　굽이치는 생의 물결을
　　지나 보내고

고요함 속에 누워
아직도 흔들리는
속의 그림자.

—「어디서 어디까지」 전문

이 시의 모티브는 자아(自我)에의 관심 혹은 내성적(內省的)인 생의 투지에서 비롯된다. 그것은 생의 근원에 대한 내밀한 응시이며 동시에 존재의 깊이를 향한 자맥질의 성격을 지니기 때문이다.

여기에서 생의 근원적 모습은 '고요함'과 '흔들림'의 대응적 심상으로 파악돼 있다. "바람도 없는데/흔들리는 흔들림/고요함이여/굽이치는 생의 물결을/지나 보내고"와 같이 '흔들림'과 '고요함'이 지속과 변화를 되풀이하는 '생의 물결'로 받아들여지는 것이다. 이러한 흔들림과 고요함 사이의 진동(震動) 속에서 생의 다양한 의미와 가치가 스스로 드러나게 되며, 이것들의 가락 있는 언어로의 드러냄이 바로 시가 되는 것이다. 고요함 속에 흔들림을 감지하고 흔들림 속에서 고요함을 갈망하는 시선 속에는 바로 상승과 하강, 약동과 정지, 생성과 소멸로 요약할 수 있는 생의 본원적 모습에 대한 투시가 담겨 있다. 또한 "고요함 속에 누워/아직도 흔들리는/속의 그림자"라는 구절 속에는 고요함과 흔들림의 두 가지 축 사이에서 방황하며 살아갈 수밖에 없는 실존의 갈등과 고뇌가 들어 있다. 그것을 우리는 이성과 감성, 영혼과 육체, 그리고 현실과 이상의 부딪침에서 오는 간단없는 생의 흔들림 또는 영혼의 흐느낌이라 불러볼 수도 있을 것이다. 흔들림의 연속 속에서 고요함을 찾는 인생으로서, 끊임없이 '나란 무엇'이며 또한 '나의 길은 어떠한 것'인가에 대한 지속적인 질문의 제기와 그에 대한 내밀한 응답이 이 시의 핵심이 된다.

이러한 자기 응시와 생의 본원성에 대한 내성적 탐구의 시선은 생의 길에 대한 하나의 확신에 도달하게 된다.

> 나는 외람스럽게도 예수의 그윽한 눈을 사랑한다 신념이 있고 예언
> 할 수 있고 인간을 볼 수 있는 이, 그런 이만이 가진 속 깊은 눈을 사
> 랑한다
>
> 그 눈앞에 내 어둠을 죽이고 싶다
>
> 가장 아름다운 건 슬픔을 누르고 미소 짓는 것, 미소 너머로 세상을
> 보는 것, 오 그런 이만이 가진 뜨거운 눈물을 사랑한다
>
> 그 눈물로 씻기우고 싶다.
>
> ─「그 눈앞에」 전문

이 시에서 '예수'는 진·선·미의 표상이다. 아니 단순한 표상이라기보다는 신념 있는 인간 혹은 역사의식을 지닌 탁월한 예언자적 지성, 그리고 인간적 진실과 따뜻함을 간직한, 깊이 있는 인간의 대명사이다. 동시에 예수는 인간이 도달하기 소망하는 바람직한 인간 또는 완전한 인간으로서의 상징적 의미를 지닌다. 따라서 "예수의 그윽한 눈을 사랑한다" "그런 이만이 가진 속 깊은 눈을 사랑한다"라는 구절 속에는 신념 있는 삶, 진실한 삶, 그리고 깊이 있는 삶에 대한 시인 자신의 동경과 갈망이 담겨 있는 것으로 보인다. 또한 "그 눈앞에 내 어둠을 죽이고 싶다"와 같이 그러한 이상적인 삶, 완전한 삶, 절대적 삶에 대한 지향을 통해 현실의 어둠으로부터 자기 구원을 갈망하게 되는 것이다.

그러나 우리에게 감동을 주는 것은 완전한 삶, 이상적인 삶에 대한 동경과 갈망 그 자체에 있지 않다. 그것은 오히려 인간의 생생한 삶, 혹은 구체적 진실에 맞닿아 있을 때 더욱 절실한 것이 된다. 이 시가 주는 감

동은 바로 여기에 있다. 예수가 우리에게 보다 큰 감동으로 부딪혀오는 것은 바로 그가 인간적 진실의 뜨거운 눈물을 간직하고 있기 때문이리라는 소중한 깨달음이 이 시에 제시돼 있다. 예수는 "슬픔을 누르고 미소 짓는" "미소 너머로 세상을 보는" "뜨거운 눈물"로 형상화돼 있는 것이다. 삶의 진정한 가치와 그 아름다움은 절망을 넘어서 희망을 간직하게 될 때, 고통을 넘어서서 환희에 도달하게 될 때, 그 뜨거운 깨달음과 극복의 치열한 고통 속에서 더욱 빛을 발하는 것이다. 따라서 "그 눈물로 씻기우고 싶다"라는 구절을 통해서 노력하는 삶, 참회하는 삶의 소중함과 그 아름다움을 노래하게 되는 것이다. 특히 이 마지막 구절 속에 정죄 의식(淨罪意識) 혹은 재생(再生)의 모티브가 발견된다는 점이 관심을 끈다. 뜨거운 진실에의 갈망과 그 정죄의 눈물 속에서 새로운 생명 의지와 부활에의 소망을 노래함으로써 현실의 어둠으로부터 자기 구원을 성취하고자 하는 것이다.

이렇게 볼 때 이 두 편의 시는 김후란의 시가 기본적인 면에서 자신의 삶에 대한 깊이 있는 응시와 탐구에서 출발하고 있다는 점을 제시해준다. 내밀한 자기 성찰과 진지한 깨달음의 자세를 통해서 인간 이해에 도달하고자 하는 열망이 담겨 있는 것이다.


2


다음에는 밖으로의 관심을 들 수 있다. 그렇다고 해서 그것이 흔히 말하는 민중이나 현실 또는 역사와 같이 거창한 것들은 아니다. 오히려 그것은 나와 다른 사람과의 관계, 즉 사랑의 문제로 집약되어 있다. 이 점에서 김후란의 대타적(對他的) 관심은 다분히 상대성 원리의 범주에 놓이

는 것으로 보인다. 그것은 분열과 갈등의 투쟁적 관념이 아니라 화해와
용서의 평화적 개념에 가까우며, 차라리 개인적 차원에서의 소박한 평화
주의라고 부를 수도 있을 것이다. 또한 앞에서 논의한 내성적 자기 성찰
이 구심력의 작용이라면 이것은 원심력의 작용이라 볼 수 있으며, 이 점
에서 이 두 가지 힘은 김후란 시 정신의 상대축(相對軸)이 되는 것으로 여
겨진다.

> 발광체(發光體)인 너
> 내 마음의 그늘을
> 지워주는 너
>
> 흐르면서 맑아지는 시냇물이다
> 씻기고 씻기운 결 고운 옥돌이다
>
> 물은 물과 더불어 온전한 물이 되고
> 돌은 물살에 밀려 야무지게 빛나는 돌이 되듯
>
> 우리들은 부딪쳐
> 불이 되는 부싯돌.
>
> ―「사우가(思友歌)」 전문

이 시는 물론 친구와의 우정 즉 동등애(同等愛)를 노래한다. 나와 친
구와의 관계는 발광체와 그 그늘로 묘사돼 있다. 이것은 우정이 빛과 그
림자처럼 상보적인 위치에 놓여짐을 의미하지만, "물은 물과 더불어 온
전한 물이 되고"처럼 우정에 의해서 인간이 완성된다는 점을 보다 강하
게 주장하는 데 더 깊은 뜻이 있다. 이것은 비단 우정뿐이 아니라 모든
인간관계로 확대될 수 있다는 점에서 존재의 상대성 원리를 제시한 것

이 된다.

이 시에서 더욱 관심을 끄는 것은 물과 불의 대립적 상징이다. 물은
물론 여성 혹은 모성의 세계를 표상한다. 물은 그것이 지닌 유동성·부
드러움·결합력·변화력·하강성·자정성(自淨性) 등으로 인해 생명을
탄생시키고, 유지시켜주며, 윤택하게 해주는 근원적 힘으로서의 표상성
을 지닌다. "흐르면서 맑아지는 시냇물"로서의 물은 바로 인간의 생과
삶에 있어서 가장 중요한 원천이다. 우정은 바로 이 삶을 지탱해주고 삶
을 삶답게 고양시켜주는 '물'과 같은 역할을 한다는 점에서 의미가 있는
것이다. 특히 여성·모성이 암시하는 따뜻함과 부드러움, 그리고 포용
의 힘이 '물'로서의 우정에 내포돼 있다는 점에서 유추의 신선함이 드러
난다. 한편 '돌'과 '불'의 상징성도 주목된다. 물에 '씻기고 씻기운 결 고
운 옥돌'은 우정에 의해 완성돼가고 힘을 획득해가는 인간의 모습인 것
이다. 따라서 "돌은 물살에 밀려 야무지게 빛나는 돌이 되듯"이라는 구
절 속에는 인류애의 원형으로서의 우정의 중요성과 그 빛나는 가치에
대한 확신이 담기게 된다. 그러면서도 '돌'은 그냥 돌이 아니라, "우리들
은 부딪쳐/불이 되는 부싯돌"처럼 생명의 불꽃으로 상승하는 데서 더욱
커다란 의미를 지니게 된다. 견고한 광물성의 돌이 불꽃을 일으키는 '부
싯돌'이 됨으로써 인류의 인간다운 삶을 정화할 수 있게 하는 원동력이
되는 것이다. '불'은 상승력, 해체 및 응집력, 변화력 등의 남성적 속성
으로 인해 물의 여성적 세계와 더불어 인간의 생명과 생활에 있어 필수
적 상보적 위치를 지닌다. 우정은 바로 인간의 생활에 있어서 물과 불의
상징 의미를 포괄한다. 우정은 '물'과 '돌'처럼 불가분리의 관계를 지니
지만, '물'과 '불'처럼 대립적이면서도 상호 완성의 필수적 근원적 관계
를 내포하고 있는 것이다. 물과 불처럼 우정은 삶을 삶답게 이끌어주고,
힘을 주며, 완성시켜주는 근원적 사랑의 형태로 존재한다. 이 점에서 이

시는 우정을 탁월하게 형상화한 수작의 하나로 평가될 수 있다.

우정의 발전적 형태로서 이성 간의 사랑도 중요한 김후란의 관심사가 된다. 여기서의 이성애는 보다 성숙한 부부애로서의 모습으로 나타난다.

> 그 많은
> 모래알 중에
> 너와 나 이웃한
> 모래알로 만나
> 조그맣게 숨 쉬는
> 모래알 부부로 만나
> 등 비비며 등 비비며
> 정답게 가고 있으니
> 바람도 비켜가는
> 은빛 아침.
>
> ―「모래알로 만나」 전문

이 시에는 따뜻한 부부애가 탐미적으로 묘사돼 있다. "너와 나 이웃한/모래알로 만나" "모래알 부부로 만나"와 같이 부부애는 근원적으로 타인끼리의 만남이며, 이 점에서 우정과 같이 상대성 원리를 지닌다. 부부는 한 생애를 "등 비비며 등 비비며/정답게 가고 있으니"처럼 가장 가까운 친구 혹은 생의 동반자로 살아가는 것이다. 따라서 부부 관계는 서로에 의해서 자기가 발견되고, 또 힘을 얻으며, 마침내 완성되는 인간적 사랑의 한 장점으로 이해된다. 실상 시집『눈의 나라 시민이 되어』에는 「둘이서 하나이 되어」「기쁜 아침」「우리 둘이」 등 부부애 혹은 이성 간의 사랑을 노래한 시편이 많이 수록돼 있다. 그것은 뜨겁게 가열하는 것이기보다 은은히 미소 짓는 내밀한 사랑의 노래로 표현돼 있다는 특징을 지닌다.

이렇게 본다면 사랑은 김후란 시에서 가장 중요한 테마가 됨을 알 수
있다. '나'에 대한 관심이 내성에의 깨달음과 자기 극복에 있었다면 '밖'
에 대한 관심은 사랑에의 발견과 그 실천에 놓여 있는 것이다. 인간 완
성에 있어서나 자신에 대한 깊이 있는 내성의 자세와 함께 이웃에 대한
사랑은 필수 불가결한 것이 아닐 수 없다는 깨달음을 드러내고 있는 것
이다. 내성의 길과 사랑의 길은 김후란 시 정신에 있어 구심력과 원심력
으로 작용하는 상대적 가치축이 되는 것으로 판단된다.


### 3

다음에는 본원에의 향수와 함께 미래 지향의 정신이 나타남을 들 수
있다. 본원에의 향수란 옛것에 대한 그리움 또는 뿌리에 대한 애정을 의
미한다.

> 덕수궁 석조전 아래
> 향나무 한 그루
> 흔연히 서 있는
> 동양의 예지를 보다
>
> 삼백 년 나이테를
> 안으로 감추오고
> 비바람 찬 세월에
> 결이 엉긴 살갗이며
> 죽어서나 남길 향
> 가슴 깊이

묻어두고

오늘도 비 오는 고궁에
말없이 뿌리를
적시고 있다.

—「서울 소묘—역사의 숨결 11」부분

이 시에는 고전적인 정신의 뿌리에 대한 아련한 향수와 함께 애수가
깃들여 있다. 또한 우아하면서도 전려(典麗)한 정서가 정제된 시어와 형
태 속에 잘 다듬어져 있다. "삼백 년 나이테를/안으로 감추오고/죽어서
나 남길 향/가슴 깊이/묻어두고"라는 구절 속에는 우리 것, 옛것, 내것
에 대한 기품 있는 애정이 스며들어 있는 것으로 보이기까지 한다. 이
러한 고전정서에 바탕을 둔 뿌리 의식 또는 본원에의 향수는 어느 면 역
사의식으로 연결되는 것으로 보인다. 「조국」「우리글 한글」「곡옥(曲玉)」
「소나무야 소나무야」「농부(農夫)」 등의 시편에는 주체의식에 뿌리를 둔
역사의식이 들어 있는 것으로 판단되기 때문이다. 이것은 어떤 관념적
인 주장으로보다는 「무국을 들며」「꾸지람이 듣고 싶다」 등의 시에서처
럼 보다 생명 감각이 구체적으로 묻어나는, 역사의식에 근거하는 것으
로 보인다는 점에서 은은한 감동을 불러일으킨다. 이 점에서도 내성적
이면서도 밀도 있는 김후란 특유의 시 정신과 어법이 드러나는 것으로
보인다.

한편 미래 지향의 정신은 '아가'의 표상으로 나타나며, 그것은 평화에
로 연결된다.

① 창가에 난등(蘭燈) 밝힌
새날이다

**김재홍** 사랑과 평화의 시 | 215

하늘 가득 버지는
연보랏빛 미소다

꽃씨 터지듯
풀물 묻어나듯

선잠 깬
우리 아기

옥돌 물 퉁기는
울음소리.

—「아기 탄생」 전문

② 조그만 아이가
　　조그만 집에서
　　조그만 평화를 안고
　　조그맣게 잠이 들었네

　　캄캄한 어둠을
　　달빛이 밀어내고
　　햇살이 밀어내고

　　아이는
　　팔을 들어
　　세상을 가득 잡았네
　　조그만 입으로 하품을 하면서.

—「평화」 전문

시 ①은 「아기 탄생」, ②는 「평화」라는 작품으로서 미래 지향과 평화에의 지향을 잘 보여준다. ①에서 '아기의 탄생'은 새 날의 열림이며 동시에 새로운 미래에 대한 동경과 희망을 간직하게 하는 꿈의 표상이다. ②에서는 '아이'의 세계가 근원적으로 평화에의 길로 열려 있음을 반영하고 있다. 실상 아가의 세계는 인간이 마지막까지 수호해야 할 가장 순수하고 아름다운 소망의 영역이며 평화의 성지가 아닐 수 없다. 아가의 순수함과 평화는 인류의 타락과 현실의 부패를 방지하고, 인간성을 지키게 해줄 시원적 힘의 표상으로 작용하는 것이다.

이 점에서 '아가'의 표상은 김후란의 미래 지향의 시 정신과 함께 평화 지향의 시 정신을 반영하고 있는 것으로 보인다. '아가'가 표상하는 미래에 대한 믿음과 소망을 간직하고, 그 평화에의 길을 나아가려는 자세야말로 이 시대에 참답게 필요로 하는 온갖 욕망의 기름기로 더러워지고 격양된 주장의 고함 소리만 범람하는 이 시대에 아가의 탄생을 아름답게 노래하고 그 조그만 평화를 예찬하는 은은한 목소리는 내밀한 감동의 여운을 더해줄 수 있을 것이 확실하기 때문이다.


4


마지막으로 다음 시 「눈의 나라」에는 김후란 시의 전반적인 특징이 잘 나타나 있는 것으로 보인다.

> 겨울이면 나는 눈의 나라 시민이 된다
> 온 세상 눈이 다 이 고장으로 몰린다
> 고요하라 고요하라
> 희디흰 눈처럼

차고도 훈훈한 눈처럼
고요하라는 계율에 순종한다
사랑을 하는 이들은
안개의 푸른 발
이사도라 덩컨의 맨발이 되어
부딪치는 불꽃이 되기도 한다
겨울이면 나는 눈의 나라 시민이 되어
유순하게 날개를 접는다
그러나 이따금 불꽃이 되고
허공에서 눈물이
되려 할 때가 있다
슬픔이 담긴 눈송이들끼리.

— 「눈의 나라」 전문

이 시에서는 먼저 '눈'과 '불꽃', 그리고 '눈물'의 세 이미저리가 핵심
으로 나타난다. 먼저 '눈'은 순결한 평화의 상징으로서의 중요성을 지닌
다. "고요하라 고요하라/희디흰 눈처럼"이라는 구절 속에는 고요함으로
서의 평화에 대한 순결한 의지와 소망이 담겨 있는 것으로 보인다. 마치
"차고도 훈훈한 눈처럼" 평화는 이율배반적인 의미를 내포하지만, 바로
그 점에서 더욱 소중하게 받아들여질 수 있는 것이다. 아울러 '불꽃'은
사랑과 환희의 표상이다. "부딪치는 불꽃"으로서 사랑은 삶의 가장 중요
한 힘이며 가치인 것이다. 그러나 '불꽃'으로서의 사랑은 동시에 허무와
비애로서의 '눈물'을 지닐 수밖에 없다. 불꽃으로서의 사랑과 눈물로서
의 허무는 삶의 근본적인 두 양면이기 때문이다. 사랑과 환희로서의 생
의 깊은 허무와 비애로서의 그것과 표리의 관계에서 삶을 보다 완성된
것으로 이끌어올리게 되는 것이다. "슬픔이 담긴 눈송이들끼리" "이따금

불꽃이 되고" "허공에서 눈물이 되려" 한다는 구절 속에는 단독자로서 생을 살아갈 수밖에 없는 근원적 비애가 첨예하게 드러나 있다. 이 점에서 '평화의 길' '사랑의 길'의 중요성이 더욱 강조되게 된다. 이 시가 궁극적으로 말하려는 것은 허무나 비애 그 자체가 아니라, 그러한 것들의 초월과 극복에 있는 것으로 여겨진다. 이 초극의 방법이 바로 "고요하라" 하는 평화에의 길이며 "훈훈한 불꽃"으로서의 사랑의 길인 것이다.

이렇게 볼 때 김후란의 시가 지향하는 것은 '사랑의 길' '평화의 정신'이며, 이것은 그대로 그의 삶이 지향하는 바와 일치되는 것으로 여겨진다. 사랑과 평화에의 지향은 모든 시가 궁극적으로 추구하는 길이며 동시에 생의 길인 것이기 때문이다. 그러므로 김후란의 시는 궁극적으로 내면적인 면에서 깨달음과 반성을 통한 자기 발견과 구원의 과정으로 인식된다. 또한 외향적인 면에서는 사랑의 실천과 평화에의 지향에 의미가 놓인다. 그의 시는 투쟁 · 분열 · 흥분 등의 행동적 · 비판적 감정보다는 눈물 · 사랑 · 진실 등의 내향적 · 옹호적 감정에 주로 의지하고 있다. 그의 시는 민중 · 현실 · 자유를 소리 높여 외치는 것이 아니라, 사랑 · 평화 · 진실을 뜨겁게 간직하고 소박하게 노래하려는 참된 시의 자세를 보여주는 것이다. 이 점에서 김후란의 시는 고함 소리 드높은 시대에는 별반 설득력을 지닐 수 없을 것이 분명하다. 그러나 내밀한 진실에 귀 기울일 줄 아는 진지한 독자에게는 깊고 은은한 감동을 심어줄 것이 또한 확실하다.

김재홍

# 삶에 대한 존재론적 성찰

김후란, 『우수의 바람』

## 1. 甲年, 새로운 시작에

1960년 신석초 시인에 의해 『현대문학』지에 추천·데뷔하여 첫 시집 『장도와 장미』(1968)를 펴낸 이래 이번의 제7시집 『우수의 바람』에 이르기까지 김후란 시인은 이 땅 서정시의 고요한 한 변경을 내밀하게 노래해온 역량 있는 중진 시인의 한 사람이다.

이 35년 시력의 과정에서 김 시인의 시는 고단한 시대의 여울목에서 사랑과 평화, 진실의 소중함을 조용하게 일깨워온 데서 의미를 지닌다.

> 겨울이면 나는 눈의 나라 시민이 된다
> 온 세상 눈이 다 이 고장으로 몰린다
> 고요하라 고요하라
> 희디흰 눈처럼
> 차고도 훈훈한 눈처럼
> 고요하라는 계율에 순종한다
> 사랑을 하는 이들을
> 안개의 푸른 밤

이사도라 덩컨의 맨발이 되어
부딪히는 불꽃이 되기도 한다
겨울이면 나는 눈의 나라 시민이 되어
유순하게 날개를 접는다
그러나 이따금 불꽃이 되고
허공에서 눈물이
되려 할 때가 있다
슬픔이 담긴 눈송이들끼리.

―「눈의 나라」 전문


이렇게 고요하게 사랑과 평화, 그리고 슬픔과 진실을 노래해온 맑고 고운 자태의 김후란 시인이 문득, 어느 날, 갑자기 내게 다가와 어느새 화갑을 맞이하게 됐노라고 한다. 나는 깜짝 놀랐다. 어느새 세월의 고단한 그림자가 김 시인의 해맑은 모습에도 짙게 드리워지기 시작했다니……. 앞으로도 더 밝고 좋은 날 되시기를 소망하며 간략히 시집 『우수의 바람』의 의미를 짚어보기로 한다.


## 2. 생명과 사랑의 길

언젠가 필자는 김후란의 시집 『눈의 나라 시민이 되어』(1982.12)를 논의하면서 그의 시세계를 '사랑과 평화의 시'라고 불러본 바가 있다. 그의 시가 지향하는 것은 사랑의 길, 평화의 정신이며, 이것은 그대로 그의 삶이 지향하는 바와 상동성을 지니고 있는 것으로 여겨졌기 때문이다. 다시 말해서 그의 시는 내면적인 면에서 깨달음과 반성을 통한 자기 발견과 구원의 과정으로 인식되며, 외향적인 면에서 사랑의 실천과 평화에의 지향으로 이해된다는 뜻이다.

이러한 김후란 시의 지향성은 이번 시집 『우수의 바람』에서도 그대로 나타난다. 그의 새 시집에는 끊임없는 자기 성찰이 제시되는 가운데 생명에 대한 사랑과 평화 지향성이 지속되고 있기 때문이다.

먼저 그의 시에는 생명에 대한 찬탄과 깨달음이 제시돼 있다.

> 생이 지루할 때쯤
> 새 생명 태어나 웃음꽃 피듯
>
> 저 나뭇가지에
> 연초록빛 잎사귀들
> 눈빛을 바꾸노니
>
> 살아가는 재미는
> 이어짐에 있구나
>
> 천 근 무게로도
> 폭풍 속 바다에 떠가는 배처럼
> 보이지 않는 손
> 받쳐주는 힘.
>
> ―「새 생명」 전문

이 시의 핵심은 생명의 영속성을 드러내는 데 놓인다. 새 생명의 경이도 경이이지만 그보다도 생명의 이어짐으로써 영원성에 대한 깨달음을 드러내고 있기 때문이다. 그렇다. 개체의 생명이란 유한하여 생성과 소멸을 반복해가지만, 본성으로서의 생명은 끊임없이 이어짐으로써 영속성을 지닌다. 바로 이러한 생명의 본성으로서 생명의 영속성에 대한 깨달음과 그에 대한 가없는 신뢰가 이 시의 근본 정신을 이루는 것이다. "살아가는 재미는/이어짐에 있구나//천 근 무게로도/폭풍 속 바다에 떠가는 배처럼/보이지 않는 손/받쳐주는 힘"이라는 결구 속에는 이러한 생명에 대한 깨달음과 신뢰의 정신이 잘 드러나 있다고 하겠다.

다음으로 그의 시에는 사랑에 대한 깨달음과 믿음의 정신이 드러나 있다. 사랑은 그의 시에서 오랫동안 일관돼온 주체의 하나로서 의미를 지닌다.

> 달 밝은 가을밤
> 달빛 젖은 강
>
> 바람에 떠는
> 옷자락
>
> 가슴 이랑 이랑에
> 고여 흐르는
> 달빛 젖은
> 눈길
>
> 하느님 오늘은
> 사랑만 하렵니다
> 오늘은 나직이
> 시만 읊으렵니다.
>
> —「가을밤에」 전문
>
> 쑥 두릅 냉이
> 순하고 부드러운
> 봄 냄새가

상큼하다

안개가 풀려가는
산그늘 걷듯
이런 날은
고향이 발목에 감겨든다

이 냄새
이 정취
내 몸에 배어 있는
내 나라 그리움
흙내 씻기지 않은 쑥 냄새
사랑의 굴레.

—「고향의 쑥 냄새」 전문

　인용 시에는 시인에게 있어 사랑의 모습이 잘 나타나 있다. 앞 시는 삶이 바로 사랑의 과정이며 나아가서 그것은 시인에게 시 쓰는 일로서 의미를 갖는다. "하느님 오늘은/사랑만 하렵니다/오늘은 나직이/시만 읊으렵니다"라는 구절 속에는 사랑이 바로 삶의 의미이고 구원일 수 있다는 확신과 함께 그것이 바로 시 쓰는 일 그 자체임을 강조하는 뜻이 담겨 있다. 그만큼 사랑은 하느님이 상징하듯이 존재의 근원이고 현존이며 보람이자 최상의 가치라고 하는 깨달음이 드러나 있다고 하겠다.

　시 「고향의 쑥 냄새」에서 사랑은 보다 구체성을 지닌다. 그것은 근원적인 면에서 고향에 대한 사랑이고 어머니에 대한 운명적 사랑이며, 나아가서 민족과 조국에 대한 살가운 사랑을 의미한다. 흙냄새 씻기지 않은 쑥 냄새에서 사랑의 굴레를 느끼는 마음이야말로 운명과 그에 속한 모든 것들에 대한 사랑이 아니고 그 무엇이겠는가. 바로 이 점에서 사랑

은 김후란 시에서 가장 근원적인 동력이자 구원의 실천 목표에 해당한
다고 할 수 있다. 특히 그의 사랑은 많은 경우 서로 용서하며 돕고 사는
상생(相生)의 마음으로서 평화의 정신으로 연결된다.

가슴이 무거워
살풀이가 필요할 때에는
품었던 칼
벼랑 끝 파도 속에 던지고
우리 용서하며 가기로 하자

쓸쓸한 임종의 행려병자처럼
혼자 돌아눕는 일
없도록 하자

— 「멀지도 않은 길」 부분

어둠은 별들의 빛남을 위하여
더욱 짙은 어둠으로 침묵한다

…(중략)…

오늘은 나도 누군가를 위하여
끝없이 먹빛으로 잠기고 싶다.

—「어둠은 별들의 빛남을 위하여」 부분

나무 그늘에서
잠을 잔 새들은
나뭇잎 향기로 젖어 있다

—「나무 그늘에서 잠을 잔 새들은」 부분

인용 시들에는 용서와 포용의 마음으로서 상생의 원리와 사랑의 정신이 잘 드러나 있다. 아울러 "나무 그늘에서/잠을 잔 새들은/나뭇잎 향기로 젖어 있다"와 같이 아름다운 평화의 모습으로 맑게 고양되어 있다. 나무 그늘에서 잠을 잤기에 나뭇잎 향기로 젖어 있는 새의 모습이야말로 사랑과 평화의 가장 구체적이면서도 실천적인 모습이 아니고 그 무엇이겠는가. 바로 이 점에서 사랑의 마음이 바로 평화를 사랑하는 정신으로 이어질 수밖에 없음이 자명하다.

## 3. 삶 또는 시간의 존재론

김후란의 새 시집에서 가장 근원적으로 추구하고 있는 것은 삶에 대한 존재론적 탐구이다. 삶의 근원이 무엇이며, 지금 내 삶이란 어디를 가고 있으며 어디로 향해 가고 있는가에 대한 존재론적 성찰을 보여주고 있는 것으로 이해되기 때문이다.

먼지는 살아서 날아다닌다.
어디나 앉았다가
다시 날아오른다
죽은 듯 살아 있는
먼지

나 살아 있음도
그중의 하나련만
60kg 무게로
몸보다 더 무거운
삶의 의미를 짊어지고

마음은 온 우주의 핵이 되어
더없이 소중하게
살아 있다

이 세상 무어나
그런 것이련만
가벼운 먼지처럼
살아 있건만
천근만근 무거운
삶의 의미.

—「먼지처럼」 전문

　이 시는 삶의 모습을 '먼지'로 비유하고 있다. 그렇게 아무것도 아닌 것 같으면서도 또 의미를 가질 수밖에 없는 것으로서 삶의 의미를 파악하고 있는 것이다. "먼지는 살아서 날아다닌다/어디나 앉았다가/다시 날아오른다/죽은 듯 살아 있는/먼지"의 모습은 그대로 삶의 실존적 의미일 수 있기 때문이다. 존재론이란 무엇이던가? 한마디로 그것은 사물이 지니고 있는 근본적인 진리를 객관적으로 통찰하고 그를 통해 인간의 본래 모습과 그 가치를 탐구하고자 하는 노력을 의미한다. 바로 이 시에서 삶의 근원적 모습을 '먼지'로 비유하고 그 속에서 존재와 무의 모습을 꿰뚫어보면서 인간 존재의 궁극적 모습을 파악하려 한 것은 바로 이러한 존재론적 삶의 탐구 자세를 반영한 것이라 할 수 있다. 먼지처럼 가볍고 하찮은 것 같지만 인간 존재는 "삶의 의미를 짊어지고/마음은 온 우주의 핵이 되어/더없이 소중하게/살아 있는" 모습인 것이다. 특히 여기에서 "가벼운 먼지처럼/살아 있건만/천근만근 무거운/삶의 의미"라는 결구는 중요한 존재론적 깨달음을 담고 있어 주목을 환기한다.

삶이란 하나하나가 덧없는 것처럼 보이지만 그 모두는 천근만근 무거운 의미를 지니고 있으며 그러기에 하나의 존재론적 우주를 이룬다. 하나의 존재는 우주와 등가를 이룬다는 점에서 중요성을 지닌다. 그러나 동시에 그렇게 무게를 지니기에 실존이란 힘들고 고통스러울 수밖에 없는 것이 자명하다. 인생이란 육신을 지닌 데 따르는 인간 조건이 끊임없이 삶의 과정에 슬픔과 기쁨, 고통과 환희, 분노와 용서, 열정과 미지의 소용돌이를 만들어감으로써 존재론적 드라마를 형성해가는 것이기 때문이다.

바로 여기에서 인간 본질로서 영원한 떠나감, 즉 소멸 또는 무(無)의 길이 펼쳐지게 된다.

> 살아가는 길에
> 떠나감이 없다면
> 떠나 보내는 아쉬움이 없다면
> 그래, 인생은
> 눈부심의 순간들이지만
>
> 가슴 뜨거운 얽힘이 있어
> 서로를 잊지 못하네
>
> 그리운 날들
> 그리운 이름들
> 노을이 지는
> 아름다움처럼
> 눈시울이 젖으면서
>
> 먼 먼 길이
> 떠나가는 시간으로

이어지네.

이 시에서의 핵심은 시간의 존재론이다. 삶이란 존재와 무의 변증법으로 이어지는 허무에의 길이다. 모든 존재는 언젠가는 사라져가는 것, 사라져갈 것이 분명하다. 다만 삶이란 그러한 시간의 흐름 위에 유의미한 느낌표를 찍어가는 것일 뿐, 아니면 "가슴 뜨거운 얽힘이 있어/서로를 잊지 못하는" 것일 뿐이다. 인간은 어차피 시간 속에서 태어나 시간 위를 살다가 시간 밖으로 사라져가는 허무의 존재일 뿐인 것이라는 존재론적 인식이 이 시의 핵심을 이루고 있는 것이다.

실상 "쓸쓸한 떠나감뿐이구나//힘겹게 살아온 생/낙엽 한 장 땅에 눕듯/맥없이 눈감고"(「쓸쓸한 떠나감」)라는 구절이나 "영원한 것이란/무언가//굳건히 땅 위에 서 있는 나무도/한 송이 꽃도/눈물로 지는 꽃잎이라"(「저 바다」)라는 시구도 바로 이러한 시간의 존재로서 모든 존재의 덧없음 또는 인간 존재의 허무함을 노래한 것이라고 하겠다.

이렇게 본다면 시집 『우수의 바람』은 인간 존재의 본질에 대한 존재론적 성찰을 보여준 데서 의미를 지닌다고 하겠다.


## 4. 바람의 현상학을 위하여

무엇보다도 시집 『우수의 바람』은 표제에서도 짐작할 수 있듯이 바람에 관한 집중적인 응시가 제시되어 관심을 끈다. 바람에 관한 존재론적 탐구랄까 하는 바람의 현상학이 다양하게 제시되어 관심을 환기하는 것이다.

① 봄이면 모든 것이
　거듭나기를 기원한다

　새벽녘 훈훈한 바람 속에
　새롭게 일어선다

—「이 눈부신 봄날에」 부분

② 모든 사물이
　온갖 몸짓을 할 때

　빛깔과 무늬를 낳는
　보이지 않는 그 힘에
　생의 탄력을 느낀다

　바람은 살아 있다
　나도 쓰러뜨린다.

—「바람은 살아 있다」 부분

③ 바람 부는 오늘은
　스카프 목에 두르고
　꿈빛 설레는
　거리를 걷자

　예서 제서
　화사한 꽃
　스카프 휘날리며
　봄이 눈뜬 거리에서
　바람 엽서
　주고받자.

—「바람 엽서」 전문

④ 저 푸른 물결 위에
　바람 안고 부풀어 오른 돛폭처럼
　솟구친 돛대처럼

　창의와 순수
　정의감과 희망

　함께 쓰러지고
　함께 일어나면서
　힘 있게 헤쳐간다
　도전의 시간.

—「젊음」 부분

⑤ 오늘은 흐림, 눈물 같은 날들의
　내일은 비, 그리고 갠 하늘 뒤에 숨은
　고통의 폭풍 주의보.

—「장마철 날씨처럼」 부분

⑥ 온몸으로 보듬어 안았던
　그 모든 것 버리고
　흔적도 없이 스러지고

　바람은 오직 바람 소리
　그 누구도 껴안지 못하는
　쓸쓸함뿐인걸

　이슬
　바람
　그리고 나

만질 수 없는
우수의 날개.

―「가짐에 대하여」 부분

⑦ 한가위 달이 차면
　당신은 풍요로운
　가을 바람

　…(중략)…

　바람도 정겹고
　달빛도 정겹고.

―「한가위」 부분

⑧ 그래, 사람들은
　아끼던 모든 것을 두고 가지만

　언젠가는 바람이 되어
　그리운 가슴에
　실려 온다.

―「언젠가는 바람이 되어」 부분

⑨ 내 목에 감겨드는
　한 자락 바람
　구원의 손길.

―「한여름」 부분

⑩ 어디론가 떠나고 싶은
　날들이 있다

…(중략)…

바람 드센 날
머리채 뒤흔드는
버드나무처럼

다 흩어져버리게
불어라 바람아
더 불어라.

　　　　　　　　　　　—「불어라 바람아」 부분


　시집 전체에 관류하는 것은 바람의 현상학이다. 현상학이란 무엇인
가? 헤겔에 의하면 정신의 가장 단순한 현상인 감각적인 확실성으로부
터 여러 가지 의식의 단계를 거쳐 절대지(絕對知)에 이르는 때까지의 발
전 과정을 정신현상학이라고 하지 않던가? 감각 내용에 질서를 부여한
것으로서 바람의 현상에 관한 다양하면서도 깊이 있는 탐구가 시집『우
수의 바람』에 지속적으로 제시돼 있어서 바람에 관한 현상학적 탐구의
한 모습을 보여주고 있는 것으로 여겨진다.

　먼저 시 ①에는 바람이 새 생명을 일깨워주는 요소로서 작용한다. 그
러므로 ②에서 바람은 생성력의 힘으로서 의미를 지닌다. 또한 ③에서
는 생명의 기쁨이나 환희를 일깨워주는 촉매로서, ④에서는 희망과 도
전의 의지적 표상으로서 바람이 제시된다. 또한 ⑤에서는 이와 달리 고
통의 표상으로 제시되는가 하면, ⑥에서는 허무와 쓸쓸함 또는 우수로
서 바람이 형상성을 지닌다. 아울러 ⑦에서는 바람이 풍요로움 또는 정
겨움의 표상으로, ⑧에서는 그리움으로, ⑨에서는 구원의 표상으로 나
타난다. 끝으로 ⑩에서는 방랑과 자유의 표상으로 제시되기도 한다.

　이렇게 본다면 바람은 바로 감정과 이성, 정염과 허무, 구속과 자유,

슬픔과 기쁨, 그리고 죽음과 생성에 이르는 삶의 존재론적 양면성을 상징하고 있음을 알 수 있다. 그러기에 바람은 바로 모든 존재의 형상이며, 인간 삶의 존재론적 현상이자 그 본질적 모습을 표상한 것임이 분명하다. 이 점에서 '우수의 바람'이란 이 시집의 제목은 바로 삶의 근원적인 모습과 그 본성에 대한 존재론적 성찰을 상징적으로 표현한 것임을 알 수 있다.

이러한 모습은 시 「바람 고리」에 압축적으로 표상돼 있다.

> 그건 다만 흐름일 뿐
> 어느 기슭에 스쳐가는
> 노래일 뿐
>
> 떠난다는 건 슬프다
> 잠든 이의 평온함이
> 고요히 가라앉은 목소리로
> 허공에 사무친다
>
> 그러나 남기고 가는 것이 있다
> 이어짐에 얹힌 빛이
> 또 다른 고리가 되어
> 울림을 갖는다
>
> 어제와 내일을 이어주는
> 무한 공간의
> 바람 고리.
>
> —「바람 고리」 전문

이 시에는 흐름이 존재, 떠남과 사라짐의 존재로서 삶의 시간적 존재론이 제시돼 있다. 그러면서도 삶이 현상적인 면에서 생성과 소멸을 계속하지만 본질적인 면에서 "어제와 내일을 이어주는/무한 공간의/바람고리"처럼 인류 생명으로서는 영속적인 것임을 선명하게 제시함으로써 인간 긍정의 철학으로 나아가게 된다.


## 5. 깊은 '울림의 시학'을 향하여

이렇게 본다면 김후란의 시는 삶에 관한 존재론적 성찰을 바탕으로 하여 바람의 현상학적 탐구를 지속해온 것으로 보인다. 여기에는 삶의 온갖 고단함이며 기쁨, 슬픔, 고통, 탄식, 울분, 갈망, 고독, 허무 그리고 사랑의 모든 흔적이 아로새겨져 조용히 바람처럼, 물결처럼 흔들리고 있는 것으로 보인다. 그만큼 삶에 대한 깊이 있는 성찰과 의미 부여, 그리고 진지한 모색이 펼쳐져 있다는 뜻이 되겠다.

그렇다면 그의 시가 궁극적으로 지향하는 것은 무엇일까? 한마디로 우리는 그것을 자유에 대한 갈망이라고 할 수는 없을 것인가?

> 물보라 위로
> 일제히 날아오르는 새 떼
>
> 창공에 찬란하게
> 물방울 퉁기는 날갯짓
> 시간이 깃털 속에 숨는다
>
> 날면서 잠자는 새가 있듯이
> 눈 감고 거친 세파

건널 수 있다면

나도
바다새가 된다면.

—「나도 바다새가 된다면」 전문

　그의 시에 지속적으로 제시돼 있는 것은 삶의 소중함이며 육신의 고달픔이다. 그러기에 60년의 생애, 35년의 기나긴 시 삶에서 그가 바라보게 된 것은 저 바다 하늘을 나는 새의 모습으로 드러난 영원에의 동경, 자유에의 갈망이라고 할 수 있을 것이다.

　이제 갑년을 맞이하고 또 통과시키면서 그의 삶과 시는 새로운 시기로 접어든다. 그의 시가 지닌 본성으로서 고요한 사랑과 평화, 그리고 진실과 자유 지향성이 더욱 깊어짐으로써 우리의 가슴에 조용하고 깊은 울림을 오래도록 던져줄 것을 희망한다.

김현자

# 바람의 영속성과 내면적 탐구

1

김후란은 60년대 초에 『현대문학』지를 통해 문단에 등단한 중진시인으로 『장도와 장미』 『음계』 『눈의 나라 시민이 되어』 등 여섯 권의 시집을 펴낸 바 있다. 『우수의 바람』은 이 시인의 일곱 번째 시집으로써 깔끔하고 단정한 이미지와 절제된 언어 의식을 보여준다. 젊은 시인들의 형태 파괴적인 실험시와 해체의 기법들, 대중문화와 대중매체로부터 생성된 비속어, 은어, 유행어로 요설의 시들이 넘쳐나는 이 시대에 이러한 고전적 태도는 귀하게 다가온다. 그것은 절제가 지니는 힘 때문인 것으로, 넘쳐나는 모든 것을 과감히 떼내고 생략함으로써 긴장의 힘을 획득하는 것이다.

이 시집의 제목이자 57편 전편에 부제로 붙어 있는 「우수의 바람」은 이 시인의 지향성을 잘 보여주고 있다. 시인에게 있어 바람은 이중적인 속성을 지니고 있는데 이는 삶이 지닌 양면적 성격과 연결된다. 인간들이 지니고 있는 모순과 갈등의 세계는 생성적이면서도 파괴적인 바람의 이중적 열정과 연관되어 이 시집에서 독자의 주의를 통일하고 구속하는 중요한 기능을 하고 있다. 바람 앞에 붙어 있는 관형어인 '우수(憂愁)'는 우리들 인간세계를 둘러싸고 있는 슬픔과 고독감, 소외감 등을 상징하는 것이다. 시인 자신의 말에 의하면 "인생 희로애락이, 사랑도 미움도 종국에는 쓸쓸함에 연결되는 것"으로 언급되고 있다. 이러한 쓸쓸함은 생이 주는 존재론적 비애에서 비롯된다. 소멸과 상실에 대한 성찰이 '우수'를 만들어내고 생의 무게가 자아를 작게 만든다. 이 자아의 작아짐은 두려움과 고통 섞인 동경으로 우리를 둘러싼 세계를 보게 하고 있다.


## 2


바람의 이미지는 이 시집 전체를 끝까지 관통하는 중심어로서 시인의 자아 의식과 맞물려 끝없이 변용과 갱신을 거듭한다. 생명의 낙하, 떠남, 소멸과 상실 등의 죽음에 대한 시선에서 출발하는 김후란의 시적 발상은 그 소멸을 해결하는 방법에 있어서 해체와 부정 끝의 우주적 확장과 연대(連帶)라는 바람의 속성에 근원을 두고 있다.

자아의 해체에 대한 적극적인 수용은 죽음과 파괴의 부정적인 양상으로 보이지만 결국은 역설적이게도 정화가 지닌 커다란 생명의 재탄생과 상응한다. 자아의 내밀한 응시는 바람이 지니는 유동성과 혼돈스러운 열정을 만나면서 비로소 존재의 확장과 마주친다. 바람이 지닌 혼돈의 요소는 해체와 부정으로 무화된 자아에 빛깔과 무늬를 입히고 움직임을 부가하며, 바람에 의해 사물은 온갖 몸짓을 시작한다. 이 몸짓은 활발한 운동성을 지니고 있는데 이를 가능케 하는 것은 이 시인의 세계와 자아와의 적극적인 대면에서 비롯되는 생의 긴장과 탄력이다. 이 대면은 응축된 자아를 확장시켜 우주를 자신의 가슴으로 받아들이는 경지에까지 이르게 한다.

보이지 않는 곳 어디에서나
생명은 모두
제 몫의 아름다움으로 빛난다

―「너의 빛이 되고 싶다」 부분

빛깔과 무늬를 낳는
보이지 않는 그 힘에
생의 탄력을 느낀다

바람은 살아 있다
나도 쓰러뜨린다.

―「바람은 살아 있다」 부분

바람은 살아 있음을 확인시켜주는 것이다. 바람이 수반하는 고통이라든지 슬픔이라는 것은 오히려 자기의 진정한 실체를 만나게 해주는 것이다. 바람에 흔들리는 사물들은 그 흔들림을 통해 자신의 생명을 자각하는 것이며 이러한 생명의 자각은 우리들 삶에 새로운 긴장과 신선한 꿈을 불어넣어준다. 아주 하찮은 사물까지도 각각 자기와 만나고 있다는 확인은 곧 자기의 생명에 대한 것이며 김후란의 긍정적 세계관은 자아의 존재론적 확장을 가능하게 한다.

이러한 자아의 확장은 너무 높게만 느껴지던 저 산이 "어인 일로 이제 마음껏 품어지는/내 고향 산"이라 말하는 것을 가능하게 한다. 또한 바람의 이미지와 물과 결합하여 변용된 '바다'는 젊음이 지닌 고뇌와 중년의 깊은 성찰을 함께 지니고 시간과 공간의 경계를 넘어 무한히 확장되는 의식으로 나타난다. "푸른 물결", "깊은 골" 등의 시어에서 나타나듯이 이 시인의 상상력은 좌우, 상하, 전후의 공간의 삼원소를 포함하면서 우주적 확장으로 나아가는 것이다. 확장을 일으키는 것은 이미 지적한 바람의 유동성 때문이지만 바람이 지니는 '고리', '굴레'적 성격과도 연관이 된다. 이 고리는 부정적 의미의 속박이 아니라 과거와 현재, 이 것과 저것, 소멸과 생성과 같이 모든 대립되는 항들을 하나로 묶어 들여 의식의 새 지평을 열게 하는 우주적 확장의 매개체이다. 이는 개인적으로는 상처 지닌 사람들 간의 연대, 어제와 내일의 연속으로 나타나며 사회적으로는 평화와 사랑에의 지향을 의미한다. 결국 소멸과 생성이 거듭되는 인간의 비영속성의 비애 뒤에 커다란 영속성의 원리가 숨어 있음을 시인은 발견한 것이다. 이 영속성을 시인은 '바람 고리'라는 자신만의 독특한 이미지로 형상화하고 있다. 바람 고리는 시간과 공간을 이어주고 사람들 사이의 연대감을 형성한다.

> 모든 것이 바람 따라 흘러가고
> 지상에는 잠 깬 뒤척임
> 집집마다 창이 열린다
>
> 의식의 밑바닥에서
> 어제 불던 바람과 내일 부는 바람이
> 고리를 엮는다
>
> ─「바람 부는 날」 부분

> 그러나 남기고 가는 것이 있다
> 이어짐에 얽힌 빛이
> 또 다른 고리가 되어
> 울림을 갖는다
>
> 어제와 내일을 이어주는
> 무한 공간의
> 바람 고리.
>
> ─「바람 고리」 부분

살아가는 재미는
이어짐에 있구나

—「새 생명」 부분

바람과 함께 이 시집에 자주 등장하는 이미지는 '베일'이다. 베일의
이미지는 '커튼', '레이스 장갑', '안개', '산 그림자', '그늘 짙은 숲' 등의
제재로 혹은 '맴도는', '풀리는', '젖어드는', '감겨드는', '숨는' 등의 서술
어로 나타난다. 베일은 실체를 어슴푸레하게 가림으로써 눈을 감을 때
비로소 영혼의 눈이 트이는 것과 같은 이치로 우리의 시야를 확장시킨
다. '감춤'과 '비껴섬'의 미학은 한 노(老)시인의 손에 끼워져 있는 '레이
스 장갑'을 통해 세월이 가지고 온 늙음을 비실체화시킴으로써 정갈함
과 품격으로 느끼게 만든다. 그것은 종종 삶의 슬픔, 쓸쓸함, 어지러움
으로 비실체화되어 생애의 정면 대결을 비켜가게도 하지만 오히려 삶의
근원적인 것에 연결될 수 있다.

우리 부부
그 등 뒤에서
산 그림자 되어 걸어간다

—「세월」 부분

은혜로움 가득한
첫여름 새벽

눈뜨는 것 모두가
부드러운 눈길이네

이승과 저승이
한 잎 물 위에 뜬

연잎처럼 가까운데

물 위에 펼쳐진
저 하늘만큼
큰 가슴이기를 빌며

고요히 눈 감고
고단한 삶의 언덕을 보네

비틀거림 없이
물밑도 보고 싶네.

—「어느 여름날」부분

　고요히 눈을 감는 행위는 일차적으로는 폐쇄, 정지의 이미지와 연관
된다. 하지만 이것은 생의 질곡 속에서 현실과 외계를 거부하고 주체 내
부로 향하려는 행동이다. 이 '눈 감음'과 '감춤'은 무한한 '자아의 눈뜨
기'와 연결되어 '고단한 삶이 언덕'이란 생의 조건과 '물밑'으로 비유되
는 무한하고 영원한 원초적 세계에 대한 지향이기도 한다.

　김후란의 시에는 삶의 적막감 속에서 깨닫는 부드러움과 아름다움에
대한 깨우침이 있다. 바람은 억압과 해방의 양면성을 지닌 원소로서 시
인은 다양한 바람의 상상력을 따라가면서 나와 세계의 관계에서 사랑의
회복을 꿈꾼다. 이 변화 많은 시대에 그것은 때로 너무도 소박하게 느껴
지지만 나무와 새, 별과 강물, 고향과 어머니, 가족과 집 등 따뜻한 평화
의 자리와 결부되어 있고 깊이 있는 서정성에로 나아가고 있다.

정한모

# 문화적인 치적과 인간 면모
# 시적으로 승화시켜

김후란 서사시 『세종대왕』

한국문화예술진흥원에서 기획 발간한 『민족문학대계』(전 18권)의 제
18권에 실린 김후란 서사시는 역사적으로 문화적인 치적이 가장 빛나는
세종대왕에 대한 찬가(讚歌)로서 제1부(서장), 제2부(중장), 제3부(종장)
으로 나누어져 있다.

서장 「어질고 현명한 임금 나시니」에서 조선조 제4대 세종대왕의 등
극으로부터 시작하여 세종의 중요한 치적(治績)을 추려가며 이를 기리
고, 중장에서 더욱 주요(主要)한 공덕을 따로 독립시켜 「예(禮)로써 큰 별
을 세우시다」와 「칠 년 가뭄 이겨내다」로 나누어 노래하고 있다.

특히 주목되는 것은 세종의 위대함을 그의 치적에서만 보지않고 인간
으로서의 세종의 면모를 통해서 부각시키고 있는 점이다. 중장의 「한 쌍
의 원앙새」에서는 왕비 소헌왕후(昭憲王后)와의 부부애를, 「비단 끈의 노
래」에서는 비오리와의 뜨거운 사랑을 노래하고 있다.

임금은 하늘같이 높으시니
이 몸은 한 발도 다가설 수 없습니다

노래를 청해놓고
노래에 취하여 잠이 드신 임이여
이 몸은 노래로 임의 곁에 가지만
잠든 임은 아직도 잡은 끈을 놓지 않으시니
꽃은 피었다가 지고 나면 그뿐
향기도 머물지 않는 것입니다
지기 전에 꺾기를 저어하신다면
잡은 끈을 놓으소서

이 몸은 작은 새
임께서 던진 끈을 입에 물었습니다
무지개 빛깔로 현란한 비단 끈에
단단히 매였습니다
임이 잡아당기면 끌려가고
임이 놓으시면 날 것입니다
임께서 놓지 않으시면
이 몸은 날 수 없습니다
천 리 길 바다로 떠내려갑니다

…(중략)…

내 귀여운 새
아리잠직 어여쁜 비오리
숲을 돌아 들려오는 청아한 목소리
그대 바라보면
내 눈이 맑아지고
그대 노래 나를 위로하네
고달픈 날이 저문다 해도
그대가 타는 거문고
내 가슴에 꿈이 되나니
보내고 싶지 않아라

인연의 끈을 놓고 싶지 않아라
진정 가슴 찢기는
아픔이 오네

그대는 나에게
불의 끈을 안겨주고
이제 이별의 잔 안겨주니
나는 또다시 허무의 사슬에
매이노라

인용이 길어졌으나 이 「비단 끈의 노래」는 중장에서의 주요한 장을
이루고 있을 뿐 아니라, 역사적 사실의 나열보다 훨씬 현실감 있는 감
동적 요소를 지니고 있다. 그것은 객관적 서술이 아니라 주인공 세종과
비오리의 둘 사이에서 화창(和唱)하는 연가(戀歌)로서 구성되어 있기 때
문이다.

이러한 작품은 음악과 만나면 가극(歌劇)으로도 충분히 재편성될 수
있을 것이다. 역사를 소재로 한 장시에서 이와 같은 서술 시점의 변화는
작품을 더욱 생동감 있게 해주는 점에서 필요한 방법이 아닐 수 없다.

제3부(종장)에서는 「한글, 그 빛나는 창제」를 테마로 세종의 주 업적
을 노래하고 있다. 여기에서도 역사적 사실을 객관적으로 서술하고만
있지 않다. 주관·객관의 시점이 필요에 따라 교차되면서 표현 효과를
거두고 있다.

집집마다 효행 심고 때맞춰 농사짓기
알기 쉬운 우리말 우리글로 일깨우고
죄 지은 이에게 죄목 가르침에
누구나 알 수 있는 우리글로 적어서

바로 알아듣고 따르기로 한다면
그릇 형벌받는 억울함 없으리니

마음에 구름 덮인 답답함을 지우리라
눈과 귀 침침한 안개를 거두리라
가슴 펴고 걸어갈 밝은 새 길 내리라


이것은 한글 창제의 취지를 밝히는 세종의 뜻이거니와 그런 만큼 세종의 말씀으로 서술하고 있다.

용어를 쉬운 우리말로만 엮어나가는 세심한 배려도 엿보인다. 세종의 업적 중에서 가장 빛나는 일인 한글 창제를 마지막 장으로 재강조하면서 그 정신과 의의(意義), 그리고 그 기능에 대하여 이렇게 쉬운 표현으로 노래하기란 오히려 얼마나 어려운 일이었던가 짐작이 간다.


아버지를 아버지라 쓰고
어머니를 어머니라 쓰고
하늘과 땅과 물과 풀은
하늘과 땅과 물과 풀로
떳떳이 쓰고 읽고 남길 수 있으니
이 아니 좋으랴
이 아니 좋으랴

…(중략)…

사랑하는 얘기도 마찬가지리
서로를 이해하고 그리워하는 얘기를
가슴에 담긴 대로 옮겨 적어 전하라

정서(情緒)와 관념이 시의 본질을 지배하면서 서정시(抒情詩, 短詩)와 장시의 차이를 구분하는 데 크게 작용하고 있는 만큼, 장시(長詩)가 대체로 관념 쪽으로 기울어지기 쉬운 것은 당연한 일이 아닐 수 없다. 그런데도 『세종대왕』에서는 정서에 대한 관심도 소홀히 하지 않고 있다. 이러한 관심도가 이미 사실(史實) 자체로 확연하게 보편화된 주제를 시로 재편성하는 데 크게 기여하고 있어 장시의 어려움을 성공적으로 극복하고 있는 것이다.

오승희

# 삶, 그 위대성과 강인함

김후란 장편 서사시집 『세종대왕』

## 1. 서사시의 불모지에 꽃피운 서사시

장편 서사시집 『세종대왕』은 역사적 사실에서 발상하여 세종대왕의 전기적인 측면, 왕업과 치적 그리고 한글 창제라는 위업들을 중심으로 형상화한 사시적(史詩的) 성격을 띠고 있다. 이 시집은 사실에 충실하면서 동시에 그 사실을 보다 높은 곳으로 이끌어 올려 고양시키는 미적 감미로움이 있다. 그러나 일부러 미화하기 위해 과장한다거나 윤색하는 각색미를 배제하고 역사적 사실에 충실하면서도 이를 시적으로 형상화해내는 데 성공함으로써 이 땅의 서사시의 불모성을 탈피하는 데 기여하고 있다.

특히 이 시집에서 돋보이는 부분은 역사적 사실에만 충실한 것이 아니라 인간적 고통과 고뇌는 물론 심오하고도 과단성 있는 선구자 정신과 인간미까지 통찰하여 시에 담고자 한 점이다. 이 점에서 서사시집은 단순한 사시(史詩)의 한계를 극복하고, 역사적 사실과 함께 인간 탐구라는 이중적 탐색으로써 현대적 의미의 서사문학을 제시했다고 할 수 있다.

이 시집의 또 하나의 특색은 서시(序詩), 본장(本章), 종장(終章) 3부로 나뉘는 서사시의 기본 형식을 따르면서 초, 중, 종장의 시조적 형식을 갖추고 있다는 점이다. 이를 보다 구체화하면 제1부인 초장은 세종의 탄생과 평생을 바쳐 성취한 빛나는 업적들을 총체화한 전기적 일대기이고, 제2부인 중장에서는 조선조 제4대 임금으로 즉위한 세종의 선각적 의지와 고매한 인품으로 이룩한 폭넓은 치적을 형상화하고 있다. 그리고 제3부인 종장은 세종의 대업인 한글 창제의 높은 정신을 기리는 시로써 대단원의 막을 내리고 있다.

이러한 구성은 종적으로는 역사적 통시성을, 횡적으로는 다양한 업적을 교묘히 교직함으로써 한 질서로 엮어낸 일종의 절창이었다.

이를 보다 구체화하기 위해 초, 중, 종장의 순차를 좇아 조명해보기로 한다. 먼저 제1부 초장에서는 세종의 일대기인 한 위인의 탄생과 그가 남긴 업적을 집약적으로 체계화한 시를 제시하고 있다.

> 낮은 언덕도 들보다는 높아라
> 뻗어나갈 줄기 속 크고도 높은 산이야
> 나라에 성군 나심을
> 하늘의 서기(瑞氣)가 일러주고 있었다
> 그 이름 빛부신
> 세종대왕

「어질고 현명한 임금 나시니」의 2연에서 볼 수 있듯이 '성군 나심'과 '하늘의 서기'로 세종의 탄생을 찬양, 신성시하고 있는데 이는 성군의 탄생을 미화하기 위한 장식적 서두라고 볼 수 있다.

이어 성군의 치적들이 제시되고 있는데 '왜구의 소굴 대마도 정벌'과 '오랑캐 토벌' '육진 설치' 등 국방과 '하늘의 자연법칙' '측우기' '일식 월식의 관찰'에서 볼 수 있는 과학, 천문 그리고 '수리 사업 농서 편찬' '활판인쇄술' '예악' '편경' '집현전' '용비어천가' '석보상절'에서 볼 수 있듯이 학문과 예술에 이르기까지 성군의 지혜를 발휘했음을 알게 해준다. 이중에서도 가장 큰 위업으로는 한글 창제를 제시하고 있다.

> 그중에서도 가장 눈부신 업적은
> 위대한 한글 창제이시니
> 이로써 온 백성 눈뜬 참주인 되어
> 장엄한 새 역사의 장을 열었도다

왕업의 여러 빛나는 업적들은 각 분야에 걸쳐 일일이 열거 사시화(史詩化)하면서 역사적 사실에만 충실하지 않고 세종의 내면계를 투시하여 나라 사랑, 백성 사랑을 따뜻한 민족애로 승화시킴으로써 사실의 기록을 넘어선 감동의 기록으로 시적 진실을 획득해내고 있다.

제2부 중장에서는 왕업 중심의 치적에서 발상하여 왕의 어지심과 인자사힘, 칠 년 가뭄을 이겨낸 나라 사랑, 그리고 부부애와 한 인간으로서의 사련(私戀) 등을 담아 따뜻한 휴명을 읽게 해주고 있다.

> 세종은 새 임금
> 새롭고 착실한 정치를 원했다
> 그 정신은 백성을 위한
> 민본(民本)에 있음이며
> 역사의 아름다운 전통
> 바르게 이어가려 함이었으니
> 학문하는 임금의 깊고 깊은 사려가
> 민심을 사로잡았다

「예(禮)로써 큰 별을 세우시다」의 9연에서 볼 수 있듯이 새 임금으로서의 세종의 치세, 민세, 학문 등에 걸친 어질고 인자한 성군의 면모를 보여주고 있다. 이외에도 '효'와 '삼강행실' '왕세자 폐위' 등에서 볼 수 있는 정신적 덕목을 통한 치도(治道)와 심도(心道)의 병행이 보여주는 현실적 삶과 정신적 삶을 중시함으로써 성군의 또 다른 면모를 읽게 해준다.

그런가 하면 다른 한편으로는 백성과 함께 고통을 나누시는 나라 사랑, 백성 사랑의 면모를 보여주기도 한다.

하늘도 마침내 기리도다
태종 제사날
후두둑 후두둑
후박나무 잎사귀에
소리도 요란스레
굵은 빗방울 내리었다

고마워라 태종우(太宗雨)
늘어진 어깨 시든 꽃 죽은 나무에
가슴 트이게 생명수 쏟아지다
마침내 칠 년 가뭄
매듭이 풀리도다

「칠 년 가뭄 이겨내다」의 5연에서 볼 수 있듯이 수라상 물리치고 '미음으로 연명하며/백성과 더불어 고난을 함께'한 나라 사랑, 백성 사랑을 읽을 수 있게 하는데 이것은 성군의 치적 외의 인간적 따뜻함을 나타내주는 일면이 된다. 이러한 백성 사랑은 자상한 부부애로 드러나기도 한다.

아내여 중전이여
나를 떠나지 못하리라
그대는 나의 배필 내 목숨이니
그대가 아프면 나도 아프고
그대가 울면 나 또한 울리
두 샘이 모여서 한 내(川)가 되듯이
우리는 한 몸 한마음이요
비바람 몰아쳐도
그대 잡고 놓지 않으리라
그대 잡고 놓지 않으리라

「한 쌍의 원앙새」의 5연에서는 지극한 부부애를 드러내주고 있다. 또
이러한 부부애로서의 인륜적 사랑은 사련(私戀)의 애틋한 서민적 애정으
로 표출되기도 한다.

구중궁궐 열두 대문
저 담은 높아라
맺지 못할 인연은
아득하여라
그대와 잡은 끈
무지갯빛 비단 끈을 놓으리라
그대와 잡은 끈
이 무지갯빛 비단 끈을 놓으리라

「비단 끈의 노래」의 16연에서 볼 수 있듯이 맺어질 수 없는 애련한 사
련을 읊고 있다. 이를 역으로 해석하면 왕이기 전에 한 인간으로서의 애
정에서 부부애, 부부애에서 백성 사랑으로 확대되어가는 사랑의 궤적을
그리면서 세종의 따뜻한 휴먼을 보여준 것이라 할 수 있다.

끝으로 제3부 종장에서는 위대한 훈민정음 창제의 역사성과 높은 창제 정신의 정신 차원을 발상으로 한 시를 제시하고 있다.

정치 경제 과학 국방
문화 예술 의학 교육
그 어느 분야 새롭고 뛰어남 아닌 게 없지만
그중에도 가장 위대한 성업(聖業)은
오늘에 이르러
더욱 빛나는
오, 훈민정음 창제이시니

세종 28년
하늘도 짙푸른 9월
훈민정음 마침내
천하에 반포하시다

「한글, 그 빛나는 창제」 일부에서 볼 수 있듯이 훈민정음 창제의 성업과 이 성업으로 눈 열리고 귀 열린 백성들의 참 삶으로 이어지는 역사적 의의까지를 형상화하고 있다. 그리고 서사시집 『세종대왕』은 이렇게 끝을 맺고 있다.

영명하신 성군
그 이름 빛부신 세종대왕
거룩하셔라 온 겨레
흠앙(欽仰)하는
세종대왕.

결론적으로 말하자면 이 시집은 서사문학의 불모지인 이 땅에 새로운 서사시의 가능성을 일깨워주고, 동시에 시로써 이를 실천하여 보여주었다고 말할 수 있을 것이다.

신진숙

# 서정의 지평과 주체

김후란, 『따뜻한 가족』

서정의 시작과 끝은 무엇인가. 서정이라는 지평은 삶의 지평과 어떻게 다른가. 기실 이 우주에서 모든 끝은 영원한 시작이다. 삶과 죽음, 시작과 끝, 없음과 있음, 나와 너 사이에 영원한 분리와 분별은 존재하지 않는다. 누군가는 이 모든 일들을 순환과 주기로 읽고, 서정은 바로 여기에서 출발한다고 믿는다. 또 누군가는 인간과 우주, 그리고 언어가 만들어내는 서정의 세계가 처음부터 이처럼 끊을 수 없는 시간의 흐름과 관계의 원환 속에서만 출발한다고 생각한다. 또는 서정적 느낌과 사유를 우주적 리듬으로 이해하기도 한다. 이것이 서정을 삶에 대한 수사로만 읽을 수 없는 이유일 것이다. 서정은 세계가 숨긴 진정한 차원들을 의미화한다. 서정의 언어는 모든 사물과의 조응이며, 인간과 우주의 통로이기 때문이다. 이것은 서정이 숨 쉬고 있는 공기가 결코 단순하지 않다는 뜻이다.

그렇다면 서정은 누구의 이야기인가. 물론 기본적으로 서정은 시인의 주관에서 출발한다. 그러나 서정은 이러한 개별적 주관을 보편적 개별성으로 만드는 힘을 지닌다. 그것은 말하자면 서정의 주체가 일의적인 주관에 머물 수 없다는 것, 다시 말해 하나의 고정된 정체성으로 국한할 수 없다는 것을 의미한다. 가령, 그것은 알랭 바디우가 『사도 바울』에서 진리의 과정이 "정체성을 지향하는 것들 안에 닻을 내릴 수" 없다고 말한 것과도 비슷한 이치다. 그는 말하길 "모든 진리가 개별적인 것으로서 돌발하는 것이 사실이라면 그것의 개별성은 즉각 보편화될 수 있"으며, "보편화할 수 있는 개별성은 필연적으로 정체성을 추구하는 개별성과 단절한다"(27쪽)고 말한다. 서정의 주체 역시 그러하다. 서정이 세울 수 있는 서정적 진리 과정이란 단순한 하나의 정체성에 국한되지 않는다. 서정이 지닌 진정한 중심이란 탈중심이다. 이것은 서정의 주체에 대한 한결같은 논제이기도 하다. 말하자면 서정시인은 자신의 이야기를 출발점으로 삼지만, 그와 동시에 자기를 잊어야만 한다. 그렇지 않다면 서정이 줄 수 있는 감동의 자리는 매우 적다.

김후란 시인의 최근 시집 『따뜻한 가족』을 이러한 서정의 지평과 주체라는 차원에서 새롭게 읽을 수 있을까. 그것은 쉽지 않다. 그것은 그녀가 걸어온 문학의 도정을 모두 검토하지 않으면 안 되는 일이다. 수십 년간 그녀가 세워온 문학이라는 이름을 단 몇 문장으로 압축하는 것 역시 쉽지 않다. 그러므로 이 글은 김후란 시인의 시가 걸어온 서정의 지평과 의미를 현재적 관점에서 묻는 일에 국한할 것이다.

김후란 시인의 이번 시집에서 두드러지는 것은 '가족'의 의미이다. 기실 현대 문명 속에서 가족은 상투적으로 재발견되어왔다. 지금도 가족은 스크린 속으로, 서사 속으로, 그리고 시 속으로 끊임없이 다른 얼굴을 하고 되돌아오고 있다. 이와 같은 가족의 재발견은 문명에 대한 치유라는 대안적 의미를 지닌다. 그러나 이는 어떤 의미에서 문명 안에서 가족이 위협받고 있음을 더 분명하게 반증하는 부분이 아닐는지. 기실 근대 이후 가정은 사적 영역으로 이해되어왔다. 즉, 공적 영역에서 겪어야 하는 경쟁과 불안을 해소하고 심신을 회복하는 친밀성의 독보적인 영역으로 간주되어왔던 것이다. 그러나 사적 영역으로서의 가족은 언제부터인가 이러한 기능마저 상실하고 만다. 가족은 더 이상 삶의 가치들이 존속하고 유전하는 공간이 아니다. 심각한 분열과 균열이 존재한다. 아울러 그것은 가족에 대한 자본주의적 향수와 뒤얽힘으로써 이 문제를 보다 복잡한 지형 속으로 끌어들인다.

그럼에도 한 시인이 추구할 수 있는 가족에 대한 가치는 여전히 중요하다. 시인들은 삶의 원형을 가족 속에서 재발견한다. 그들은 가족을 통해 순수한 삶의 첫 순간으로 돌아가고자 한다. 가족은 모든 것이 변화하는 가운데 변하지 않는 가치를 의미한다. 말하자면 그 가치란, 사랑이다. 즉, 가족은 사랑의 출발지이자 원형이다. 이는 레비나스가 말하는 에로스의 핵심에 근접한다. 나라는 존재는 타자라는, 절대적으로 다른 존재를 사랑함으로써, 비로소 가족이라는 하나의 이름을 얻는다. 김후란 시인의 시 「따뜻한 가족」과 일련의 가족에 대한 사랑은 바로 이러한 의미를 지닌다. 그렇다면 그녀에게 가족의 의미는 무엇인가.

하루해가 저무는 시간
고요함의 진정성에 기대어
오늘의 닻을 내려놓는다
땀에 젖은 옷을 벗을 때
밤하늘의 별들이 내 곁으로 다가와
벗이 되고 가족이 된다
우연이라기엔 너무 절실한 인연
마음 놓고 속내를 나눌 사람
그 소박한 손을 끌어안는다
별들의 속삭임이 나를 사로잡을 때
어둠을 이겨낸 세상은 다시 열려

나는 외롭지 않다
언젠가는 만날 날이 있을 것으로 믿었던
그대들 모두 은하(銀河)로 모여들어
이 밤은 우리 따뜻한 가족이다.

— 「따뜻한 가족」 전문

김후란 시인이 생각하는 가족은 부재하는 존재에까지 그 시선이 확대된다. 진정한 의미의 가족이란 혈연적 나눔을 중심으로 하지 않는다. 혈연적 정체성은 다양한 가족의 구성 방식 중 하나일 뿐, 가족을 이루는 전부는 아니다. 가족을 가족으로 묶는 것은 피라는 붉은 액체와 그 속에 존재하는 유전이 아니다. 가족은 물질적 동일성이 아닌, 공감과 공유의 타자적 연대를 통해 만들어진다. 즉, 가장 친밀한 공동체 단위인 가족은 울타리를 칠 수 없다. 타인이라 할지라도 그들은 어떤 의미에서 모두 가족이다. 시인이 "우연이라기엔 너무 절실한 인연"이라 부르는 존재자의 이어짐이 가족의 본질이다. 시인은 이 이어짐의 회복, 소통의 시작만이 "어둠을 이겨"낼 수 있는 힘이 된다고 말하는 듯하다. 외로워도 진정으로는 "외롭지 않"은 이유가 여기에 있다. 가족, 그것은 시인이 말하는 문명에 대한 치유와 희망의 조건이다. 그것은 무슨 거대한 이야기가 아니다. 우리가 살아가고 있는 이 일상 속 가족들의 사랑 속에 희망이 존재하는 것, 그 작고 작은 깨달음에 관한 이야기인 것이다.

환언하면, 김후란의 시는 나라는 존재가 다른 타자들과 함께 살아간다는 일상에 대한 소박한 깨달음에서 출발한다. 우주 안에서는 모든 존재자가 하나다. "언젠가는 만날 날이 있을 것으로 믿었던/그대들 모두 은하(銀河)로 모여들어" "따뜻한 가족"이 되는 것처럼. 그것은 꽃들을 바라보며, "누구 가슴 딛고 피어난/꽃들이기에/저리 애잔한 숨결이런가"(「꽃의 눈물」)라고 묻는 순간 더욱 분명해진다. 꽃이 피어남은 누군가의 땅을 딛고서만이 가능한 것처럼 모든 존재자는 서로에 대한 상처와 희생 속에서만 진정으로 하나의 생명이 되는 것이다. 즉, 가족 곁으로 돌아간다는 것은 더 큰 의미에서 자연과 우주의 한 부분으로 돌아감을 뜻한다. 서정이 취할 수 있는 진리가 만일 존재한다면, 그것은 이러한 사실들을 깨달아가는 '과정' 그 자체일 뿐이다.

따라서 가족의 의미는 '나'이자, '너'인 존재들, 곧 타자인 이웃으로 확대된다. 즉, 시인은 가족의 의미를 타자와의 연속성으로 이해하기 시작한다. 가족은 나라는 정체, 나라는 영토 혹은 소유로만 인식할 수 없다. 가족을 이룬다는 것은 곧 타자라는 이웃을 사랑한다는 것이다. 마치 "농부는 소를 의지하여/소는 농부를 의지하여"(「농부와 소」) 살아가듯, 나와 네가 서로를 의지하여 살아가는 풍경이야말로 진정한 의미에서 가족의 구현인 것이다.


서울에선 그리도 멀었던
밤하늘 별들
시베리아 벌판에서
몽골 고원에서
어찌 그리 큰 별들이 쏟아지던지
별들은 어디서나 존재하련만

급행열차였네 내가 탄 인생열차는
빠르게 사라지는 풍경들
다시 볼 수 없지만
그 세계는 여전히 존재하듯이

시간은 은하수로 흐르고
나는 어느 길로 왔던가 돌이켜보네

그러나 고독한 숲을 지날 때
혼자이면서 혼자가 아니었네
말없이 등불 밝혀준 분 있기에
담 허물어 나무를 심는
훈훈한 이웃이 있기에

인생은 너무 빨리 지나가 서운하지만
사라지는 모든 것이 별이 되어 빛나고
어디선가 또 불꽃놀이가 한창이네
아이들 웃음소리도 여전하네.

—「사라지는 모든 것이」 전문

김후란 시인의 위 시는 사라져가는 것들에 대한 잔영과 아름다움을 언어로 담아내고 있다. 흔적으로 돌아가는 모든 것들이 최후의 빛을 다해 다른 존재들로 흡수되어가는 순간들이 그려진다. 그것은 문명의 시각으로 본다면 한없이 덧없다. 만일 아름다움에 대한 개념이 있다면, 그것은 아마도 이런 사라짐과 관계 있지 않을까. 적어도 서정의 미학성이란 이처럼 사라지는 것들을 바라보는 동안 생겨난다고 나는 생각한다. 아름다움이란 지금 이 순간에도 부재를 향하여 가는 것들과 함께한다. 그것은 매순간 사라지는 삶의 진정한 의미를 묻는다. 사라짐으로써 제존재의 빛을 밝히는 언어들을 향하는 것이다. 그렇다면 아름다움이란 일종의 부재에 대한 감각이 아닐는지. 존재할 수 없는 것을 감각하고 기억함으로써 시인은 아름다움을 사유하게 한다. 시가, "사라지는 것을 위하여"(「향을 피우다」) 묵상하는 일에서부터 시작되는 것은 바로 그 때문이다.

서정이 만일 이처럼 사라짐에 대한 감각이라면, 서정은 어떻게 사라지는 것들을 말할 수 있는 것일까. "급행"으로 스쳐 지나가는 오늘의 삶을 움켜줄 수 있는 것은 무엇 때문인가. 그리고 어떻게 문명과는 다른 이야기를 시작하는가. 그것은 서정이 지닌 사유의 속도, 그 느림에 있다. 기실, 서정의 언어가 "빠르게 사라지는 풍경들", 즉 문명의 속도만큼 빠르게 사물을 흡수하거나 장악할 수 없다는 것은 하나의 맹점이다. 그러나 바로 이 맹점이 서정의 본질이다. 즉, 서정은 느리게 사물을 봄으로써, 풍경의 본질을 알아낼 수 있다. 현상들 속에 담긴 본질적인 형상의 의미들을 끄집어낸다. 말하자면, 서정의 느림은 의도된 늦춤이다. 서정은 세상을 더 보고, 이해하기 위해 사물들을 지연(遲延)시킨다. 역설적인 것은 이러한 지연의 말들 속에서 시인은 세상 어떤 것보다도 빠르게 사물의 본질에 육박해 들어간다는 사실이다. 일상적이고 정상적인 사물의 속도와 사유의 속도를 어긋나게 함으로써 미처 볼 수 없었던 사물의 중핵들을 보게 한다. 일테면, 김후란 시인이 나라는 존재의 의미를 나 자신에게 묻지 않고, 타자 속에서 물을 때 그러하다. "고독한 숲을 지날 때" "말없이 등불 밝혀준 분", "담 허물어 나무를 심는 훈훈한 이웃"들이 있지 않다면 나라는 존재은 불가능하다. 가족의 동일성이나 정체성이 거의 중요하지 않았던 것처럼, 존재는 눈에 보이지 않는 수많은 이웃들과 함께 있음을 깨달을 때, 삶의 진정성을 획득한다. 그러므로 타자는 하나의 시다. "이게 어디 예삿일인가/이게 어디 예사로운 인연인가/나에겐 그대가 필요하다/시(詩)가 된 그대/별들이 눈부시다."(「밤하늘에」) 따라서 서정의 속도는 국경을 지운다. 그것은, 서울을 넘어 시베리아와 몽골로 흘러가며, 모든 것이 하나의 연속성으로 새롭게 이해되길 꿈꾼다.

그렇다면, 그녀의 시에서 이러한 관계의 깨달음은 어디에서부터 출발하는가. 그 실마리는 아마도 "숲"이라는 표상 속에 존재하는 듯하다. 그렇다면 숲이란 무엇인가. 사실 시인이 이야기하는 숲의 의미는 의외로 간명하다. 그것은 생명 그 자체를 의미한다. 시인은 "이 세상에 꽃이 없다면/나무가 없다면/나뭇가지 흔드는 바람과 새가 없다면/이 세상에 그가 없다면/빛이 없는 세상 어이 살리"(「나의 사랑 서울숲」)라고 말한다. 일테면 숲은 문명의 마지막 희망과 같은 것이다. 숲이란 모든 생명이 태어나는 생명의 출발지이자 인간이 잃어버린 그래서 가야 할 미래를 의미한다. 이는 김후란 시인의 시가 지닌 근본적인 물음, 즉 존재에 대한 물음과도 직접 연관된다. 나와 너, 고독과 희망, 존재와 부재 사이의 모든 연결점이 숲이라는 표상 속에 집약된다. 숲은 마치 "초록빛 미소"(「거울을 보며」)처럼 수많은 목적과 이익에 따라 나뉘어진 세계를 접합하는 진정한 의미의 생명을 의미한다. 말하자면 숲은 김후란 시인의 시가 서 있는 하나의 진정한 '지평'이다. 모든 존재의 의미를 묻는 일은 바로 이곳에서 출발한다.

이 밤의 끝자락 잠들기 전에
우리에겐 건너야 할 강이 있다

할 일이 있고
찾아야 할 길이 있고
주춤거리는 시간을 다시 깨워야 할
가슴 벅찬 과업이 있다

어디선가 아기 울음소리가 들린다
멀리 마을 불빛이 보이고
푸드득 푸드득 잠들지 못한
새의 날갯짓이 숲 그늘에서 흔들린다

아직 갈 길이 있다는 건 고마운 일이다
어둠이 걷힐 때까지
빛이 흐르는 먼 길이 몸체를 드러낼 때까지
아직 깨어 있으므로
희망이 있으므로
더 가야 할 길이 있으므로.

—「가야 할 길이 있으므로」 전문

칠순을 넘긴 시인은 아직도 "더 가야 할 길이 있"다고 말한다. 왜 그런가. 그것은 서정이 초월이 될 수 없다는 결정적인 이유 때문일지도 모른다. 서정의 지평은 완전한 것이 아니라, 완전함을 향한 하나의 과정일 뿐이다. 만일 시인이 자신이 만든 영토를 완전하다고 믿고, 또 그 안에서만 자유롭고자 한다면, 그래서 더 이상 세상으로 나아갈 이유가 없다면, 자유는 오지 않을 것이다. 아직 더 가야 할 길이 있다는 것, 그것은 역설적으로 자유를 낳는다. 그리고 이 자유에 대한 의지야말로 서정의 희망이다. "숲"은 바로 이러한 존재의 자유로운 사유와 희망이 시작되는 곳이다. 숲이라는 풍부한 지평이 있으므로 시인은 여기가 아닌 저곳으로 더 가야 한다고 말할 수 있게 된다. 만일 숲이 사라진다면, 우리에게 희망은 없다. 그래서 숲이라는 의미는 마치 "새의 날갯짓이 숲 그늘에서 흔들"리는 순간처럼 세계를 긴장하게 한다. 그만큼 김후란 시인에게 숲은 현상이면서도 동시에 가장 중요한 하나의 사건이다.

하지만 숲이 김후란 시인의 마지막 표상이라고는 단언하기 어렵다. 그녀의 이번 시집에서 가장 눈에 띄는 것은 다른 데 있다. 그것은 모든 것이 사라진 또 다른 시간에 대한 이야기로 이어진다. 「그 섬은 어디에 있을까」 혹은 「어느 새벽길」, 「은빛 세상에서」 등에서 보이는 풍경들처럼, 그것은 의미보다는 비―의미에 더 가까운 어떤 이야기를 내재하고 있다. 이 경우 풍경은 모든 의미의 끝처럼 적막하다. 적막은 마치 '고래들의 암각화'(「고래바다에서」)처럼 시인의 세포 하나하나마다 각인된 어떤 감각으로 인식된다. 한순간, 시인은 문명이 즐겨 만들어내고 지우는 수많은 유행의 일상적 소요나 소란을 벗어나는 경험을 한다. 적막은 일상의 모든 지형들을 뒤흔들 내밀한 힘을 드러낸다.

안개 짙은
새벽길을 걷는다
함께 가는 우리 두 사람과
한옆으로 지나가는 자동차와
잠 덜 깬 집들이
천천히 밀려간다
세계는 아득히 멀어져가고
가장 가까이 서로를 느끼며
환상의 길에서
떨어지지 않으려고 손을 잡고
걸어간다 우리는
세상의 안개 속을 꿈속처럼.

—「어느 새벽길」 전문

안개 짙은 날은
세상이 온통 은빛이다
빗줄기 내려친 흔적마저도
눈을 감고 있다
오늘 나는 손으로 만질 수 없는
진주 목걸이 그대에게 주노니
신기하다 평온한 바람 속에
젖은 얼굴로 다가서서
서로의 눈빛만이 빛난다

고통의 세계는 잠시 침묵
모든 종소리도 그치고
진주 목걸이만이 은은하다
세상이 다시 눈을 뜨고
환상의 안개가 사라질 때까지.

　　　　　　　　　　　　—「은빛 세상에서」 전문

　위 두 시는 마치 마주 보고 있는 한 쌍의 거울처럼 조응한다. "안개"
는 "은빛"의 환상을 만들어낸다. 안개는 현실과 환상, 이곳과 저곳, 존
재와 비존재, 의미와 비의미를 가르는 어떤 차단막이면서 동시에 둘 사
이를 연결하는 하나의 입구이다. 즉, 안개는 의식과 무의식의 어떤 결합
으로, 의미의 안쪽과 바깥을 동시에 보여준다. 안개의 세상은 "모든 종
소리"가 사라진 무음(無音)의 공간이지만, "서로의 눈빛"을 진정으로
바라볼 수 있는 공간이 된다. 안개는 의미의 없음과 있음이 한 공간 안
에 존재함으로 깨닫게 해준다. 그것은 이제까지 알지 못했던, 그래서 볼
수 없던 새로운 길에 대한 은유이다. 안개의 풍경은, 의식의 규칙적 흐
름을 벗어나며, 비균질적인 공간으로 우리를 초대한다. 거기에는 알려
진 모든 소리들이 묵음으로 변하고, 볼 수 없었던 존재의 풍경이 돋아난
다. 그것은 인간의 내부에 존재하는 최초의 길인 동시에 최후의 길과 같
다. 그러므로 안개 속을 걸어가는 일은 두려움과 환희가 공존한다. 즉,
시인은 쓸쓸하며 또한 편안하다. "세계는 아득히 멀어져가고", "고통의
세계"가 "잠시 침묵"하는 동안 시인은 한없이 쓸쓸함에 젖어들지만, 그
와 동시에 새로운 감성이 싹튼다. 즉, 이해할 수 없는 어떤 흥분이 발생
한다.
　그러나 그것은 어디에서 오는 흥분일까. 아마도 그것은 삶과 죽음이
마주하는 그런 시간에 대한 환상 때문일 것이다. 삶 이후의 시간에 대한

사유가 흥분과 고통을 동시에 주는 것이다. "가장 가까이 서로를 느끼며/ 환상의 길에서/떨어지지 않으려고 손을 잡고" 걸어가는 동안, 삶은 죽음과 동행한다. 삶이 쥐고 가는 것은 죽음이라는 부재의 손이다. 그것은 의미와 비의미가 하나이며 현실이 곧 환상이 되는 순간들을 의미한다. 김후란 시인의 시에서 결연한 생의 의지와 죽음이라는 결별의 의지는 이제거의 동일한 어떤 것이 된다. 서정의 지평이 더 깊어지고 있음을 알 수있다.

그렇다면 누군가에게, 김후란 시인의 시를 읽는다는 것은 무엇을 의미하는 것일까. 그 누군가는 그녀의 어린 혈육일 수도 있으며, 먼 이웃일 수도 있다. 또 그 누군가는 서울 한복판에서 대도시의 삶을 반복하거나, 고통 때문에 다른 생을 생각하는 중일지도 모른다. 그 모든 누군가를 위하여 시를 쓴다는 것은, 아니 시를 쓸 수 있다는 것은 그렇다면 행복한가. 아마도 행과 불행은 이 경우 시가 무엇이어야 하는가 하는 물음만큼이나 무의미하거나 불필요할 것이다. 중요한 것은 시인이 사라지는 무수한 삶들을 시라는 하나의 사건으로 기록하고자 한다는 사실이다. 시가 하나의 사건이라는 것, 그것은 가장 일상적인 순간을 가장 시적인 순간으로 환치하는 일이다. 김후란 시인에게 시란 바로 이런 일상 속에서 빚어진 어떤 것이다. 일상으로 빚어진 사유, 일상으로 빚어진 언어와 숲, 그리고 희망, 그것이 김후란 시인의 시가 지닌, 교환할 수 없는 하나의 분명한 의미일 것이다.

서정의 지평은 하나일 수 없다. 그것은 시인마다 다양한 의미를 지닌다. 시적 주체 역시 마찬가지다. 중요한 것은 그것이 얼마나 진정성을 지닌 언어인가, 하는 점이다. 의미가 비의미와 마주하는 순간들을 시인이 견딜 수 없다면, 시는 또 하나의 무의미한 수사로 추락한다. 서정은 사건이자 사건에 대한 용기이다. 언제나 그렇듯 그것은 변함없는 진실이다. 시가 하나의 자본주의적 흐름을 벗어나, 진정으로 하나의 사건이 되는 순간들을 보고 싶은 것이다. 가장 순수한 사건으로서의 시. 그래서 시인들은 오늘도 먼 길을 더 가야 한다. 더 많은 사라지는 것들을 오래 바라보고 또 만져보아야 한다. 서정의 지평이 삶의 진정한 지평이 되는 그 순간까지.

**최동호**

# 빈 의자와 생명의 빛

## 김후란 시집 『새벽, 창을 열다』에 대하여

## 1. 빛과 흔적과 빈 의자

『새벽, 창을 열다』는 김후란의 열한 번째 시집이다. 우선 1960년에 등
단하여 1967년에 첫 시집 『장도와 장미』를 간행했다는 점을 고려해볼 때
그가 우리 시단의 일반적인 관례에 비해 신중한 행보로 작품집을 출간해
왔음을 알 수 있다. 너무 많은 시집의 범람 속에서 생각해보자면 그의 신
중함이 귀하게 여겨지기도 한다. 김후란이 견지해온 일관된 특징은 현
란한 수사나 과장된 목소리로 자신을 드러내지 않았다는 점이다. 그는
한 단계 낮은 목소리로 자신을 표현해왔다. 그것은 인간적 겸양이자 문
학적 소신이다. 그도 때로는 격하게 표현하고 싶은 순간이 있었으리라
짐작되기는 하지만 그런 순간에도 균형을 잃지 않고 침착한 어조와 담백
한 언어로 자신의 감정을 여과시켜왔다는 것이 그의 중요한 시적 특징이
다. 그러므로 그의 시를 제대로 읽기 위해서는 섬세한 눈길이 요구된다.
시류에 편승하는 재주넘기가 아니라 어떤 불변하는 진실과 신념으로 자
신의 삶과 더불어 시세계도 성숙시켜온 까닭에 더욱 그러하다.

이번 시집은 종전의 시집에 비해 그로서는 비교적 진솔하고 과감하게 자신의 감정을 표현한 시편들이 더러 보이기는 하지만 역시 그는 자신이 지닌 시적 신념을 더 철저하게 심화시켜 순화된 시세계를 보여주고 있다. 모두 다섯 부분으로 나뉘어져 있는 이번 시집에서 깊은 사유와 통찰을 보여주는 제1부의 연작시 「빈 의자」를 집중적으로 분석하고 이와 관련된 다른 시편들을 검토하여 김후란의 시가 지닌 독자적 세계의 특징을 규명해보기로 하겠다.


## 2. 연작시 「빈 의자」는 기다림에 의해 만들어졌다

밀도 높은 시적 사유를 보여주는 연작시 「빈 의자」는 우선 기다림의 성숙 과정과 생명의 유한성을 생각하게 만든다. 이 연작시에서 김후란이 도달한 빈 의자는 오랜 기다림으로 만들어진 그만의 사유 공간을 갖고 있다. 누군가를 기다리고 있는 의자, 그것은 생의 긴 도정을 다 마칠 무렵 자신이 돌아갈 곳을 사유하는 자가 도달하게 되는 사물이자 공간이다. 누군가 대상을 기다리면서 그 대상이 곧 바로 자기 자신이 되는 인식 전환의 매개체가 의자이다. 그 의자는 비어 있다. 인생의 온갖 시련을 겪고 난 다음 생을 마무리하는 시점에서 자신이 안식하고 싶은 비움의 자리를 상징적으로 의미하는 것이 김후란의 의자이다.

질주의 시대가 지나가면 누구나 안락의 자리를 생각하게 된다. 마치 누군가 거기서 자기를 기다리고 있을지도 모른다는 예감도 갖게 된다. 무거워진 생의 무게를 실감하고 그 무게를 비우고자 한다. 생의 무게를 느낀다는 것은 그만큼 상당한 세월을 살아왔다는 증거이기도 하다.

의자를 보면 앉고 싶다
누군가를 기다리는
빈 의자
살아 있음을 증거하듯
바람이 쉬어 가는 그 품에
삶의 무게를
내려놓고 싶다.

—「의자를 보면 앉고 싶다」 전문

이 시에서 화자는 독백의 어조로 바람이 쉬어 가는 품에 삶의 무게를 내려놓고 싶다고 말하고 있다. 그것은 남에게 하는 말이 아니라 자기 자신에게 하는 어투로 들린다. 보다 정확하게 말하자면 그 독백의 어조가 남에게 말하고 있는 것 같지만 결국은 자신에게 자신의 심정을 토로하는 어조를 취하고 있는 것이다. 화자는 빈 의자가 자기를 기다리고 있었을지도 모른다고 생각한다. 그러므로 그 의자에 자신이 겪어온 생의 무게를 내려놓고 싶다고 말하고 있는 것이다. 우리가 이 독백의 어조에서 중요하게 보아야 할 것은 화자가 취하고 있는 다음과 같은 관조적 자세이다.

눈 덮인 언덕길을 걸었다
아무도 밟지 않은 길
힘겨울 때면 잡아주는
보이지 않는 손이 있었다
훈훈한 바람이
목에 감겨든다
앉을 자리를 둘러본다
뚜벅뚜벅 걸어온 내 발자국이
나를 쳐다보고 있다.

—「눈 덮인 언덕에서」 전문

이 시에서 핵심이 되는 시어는 '보이지 않는 손'과 '내 발자국'이다. 화자가 세상사로부터 힘겨움을 느낄 때 보이지 않는 손은 그를 격려하고 붙들어주었던 것이다. 그 손이 있음으로 인해 화자는 견디기 어려운 순간을 이겨 나오는 힘을 얻었다. 그러나 이 시의 의미를 증폭시키는 것은 마지막 부분에 나오는 "내 발자국이/나를 쳐다보고 있다"라는 구절이다. 범상한 구절이라고 지나칠 수도 있지만 화자가 겪어온 생의 무게를 생각할 때 이 구절은 깊은 음미가 필요하다. 힘겹게 살아 나온 자신의 발자국을 스스로 관조적으로 바라볼 수 있게 되었다는 점에서 자신의 발자국을 바라보는 화자의 시선은 객관적으로 자신을 돌아보는 마음의 여유를 가지게 된 사람의 것이다.

화자는 「마음의 고리」에서 "사라져가는 것의 작은 흔적도/다시없이 귀한 눈물"이라고 말하고 있는데 '귀한 눈물'의 울림은 영원과 이어진다고 상상하는 것이 김후란 특유의 시적 감각이다. 결국 마음의 고리가 이어지지 않는다면 '투탕카멘의 황금 의자'의 침묵도 무의미한 것이 되고 말 것이다. 이런 시각에서 본다면 김후란이 말하고 있는 의자는 사라져가는 것과 영원한 것을 이어주는 매개적인 마음의 고리가 되는 것이다.


## 3. 얼비치는 존재와 생명의 깃털

사라져가는 것과 영원한 것을 이어주는 마음의 고리가 있는 까닭에 김후란은 생명의 영속성을 상상하게 된다. 김후란의 시에서 생명은 유한한 것으로 인식되고 그 유한성을 매개하는 것이 의자라면 유한성을 넘어서 영원성으로 나아가게 하는 것은 생명의 깃털로 표현된다.

저 거대한 산이 앉았던 자리
고요함을 딛고 흔들리고 있다
일렁이는 물거울에
얼비치는 존재가 보인다
광막한 우주 휘돌아
다시 돌아온 생명의 깃털
모든 곳은 누군가가 앉았던 자리
보이지 않아도 영원히 숨 쉬며
다음 분을 위해
햇살이 가만히 손을 얹고
기다린다
한없이 다사롭다.

—「생명의 깃털」 전문

화자는 거대한 산이 있던 자리에서 물거울에 얼비치는 존재의 형상을
본다. 그리고 그 자리에서 광막한 우주를 휘돌아 다시 탄생한 존재 즉
'생명의 깃털'을 본다. 여기서 생명의 깃털에 내포된 상징적 의미는 영원
한 생명력 그 자체이다. 이 지점에서 김후란은 범신론적 사유를 보여주
는데 그것은 생명의 보편성에 대한 그의 확신을 나타내는 것이기도 하
다. 생명에서 생명으로 이어지는 영속성에 대한 그의 확신은 거대한 산
처럼 흔들림 없는 생의 확신이기도 한 것이다. 이 시의 결구에서 보는
것처럼 한없이 다사로운 손길에서 그는 다음 분을 위한 기다림을 가질
수 있게 된 것이다.

이 기다림의 시간에 도달하기까지 화자는 '낡은 시간 위'의 '비밀의
계단'을 오르며 지나간 일과 지나간 사람들을 회상한다. 그 모두가 익
숙하고 그 모두가 낯설어 생의 무거운 짐을 지고 있는 화자에게 쉬어 가
라고 위안을 주는 것은 그가 상징적 의미를 부여한 의자이다. 모든 것이

변해도 그 의자는 자신의 자리를 지키고 있는 것이다.

> 그림인 듯 그 자리에 있다
> 모든 것이 변하고 묻혀버려도
> 흔적은 그 자리에 있다
> 은은히 소릿결이
> 내 가슴속에 들어와 있다
> 떠나간 이들이 남긴 이야기
> 안개와 파도 속에
> 물보라 일으킨 세월
> 결 삭은 흙냄새에 기대어
> 깊이 생각에 잠기다.

—「안개와 파도 속에」 전문

세월이 모든 것을 파묻혀버려도 흔적은 그 자리에 있다. 자신의 자리를 지키는 흔적은 그의 가슴속에 들어와 떠나간 이들이 남긴 이야기를 화자에게 전해준다. 안개와 파도 속에 물보라 일으키던 세월에 묻힌 그 많은 이야기들도 가슴속에서 결이 삭아 향기로운 흙냄새를 풍기는 사색의 원천이 되는 것이다.

향기롭다는 시어는 문면에 나오지 않지만 '결 삭은'이라는 표현 속에는 거칠었던 체험들의 순화 과정이 내포된다. 거친 현실의 체험들이 곱게 삭은 흙냄새로 순화되고 여기에서 한 걸음 더 나아가 우주를 휘돌아온 그것을 생명의 깃털로 승화시켜 표현하는 것이 김후란 특유의 시적 감각이다.

## 4. 지혜의 눈과 적멸의 문턱

흔적을 남긴 자리에서 사유를 거쳐도 사라지지 않는 것들을 은은한
소리의 결로 되새긴다면 그 흔적들은 결이 삭은 흙냄새를 풍길 것이다.
여기서 삭은 흙냄새는 근원에 도달했음을 나타내는 징표이다. 생의 근
원에 도달한 인간은 보다 겸허한 헌신의 자세를 생각하지 않을 수 없을
것이며 거기서 김후란은 생사의 경계를 허무는 지혜의 눈을 뜨게 된다.

> 누군가가 앉아 있었다
> 기다림을 알게 하는 의자
> 기다릴 줄 아는 이에게
> 자리를 내어주는 의자
> 바람에 휘둘려 숨 가쁘던 생
> 한 잔의 물 건네는 공양의 손길에
> 먼 바다 끝에 있는
> 작은 섬에 오르듯
> 비로소 빛부신
> 그분의 옷자락을 잡는다
> 경계를 허물고
> 지혜의 눈이 뜨인다.
>
> ─「한 잔의 물」 전문

이 시에 이르러 의자의 의미는 한 단계 더 상징적으로 심화된다. 지
금 비어 있는 의자는 기다릴 줄 아는 자에게 자리를 내어주려고 그 누군
가를 기다리고 있다. 그 의자는 생명에서 생명으로 이어지는 삶의 도정
을 기다릴 줄 아는 자에게만 허락되는 것이다. 그러므로 그 의자에는 아
무나 앉을 수 없다. 화자는 이 시에서 미시적인 시각으로 사물을 그리고

있는데 그것은 한 잔의 물과 작은 섬에서 발산되는 빛을 부각시키기 위해서이다. 이 과정에서 시원의 바다에 이르게 하는 '공양의 손길'은 독자로 하여금 절대자를 향해 헌신하는 자의 경건함을 느끼게 한다. 극소의 지점에 이르러 빛으로 변신하는 존재의 비의는 극적으로 삶과 죽음의 경계를 허물고 마침내 화자로 하여금 '지혜의 눈'을 뜨게 만든다.

결국 의자에 앉아 기다리면서 화자에게 기다림을 알게 한 그분은 신성한 옷자락을 지닌 경건한 절대자이다. 김후란이 지속적으로 노래한 영원이란 바로 이 지점에서 빛으로 변신한다. 그분이 바로 그에게 지혜의 눈을 뜨게 하는 존재이다. 그러나 그가 한순간 지혜의 눈을 떴다고 하더라도 항상 그 자리를 지킬 수 있는 것은 아니다. 다시 그는 생과 사의 경계를 허무는 바람을 만나게 된다.

> 바람이 분다 은행잎이
> 흩날린다
> 내 마음속 빈 의자에
> 황홀한 몸짓으로 떨어진다
> 나를 버리라 한다
> 나 물들어
> 고운 낙엽이 되어
> 이리저리 바람결 따라
> 헤매다가
> 적멸 문턱에 놓인 의자에
> 고이 눕는다.
>
> ─「낙엽이 되어」 전문

가을바람이 분다. 황금빛으로 물든 은행잎이 바람에 날린다. 의자는 밖에 있는 것이 아니다. 그것은 내 마음속에 있다. 바람에 날리는 은행잎이 내 마음속으로 떨어지면서 나를 버리라고 한다. 인간의 모든 고통은 나를 버리지 못해 생겨나는 것이다. 지혜의 눈을 뜬다고 해도 진정으로 나를 버린다는 것은 결코 쉬운 일이 아니다. 마음속에 남아 있던 나는 바람을 타고 날아든 낙엽의 소리를 듣고 자기를 버리기 위해 물든 낙엽이 되어 이리저리 바람에 휘날린다. 그가 끝내 도달하게 되는 것은 존재의 마지막 순간 적멸의 문턱이다.

그런데 김후란의 새로운 시적 발견은 바로 그 자리에 의자가 있다는 것이다. 이 문턱에 놓인 의자에 '고이 눕는다'고 표현한 것은 존재의 마지막 순간을 거부하지 않고 받아들이겠다는 뜻이다. 존재의 근원을 묻는 「빈 의자」 연작시를 통해 김후란이 도달한 결론이 바로 적멸의 문턱에서 번뇌의 경계를 넘어서는 한순간의 깨달음이다. 안개와 파도 속에 물보라 일으키던 세월의 단련을 통해 존재의 구극을 보는 득의의 순간이 여기에 있다.


## 5. 생명은 빛에서 탄생하여 우주를 순환한다

김후란의 시에서 생명은 빛으로 감지된다. 형이상의 의미를 지닌 빛은 어둠을 찢고 탄생하여 황홀한 새가 되어 비상한다. 빛 속에서 태어나 빛 속에서 살고 빛 속에서 사라진다.

> 처음으로 세상이 열릴 때처럼
> 광막한 하늘이 어둠을 찢고
> 눈부신 빛이 쏟아졌다
> 생명은 그렇게 태어났다
>
> ─「황홀한 새」 부분

『성경』의 천지창조를 연상시키는 이 구절에서 우리는 어둠을 찢고 나타난 생명이 열정의 노래를 부르다가 황홀한 새가 되어 날아오르고 있음을 본다. 이 시적 인식이 김후란의 시 전편에 흐르는 생명에 대한 근원적인 발상이다. 빛이 다가오고 생이 이루어져나가고 그 경험의 흔적들이 추억을 만들고 다시 우주를 휘돌아 생명의 깃털로 부활한다. 그는 우주를 여행하다 소멸하는 유성을 바라보며 인간의 생 또한 유한하다는 것을 연상한다.

> 무심히 바라본 밤하늘에
> 유성 하나 금을 긋고 사라진다
> 깊은 어둠을 뚫고 가로질러 가는
> 저 항공기 불빛도 떨고 있다
>
> ─「유성(流星)을 바라보며」 부분

밤하늘을 날아가는 항공기를 바라보며 화자는 지상에서 만나고 헤어진 사람들을 떠올려본다. 숲 그늘에 살고 있는 반딧불이도 그 나름의 짧은 생을 살다 간다. 지상에는 온갖 유형의 생이 있다. 유성과 항공기를 대비시킨 흥미로운 발상은 우리가 살고 있는 지상에서의 짧은 생을 되돌아보게 만든다. 어둠을 찢고 빛으로 탄생한 생명이 새로 비상하고 그 새는 여기서 항공기가 되어 밤하늘을 날고 있다. 항공기는 승객을 태우고 유성처럼 우주의 어딘가를 향해 날아가고 있다. 그 사이에 인간의 생멸이 있다.

이런 우주적 상상력에 주목하여 김후란의 시적 특성을 총체적으로 집약시킨다면 우리는 그것을 원환의 상상력이라 명명할 수 있을 것이다. 앞에서 거론한 「생명의 깃털」이나 「안개와 파도 속에」와 같은 시편에서도 원환의 상상력은 생명의 순환 고리처럼 반복적으로 나타난다. 원환의 상상력을 바탕에 두고 있는 까닭에 김후란은 생과 사의 경계를 넘어서는 시적 사유를 전개할 수도 있고 나를 버리고 적멸의 문턱에 고이 누울 수도 있는 것이다. 물론 이러한 시적 인식에 도달한다는 것은 쉬운 일이 아니다. 열정과 좌절과 분노가 뒤엉킨 현실을 살아가야 한다는 것은 인간으로서 피할 수 없는 생의 과정이다. 반세기가 넘게 복잡다단한 현실의 난관을 이겨내며 살아야 하는 과정에서 김후란의 중심을 굳게 지켜준 것은 그의 삶에 대한 결연한 자세이다. 시에 우선하는 것이 생이라면 그 생을 확고하게 사는 것은 시에 우선하는 것이다. 벼랑 끝에서도 자신을 지킬 수 있는 신념과도 같은 개결한 생의 자세가 김후란의 중심을 지키고 있었다는 것은 시인 이전에 인간으로서도 다행한 일이었는지도 모른다.

> 생애 끝에 오직 한 번
> 화사하게 꽃이 피는
> 대나무처럼
>
> 꽃이 지면 깨끗이 눈감는
> 대나무처럼
>
> 텅 빈 가슴에
> 그토록 멀리 그대 세워놓고
> 바람에 부서지는 시간의 모래톱
> 벼랑 끝에서 모두 날려버려도
>
> 곧은 길 한마음
> 단 한 번 눈부시게 꽃피는
> 대나무처럼.
>
> —「소망」 전문

이 시에서 말하고 있는 소망은 시 이전의 소망이요 시를 넘어서는 소망이다. 김후란에게 가장 강력한 소망은 "곧은 길 한마음"을 지키는 것이다. 이는 누구도 침범할 수 없는 성스러운 아우라를 지닌 것이다. 한마음으로 곧고 바른 길을 가고 있다고 믿기에 그는 당당하게 그리고 일관되게 자신의 인생을 살고 시적 일관성을 지켜올 수 있었을 것이다. 그의 가슴 깊은 곳에 자리 잡고 있는 소망은 '단 한 번 꽃 피는 대나무처럼' 살고 싶은 것이다.

인간으로서 생에 대해 그리고 시에 대해 강렬한 열정을 머금고 있음에도 불구하고 김후란은 초기부터 지금에 이르기까지 언어적 세공에 골몰하지 않았다. 현학적 언사나 기발한 착상을 보여주려고 하지도 않았다. 밖으로 자기를 과시하기보다는 안으로 천착하며 자신을 성찰하는 자세를 견지해왔다. 그런 까닭에 얼른 밖으로 드러나지 않는 그의 시적 사유는 언어의 이면을 깊이 음미해야만 진솔하고 진지한 서정의 맛이 우러나온다.

김후란의 시 전체를 조감할 때 그는 등단 이후 50여 년이 넘는 세월을 시류에 흔들리지 않고 당당하게 자신만의 길을 걸어왔다. 20세기의 혼란과 격동의 한국 현대사를 살아야 했던 까닭에 김후란의 시적 역정은 결코 쉽지 않은 과정을 거쳐 형이상의 세계에 도달했다. 그런데 그것은 종료된 것이 아니라 미래를 가지고 있다는 점에서 발전적이다. 특히 이번 시집의 표제가 된 시 「새벽, 창을 열다」에서 볼 수 있는 것처럼 김후란이 인식한 생명의 빛은 그의 시에 새로운 역동성을 부여할 것이라 믿는다.

고요함 속으로 걸어오는
발자국 소리
존재하지 않는 소리가

태어나고
힘 있게 일어서는 생명의 빛

　　　　　　　—「새벽, 창을 열다」 부분

　위의 시에서 우리는 김후란의 새로운 시적 출발점을 감지한다. 앞에서 검토한 연작시편 「빈 의자」에 집중된 시적 사유로 그의 시가 머무르고 마는 것은 아니다. 그는 삶과 죽음의 경계를 넘어서는 시적 사유를 바탕으로 새로운 도약을 예비하고 있다. 지금까지 축적한 생의 고락을 다 비우고 어둠 속에서 연 새벽 창문으로 불어오는 신선한 바람이 그의 시심을 강화시킨다. 미래의 큰 세계로 비상하려는 도전과 극복의 의지가 그의 내면에서 태동하고 있는 것이다. 죽음을 넘어서는 미래의 준비를 위해 오늘 하루하루를 새롭게 살겠다는 굳건한 의지가 길 없는 길을 열어가는 새 떼처럼 날개를 펴려고 한다. 여기서 '모든 끝에는 새로운 시작이 있다'는 경구가 음미되어야 한다.

　이 글을 마무리하는 지점에서 앞으로 그의 시가 '힘 있게 일어서는 생명의 빛'으로 미래를 향해 퍼져나가 크게 열릴 것이라 예견한다는 것은 즐거운 일이다. 커다란 비상을 위한 도전과 극복의 의지가 그의 시에 살아 숨 쉬기 때문이다. 그런 점에서 본다면 김후란의 시는 지금 원점에서 다시 출발한다고 할 수 있다. 존재하지 않는 소리를 찾기 위해 고요함 속으로 걸어가는 그의 발자국 소리가 생명의 빛을 얻어 미래의 시로 약진하기를 기원하는 축복의 말을 그에게 전하고 싶다.

오세영

# 빛과 음악이 짜아올린 영원의 공간

김후란의 『비밀의 숲』

시인은 이 시집의 서두에서 이렇게 쓰고 있다.

> 우리는 이 위대한 자연에 안겨 살면서 풀꽃 한 송이의 애틋한 어여쁨과 저 별빛 달빛에 이끌려 한없이 그리움에 젖기도 하는 성정을 소중하게 생각한다. 이런 정서적인 인간으로서의 길, 다음 세대로 이어져가야 할 자연 사랑 정신을 가지고 나는 자연 속의 존재감이라는 무한 세계에 몰입하고 있다. 결코 헤어질 수 없는 애인을 따라가듯이 이 주제를 계속 살려갈 것이다.

그렇다. 그러한 관점에서 이 시집에 수록된 전체 시들은 그 자신 고백한 것과 같이 한마디로 시인이 '자연 사랑 정신'을 통해 자연이 지닌 바 그 '무한 세계'에 몰입한 내용을 작품으로 형상화한 것들이다. 그러므로 우리가 이 시집을 접한다는 것은 곧 시인이 이 시에서 자연을 어떻게 수용하는가 하는 방법과 이로써 그가 무엇을 깨달았는가 하는 의미를 이해하는 일이라 할 수도 있을 것이다.

고래로 "시는 자연의 모방"이라는 말이 있어왔다. 그만큼 문학과 자연은 오랜 역사 동안 서로 내밀한 의미론적 관계를 유지해왔다는 뜻이다. 이 명제를 놓고 아리스토텔레스는 '자연의 모방'이란 그 감각적 또는 외형적인 것의 모방이 아니라 어떤 보편적 실재의 모방이라 하여 그것을 '아이도스(Eidos)의 모방'이라는 말로 설명하였지만—그것은 흡사 헤겔에게 있어 질료(mattrer)에 대립하는 것으로서의 형상(form)에 가깝다—역사적으로 많은 논쟁거리를 유발해서 간단히 해결될 수 있는 개념이 아니라는 것은 누구나 아는 바와 같다.

그럼에도 불구하고 아리스토텔레스는 이 명제의 해명에 확실한 준거 하나는 마련해주었다. 그것은 자연의 보편적 실재라는 것이 적어도 두 가지 관점에서 접근될 수 있으리라는 가설이다. 공간과 시간이라는 두 축의 차원이다. 그렇다. 이 세상의 모든 것은 공간과 시간이라는 좌표에 의하여 그 존재성이 결정된다. 따라서 자연의 모방이란 현실적으로 자연의 공간적 모방과 시간적 모방이라는 두 차원으로 나누어 살펴보는 것이 보다 실제적이다.

그런데 문학이란 철학이 아니다. 즉 이 세계 혹은 삶의 의미를 관념적으로 혹은 논리적으로 이해하려는 정신 영역이 아니다. 그것은 인식 대상을 비판적 이성으로 성찰하는 형식이 아니라 감각적으로 직관하는 형식이다. 모든 철학이 의미의 추상성을 지향하는 데 반하여 모든 예술이 감각 그 자체를 지향하는 이유가 여기에 있다. 가령 우리는 미술을 '시각'을 매재로 한 예술, 음악을 '청각'을 매재로 한 예술이라 하지 않던가? 모두 감각을 전제하고 있는 것이다. 그러한 의미에서 문학 역시—비록 언어를 매재로 한 예술임에도 불구하고—그 매재가 되는 언어가 감각적이어야 함은 필연적이다.

예컨대 '나는 너를 그리워한다'라는 진술에는 감각성이 결여되어 있다. 그러나 같은 뜻을 이야기한다고 할 때라도 '나는 먼 지평선을 바라고 있는 해바라기'라고 하면 보다 감각적인 표현이 된다. 비록 현실적인 시야는 아니라 하더라도 우리 의식의 내면에 하나의 그림 즉 시각적 영상이 떠오르기 때문이다. 그러므로 전자의 진술은 결코 시가 될 수 없으나 후자의 진술은 본질적으로 시적(詩的)이라 할 수 있다.

따라서 '시가 자연이라'는 명제는 자연의 공간적 모방과 시간적 모방이라는 명제로 바꾸어놓을 수 있고 그것을 문학적 형상화라는 측면에서 다시 해석해내자면 자연의 시각적 차원과 청각적 차원에서의 모방이라는 말로 설명될 수도 있을 것이다. 왜냐하면 공간과 시간을 감각적으로 분류할 경우 시각은 공간성에, 청각은 시간성에 그 본질을 두고 있기 때문이다. 무엇을 본다는 것은 공간적이고 무엇을 듣는다는 것은 시간적이 아닌가. 가령 한자리에 고정되어 있는 갤러리의 그림은 항상 그 공간 그 자리에 같은 자태로 걸려 있지만 한 번 들은 음악의 멜로디는 그 순간만 지나면 자취 없이 어디론가 사라져버리는 것이다.

이상의 논의는 자연을 탐구하고자 하는 김후란의 시세계를 이야기함에 있어서도 역시 마찬가지일 것이라고 생각한다. 시인이 설령 의식의 심층에서 깊은 명상을 통해 그 어떤 관념적 의미를 깨우쳤다 하더라도 그것을 문학적으로 형상화함에 있어서는 — 그것이 예술인 한 — 어쩔 수 없이 감각에 의존할 수밖에 없을 것이기 때문이다. 따라서 여기서 문제되는 것은 당연히 공간적 의미로서의 시각적 이미지와 시간적 의미로서의 청각적 이미지들이다.

그러한 관점에서 김후란의 자연시를 살펴보면 크게 공간적인 것과 시간적인 것의 두 축의 이미지들로 구성되어 있음을 알 수 있다. 먼저 눈에 띄는 것들이 공간적인 이미지들이다. 아마도 그 대표적인 것이 백색으로 대표되는 그의 빛의 이미지들일 것이다.

고요한 밤

눈 오는 창밖을 지켜본다

흰 눈 덮인 언덕이 보인다

빛나는 눈발이 젖은 옷자락으로

내 창문에도 매달린다


…(중략)…


이런 날은 사슴의 발자국 따라가고픈

나는 아직도 어린 사람인가

잠들지 않고 귀 기울이는

나는 아직도 꿈꾸는 가슴인가


문득 나이를 되짚어보는

깊어가는 겨울밤.

—「깊어가는 겨울밤」 전문


시각 가운데서 가장 근본적이고도 핵심적인 색깔은 아마도 백색일 것이다. 모든 것들의 근원이며 모태가 되는 색깔이기 때문이다. 아마도 이 세상 최초로 등장한 공간의 처음 색채 역시 백색이었으리라. 그래야만 거기에 푸른색(하늘), 초록색(나무), 붉은색(태양) 검은색(땅)…… 들이 칠해질 수 있지 않겠는가? 그러한 의미에서 두두물물 다양한 색깔로 현현되어 있는 우리 일상의 우주는 이미 그 백색의 원초적인 색깔들을 잃어버린 세계일지도 모른다. 그래서 우리는 인용 시의 화자가 그런 것과 같이 항상 그 잃어버린 색깔 즉 백색을 그리워하며 사는지도 모른다.

그러나 우리의 일상이 온통 백색의 원초적 공간으로 환원되는 순간도 있다. 바로 눈 내리는 날이다. 눈이 내려 지상에 쌓이게 되면 천지는 한순간에 온통 하얀 색깔이 된다. 시인은 바로 이런 날 나이를 되짚어서 어디론가 떠나가고 싶다 하는데 물론 여기서 어디론가 가고 싶다는 것은 일상으로부터의 탈출을, 나이를 되짚어본다는 것은 유년의 순수성으로 되돌아가고 싶다는 소망의 시적 표현일 것임은 두말할 필요가 없으리라.

그렇다면 그가 그 백색의 원형 공간을 탐색함으로써 결국 도달하고자 하는 지점은 어디일까? 그것은 한마디로 최초의 색깔, 백색을 잉태한 시원(始原)으로서의 빛의 공간일 것이다. 그는 다음과 같이 고백한다.

> 바람이 노래를 빚고
> 햇살이 생명을 일으킨다
>
> …(중략)…
>
> 물에 던져진 빛이
> 존재의 실상을 끌어올려준다
> 이 눈부신 봄빛이
> 희망의 별이다.
>
> —「눈부신 봄빛」 전문

그에게 있어서 '눈부신 빛'의 공간은 한마디로 '햇살이 생명을 일으키는 공간'이자 최초로 존재가 하나의 '실상으로 끌어올려지는' 공간이다. 시인은 이렇듯 백색과 그 원천으로서의 빛의 이미지를 탐구함으로써 자신의 일상이 시원과 동일화될 수 있는 존재론적 체험의 기쁨을 노래하고 있다.

한편 김후란의 시에 있어서 청각적 이미지는 음악으로 형상화된다.

> 온 산이 초록으로 물들어 싱그럽다

날마다 새 아침으로 깨어나는
저 산자락에
오케스트라 연주가 시작된다

바람은 숲을 가로질러 달리고
소리치며 날아오르는 새들이
미래의 하늘을 연다
계곡으로 쏟아지는 폭포 그 어깨에
황홀하여라 황금색 깃을 펼치는
자연의 헌신

　　　　　　　　　—「참 아름답다 한국의 산」부분

　자연의 시간적 속성을 한마디로 요약하라 한다면 그것은 리듬 즉 음악이다. 모든 자연현상은 본질적으로 리듬(mettre=rhythm)으로 구현된다. 밤낮의 반복이 그렇고, 사계절의 순환이 그렇고, 달의 차고 이움이 그렇고, 별들의 운행이 그렇고, 바다의 조수(潮水)나 여성의 생리, 무엇보다 인간 본능의 결핍과 충족이 그러하다. 그러한 의미에서 이 우주 자연의 질서는 하나의 큰 음률이며 그런 까닭에 그 자체로 거대한 하나의 오케스트라라 할 수 있다. 시인 역시 그것을 잘 알고 있다. 인용 시에서도 그는 "날마다 새 아침으로 깨어나는/저 산자락에/오케스트라 연주가 시작된다"고 읊고 있지 않은가?

　이렇듯 시인이 자연을 하나의 음악으로 인식하고 있을 때 그는 본다. 그 순간 바람이 숲을 흔들어 깨우고, 날아오르는 새들이 미래의 하늘을 열며, 계곡으로 쏟아지는 폭포가 황금색 깃을 펼치고 있는 것을…… 이 같은 사물들의 어울림 혹은 내적 교섭은 일컬어 상징의 숲이라 할 수 있는 곳에서 일어나는 원초적 바이탈리즘(vitalism)이며 일찍이 보들레르가 경험했던바 인간과 자연이 상호조응(correspondance)하는 데서 이루어진 어떤 신비스런 영적 교감이라 할 수 있다. 말하자면 이 모두가 자연이라는 오케스트라가 연주하는 관현악인 것이다.

시인은 이렇듯 자연의 시간적 탐구를 통해서도 세계의 시원으로 되돌아간다. 그것은 앞서 살핀 바와 같이 그가 공간 체험을 통해 체득한 경험과 동일하다고 말할 수 있다. 그리고 그는 바로 이 지점에서 자연의 공간적 의미와 시간적 의미가 하나로 통합되는 우주의 전일적(全一的) 환희를 느낀다. 이를 상징적으로 드러낸 이미지들의 하나가 바로 이 시집에서 보여준 '별'일 것이다.

> 강물에 별들이 쏟아지고
> 우리는 별을 주우며 흘러갔다
> 그대 속 깊은 눈빛에 가슴 벅차
> 이냥 함께 부서졌다
>
> 오늘 우리는 행복하다.
>
> —「행복」 전문

별은 그 자체 동적(動的)이면서도 정적(停的)이다. 일정한 궤적에 따라 움직이면서도 항상 제자리를 지킨다. 그것은 시간적이면서도 공간적이라 할 수 있다. 모든 움직임 즉 속도는 시간성이 본질인데 그와 반대로 한군데서의 붙박힘 즉 정지는 공간성이 본질이기 때문이다.

별은 또한 그 존재의 구현이 반복적이다. 가령 별은 낮과 밤이 교차하는 질서에 따라 자신 모습을 구현하며 그 빛 역시 태양처럼 일정한 수준에서 일관되게 비추기보다는 매 순간순간을 반짝거린다. 이는 그의 운동성이 규칙적 반복성을 본질로 함을 보여준다는 점에서 시간적 등장성(等長性)을 지닌 것이라 할 수 있다. 한편 별은 항상 빛을 지닌다. 빛이

없는 별이란 상상할 수 없다. 그러므로 그것은 또한 공간성을 드러낸 것
이라고도 말할 수 있을 것이다. 왜냐하면 모든 시각성은 공간성의 본질
을 이루고 있기 때문이다.

그런데 시인은 인용 시에서 이렇게 말한다.

> 강물에 별들이 쏟아지고
> 우리는 별을 주우며 흘러갔다.

시인은 드디어 별을 매개로 해서 공간성과 시간성이 하나로 일원화되
는 시원의 영원성을 경험하게 된다. 그것은 이 시의 1연 네 번째 행이 구
체적으로 설명해주고 있다. 화자(시인)와 시인은 별과 함께 하나로 부서
져 한 몸체를 이룬다는 바로 그 시행 말이다("이냥 함께 부서졌다"). 그
순간 시인은 일상에서는 체험하지 못했던 환희의 절정을 느끼며 "오늘
우리는 행복하다"고 고백하는 것이다.

김후란은—적어도 이 시집의 경우—자연 탐구의 시인이다. 그리하
여 그는 자연의 시간적, 공간적 차원의 구극에서 일상을 초월한 영원성
을 만난다.

최호빈

# 약동하는 자연과 생명적 상관물

김후란, 『비밀의 숲』

김후란의 『비밀의 숲』은 끊임없는 시작(始作)과 자기 갱신이 시작(詩作)의 본령임을 확인시켜주는 시집이다. 반세기가 넘는 시력(詩歷)에도 불구하고 여전히 시인은 '우리 삶과 결합해 있는 자연'의 존재 방식을 탐구하고 근원적인 생명을 찾아 노래하면서 유리알 같은 서정적 세계를 더욱 투명하게 만들어나간다. 시인이 「시인의 말」에서 밝히기도 했지만 이번 시집에는 자연의 기원인 물과 빛에 천착하여 생명의 실존적 조건들을 파악하고 이를 통해 "미래의 언덕"으로 나아가고자 하는 모습이 두드러지게 나타난다.

시인은 일곱 번째 시집 『우수의 바람』(1994)에서 "바람 속의 삶의 흔적은 다채롭고 생명감이 있다. 비록 근심 어린 바람일지라도 그것은 살아 있음을 표현해주는 생명의 몸짓인 것이다"라고 말했다. 우리는 쉽게 삶을 생명 자체로 간주하지만 엄밀히 따져보면 삶은 실체가 없으며 생명들의 몸짓에 의해 맺어지는 관계의 총체를 언어로 표현한 것일 뿐이다. 우리가 삶 속에서 무언가를 찾고자 한다면 삶을 가능케 하는 관계를 주시해야 한다. 그래서인지 『비밀의 숲』 이전 시인의 화두는 줄곧 "살아 있음을 증거하"는 것이었다. 시집『새벽, 창을 열다』(2012)의 "바람이 쉬어가는 것으로 살아 있음을 증거하는 빈 의자"(「의자를 보면 앉고 싶다」)와 "얼어붙은 우리 사이에서 출렁임으로써 살아 있음을 증거하게 만드는 꽃 한 송이"(「꽃 한 송이 강물에 던지고 싶다」) 등은 시인의 질문에 나름의 답을 제시해주었다. 하지만 빈 의자와 꽃 한 송이는 '살아 있음' 이상의 의미를 말하고 있지 않아서 "생성과 소멸의 화두(話頭)는 영원한/비밀"(「빛으로 향기로」)로 남는 듯했다. 하지만 시인은 이번 시집에서 "이제 알겠네/생성과 소멸의 이치를/언젠가는 사라지는 것임을/모랫벌에 그리운 이름 써보며/가슴 먹먹해지네"(「생성과 소멸」)라며 "영원한 비밀"의 문제를 "비밀의 숲"에서 해결하고자 한다. 하늘이 궁금하면 하늘 아래서 그것의 부분을 볼 것이 아니라 지구 밖에서 전체를 보아야 한다. 그래서 시인은 생성과 소멸의 운명을 시간의 틀을 가지고 접근하지 않고 '태양보다 더 밝은 별도 목숨이 다해 블랙홀로 사라지게' 되는 우주, 즉 공간의 틀을 가지고 접근한다. 이 때문에 우주는 숲이라는 또 다른 이름을 얻게 된다.

나는 파도의 옷자락을 끌고
이 숲으로 왔다
변화를 기다리는 생명들이 있었다
바위조차 숨죽이고 기다렸다

푸른 잎새들 이마에
천국의 새들이 모여들고
들꽃을 피우려고 비를 기다리던 산자락에
바다가 입을 맞춘다

겹겹 옷 입은 산 황홀하여라

비밀의 숲은
깊이를 알 수 없는 안개 속에서
어린 나무들과
키 큰 나무들의 숨소리에
저 소리꾼의 진양조 가락이 울린다

눈부셔라
언제나 새롭게 태어나면서
아침 햇살에 비늘 번득이는 바다처럼
산은 살아 있다 청렬하고 푸근하다

신(神)이 만든 숲이다 나를 끌어안는다
나는 영혼의 긴 그림자를 끌고
천천히 걸어간다.

—「비밀의 숲—자연 속으로 1」 전문


    시집의 표제작인 이 시에서 시인은 "파도의 옷자락을 끌고" 숲으로 들어가서 "영혼의 긴 그림자를 끌고/천천히 걸어"가는, 상당히 능동적인 모습을 보인다. 파도는 "산자락에/바다가 입을 맞춘" 것이면서 시인이 살아온 날들이다. 시인은 바다 전체를 대표하는 파도의 옷자락만 "세월의 이끼 같은 슬픔"(「슬픔에 대하여」)만 힘들게 끌고 왔다. 자신이 쌓아온 시간의 무게와 함께해야만 했기에 시인은 아프고, 아파서 슬프다. 그리고 지금은 그 "세월의 이끼 같은 슬픔이 그리움이란 걸" 안다. 이러한 감정의 변성(變性)은 시인으로 하여금 감상에 젖게 하지 않고 오히려 지극히 자존(自尊)적인 태도로 시 속 타자들을 긍정하도록 한다.
    숲에는 시인을 기다려온 생명들로 가득하다. 생명 자체는 스스로 변화할 수 있지만 스스로 의미를 부여할 수 없다. 의미는 관계 속에서 형성된다. 숲은 살아 있었고 변화했겠지만 시인이 부재했었기에 의미도 부재했던 것이다. 시인은 의미이다. 시인이 숲에 왔기 때문에 비로소 변화는 의미를 갖는다. 의미란 주체나 대상 어느 한쪽에 의해 규정되는 것이 아니라 관계가 우리에게 전달해주는 것이다. 기다려준 생명이 가득한 숲은 축제의 장이다. 눈에 보이는 푸른 잎새, 새, 들꽃뿐만 아니라 안개 속에 있어서 눈에 보이지 않는 어린 나무들과 키 큰 나무들 역시 소리로 그들 존재를 확인시켜주며 축제에 참가한다. 모든 것이 변화하고 움직이는 숲은 황홀 그 자체이다. 그런데 시인의 사유는 황홀에 지배당하지 않고 본질적인 무언가를 찾는다. "언제나 새롭게 태어나면서/아침햇살에 비늘 번득이는 바다"처럼 끊임없이 숲을 새로 태어나게 만드는 힘의 원천, 바로 신이다. 시인은 생명의 몸짓, 숲의 몸짓을 통해 신의 존재, 신의 살아 있음, 신성을 확인한다. '신이 살아 있고 신이 만든 숲'은 유일한 숲이지만 특정한 숲이 아니다. 하나이면서 전부인, '숲'이라 불릴 수 있는 세계 전체를 가리킨다. 이 사실을 깨닫자마자 시인은 "파도의 옷자락을 끌고" 다니던 자신을 마치 신 또는 숲이 "끌어안는다"고 느끼고 그 안으로 자신이 지금까지 함께했던 "영혼의 긴 그림자를 끌고" 걸어간다. '파도의 옷자락을 끌고 와서 영혼의 긴 그림자를 끌고 가는' 시인의 모습은 이 시의 '파도'를 옷자락만 끌고 다녔던 슬픔의 바다에서 건져내어 시 전체가 생명으로 넘치는, 하나의 상(像)으로 제시한다.

> 댓잎 떠는 소리
> 물 흐르는 소리
>
> 누가 불고 있는가
> 자연을 흔들어대는
> 대금(大笒) 소리

이 고요한 밤에
가슴 저미는
울림의 속잎.

　　　　　　　　　　　　　　—「이 고요한 밤에」전문

　밤이 오면 시각의 역할이 줄어들기 때문에 다른 감각기들이 예민해진
다. 그 예민함은 때때로 감각을 전달하는 수준에 그치지 않고 상상력을
작동시켜서 새로운 감각을 창조한다. 인용한 시에서 시인은 자연의 소
리를 들으며 감각기를 귀에서 마음으로 전환한다. 댓잎과 물이 보내는
자연의 소리와 그 소리에 보답하듯 누군가 부는 대금 소리가 밤을 채워
가고 있는데 이 소리들은 시인이 전에 "지구 밖 저 우주를 휘돌아/서로
를 찾아 맴도는/그리운 목소리"(「환청」, 『새벽, 창을 열다』)라고 불렀던,
막연하기만 했던 그때의 목소리들이 댓잎, 물, 대금이라는 생명의 실체
를 얻은 것이다. 자연의 소리는 너무 자연스럽기 때문에 우리가 의식적
으로 귀를 기울이지 않는 한 알아차리기 어렵다. 아마 대금 소리가 시인
의 귀를 깨워 자연의 소리를 듣게 만들었을 것이다. 여기서 자연과 대금
의 두 소리가 조화롭게 어울리는 풍경은 '가슴(마음)의 울림'이라는 숨겨
두었던, 또 하나의 시공간을 드러낸다. 달리 말하면, '흐르는 소리'와 '흔
들어대는 소리'가 마지막의 '가슴을 울리는 소리'로 발전하고 팽창하면
서 이 시는 우리를 고양시킨다. 그러나 시인은 자연과 악기가 마련해준
향연의 밤이 오히려 고요하다고 말한다. 흔히 무언가에 집중할 때 주변
에서 부르는 소리를 듣지 못하는데 이와 마찬가지로 시인은 지금 온 정
신을 거기에 몰두하고 있는 것이다. 그럼에도 시인은 이 울림을 감탄으
로 훼손하지 않는다. 오히려 겉에서 볼 수 없는 "속잎"으로 '고요한 밤의
울림'을 감쌈으로써 그 울림에 역동적인 힘을 불어넣는다. 이러한 전개

를 통해 우리는 시인이 그려낸 풍경을 단조롭게 바라보는 것이 아니라 그 풍경을 살아 움직이게 하는 상상력을 경험하게 되는 것이다.

> 짙은 새벽안개
> 폭설에 잠긴 공항
> 눈을 감고 있다
>
> 날개를 접고
> 줄 지어 서 있는 항공기를
>
> 하느님이 휴식을 주셨다
> 종종걸음 뛰는 이들에게
> 세계를 날아다니는 항공기들에게.

—「휴식」 전문

공항은 먼 곳으로만 떠나거나 먼 곳에서만 떠나온 사람들이 잠시 서로를 스쳐 지나가는 곳이다. 본래 우리의 현실적인 삶에서 만남 없는 이별이나 이별 없는 만남이 불가능하단 점에서 이 세계의 모든 공간을 공항이라 부를 수도 있겠다. 시인은 밤하늘에 오르내리는 항공기의 떨리는 불빛 아래 놓인 사람들을 지켜보며 허전함을 느꼈던 적이 있다(「유성을 바라보며」, 「새벽, 창을 열다」). 그래서 시인에게 공항은 고통스런 공간으로 각인되어 있을 것이다. 그러나 위 시에는 공항을 바라보는 시인의 불편한 시선이 전혀 나타나지 않는다. 이는 일차적으로 짙은 안개와 폭설로 모든 항공기가 결항되었다는 사실에 기인하지만 "폭설에 잠긴 공항"이 일으키는 긍정적인 영향 관계를 섬세하게 포착하는 시인의 시선에서 그 원인을 찾을 수 있다. 하루가 시작되는 새벽, 안개와 폭설 때문에 공항은 하얗게 "눈을 감는다". 눈을 감은 공항에선 아무 일도 일어나지 않는다. 모든 항공기가 결항되고 "종종걸음으로 뛰는" 승객과 승무원, "세계를 날아다니는 항공기들" 그리고 공항까지, 하느님이 주신 '하얀' 휴식을 공평하게 나눈다. 시인은 소리, 파도, 바람과 같은 외적 관계를 파악하는 데 그치지 않고 내적 관계, 가장 추상적인 관계까지 인식하려고 한다. 이는 시집 『비밀의 숲』 전반에 걸쳐 일관되게 나타난다.

> 처음으로 눈을 뜬 꽃이든 애벌레든
> 빛부신 세상 밖으로 나올 때
> 햇살은 조심조심 사랑의 손길 없는다
>
> 생명은 참으로 소중하여라
> 지구 한쪽에선
> 여전히 피 흘리는 전쟁이 있고
> 불붙은 재난과 다툼이 있고
> 병든 이 가난한 이
> 외롭게 누워 있어도
>
> 우주를 가로질러 온
> 방글거리는 아기들
> 향기로운 흙 헤치고 나온
> 연한 풀잎들까지
>
> 어머니 위대한 자연의 햇살 속에
> 초록의 소슬한 바람 속에
> 작은 행복이 너를 키운다.
>
> ─「작은 행복─자연 속으로 6」 전문

시인에게 있어 아기의 웃는 소리는 '그렇게 찾아도 보이지 않더니 바로 발밑에 있는 행운의 네 잎 클로버'(「네 잎 클로버」)이면서 '우주가 펼쳐지는' 시작점이다.(「아기의 웃음소리」) 그것은 세계와 우주와 자신의 지난 삶을 그리움의 대상으로 삼았을 때에는 의식하지 못했던 '생명'들이다. 빅뱅 이후 우주는 우리가 생각하는 속도 이상의 속도로 확장되어 왔고 지금도 확장 중이다. "우주 속의 하나의 작은 행성인 지구", 그 안에 살고 있는 우리의 머리와 가슴은 우주의 모든 것을 담기엔 너무 작다. "그동안 너무 먼 곳을 바라보며/나 예까지 왔네//작고도 큰 우주/한결같은 그대를 두고"(「이슬방울」).

　이 시의 핵심은 시인이 아기를 바라보는 제1의 시선과 시인이 자신을 아기로 보는, 숨겨진 제2의 시선, 이 두 시선이 형성하는 은밀한 긴장에 있다. 지구는 자신의 몸 곳곳에 빛이 닿을 수 있도록 자전한다. 몸을 뒤집어가며 즐거워하는 아기가 귀여운 듯 "햇살은 조심조심 사랑의 손길 얹는다". 하지만 햇살은 전쟁으로 피 흘리는 자, 재난을 당한 자, 병들고 가난한 자, 외롭게 누워 있는 자에게도 마치 아기에게 하듯이 "사랑의 손길"인 빛을 얹어준다. 그렇다면 햇살의 손길을 받는, "처음으로 눈을 뜬" 모든 것은 아기가 될 수 있다. '피 흘리는 아기' '병든 아기', '외롭게 누워 있는 아기' 등 이 시에서 아기는 명사가 아니라 '처음으로 눈을 뜬'이라는 형용사에 가까운 의미로 사용된다. 이렇게 '아기'의 의미가 확장되고 자유로워질 때 '생명'이라는 단어에 강한 '생명력'이 부여되어 2연을 시작하는 "생명은 참으로 소중하여라"라는 구절이 무력한 전언으로 떨어지지 않게 한다. 즉, '아기'와 '생명의 소중함'이라는 진부해 보일 수 있는 둘의 연결이 신선하게 느껴지는 건 바로 변화된 아기의 의미가 일상적 용법을 벗어나 시적으로 기능하기 때문이다. 이러한 시적 사유는 진술하고 진지한 서정을 이끌어내고자 언어의 이면을 깊이 음미해온 오랜 시작 경험에서 비롯한 것이다.

어머니, 그는 아기의 어머니이자 꽃, 애벌레 모든 생명의 근원인 대자연을 부르는 말이다. 어머니는 빛(햇살)과 물(시인에게 바람 : 파도 : 강물 : 소리는 같은 의미망에 놓여 있다) 속에 있다. 빛과 물은 자연의 근원인 행복을 가지고 모든 생명을 키운다. 하지만 그와 반대로 행복이 빛과 물, 자연을 키우기도 한다. "너"는 꽃도 될 수 있고 애벌레도 될 수 있고 아기도 될 수 있고 자연-어머니가 될 수도 있다. 어머니가 자식을 키우기도 하지만 자식이 어머니를 키우기도 한다. 키우는 건 베풂이 아니라 함께 하는 것이다. 어머니가 있어 자식이 웃고, 자식이 있어 어머니가 웃는다.

봄은 여름으로, 여름은 가을로, 가을은 겨울로, 겨울은 다시 봄으로 태어난다. 이렇게 사계절을 가졌기에 한국의 산은 "건강하게 살아 있"고 그 자체로 아름다움이 된다(「참 아름답다 한국의 산」). 자연의 숲에서 '사랑하는 사람들이 모여 사는 작은 마을'로 바람과 파도와 소리가 향하는 풍경은 익숙한 풍경일 것이다. 하지만 김후란 시인은 그것들의 실체를 새롭게 구체화해나가는 일을 시의 핵심적 동력으로 삼아 이번 시집에서 건강하게 살아 있는 비밀들과 자연 곳곳에 편재해 있는 생명들로 가득한 숲을 빚어내었고 이는 의미 있는 감동으로 오래 남을 것이다.

제3부

시인론

---

# 청동그릇 같은 무게의 시인

50여 년의 문단 생활 가운데 지기지우(知己之友)라 할 친구가 내게도 몇 명은 있다. 김영태, 유경환, 이형기, 천상병, 신동엽, 황명 등 그 숱한 남성 시인들이 벌써 다른 세상으로 떠나고 지금은 없다. 그러나 여성 시인들은 오롯이 남아 아직도 돈독한 우정으로 교류가 이루어지고 있다.

그중에도 김후란 시인은 허영자, 임성숙, 김여정, 김혜숙, 추영수, 이경희, 김선영과 더불어 청미회(靑眉會) 동인으로 모임을 지속하면서 건강한 삶을 유지하고 활발한 창작을 이어가고 있다. 특히 김후란, 김여정, 임성숙 시인은 나와 같이 신석초 선생의 문하로 『현대문학』을 통해 문단에 등단한 동문들이다.

이들은 한결같이 단순의 전문성을 넘어 치열한 시 정신으로 무장하고 사회적 문화적 위상을 드높이고 있을뿐더러 여성 특유의 감수성에 맞물린 맑은 투명성으로 문화적 이중성 구축에 값진 평가를 받고 있다.

그 가운데서도 특히 격조 높은 시각으로 시적 대상을 승화시킨 김후란 시인은 나름의 예리한 감성으로 삶의 단면들을 형상화하고 있어 60년대 출발의 시인으로 높은 빛을 보태고 있다.

김후란 시인은 『현대문학』 시 부문 추천으로 등단할 때 본명이 남성적이라 하여 신석초 선생이 후비(后妃) 또는 황후(皇后)라는 뜻에 난초를 붙인 '김후란(金后蘭)'이란 필명을 주어 어느 분야에서건 그 스승(申應植-申石艸)과 같이 폭넓게 호칭되는 이름으로 굳어져왔다.

덧붙여 우리가 지은 별호도 있다. '김거룩'이다. 거룩은 턱이 높아 안하무인의 그런 뜻이 아니고 좀은 뻣뻣하지만 반듯하고 때깔 좋으며 어느 경우에도 품위를 잃지 않는다고 하여 여러 사람들의 합의로 명명되었다.

근래 김후란 시인은 나무를 무척이나 아끼고 귀히 여기는 것 같다. 생명의 숲 이시장, 서울그린트러스트 이사 등 숱한 직함을 가지고 활동하면서 식목일에는 대학로에서 시민들에게 묘목을 나눠주는 모습을 자주 볼 수 있다. 문학의 집 이름을 지을 때 그 앞에 '자연을 사랑하는'이라는 수식어를 붙인 것만 보아도 그 정신을 알 수 있다.

오래 교류를 하며 보니 김 시인은 비록 말이 없어도 깊숙이 품고 사는 일이 많은 듯하다. 더러는 무디고 간혹은 그저 그러려니 하고 체념하는 일들이 김 시인에게도 불쑥 치밀어오를 때가 있으리라. 그리고 그에게도 격정 같은 것이 있어 밤잠을 설칠 때도 있으리라. 그렇다. 그는 매우 녹녹하다. 그러나 그는 아주 다부지다. 다부짐은 굳셈이고 야무짐이라 할 때 속 보임이 없는 대신에 옹골참이 그 안에 있다. 그러고 보니 자신이 쓴 「자화상」이라는 시가 떠오른다.

바람 불어도
눕지 않는
세엽풍란(細葉風蘭)

그러나 문득 노을빛에
속눈썹 적시는
정 많은
노래 가슴.

바로 이런 유의 사람이 김후란 시인이다. 그 부군이신 김아 선생도 오래 교류해온 내 지인이다. 그의 타계로 겪는 김 시인의 애달픔이사 여기다 얘기할 것이 못 된다. 또 시어머니에 대한 김 시인의 간곡함이나 친정어머니와 친정 동생들에 대한 그의 애달플 정도의 사랑은, 더 나아가 두 아들에 대한 지극함과 알뜰한 정은, 그리고 손자들에 대한 사랑도 남달랐다.

그에게는 딸이 없다. 아들 둘만 슬하에 두었으니 어쩌면 삭막할지도 모른다. 그러니 그 댁 며느리는 시어머니를 친언니같이 받들어야 할 터이고 시어머니는 또 며느리를 딸처럼 지내야 하리라. 다시 말하면 밖에서는 여장부였던 김 시인이 며느리와 함께할 때면 자애스런 태도가 된다는 뜻이다. 실제로 며느리와의 대화에서 유별난 말씨며 부드러운 때깔은 어쩌면 그 자신의 천성적인 모습인지도 모르겠다는 생각이 든다.

이런 그의 자태는 여성의 '보편적 희생'과는 다른 것이다. 남자에 버금가는 잠재된 힘이 그의 창작의 원천이라면 그 생성력도 결부된 것이리라. 그래서 김 시인의 여성성에는 그늘 같은 게 전혀 보이지 않는다. 오히려 여성개발원이나 언론기관 등에 재직할 때는 그런 '그늘'에서 자신뿐만 아니라 주위의 모두를 밝고 따뜻한 쪽으로 끌어내어 밝게 일을 해낸 것 같다. 이런 성향은 이미 학생 시절 연극 무대에 출연하고 대학생 시절엔 소설로 도전하는 등 다양한 활동을 펼쳐 보였던 데서도 알 수 있다.

여러모로 김후란 시인을 살피다 보니 이런 생각도 든다. 자신의 삶을 열심히 살다 보면 그 무게를 들어낼 수 있다는 사실, 그리고 그 일이 여간 힘든 것이 아니었음도 알 수 있을 것 같다. 그러나 결과는 고단함이 아니고 분명 보람과 행복 쪽의 것이다. 그래서 제 나이를 산다는 것은 힘이 들지만 매우 소중하다는 느낌이다.

살다 보면 짜증이 날 때도 있고 후회스러운 일도 있을 것이다. 그런데 그는 늘 밝다. 엄청난 일도 잘 처리해나간다. 이는 그의 안에 내재되어 있는 굳건함 때문이다. 세월의 결을 좇아 산을 넘어가듯이 헤쳐나가는 모습이 참으로 아름답다. 청동(靑銅)그릇 같은 무게를 느끼게 하는 그의 그런 노력과 노련함이 무척 존경스럽다.

나와 헤어질 때면 그는 언제나 특별한 말없이 미소를 던진다. 약간의 웃음 띤 표정으로 손을 흔든다. 필자가 그의 첫 시집『장도와 장미』를 편찬 발간했던 1968년 그때부터 보아온 김 시인의 버릇이다. 가볍게 웃으며 흔드는 그 손은 오늘 하루 또 다음 만날 때까지의 안녕을 빌어주는 그의 마음이다.

우리 다같이 아름다워지는 버릇으로 그를 닮아가고 싶다. 세상을 바라보는 그의 눈과 마음이, 그리고 그런 삶의 방식이 우리 모두의 것이 될 때 사회도 한결 밝아지리라 생각된다.

이현재

# 김후란과의 '감성 대화'

## 시 「바람 고리」를 읽고

어찌 보면 이런 글을 쓰는 데는, 이미 움직일 수 없는 정평이 내려진 동서의 명시나 애국시 또는 저항시 같은 것을 인용하는 것이 안전하고 무탈한 일일 듯도 하다. 특정한 현역 시인을 다룬다는 것은, 세상에는 사람 사이에 친소 관계가 있고 문학적 입장도 다를 수가 있어 눈치 없는 일이 됨직도 하다.

최근 김후란 시인으로부터 새 시집『우수(憂愁)의 바람』이 보내져왔다. 나는 김 시인의 새 시집이 나올 때마다 먼저 받아보는 사람의 하나로 자처하고 있는 터이라 매우 반가웠다. 또한 시집의 제명(題名)이『우수의 바람』이고 수록된 시 각 편에 깃들인 시상(詩想) 또한 일관해서 제명 그대로 우수의 바람이 흐르고 있어 각별한 감회를 갖게 하였다.

김 시인과 나와의 해후는 무슨 극적인 만남으로 설명될 만한 것은 없다. 자연스럽게 여러 계제에 만나다 보니 서로의 사고와 인간에 대한 이해가 축적되어, 실제로는 상당히 격조하면서 감성적으로는 매일같이 대화를 나누고 있는 듯하다고나 할까. 평소 김 시인에 대해서는, 마치 노천명의 시 「사슴」 속에 표현된 사슴이 지닌 속성들을 함께 머금은 듯한 이미지를 느껴오던 터이다. 한마디로 우수에 머금은 미소가 김 시인의 대표적인 표정인 듯도 하다. 그러던 차에 이러한 이미지에 핍진(逼眞)하게 걸맞은 시집이 나왔으니 감회가 유별할 수밖에 없다.

 김 시인의 시세계는 첫 시집에서 최근의 시집에 이르기까지 언제나 변함없이 침착하고 무절제한 흥분이 없다. 키플링의 『정글북』에서이던가 아이가 멋 모르고 불에 데는 것과 같은 무지가 없고 억지가 없다. 그의 시에는 오스카 와일드적인 처절한 저항은 없으나, 그 대신 진지한 인간 설득이 있다. 이번 『우수의 바람』에서 그는 시인, 그리고 인간으로서의 원숙한 경지를 농축해서 그려내고 있다. 특히 「바람 고리」라는 시를 인상 깊게 읽었다.

> 그건 다만 흐름일 뿐
> 어느 기슭에 스쳐가는
> 노래일 뿐
>
> 떠난다는 건 슬프다
> 잠든 이의 평온함이
> 고요히 가라앉은 목소리로
> 허공에 사무친다
>
> 그러나 남기고 가는 것이 있다
> 이어짐에 얽힌 빛이
> 또 다른 고리가 되어
> 울림을 갖는다
>
> 어제와 내일을 이어주는

무한 공간의
바람 고리.

—「바람 고리」 전문

    여기 소개한 「바람 고리」에는 인간의 숙명이 순환 고리로 이어져 있어, 불교의 윤회설이나 기독교의 부활성을 연상케 해주기도 한다. 그러면서 전체의 흐름의 바닥에선 잔잔한 우수가 길게 깔려 있다. 우수란 단순한 멜랑콜리가 아닌, 인간 생명의 유한성을 잠재적으로 의식하며 생명의 광채를 사랑하는 인간의 궁극적 감정이라 할 수 있을 것이다.

    일모(一茅) 정한모(鄭漢模) 선생이 예술작품은 작가의 손을 떠난 뒤부터는 작가의 것이 아니라는 말을 한 기억이 난다. 이 말에 용기를 얻어 시의 형식도 운율도 모르는 문외한, 더구나 사물의 논리만 생각하는 버릇이 있어 감정이 메마른 사회과학도가 감정의 세계가 주공간인 시에 대해서 주제넘은 감상 몇 마디를 적고 보니, 이 시를 모독한 결과가 되지나 않았을까 걱정스럽다. '우수의 시인' 김 시인의 필명 후란(后蘭)이 고랭지 식물처럼 청초하여 잡(雜)을 거부하고 있는 것이 마음에 든다.

# 생명 신비의 탐구

우선 김후란 시인의 시 한 편을 본다

> 시간은 흘러가는 물이요
> 산은 쌓인 세월이니
>
> 세월은 저 혼자 쌓이고 쌓여
> 큰 산 되고
>
> 나는 그 그늘에
> 조그맣게 피어 있는
> 풀꽃 하나.

—「풀꽃」 전문

김후란 시인은 '풀꽃' 같은 시인이다. 산뜻하면서 애처롭고 슬픈 듯
하면서 반가운 꽃이 풀꽃이다. 유명한 꽃, 이를테면 장미, 달리아, 국화,
영산홍, 능소화 등등 대중의 입에 많이 오르내리며 관상용으로 비싸게

팔리는 꽃들은 느끼하다. 이렇게 유명하고 화려한 꽃들은 자연이면서 자연 같지 않다. 아무래도 사람의 손길이 많이 닿았기 때문일 것이다.

김후란 시인을 풀꽃 같은 시인이라 말한 것은 유명하지 않은 시인이란 뜻이 아니다. 김후란 시인은 이미 자신만의 문학 세계를 훌륭하게 구축하여 높은 평가를 받고 있는 유명한 시인이다. 여기서 '풀꽃 같은 시인'이란 말은 그의 시가 풀꽃 같다는 말이고 풀꽃 같은 작은 생명에 깊은 성찰과 사랑을 보내고 있다는 말이다. 김후란 시인에게 '풀꽃'은 자연과 생명의 한 표상이다.

우리는 18세기 이후 과학의 시대, 물질문명의 시대를 구가하며 살아왔다. 산업혁명 이후 200여 년간 인류는 자연을 파괴하고 착취하며 이를 이용하여 편리하고 풍요로운 생활을 영위해왔다. 그러나 빛이 있으면 그늘도 있기 마련이다. 그 문명의 폐해 때문에 우리 인류는 삶의 터전을 잃을 위기에 처해 있다. 이것은 일부 환경론자들의 논쟁거리로 끝날 문제가 아니다.

대량 생산, 대량 소비와 급진적 산업화, 도시화 물결로 이제 지구는 자정 능력을 완전히 상실한 상태다. 산업 쓰레기, 매연, 분진 등으로 우리 삶의 터전인 자연계는 황폐화되어가고 있다.

우리가 자연과 생명에 관심과 사랑을 보내야 하는 이유가 여기에 있다. 우리 문학은 여기에 발맞추어 풀꽃 같은 시인, 풀꽃 같은 문학이 절실하게 필요하다.

이제 인류가 지구의 주인이라는 관념을 버려야 한다. 지구는 30억 년 전에 탄생했고, 현생 인류가 나타난 것은 불과 30만 년 전으로 지구의 나이에 비하면 최근의 일이라 할 만하다. 뒤늦게 나타난 인류가 과거부터 존재한 다른 생명체들을 일방적으로 파괴할 권리는 없다. 다른 생명체들도 다 같이 이 지구에서 살 권리를 가지고 태어난 것들이다.

'풀꽃'은 지금까지 난폭하고 탐욕적인 인류에게 일방적으로 피해를 입고 파괴되어온 '자연'과 '생명'의 이미지다.

생명이 아름답고 존엄한 것은 인간에게만 해당되는 말이 아니다. 우리가 이름도 잘 모르는 풀이나 벌레 혹은 해충이나 독초에 이르기까지, 신이 만들어준 생명체는 모두 그 나름의 존귀함과 아름다움이 있는 것이다. 무엇보다 중요한 것은 이들도 다 같이 이 지구의 자연생태계의 당당한 구성원이라는 것이다.

김후란 시인은 이런 작은 생명에게까지 사랑을 보낸다. 우리가 흔히 미물이나 잡초라고 무관심했거나 멸시했던 것에게서 생명의 신비와 존엄을 발견해내고 그들을 옹호하며 친근한 동행자로 만들고 있다.

오염된 땅에서, 오염된 공기 속에서 겨우 버티며 피어 있는 풀꽃들을 보면서 깜짝 놀라곤 한다. 그 열악한 환경 속에서도 풀은 어떻게든 살기 위해 노력하고 몸부림친다. 잎도 내고 꽃도 피우고 씨앗도 맺는다. 전혀 불평이 없다. 주어진 자리에서 한 발도 움직이지 않고 자신에게 부여된 생명을 피워 올리고 생애를 다 살아낸다. 대단한 겸손이고 끈질긴 의욕이며 놀라운 힘이다. 아마도 저 생명은 먼 우주의 기운으로부터 또는 전지전능한 신으로부터 내려온 것일 것이다. 김후란 시인의 시편들 속에서는 이러한 생명의 기운으로 불려지는 노래들이 큰 울림으로 혹은 잔잔한 감동으로 다가오고 있다.

자연계의 이러한 장엄한 생명 활동을 보면서 김후란 시인은 인간을 대표하여 그들을 칭송하고 때로는 반성하며 혹은 배우고 있는 것이다. 굳이 '환경문학'이나 '생태문학' 등의 이름을 붙여 이념의 틀 속에 갇히려 하지 않으면서도 정서적으로 자연과 친화하고 나아가 생명 본질 깊숙이 시선을 보내며 그 신비성과 아름다움을 발견해내는 노력을 게을리 하지 않고 있다.

처음으로 눈을 뜬 꽃이든 애벌레든
빛부신 세상 밖으로 나올 때
햇살은 조심조심 사랑의 손길 얹는다

생명은 참으로 소중하여라
지구 한쪽에선
여전히 피 흘리는 전쟁이 있고
불붙는 재난과 다툼이 있고
병든 이 가난한 이
외롭게 누워 있어도

우주를 가로질러 온
방글거리는 아기들
향기로운 흙 헤치고 나온
연한 풀잎들까지

어머니 위대한 자연의 햇살 속에
초록의 소슬한 바람 속에
작은 행복이 너를 키운다.

―「작은 행복」 전문


　하나의 꽃이든 애벌레든 무의미한 생명은 아무것도 없다. 그것은 먼
먼 우주를 가로질러 온 것들이기 때문이다. 그리고 또다시 어디론가 가
서 또 다른 의미가 될 것이다.

이길원

# 영혼이 맑은 시인

시인들과 술 마시는 일은 즐겁다. 재미있다. 우선 주식이라든가 부동산 등 돈에 얽힌 이야기를 하지 않아서 좋다. 유쾌한 농담에 Y담도 서슴없는 시인들의 수다가 즐겁다.

사실 나는 술을 못 마신다. 술 한 잔에 얼굴이 홍당무가 된다. 그래서 술자리는 대체로 피하는 편이다. 하지만 시인들을 만나면 "한잔할까." 부추기기 일쑤다. 그런 나를 보고 어느 시인은 "술도 못하면서 부추기기는 제일 먼저 부추긴다."고 흉을 보기도 한다.

그랬다. 시인들을 만나면 늘 부추기는 편이다. 술자리는 대체로 소박하다. 그러나 유쾌한 농담으로 낄낄대며 세상 돌아가는 이야기 하는 재미는 보통이 아니다. 무엇인가 재미있는 이야기 하나쯤은 준비해야 흥을 돋운다는 생각도 한다. 그래서 잊고 있던 농담의 기억을 더듬으려 애쓰기도 한다.

돌아서면 잊어버리는 별 뜻 없이 남의 흉도 보며 히히대기도 한다. 흉의 대상도 다양하다. 작고한 원로 시인들의 핑크빛 사연에서부터 한 줄

신문 기사의 후일담 등 다양하다. 끝없이 이어지는 이야기는 듣고만 있어도 재미있다. 때로는 흉인지 칭찬인지 구분이 안 가는 묘한 언어 구사로 좌중을 즐겁게 하는 시인들도 많다.

그런데 김후란 시인은 술자리에서 농담으로라도 남의 흉을 보지 않는다. 좀 심한 Y담엔 아직도 소녀처럼 얼굴을 붉히는 수줍음을 보이기도 한다. 김 시인이 남을 비난하거나 비아냥거리는 소리를 들어본 일이 없다. 문단 안에서나 밖에서나 그를 좋아하고 존경하는 사람들이 많은 연유도 거기에 있는지도 모른다. 김후란 시인의 「세상 보기」라는 시는 이런 그의 살아가는 자세를 잘 보여주고 있다.

가슴속
향기 감돌게
깨끗이 비우고 고마워하기

차오르는 목소리
다스려 누르고
미소 짓는 여유로
세상을 보기

목마른 세월에
훈훈한 차 한 잔
세상에서 가장 소중한 사람
가만히 손잡고 정다운 눈길

아무것도 아닌 것
서운해 말고
서로가 그리운

느낌이 되기.

—「세상 보기」 전문

　김후란 시인에게 또 하나 놀라운 점은 젊은이 못지않은 건강과 열정을 가지고 있다는 점이다. 문단에서 팔순에 접어든 선배들은 대체로 구부정한 허리에 느릿느릿한 걸음으로 우리에게 다가오는 편이다. 앉으면 무릎이나 허리 통증을 호소하기도 한다. 그게 정상이다. 그런데 김후란 시인의 걸음걸이나 앉은 자세는 젊은이처럼 꼿꼿하기만 하다. 일에 대한 열정도 대단하다. 무슨 특별한 운동을 한다는 이야기를 들은 바 없는데도 앉은 자세는 젊은이처럼 단아하기만 하다.

　'문학의 집·서울' 설립 이후, 지금까지 15년 동안 이사장으로 봉사해 올 수 있는 힘도 그의 그런 건강과 열정 때문일 게다. 나이가 믿기지 않는다. 그는 주변의 모든 사물과 사람들을 사랑으로 대하며 감사해하고 있다. 시인의 맑은 영혼을 대변하는 그의 말 한마디 더 들어보자.

하루해가 저무는 시간
고요함의 진정성에 기대어
오늘의 닻을 내려놓는다
땀에 젖은 옷을 벗을 때
밤하늘의 별들이 내 곁으로 다가와
벗이 되고 가족이 된다
우연이라기엔 너무 절실한 인연
마음 놓고 속내를 나눌 사람
그 소박한 손을 끌어안는다
별들의 속삭임이 나를 사로잡을 때
어둠을 이겨낸 세상은 다시 열려

나는 외롭지 않다
언젠가는 만날 날이 있을 것으로 믿었던
그대들 모두 은하(銀河)로 모여들어
이 밤은 우리 따뜻한 가족이다.

—「따뜻한 가족」 전문


　맑은 영혼을 가진 김후란 시인을 문단의 선배 어른으로 모시고 있다
는 것은 행복이다.

## 김선영

# 존재의 빛으로 우주와 소통하는 시인

내가 본 김후란 시인은 50년 지켜보았는데도 그의 품성과 몸가짐에 단아함이 한결같고 변함없다. 항상 반듯하고 곧은 성격, 우아한 담화, 나직하고 따뜻한 목소리, 거기에다 황후와 같은 기품에 난초 향내가 나는 듯하다. 범속한 농담이나 낮은 흥미로 떠보는 호기심은 그에게 있어서는 금물이다. 나는 이때까지 그가 타인의 풍문이나 결점을 대화 위에 띄우는 걸 보지 못했다, 그는 인생을 올곧게 살아왔다는 생각, 교과서적 모범생 같다는 생각을 늘 가지게 한다.

그런 가운데 온화함과 격조 높은 인품으로 그는 시인 외에도 많은 직함을 가지고 살아왔다. 신문사 논설위원, 여성개발원장 등…… 그런 직함을 가지고 있어 누군가 그에게 정치 행보의 관심을 은근히 떠보지만 그는 1초도 기다리지 않고 강하게 고개를 좌우로 흔든다.

일평생 시인으로만 살겠다는 그의 의지 표명은 퍽 마음에 들게 하는 것이었다,

그는 그렇게 시만 사랑하고 작품 활동에 뜨거운 열정으로 일관해왔으며 많은 시집을 통해 시적 변모와 발전을 화려하게 펼쳐 보여주었다.

50년 전 이 나라 최초의 여성 동인지『돌과 사랑』이 청미회의 이름으로 처음 발족할 때 동인 결성에 불씨를 붙인 장본인이기도 한 그를 처음 만났었다. 아름다운 미모에 재색을 겸비한 장래가 촉망되는 시인이었다. 근래 청미 50년 기념총집을 출간하기까지 끊임없이 일궈온 청미 동인의 움직임 안에는 김후란 시인의 적극적인 봉사와 헌신이 숨어 있다.

그가 수많은 화려한 직함들 속에도 오직 한길 시인으로서의 길을 이탈하지 않고 열심히 달려온 것은 시에의 애정이 누구보다 깊고 컸기에 계속 시를 써왔으며 새로운 언어의 탐색과 발굴, 다양한 시 정신으로의 실험성과 변신이 가능했던 것이다.

2013년 시월사에서 출간된 그의 시선집『존재의 빛』책머리에서 그는 자신의 시세계를 세 갈래로 분류하고 있다.

> 제1부 : 문단 등단 초기의 풋풋한 인생관조와 정열
> 제2부 : 존재론적 심층 추구와 자연 사랑 정신
> 제3부 : 스스로 연륜을 생각하게 하는 인생관, 가족관, 인간관계의
> 소중함, 생명 존중 사상에 근거한 깊은 인식과 정감이 관심의 초점으로 드러남 등이다.

1976년도『심상』지에 나는「청미 동인의 작품 세계」를 논했는데 김후란 시인에 대하여는 "현실감각과 사회의식을 예리하게 표현해온 김후란은 날렵하게 감각의 장미를 보여주었다"고 썼다,

> 은장도 빼어든
> 여인의 손

파르르 떠는
소매 끝에
사랑, 그 한 가락으로
피었다

―「장미 2」부분


　　그때 장미와 은장도의 은유적 대비는 나에게 현대시의 특징인 은유와
상징의 기교로 보여 강렬한 자극을 느끼게 했다. 그가 천명한 인간관계
의 소중함, 생명 존중 사상에 근거한 깊은 인식과 정감에 관심이 깊어갈
때의 그의 시 정신은 인간과 인간끼리의 따스한 연대 의식, 소통 원활함
이 그의 언어들을 감싸고 있었는데 「나의 서울」로 문명 의식을 날카롭게
해부하고 「생선 요리」와 같은 작품에서도 언어의 새로운 시도를 보이고
있었다.
　　그는 50년간의 총체적 시 작업인 시선집의 제호로도 시 작품 「존재의
빛」을 그대로 옮겨다 사용했는데 그의 존재의 빛은 인간을 향한 관심과
화해와 사랑과 함께 자연을 동반한 우주에로의 행진이었다.


　　새벽별을 지켜본다

　　사람들아
　　서로 기댈 어깨가 그립구나

　　적막한 이 시간
　　깨끗한 돌계단 틈에
　　어쩌다 작은 풀꽃
　　놀라움이듯

하나의 목숨
존재의 빛
모든 생의 몸짓이
소중하구나.

─「존재의 빛」 전문

우주와 인간과 자연을 꿰뚫는 존재의 빛은 바로 시인 자신이었다.

바람 불어도
눕지 않는
세엽풍란(細葉風蘭)

그러나 문득 노을빛에
속눈썹 적시는
정 많은
노래 가슴.

─「자화상」 전문

바람이 불어도 눕지 않는 세엽풍란인 시인 자신은 강인한 시 정신 안에 노을빛에도 여려지는 시인만의 부드러움으로 우주의 「빈 의자」에 빛나는 시 정신으로 앉을 것이다. 존재의 빛을 발하며 오래오래 서정시인의 자리에 앉을 것이다.

# 나에게 시를 가까이하게 한 시인

나는 시를 읽지 않는다, 이렇게 글을 시작하려고 보니 김후란 시인을 비롯한 모든 시인에게 예가 아닌 것 같아서 나는 시를 잘 읽지 않는다, 로 바꾸기로 한다. 보다 정확히 말하면 이런 단정적인 문장을 김후란 시인은 틀림없이 좋지 않다, 할 듯싶어서다. 김후란 시인은 모든 면에 엄격한 편이지만 특히 '말'에 깍듯한 자세를 보인다. 기품이 느껴지는 그의 인상은 이런 언어에 대한 엄격함에서 비롯하는 걸까? 그러나 소녀같이 고운 목소리와 부드러운 말씨는 누구나 경계하는 마음을 풀고야 말게 된다. 모두(冒頭)의 문장은 시를 읽지 않는 것이 자랑스러워 한 말이 물론 아니다. 시를 읽지 못해 죄송합니다, 라는 뜻이 있고 시까지 읽을 수 없었습니다, 라는 사죄의 뜻도 있다. '나는 시를 읽지 않는다.'라는 말을 겁 없이 할 수 있었던 것은 실은 서지문 교수가 네이버캐스트 토론장에서 하는 말을 듣고 용기를 낸 것이다. 아, 나 같은 사람도 있구나 하고 급공감을 했었다. 내가 이 말에 공감하게 된 것은 소설 연구가 나의 전공인 데 그 원인이 있다고 생각한다. 시는 한마디로 애매한 성격의 글이다. 이 애매성을 이해하려면 음미하며 오래 뜸을 들여야 하는데 우선 그럴 마음의 여유가 없이 살아온다. 아니 머리가 나빴다고 해야 할 것이다. 술어가 분명한 문장을 이해하고 적용하기도 벅찬 나의 둔재는 시 읽기를 노상 뒤로 미루었다. 당연히 시인들은 나를 차츰 멀리하게 되었을 터이다. 그리하여 이 글은 시론이 아니고 인물론이 된다.

김후란 시인을 처음 만나기는 상당히 오래전 일이다. 대학을 졸업하고 대학신문사(『숙대신보』)에 근무하다가 그만둔 60년대 후반 어떤 선배와 함께 들른 경향신문사 앞 다방에서 처음 만났다고 기억한다. 당연히 김후란 시인은 그때의 나를 기억하지 못할 것이다. 나로서는 그보다 대학 재학 시절 스승인 김남조 선생님께서 소중해하시며 말씀하시는 청미(靑眉) 동인의 한 분으로 김후란 시인을 잘 기억하고 있었다. 그때 청미동인회가 탄생했고 동인지 『돌과 사랑』이 나왔다. 그 후 언론인으로서 쉼 없이 활동하고, 시를 쓰면서 여성개발원장을 지내는 등 늘 언론과 문학 등의 일선에 있었으므로 누구나 김후란 시인을 알게 되어 있었지만 내가 다시 만난 것은 '자연을 사랑하는 문학의 집·서울'에서였다. 이사장 김후란 시인은 나를 불러 연구한 여성 작가에 대하여 발표하게 했다. 이제 생각하면 문학사에서도 다루지 않은 여성 작가들의 작품 세계를 조명하고 추모하며 기록으로 남기는 작업을 해준 것은 참으로 귀한 일이었다. 그것을 의식하지도 못한 채 불러주면 당연한 듯 가곤 했던 것이 새삼 감사하다.

그뿐이 아니다. 박화성연구회를 만들어 매년 학술대회를 할 때 『월간조선』에 실린 박화성 선생의 미발굴 자료(글)를 찾아 이규희 작가를 통해 전해주기도 하는 등 격려를 해주었다. 이 예에서도 알 수 있지만 이사장 김후란 시인의 문학을 아끼고 사랑하는 자세는 후진으로 하여금 번번이 옷깃을 여미게 할 만큼이었다. 하기는 그런 열정이 없고서야 매일 출근하여 그 많은 기획과 행사를 해낼 수가 있겠는가. '자연을 사랑하는 문학의 집 · 서울'에서 '수요문학광장', '음악이 있는 문학마당'에 참여하며 작가와 작품을 소중하게 모시고 기록하되 그 작업을 세상에 굳이 알려 자랑하지 않는구나, 소위 홍보에 관심을 두지 않는구나, 나는 그렇게 느꼈다. 그 점이 김후란 시인의 문학에 대한 엄격한 자세를 느끼게 하였고, 문학을 도리어 상업주의와 저널리즘으로부터 지키고 있다는 느낌도 들게 했다.

되돌아보니 그동안 '자연을 사랑하는 문학의 집 · 서울'을 통해서 많은 도움을 받았다. 문인과 만나는 나의 많지 않은 계기가 이곳에서 이루어졌다. 평론이란 학술과 창작의 중간에 걸쳐지는 작업이라 점수에 유리한 학술에 치우치고, 따라서 문인과 만나는 일에 별로 노력을 하지 않기 쉽다. 지나고 보니 '문학의 집 · 서울'의 덕택에 이룬 업적들이 꽤 된다. 그러나 혜택을 받은 문인과 학자가 얼마나 많으랴? 운영하는 입장에서 이사장 김후란 시인의 노고가 무척 컸을 것을 이제 새삼 알겠다.

김후란 시인은 내게 시집도 꼬박 보내주었다. 오래 문안도 없이 지나다가 독한 감기에 걸려 새해인사도 하지 못한 채 어느덧 4월에 접어들었을 때 김후란 시인이 전화를 하여 "우리 새해인사도 나누지 않았지요?"라고 나의 민망을 미리 감싸주며 자연스럽게 말문을 틔워주었다. 나는 내심 크게 놀랐다. 그 관대함이 새삼 돋보였음은 물론이다. '문학의 집 · 서울'로 찾아갔을 때 김후란 시인은 나혜석 문학 세계를 발표하라 하고 얘기 끝에 자신의 전집을 내려 하는데 시론을 써보겠는가 물었다. 나는 시를 공부하지 않았기에 시인의 어린 시절을 쓴『덕이』를 대상으로 한다면 뭔가 쓸 수 있을 것 같다고 했다.『덕이』는 소중한 시대적 증언이 담긴 책이라고 보았기 때문이다.

김후란 시인이 쓴 글들을 모으고 내게 있는 책을 꺼내놓고 보니 시집과 책이 적지 않았다. 그중에 나를 감동시킨 것이 아무에게나 주지 않는

다는 활판본 시집『존재의 빛』이었다. 고백하거니와 이러한 활판본 시집
을 내게 보내준 시인은 몇 명이 안 된다. 그중에 김후란 시인의 시집이
있었다는 것은 솔직히 황송한 일이었다. 그만큼 나라는 존재는 문인으
로나 평론가로나 어디에 얼굴을 내밀 수 없는 사람이라고 스스로 생각
하고 있는데 김후란 시인은 몰랐던 것일까? 물론 알고 있었을 것이다.
그럼에도 정성스레 싸인을 해서 보내준 시집을 열고 시를 읽으면서 나
는 갑자기 목이 메었고 이어 눈물까지 쏟는 이변을 체험했다. 눈물을 흘
리다니. 쿨하고 드라이한 가슴은 눈물을 그리워할 지경으로 눈물을 흘
려본 기억이 아득했다. 그런데 거짓말처럼 나는 한동안 눈물을 멈출 수
가 없었다. 싸인하며 손수 적어준 "지금 깨어 있으므로/눈부시다/날마
다 새롭다"처럼 일신 우일신(日新又日新)의 자세로 살고 또 시를 써온
'큰 어른'이 나를 평론가로 인정을 해주고 키워주었다는 것을 그제야 알
아차렸다. 나를 울게 한 김후란 시인, 그동안 이 무명의 연구자를 김후
란 시인은 연구 결과를 곁에서 지켜보고 있었던 것처럼 불러주고 발표
의 기회를 주어 '키워준' 것이다. 그가 무엇이 부족해서 나 같은 무명의
존재에게 글을 청탁하시겠는가. 김후란 시인의 인물론은 이로써 다 쓴
거나 마찬가지다, 라고 나는 생각했다. 이런 그의 인품은 어디서 나온
것일까?

『덕이―나무도 말을 하겠지?』의 미덕을 이야기하기 전에 내가 가장 주
목했던 것을 말해야겠다. 당신의 유년기 체험을 쓴『덕이』에서 시인은
어머니에 대해 닮고 싶은 분이라고 썼다. 어머니에 대하여 이렇게 긍정
적인 태도를 보인 여성 작가를 나는 별로 만난 적이 없다. 물론 남성 작
가들의 사모곡은 한도 끝도 없이 많다. 아들에게 온갖 정성을 다 기울인
어머니의 사랑에 비길 것이 세상천지 어디에 있겠는가. 그러나 딸은 그
렇지 못했다. 여성의 경우 대부분이 어머니와 불화 관계이다. 그런데 시

인은 어려서부터 어머니를 닮고 싶었다고 한다. 어머니의 입매도 곱게 진지 드시는 모습이 좋아 보여, 어떻게 잡수시는지 입술에 물기도 안 묻히고 여전히 깨끗한 입술을 닮으려 밥 한 번 떠먹고 손등으로 입술을 닦고 또 한 번 떠먹고 입술을 닦고…… 했다고 한다(207쪽). 수필에서도 비슷한 대목이 있다.

> 허술한 차림의 여인이 등에 아기를 업고 머리에는 보퉁이를 인 채 어린 딸을 데리고 가고 있었다. 아마도 저녁밥 지을 걱정에 성급해 있는 걸음이었다. "아차차!" 서둘던 아기 엄마가 그만 돌부리를 차고 곤두박질을 하였다. 나동그라지는 건, 면했지만 고무신짝이 저만치 날아가고 버선발이 흙먼지를 뒤집어썼다. 일곱 살쯤 되었을까, 어린 딸이 달려가 고무신을 주워다가 인조견 분홍 치마자락으로 깨끗이 닦았다. "에그 그 치마가 뭐 돼냐." 엄마는 소리쳤다. 딸아이는 싱긋 웃고 이번에는 엄마의 버선발을 들어 손으로 톡톡 털어주고 고무신 위에 얹었다. 그들은 다시 걷기 시작했다. 여인은 생각난 듯이 아카시 가지를 꺾어 딸아이의 손에 쥐어준다. "이 꽃은 먹는 꽃이야." 아이는 기쁜 듯이 꽃잎 하나를 입에 넣고 타달타달 먼지 길을 걸어갔다. 그날 나는 피곤하지 않았다. 그리고 가슴 훈훈한 기억이 그 아름다운 길과 함께 오래오래 잊히지 않았다.
>
> ―「어느 해 오월에」, 김후란 수필집,
> 『태양이 꽃을 물들이듯』, 범서출판사, 1976

어머니를 위하는 어린 딸아이가 마치 『덕이』의 덕이 같다. 시인의 어머니를 닮고자 하고 섬기는 마음이 이 어머니와 딸의 모습에서 다시 재연되고 있다. 어머님을 닮고자 하는 마음은 어머니를 넘어 스승 김남조, 신석초, 정한모로, 세종으로 안중근으로 그리고 자연과 우주로 확대된다. 그가 쓴 시 『세종대왕』과 「안중근 의사」는 시의 문학성을 지킨 송시

(頌詩)로서 완결성을 보였다. 바탕에 섬기는 마음을 지닌 그의 시심 덕분이 아닌가 한다. 시를 사랑하는 지극한 마음은 인생을 사랑하고 문인들 모두를 섬기는 넓은 가슴이 되었다.

> 시를 사랑하는 마음으로
> 인생을 사랑해야지
>
> 소낙비 지나간 뒤
> 현란한 무지개
> 공해 덮인 서울 하늘에
> 꿈처럼 걸린 날
>
> 사람들은 오랜만에
> 비 갠 하늘을 올려다보았다
> 아, 눈부신 시간
>
> 늪을 지나 언덕 위
> 풀밭에 쉬면서
> 그래, 시를 사랑하듯이
> 인생을 사랑해야지.
>                    —「시를 사랑하듯이 인생을 사랑해야지」 전문

어머니를 닮으려고 한 시인에게서 나는 지모신과도 같은 큰 인물을 본다. "서 있는 성모는 십자가 앞에 있다. 그가 바라보는 아들은 그녀의 아들이 아니라 대문자의 아들 인류이다." 어머니의 마음은 시와 함께 자라서 예수의 눈을 바라볼 수 있게까지 된다.

나는 외람스럽게도 예수의 그윽한 눈을 사랑한다 신념이 있고 예언

할 수 있고 인간을 볼 수 있는 이, 그런 이만이 가진 속 깊은 눈을 사
랑한다

그 눈앞에 내 어둠을 죽이고 싶다

가장 아름다운 건 슬픔을 누르고 미소 짓는 것, 미소 너머로 세상을
보는 것, 오 그런 이만이 가진 뜨거운 눈물을 사랑한다

그 눈물로 씻기우고 싶다.

—「그 눈앞에」 전문

"가장 아름다운 건 슬픔을 누르고 미소 짓는 것, 미소 너머로 세상을
보는 것, 오 그런 이만이 가진 뜨거운 눈물"은 곧 김후란 시인의 것이 아
닐까?

『덕이—나무도 말을 하겠지?』는 아동을 위한 자전책이다. 1992년 자
유문학사에서 낸『노래하는 나무』를 부분적으로 보완해서 2010년에 출
간한 작품인데 8·15광복을 전후한 시대에 초등학교 학생이던 시인의
진솔한 생활 체험기이다.

이른바 우리 문학의 암흑기라고 하는 일제 말의 생활상은 놀랍게도
거의 기록이 남아 있지 않아 이 작품은 아동을 위해서만 아니라 우리 시
대를 증언하는 중요한 자료적 가치를 지닌 책이다. 칠남매와 부모님의
다복한 가정의 셋째 딸인 덕이는 태평양전쟁기(1941~1945) 초등학교에
다닐 때 일본에 폭격이 행해지자 서울에도 미군 비행기의 공습에 대비
해서 학교 운동장에 방공호를 수없이 만들던 일, 일본 말을 안 쓰고 우
리말을 썼다고 벌을 서던 일이며 괴상한 방공 연습, 피난 가서 겪은 시
골 생활 체험, 안양에서 서울까지 기차 통학하던 일, 쌀을 구하러 외가
에 다녀오며 가슴 조이는 체험을 한다. 서울에서의 생활과 안양에서의

초등학생 시절 생활이라는 매우 대조적이고 희귀한 체험이 이 책을 더욱 소중하게 한다. 특히 서울 근교의 기차 통학 생활 기록은 아마 거의 유일한 증언이 아닐까 싶다. 또 광복의 날을 맞은 날의 증언, 중국에서 독립운동을 하다 돌아가신 큰아버지의 유품마저 경찰 조사에 지워야 했던 가슴 아픈 이야기, 쫓겨 가는 일본인, 말로만 들었던 코쟁이 미군들, 흑인들이 도착한 행렬을 마중 가서 처음 목격한 이야기와 5학년에 처음 한글을 배운 이야기 등 살아 있는 시대적 증언이 실감나게 담겨 있다.

"외동딸 외동아들이 보통인 요즘과는 또 다른 가정 분위기에서 왁자지껄 형제 자매 일곱 명이 뒤엉켜 그 나름대로 재미있었던 일, 복잡한 일, 심각했던 일 등으로 이어진 나날들"이었지만 "지난날 가족의 한 표본일 수도 있고" "새로운 시대를 사는 어린이들에게는 당시의 역사적 문화적 배경을 이해하는 데도 얼마간 도움이 될 것"이라고 서문에 썼듯이 모두가 흥미 있고 귀중한 증언들이다. 또한 이 책이 보여주는 단란하고 따뜻한 가족 공동체의 모습은 시인이 따뜻한 가족의 시를 지향하게 되는 한 원류를 보여준다 하겠고, 가족의 해체까지 논의되는 오늘날에 귀한 가르침의 자료가 될 만하다. 조한혜정 교수도 '가정, 윤리의 싹을 틔우는 곳'이라고 해서 독신가구가 25%가 된 현실, 가정이 없다면 삶의 기쁨과 윤리적 태도를 어디서 배울까? 걱정한 바 있다.

『덕이』를 보면 김후란 시인의 웃어른만이 아니라 아랫사람 모두를 섬기는 마음과 반듯한 삶의 자세, 언어에 대한 엄격한 태도 등이 그의 어린 시절부터 가꾸어져 나왔음을 알 수 있다. 시에 대한 열정이 이룬 문학과 더불어 '자연을 사랑하는 문학의 집·서울'이 이루어가고 있는 문학 메카로서의 업적 등, 김후란 시인은 팔순에 이르도록 근면 성실의 외길을 걸어온 진실로 자랑스러운 우리 문단의 큰 나무요, 원로 시인이다.

정호승

# '회사후소(繪事後素)'의 시인 김후란

시인 김후란 선생님은 온유하다. 그리고 다감하다. 선생님을 그 어떤 한두 마디의 언어로 표현하기 어렵지만 이 두 낱말이야말로 선생님의 내면과 외면을 나타내주는 가장 적합한 말이라고 생각된다.

선생님을 자주 뵈올 수는 없지만 어떤 공적인 자리에서라도 잠깐 뵙게 될 때 나는 늘 선생님의 온유함을 느낀다. 선생님의 말씨는 조용하며 따뜻하고 부드럽다. 선생님의 눈빛은 아침 햇살이 고요히 빛나는 강가의 잔물결 같다. 그리고 그 물결에서 피어오르는 선생님의 미소는 잔잔하고 그윽하다.

나는 이런 선생님을 뵐 때마다 늘 원초적인 모성을 느낀다. 마치 내가 어떤 큰 잘못을 저질렀는데 "괜찮다, 지금 네 마음이 그렇다면 괜찮다. 오히려 내가 미안하다. 살다 보면 그럴 수도 있다. 힘내거라" 하고 내 어머니처럼 위로의 말씀을 건네시는 것 같다.

사람이 나이가 들어가면서 완성되는 인품의 한 아름다운 모습을 선생님을 통해 나는 깨닫는다. 항상 온유한 모습으로 다른 사람(선생님의 경우는 아랫사람이 대부분일 것이다)을 대하시는 선생님의 모습은 앞으로 내가 지향해야 할 한 가르침의 모습이 아닐 수 없다.

한 사람의 외면은 그 사람의 내면에 의해 결정된다. 내면의 온유함 없이 외면의 온유함은 드러나지 않는다. 물론 모두에게 다 그러하실 수는 없지만 선생님께서는 가난하고 상처받은 사람들의 아픈 마음을 대부분 다 어루만지시려는 듯하다. 어떤 상황에서든 선생님은 상대방에 대한 배려의 마음이 깊다.

언젠가 서울시청 광장에서 선생님과 함께 시 낭송을 하게 되었다. 주최 측은 기억이 잘 나지 않지만 내가 무대에서 시를 낭송할 때 그 시의 내용에 맞게 무용 팀에서 안무를 하게 돼 있었다. 그런데 내가 그런 사실을 모르고 객석 맨 뒤에 앉아 있었던 탓으로 낭송할 시와 안무가 서로 조화를 이루는지 맞춰보는 기회를 잃게 돼 내 시 낭송이 아예 취소돼버렸다. 초청을 받아 시를 낭송하러 왔는데 그만 그런 이유로 즉석에서 취소된 것이다.

그럴 경우, 나는 성격상 "그럼 안 하면 되지 뭐" 하고 마음은 다소 언짢지만 쉽게 포기해버린다. 그런데 선생님께서는 그게 아니었다. 시를 낭송해달라고 초청을 했고, 또 시를 낭송하기 위해 시인이 현장에 와 있는데 취소하는 건 잘못이라고 판단하시고 주최 측에 항의해서 배경 안무 없이 시를 낭송할 수 있도록 조처해주셨다.

그때 나는 선생님께 "낭송 안 해도 괜찮습니다. 너무 애쓰지 않으셔도 됩니다" 하고 말씀드렸는데, 선생님께서는 "시를 낭송하러 여기까지 왔는데 그렇게 되면 안 되지. 조금 기다려봐요" 하고 단호히 말씀하셨다. 아마 선생님께서는 거기까지 와서 그냥 돌아갈 내 마음을 헤아리신 것이라고 생각되었다. 그리고 시인의 자존심이라 할까, 사회적 위상이라 할까 그런 점을 보호해주시고 싶었던 것이라고도 생각되었다.

문학인은 모름지기 좋은 작품을 쓰기 이전에 좋은 사람이 되는 것이 중요하다. 내가 지금까지 웃어른들한테 늘 들어온 말은 좋은 작품을 쓰는 시인이 되기보다 먼저 좋은 인간이 되어야 한다는 말이다.

"인간이 안 돼 있는데 작품만 좋으면 뭐하노."

이런 말씀은 그만큼 '인간이 된다는 것'이 중요하다는 것을 뜻한다.

인간이 된다는 것은 무엇일까. 어떻게 하면 내가 인간이 될 수 있는 것인지 그것을 이해하고 실천하기는 참으로 어렵고 막막하다. 그렇지만 나는 선생님께서 어느 지면에 글을 쓰심으로써 말없이 가르쳐주신 한마디 말씀을 통해 그 뜻을 조금이나마 이해하게 되었다.

회사후소(繪事後素). 나는 이 말씀을 선생님께서 쓰신 글을 통해 알았다. 이 말은 『논어(論語)』에 나오는 말로 공자께서 하신 말씀이다. 회사(繪事)는 그림을 그리는 일, 후소(後素)는 흰 바탕을 만든 다음이라는 뜻이므로, 그림을 그리는 일은 흰 바탕을 만든 뒤에 하는 것이라는 뜻이다. 즉 본질이 있은 연후에 꾸밈이 있다는 뜻이며, 밖으로 드러난 형식적인 것보다는 그 형식의 본질인 내면의 덕성이 더 중요하다는 뜻이다.

이는 시를 쓰는 일도 인간이 먼저 된 후에야 좋은 시를 쓸 수 있다는 말씀이다. 내가 좋은 시를 쓰기 위해서는 좋은 인간의 바탕을 먼저 이루어야 한다는 것이다.

선생님께서 가르쳐주신 이 명료한 한마디를 통해 나는 시인으로서 어떤 바탕을 먼저 지녀야 하는지 뒤늦게 깨닫게 되었다.

선생님께서는 등단 55년 동안 열두 권의 시집을 내셨다. 나는 그중에서 선생님의 두 번째 시집 『음계(音階)』를 또렷이 기억한다. 커다란 달항아리가 표지 전체를 이루고 있는 그 시집은 한국시인협회에서 1971년에 발간한 것이다. 그 무렵 20대 초반이었던 나는 시집을 구해 매일 읽는 기쁨 속에서 지날 때였는데 서울 시내 어느 서점에서 구입해 읽은 것으로 기억된다. 이제 그 시집이 누구의 서가에 있는지 (나는 시집을 누가 달라고 하면 얼른 줘버린다) 모르지만 내 가슴속에 선생님의 그 시집은 늘 살아 있다.

나는 김후란 선생님의 시의 바탕을 이루는 원형은 모성이라고 생각한다. 지금까지 써온 선생님의 시 전체에서 솟아나는 하나의 원천을 이야기하라면 그것은 바로 깊은 모성의 샘이다. 그것은 마치 강원도 태백의 검룡소에서 발원된 물이 한강을 이루고, 황지못에서 솟아난 물이 낙동강을 이루는 것과 같다. 선생님께서는 지금까지 인간과 자연과 사물에 대한 모성적 시의 마음을 결코 잃지 않으셨다.

모성은 인간 존재의 기초다. 모성은 사랑의 가치를 구현한다. 모성은 무조건, 무한함, 희생, 책임, 용서 등의 본질적 가치를 지니며, 그 가치는 바로 사랑이다. 선생님의 시는 그 사랑의 모성적 구현 이외에 다른 말로 표현하기 어렵다. 선생님의 대표적인 시 「공양」을 읽어본다.

> 숲 속을 걸었다
> 울창한 나무들 사이에
> 쓰러져 누운 고목이 있었다
> 흰개미들이 모여들었다
> 부서져 나가는 몸
> 아, 이렇게 누군가를 위해
> 나를 바친다면
> 나를 버려 다시 살아난다면.
>
> —「공양」 전문

깊은 숲 속에 생명을 다하고 쓰러져 누운 한 그루 고목의 죽음은 단순히 죽음으로 그치지 않는다. 흰개미들에게 자신의 육신이 부스러기가 될 때까지 다 공양함으로써 다시 사는 삶을 산다. 이는 모성적 사랑을 완성하는 삶이다. 나는 이 시에서 선생님의 사랑의 모성적 본질을 본다.

이제 선생님께서는 팔순을 넘기시고 지금까지의 시업을 정리하고 그것을 디딤돌 삼아 다시 새로운 시의 길로 떠나실 채비를 차리고 계신다.

나는 언젠가 우연히 선생님께서 미리 쓰신 유언의 글을 읽어본 적이 있는데, 그 글에서 앞으로 남은 삶에 대한 선생님의 시적 지향점을 발견할 수 있었다. 선생님께서는 그 글에서 예수께서 말씀하신 빵의 의미에 대해 말씀하셨다.

> 예수님이 "나는 빵이다"라고 말씀하셨고 우리 누구나 남들에게 이로운 빵이 되어야 한다고 깨우쳐주셨다. 밀알이 자신만을 위해서 존재한다면 그것으로 끝나지만, 찧어서 가루가 되고 반죽이 되고 불에 익혀지는 고통의 자기 변신이 있을 때 누군가의 생명을 도와주는 이로운 빵이 됨을 우리는 알고 있다.
>
> 그러나 실천을 얼마나 했느냐는 차원이 되면 고개를 들 수가 없다. 남을 도우면서 자선의 참뜻을 살리는 길을 희망하기도 했지만 여건이 허락지 않았다. 다만 남에게 해로움을 끼치지 않고 남들이 잘되기를 빌어주는 마음으로 살아왔다고 하는 정도로 자기위안을 삼는 수밖에 없겠다.
>
> ― 2009 한국여성문학인회 년간문집
> 『흙으로 가는 아름다운 여행』 부분

빵은 곧 자기희생을 의미하고 희생은 곧 사랑을 의미한다. 희생 없는 사랑은 없는 것이다. 이 유언의 글에서 알 수 있듯이 앞으로 선생님께서는 모성적 사랑을 바탕으로 시업을 계속 이어나가실 게 분명하다. 이제 선생님 시의 모성적 세계가 우주적 질서 속에서 어떻게 나타나고 있는지 선생님의 시 한 편을 읽어보면서, 선생님의 시인으로서의 삶에 경외의 마음을 바친다.

> 당신은 내 손을 잡고 걸으니
> 그것은 당신의 기쁨입니다
> 당신의 체온이 실려 오는 동안
> 그것은 나의 우주입니다
>
> 같은 쪽 같은 하늘 바라보며
> 가슴 뜨거운 이 순간
> 휘청대는 발걸음
> 서로 부축하면서
> 절로 차오르는 이 행복감
>
> 비바람 거센 밤
> 깊은 눈 험한 길도
> 당신이 내 손을 잡고 걸으니
> 우리의 우주는 맑은 하늘입니다.
>
> ―「사랑의 손을 잡고」 전문

이승희

# 시인으로 살아가는 일의 행복

### "살아 있다는 말은 꿈꾼다는 말", 김후란 시인

"꽃샘추위라는 말, 참 예쁘지 않아요? 춥다는 말에 방점을 찍을 게 아니라 그렇게 바람이 꽃을 흔들어 깨우고 있다고 생각해보면, 그 꽃도 바람도, 그 관계 맺음도 참 아름답다는 생각이 들거든요."

꽃샘바람이 한창인 4월의 남산 길을 아이고 춥다를 남발하며 잔뜩 웅크린 채 걸어가는데 나란히 걷던 김후란 시인이 툭 던진 말이다. 아, 봄바람은 그래서 부는구나 그렇다면 기꺼이 견디어야 하겠구나, 아니지 저 바람 다 내게로 와서 나도 우리도 다 같이 꽃이나 피었으면 싶다고 중얼거렸다.

그렇게 서울 남산 '문학의 집'에도 봄이 오고 있었다. 진달래가 툭툭 던져놓은 말처럼 피어 있는 산기슭으로 또 한 차례 찬바람이 거칠게 나무들을 두드리고 간다. 저 거친 바람에 대해 그렇게 이해하는 마음이라면, 그런 마음의 결이라면 이 봄은 또 얼마나 황홀한가 싶다. 서두르지 않는 눈빛, 조급해하지 않는 말투가 창을 타고 넘어온 햇살처럼 가득했던 실내에서 더 이상 바람 소리는 들리지 않았지만, 이상할 만큼 봄바람은 선명하게 보였다. 시인의 말 한마디가 세상 일부를 그렇게 바꿔놓은 것이다.

사람의 마음이란 그런 것이라 했다. 문학이 그렇고, 문학을 하는 마음이 그런 것이라 했다. 아니 시를 즐기고 문학을 즐길 줄만 알아도 그렇게 세상은 달라질 수 있다고 믿는, 그런 믿음으로 반세기 동안 자신을 문학으로 단련하고 풀어주고 이해하며 살아온 시인의 또 다른 봄이 그렇게 오고 있다.

## 1. 등단 53년의 문학 인생, 그건 그냥 아름다운 하루 같은

그건 그냥 하루의 일이라고 했다. 지금이 어제가 되고, 어제들이 모여 또 다른 지금이 되고 내가 되는 일처럼 그 모든 세월이란 것도 지금이라는 시간이 그렇게 쌓여 있는 것일 뿐이라는 말, 그건 당연한 말이겠으나 그렇게 한길을 반듯하게 걸어가는 일이란 자신의 중심을 흐트러짐 없이 가져온 사람만이 할 수 있는 터, 지금이 어제로 가고 혹은 내일로 가는 이 시간의 현재성에 대해 느끼고 생각하지 않으면 있을 수 없는 말이다. 그건 그냥 저 햇살 한 줌이면서, 그 햇살 한 줌이 키워낸 꽃이고 나무라는 말이다.

김후란 시인은 1959년부터 1960년에 걸쳐 『현대문학』지를 통해 「오늘을 위한 노래」 「문」 「달팽이」 등의 시 작품으로 추천을 마치고 등단했으니 햇수로 53년째다. 애초 선생은 부산사범을 거쳐 서울대 사범대학을 다니며 교육자의 삶을 생각했다. 문학을 좋아했으나 그것으로 삶의 길을 생각하진 않았던 것. 그러나 신문사 기자가 된 뒤 신석초 선생과의 만남도 그렇지만 문화부 기자로서 문인들을 주로 만나면서 자연스럽게 아니, '운명'적으로 문학에 전념하게 되었다.

"『한국일보』 문화부 기자로 입사하고 보니 「바라춤」으로 유명했던 신석초 시인이 문화부장으로 계셨습니다. 당시 나는 『경향신문』 주최 대학생 문예공모에서 단편소설이 뽑혀 신문에 게재된 상태라 신문과 잡지에서 가끔 원고 청탁이 있어서 시와 수필을 발표하곤 했는데, 그걸 보신 신 선생님이 시를 계속 쓸 생각이 있으면 작품을 보여달라고 했어요. 원래 학창 시절에 시로 장원을 하거나 시를 읽거나 쓰는 것을 좋아했기에 은밀히 공책 등에 많은 시를 써두었던 터라 「오늘을 위한 노래」 한 편을 원고지에 옮겨 써서 가져갔는데, 그 작품이 『현대문학』 초회 추천 작품이 되었던 것이죠."

김후란 선생의 시인으로서의 길은 그렇게 초회 추천을 시작으로 세 차례에 걸친 추천을 통해 등단 절차를 마무리했다. 이때 본명인 김형덕이 여성 시인으로는 너무 무겁다고 신석초 시인에게서 김후란이라는 필명을 지어받아 발표하게 되었는데, 조선 시대 허난설헌의 뒤를 잇는 개성 있는 신인이 되라는 뜻이었다고 하였다.

김후란 선생의 문학을 이야기하자면 '청미동인회'를 빼놓을 수 없다. 청미동인회는 김후란 시인이 1963년 박영숙 시인과 함께 동인지를 만들자고 합의한 뒤 구성한 우리 문학사상 최초의 여성시 동인이며, 현재까지도 그 명맥을 잇고 있는 가장 오래된 여성시 동인이다.

"처음 창립 동인은 김선영, 김숙자, 김혜숙, 김후란, 박영숙, 추영수, 허영자(가나다 순) 일곱 명이었고, 대체로 『현대문학』으로 등단한 3년차 신인들이었습니다. 당시 서울대 은사이신 김남조 선생님께 조언을 받았고 동인회 명칭을 청미(靑眉)로 정하고 『돌과 사랑』이라는 동인지를 계간으로 내다가 도중에 1년에 한번 『청미』 앤솔러지로 바꿔서 35년 동안 발간했습니다."

청미 동인은 동인지 발간과 함께 시화전, 시판화전, 독자와의 대화,

시낭송회 등을 통해 문단의 주목을 받았고, 35주년을 기해서 동인지 총집을 내면서 동인지 발간을 마무리지었다. 도중에 박영숙 시인과 김숙자 시인이 미국으로 이주해 가고, 김여정 시인이 합류했다가 빠지고 이경희 시인과 임성숙 시인이 들어와 현재까지도 일곱 명을 유지하고 있으며, 올해로 청미 동인 50주년을 맞아 기념문집을 준비하고 있다.

## 2. 문학의 힘, 문학의 이름으로 함께하고 싶은 세상

"문학은 우리 삶을 이해하는 가장 아름다운 방법 중의 하나라고 생각합니다. 현대사회라는 게 뭐든지 너무 빨라서 그 속도감만으로도 어지럽고 불안합니다. 생활과 삶 모든 면에서 그렇다고 할 것입니다. 더불어 난무하는 온갖 정보들은 개인의 삶을 더욱 스트레스로 몰아가기도 합니다. 그야말로 쉴 곳, 마음이 편안할 곳이 별로 없다는 말입니다. 거기에 문학의 역할, 문학의 힘이 있다고 생각합니다. 시를 읽고 문학작품을 접하면서 경험의 세계를 확대하고, 다른 삶을 이해하면서 자신의 세계를 넓혀가는 것. 그것으로서 우리 삶을 좀 더 넓은 관점으로 이해하고 바라볼 수 있다고 생각합니다. 그것이 진정성 있는 인간사회를 만들어갈 수 있다고 생각합니다."

현대라는 이 현기증 날 것 같은 속도감이란 사실 나이가 많든 적든 모두에게 똑같이 적용되는 불안 요소임이 틀림없다. 따라가지 못한다는 불안감으로부터 시작된 패배 의식도 그렇고, 자신이 중심이 되지 못하는 것에 대한 소외감도 그러하다. 그런데 왜 그래야 하는가, 왜 따라가야 하는가라고 우리는 질문할 수 있는가. 질문해보았는가. 질문할 수 있는 것, 질문을 통해 속도의 허위감을 알아가는 것, 부조리를 알아가는 것, 그런 마음들을 키우는 힘, 시인은 그것을 문학을 통해 찾아야 한다고 강조하고 있는 것이다. 위로와 치유가 필요한 시대다. 그러나 그것은 자신이 맺고 있는 여러 관계를 통해 이루어진다. 그러기 위해 먼저 분노해야 하고, 가볍고 싸구려 같은 위로가 아니라 진심으로 분노하고 질문한 후에 얻어질 수 있는 이해. 그것이 문학 속에 존재한다는 의미가 아닌가 싶다. 하지만 지금 우리 사회에서 가장 기본적이랄 수 있는 이러한 문학의 역할이 제대로 작동하고 있는가에 대해서는 생각해볼 필요가 있는 문제이다.

이와 관련하여 시인은 우리나가 문학 교육의 문제점을 지적한다. 문학작품을 기본적으로 느끼고 받아들이기 이전에 낱낱이 분해해서 외워야 하는 현실은 문학을 오히려 멀리하게 하는 것이라는 생각이 그것. 느끼고 감동하는 문학 교육이 되어야 문학이 이 사회를 지탱하는 바탕의 정서가 될 수 있다는 것. 그러나 우리의 문학 교육 현실은 문학을 점수를 위해 외워야 할 어떤 대상으로 전락시키고 있다는 것. 물론 이런 지적이 새로운 이야기는 아닐 것이다. 그럼에도 이 같은 의견에는 다들 공감하면서도 여전히 요지부동인 문학 교육 현실에 대해서는 누구도 말하지 않는다면 그것은 더 큰 문제가 아니가 싶다.

"시인은 문학에 대한 엄격한 자긍심과 독자에 대한 책임 의식이 있어야 합니다. 일기는 혼자만의 기록이지만 자신의 이름을 걸고 어느 지면이든 발표를 한다면 그것을 읽는 사람들에게 과연 공감대를 만들 수 있는지도 생각하는 겸허한 자세가 있어야 합니다."

시인은 참으로 많은 시대다. 이를 두고 복 받은 시대라고도 하고 혹자는 얼마 전 유명세를 탔던 텔레비전 프로그램처럼 '나는 시인이다' 같은 경연을 통해 걸러내야 한다고 우스갯소리를 할 만큼 조금 복잡하다. 이제 시는 생산자와 소비자가 같은 시대라는 자조적인 말을 들으면 더욱 그렇다. 문제는 시인은 많아졌는데도 이 사회에 시적인 감성은 여전히 달라지지 않았다는 것. 책임 문제를 말하고 싶은 게 아니라 이런 현상에 대한 진지한 모색이 필요한 시점이 아닌가 하는 것이다. 김후란 시인은 이에 대해 "실망스러운 작품들도 없지는 않다"면서 이는 "원고료도 지급할 능력이 없는 문예지가 계속 쏟아져 나온다든가, 무책임한 시인 양산은 우리 문학의 수준을 떨어뜨리는 원인 중의 하나"라고 지적했다. 그럼에도 그와 더불어 좋은 시인도 많아졌고, 시인이나 시가 풍성함은 결과적으로 나쁘게 작용하지는 않을 것이라는 믿음을 보였다.

## 3. 내가 사랑하는 가족, 그 사람들에 대한 애틋함

근래 시인의 관심사는 우주에 대한 외경심이라고 한다. 그것은 바로 시의 주제이기도 하다. 그런 것들을 새롭게 바라보면서 "상대적으로 우주 속 한 개의 행성인 지구에 존재하는 생명에 대해 말할 수 없는 애틋함"을 가지게 되었다고 한다. 아래의 시 「존재의 빛」도 그러하다.

새벽별을 지켜본다

사람들아
서로 기댈 어깨가 그립구나

적막한 이 시간
깨끗한 돌계단 틈에
어쩌다 작은 풀꽃
놀라움이듯

하나의 목숨
존재의 빛
모든 생의 몸짓이
소중하구나.

—「존재의 빛」 전문

끝이 없다는 우주 속에서 돌계단 틈에 핀 풀꽃을 바라보는 시인. 그 작고 작은 것에 대해 마음을 준다는 것, 더불어 작든 크든 하나의 생명체로서의 존재성은 세상 어느 우주보다 작지 않을 것이라는 믿음. 그 발견으로 설레는 애틋한 마음까지, 근래 시인의 관심사가 무엇인지를 잘 보여주는 작품이다.

이러한 관점은 「가족」이라는 시에서도 보인다. "매운 바람의 지문이/유리창에 가득하다/…(중략)…/무너진 돌담길 고쳐 쌓으며/힘겨웠던 사람들/그러나 돌아갈 곳이 있다/비탈길에 작은 풀꽃이/줄지어 피어 있다/멀리서/가까이서/돌아올 가족의 발자국 소리가/피아니시모로 울릴 때/집 안에 감도는 훈기/기다리는 사람이 있다"고 하였으며, 또 다른 시 「밤하늘에」에서는 "수천억 별이 있고/또 그만 한 은하계가/우주에 헤아릴 수 없이 많다고 하면/생각할수록 아찔 현기증이 난다/우리는 너무 작은 일에 가슴앓이하면서/자주 사람끼리 상처를 입고/자주 돌부리에 걸려 넘어지지만/그 많은 별 중에 지구상에 태어나/사랑으로 만난 우리/이게 어디 예삿일인가/이게 어디 예사로운 인연인가"라고 말하고 있다. 결국은 우주 속에 희미한 존재인 사람에 대한 이해와 사랑을 담아내고 있는 시편들에서 근래 시인이 사랑한다는 우주가 결국 사람의 이야기, 생명에 관한 이야기임을 알 수 있다.

시인에게 시는 무엇일까. 한마디로 정리해달라고 하니 "시는 꿈"이라고 한다. 항상 시를 생각하고 쓰고 몰입하는 시간이 있고, 그것은 손 닿을 수 없는 영원한 꿈의 빛이기 때문이라고, 이러한 시인의 서정적 감수성은 그동안의 시편들에서 익히 보아왔다. 조용하고 담담하게 삶을 바라보는 시인의 따뜻한 시선을 생각할 때 신인에게 시는, 문학은 여전히 설레고 아름다운 무엇임이 분명하다. 그런 시심이 근사하다.

제4부

# 대담

## 김후란 · 조병무

# 이슬을 진주로 만드는 자연 사랑의 시인

1960년『현대문학』지를 통해(1959년 시「오늘을 위한 노래」, 1960년 시「문」과「달팽이」) 신석초 시인의 추천으로 시인으로 등단하여 한국여성문학인회 회장을 지냈으며, 현재 '자연을 사랑하는 문학의 집·서울'의 이사장을 맡고 계시는 김후란 시인을 찾아 시와 문학의 세계를 열어보았다.

1963년 봄에 우리나라 최초로 여성 시인 일곱 명의 청미동인회를 결성하여 동인지『돌과 사랑』(후에 '청미(靑眉)'로 개제)을 발간하면서 활발하게 작품 활동을 해온 김후란 시인은 첫 시집『장도와 장미』로 시작하여『어떤 파도』, 장편 서사시『세종대왕』(1979년) 등 많은 시집과 많은 수필집을 간행하였다.

『김후란 시 전집』(1985년)에 실린「시인의 말」에서 시인의 작품에 대한 깊은 통찰력과 열정과 시의 무한한 생명력을 느낄 수 있었고, '이슬을 진주로 만드는' 시인의 강한 의지가 생동했다.

시인은 생을 피동적으로만 살기에는 너무 뜨거운 가슴을 가진 족속이다. 시라는 문학 형태는 다른 어느 분야보다도 감각적이며 정열적이며 가장 깊은 세계를 파악하려는 고차원적이고도 영원성을 지닌 것. 따라서 나 자신 부단히 시인이고자 할 때 시를 창작하는 기쁨에는 또 하나의 근원에 접근하는 세계성 파악을 경험한다.

미세한 삶의 자락에서 보다 큰 생명력을 느낄 수 있고 감당할 수 없이 크나큰 세계에서 따사로운 삶의 입김을 감득한다는 건 귀중한 일이라 생각된다.

일상의 눈으로는 보지 못하고 느끼지 못하는 것, 미처 깨닫지 못하던 것을 시로써 현현(顯現)시키고 구체화하는 작업, 여기에 존재의 확충이 있고 세계를 파악하는 문학적 미학이 성립되는 것이다.

나는 이것을 이슬을 진주로 바꾸는 일에 비유한다. 이슬은 한때 영롱하게 빛나는 자연의 보석이다. 하나 햇빛이 닿으면 스러져버린다. 그 유한성을 무한한 생명체로서의 진주라는 보석으로 형상화하는 것이 시인의 과업이라 여겨진다.

—「시인의 말」에서


이러한 시인의 시적 감성과 철학적 사유를 생각하며 김후란 시인을 찾아 나섰다.

'자연을 사랑하는 문학의 집·서울', 충무로 전철역에 내려 4번 출구를 통해 밖으로 나오니, '문학의 집·서울' 방향을 알리는 안내 팻말이 보인다. 고가도로 밑을 지나 약간 어리둥절하고 있을 무렵, 다시 반갑게도 팻말이 나온다.

도심 한복판에 이런 고적한 공간이 있을까 싶을 만큼 편안한 공간이다. 정원의 널찍한 잔디밭이 진초록을 자랑하고 있었고, 통유리로 세상과 소통하고 있는 2층 양옥이 듬직하게 서 있었다. 건물 뒤로는 마치 병풍을 두르듯, 은행나무와 밤나무, 그리고 단풍나무들이 쭉 둘러섰다. 이 집의 공식 이름이 '자연을 사랑하는 문학의 집·서울'이라는 사실이 떠올랐다. "이전에는 안기부장 공관이었지만, 이제는 자연과 문학을 사랑하는 모든 사람들의 사랑방이 된 것이다."라는 신문 기사를 생각하면서 김후란 시인과의 대담을 위해 문학의 집을 방문하여 오랜 대화의 시간을 가졌다.

시인께서 이사장으로 계신 문학의 집에 대해서 말씀해주십시오.

문학의 집은 작가와 독자가 가까이 만나는 기회를 가짐으로써 더욱 문학을 사랑하게 하는 곳이에요. 독일의 베를린이나 함부르크 등 큰 도시에는 문학의 집이 다 있죠. 한국에는 그런 공간이 없어서 안타까웠어요. 마침 문학인을 소중히 알아주는 기업체 유한킴벌리와 서울특별시의 도움으로 이처럼 서울 남산 자락 아름다운 곳에 이 문학의 집을 열 수 있게 되었지요. 2001년 10월 26일 개관했습니다.

이곳에는 대문이 없어요. 문학에 관심이 있는 사람이라면 누구든지 들어와서 전시회도 보고, 행사에도 참여하라는 의미지요. 물론 행사는 다 무료로 하고 있어요. 지금 여기 문학의 집에서 정기적으로 하고 있는 행사로는 음악이 있는 문학마당과 수요문학광장이 있습니다.

'음악이 있는 문학 마당'은 매월 셋째 주 금요일 오후 6시에 하고, 지난 날 아름다운 문학의 꽃을 피워 훌륭한 작품을 남기신 시인, 작가의 문학 세계를 재조명하고 유가족이나 친지들의 회고담도 듣는 진솔한 행사지요. 특히 고인이 지은 시에 작곡된 작품을 성악가가 노래하는 문학과 가곡과 정담이 어우러지는 행사입니다.

'수요문학광장'은 매월 넷째 주 수요일 오후 3시에 현역 문인을 초빙해서 '내 문학의 뿌리와 나의 작품 세계'를 듣는 시간입니다. 책으로만 대했던 만나고 싶은 문인의 작품 세계와 근황까지 자연스럽게 이야기를 들을 수 있는 자리지요. 이 밖에도 청소년 문학제, 창작가곡음악회, 시 낭송 대회 등 다양한 문학 활동을 하고 있습니다.

필명인 김후란(金后蘭)에 얽힌 이야기를 해주시겠습니까?

나는 시인이기 전에 언론계에 있었어요, 내가 대학에 다니다가 한국 일보 기자로 들어갔고 부산일보 논설위원 등 20여 년간 언론계에서 일 했지요. 그때 입사해놓고 보니 한국일보 문화부장이「바라춤」이라는 명 시를 쓰신 신석초(申石艸) 시인이시더라구요. 내가 경향신문 주최 대학 생 문예작품 공모에서 단편소설로 입상한 후 신문과 잡지에 시와 수필 등을 발표하는 걸 보시고 어느 날 물으셨어요.

"장차 시를 본격적으로 쓸 생각이 있다면『현대문학』지에 추천 과정 을 갖는게 어떤가."

당시 가장 권위 있던 등단의 길로『현대문학』을 들 수 있었는데 추천 시인의 추천으로 세 차례의 과정을 거쳐야 해요. 나는 공책 하나 가득 썼던 습작시에서 단 한 편「오늘을 위한 노래」를 베껴가지고 드렸더니 한번 읽어보시고는 "좋구먼" 하셨지요. 그리고 며칠 후 김형덕이라는 내 본명이 시인으로서는 너무 딱딱하다고 김후란이라는 필명을 지어주셨 어요. 조선 시대의 규수시인 허난설헌의 뒤를 잇는 훌륭한 시인이 되라 는 뜻이라고 하셨지요. 왕후 후(后) 자에 난초 난(蘭) 자는 으뜸가는 난초 라는 뜻도 되면서 나에게는 너무 과분한 이름을 주셨습니다. 그래서 나 자신 긴장해서 더욱 열심히 문학 활동을 하게 된 건지도 모르지요. 원로 시인에게서 지어 받은 내 필명을 나도 아주 좋아합니다.

시인이 되신 연유와 문학소녀 시절의 이야기를 해주세요.

우리 아버지는 공무원이셨어요. 공무원 생활이 퇴근 후에 가족들과 같이 보내기 좋은 직업이어서 아버지께서는 퇴근해 오시면 우리 칠남매한테 노래자랑도 시키시고, 형제들을 모두 모아 두 팀으로 나눠 집 둘레 빙빙 도는 달리기도 시키셨죠. 한번은 '자장가'라는 제목으로 글짓기 콩쿠르를 여셨어요. 형제들은 각자 그 제목을 가지고 제 방에 가서 글을 썼고, 나도 그때 동시를 썼는데 나중에 아버지 어머니께서 심사를 하시고는 내가 제일 잘 썼다고 하시며 1등으로 뽑아주셨어요. 상품으로 좋은 공책과 연필을 받고 낭독도 하고 즐거운 시간을 보냈던 기억이 새롭네요. 지금 생각해보면 내 부모님께서 참 문화적인 분들이셨지요.

나는 서울에서 태어났지만, 초등학교 6학년 때 공무원이신 아버지의 전근 때문에 부산에 살게 되었고 그곳에서 부산사범학교병설중학교에 들어가게 되었어요. 학교에서 모든 학생들을 대상으로 시화전을 할 작품을 공모했었는데, 예전에 쓴 「자장가」 시를 냈더니 뽑혀가지고 미술반 선배가 시화(詩畫)를 크게 만들어 교무실 앞에 걸었어요. 그때 '이 시는 학교에서도 뽑힌 걸 보니 역시 잘 썼나 보다' 하고 은근히 자부심도 생기더라구요. 남녀공학인 사범학교였는데 차츰 학교에서 문예반 활동을 하고 학예부장도 하고 교내 백일장에서 장원으로도 뽑혔고 남학생 세 명과 내가 함께 4인 합동 시집 『푸른 꿈』을 내고 보니 선생님들의 많은 사랑을 받았지요. 학교 생활이 무척 즐거웠어요.

내가 시인이 되겠다고 의식적으로 생각한 것은 훨씬 후지만 어릴 적부터 참 이상하다고 느낀 것이 많았어요. 책을 보다가 문득 창밖의 나무들을 보니 가만히 있는 거예요. 바람이 불면 나뭇잎이 흔들리기는 하는데 나무는 말이 없었어요. '저 나무들은 정말 말을 안 할까. 왜 나무는 말

이 없을까, 모든 생명체는 다 소리를 내는데 저 나무는 왜 말이 없을까'
나 혼자 생각을 했어요. 우리는 너무 큰 소리나 너무 작은 소리를 감지
하지 못한다죠. 지구가 돌아가는 자전 굉음은 너무 커서 오히려 우리의
청각을 초월한다고 하고 너무 작은 미물의 소리 역시 우리의 청각에는
들어오지 못한다지 않아요?

'나무끼리 주고받는 소리도 뭔가 있을 것이다. 그런데 우리가 못 들
을 뿐이다. 그럼 나는 이다음에 커서 나무들이 하는 얘기를 알아내는 연
구를 해야지'라고 혼자 생각을 했어요. 그 얘기를 다른 사람이 연구할까
봐 내 일기장에만 써놓고 절대 비밀로 간직했었지요. 그랬는데 결국 내
가 시인이 되고 난 다음에 생각해보니 '아. 나는 비록 나무들이 하는 소
리도 못 듣지만 나무들이 가진 속말, 나무 뿌리에 잠긴 생명력을 타고
저렇게 나뭇잎이 살아나는 과정에서 그 나무들끼리 주고받는 말을 나는
시적 감성으로 듣는 시인이 되었구나. 그러니까 결국은 내 마음이나 정
신으로 듣는 시인으로서의 역할은 나무들의 말을 알아듣는 그 역할과
같은 것이 아니겠는가' 하는 생각이 들면서 자부심도 생기더군요.


시인이 되기까지 영향을 준 시인이나 작품이 있다면요?

문학이 문학을 낳는다는 말이 있지요. 동서고금의 좋은 작품을 많이
읽어야죠. 나는 독서가 맛있는 것 먹는 것보다 더 좋아서 손에서 책을
놓지 않았어요. 세월이 흘러도 그 빛을 잃지 않는 국내외 명시들을 읽고
세계 명작 소설을 읽고 더 접근하고 싶은 작가가 있으면 또 다른 저서를
찾아 읽고 그런 독서의 힘이 내 문학의 밑거름이었다고 생각합니다.

지금도 잊히지 않는 몇 분의 작품이 있습니다. 하나는 국어 선생님이
알려준 박두진 시인의 『해』라는 시집을 처음으로 서점에서 샀고 집에 있

는 시간에는 "해야 솟아라 해야 솟아라 말갛게 씻은 얼굴 고운 해야 솟아라……" 하고 소리내어 낭송을 하곤 했어요. 또 하나는 독일 시인 라이너 마리아 릴케의 「가을날」이라는 시가 그렇게 좋았고 『젊은 시인에의 편지』라는 편지 모음 책은 내가 시인이 되는 길에 횃불을 밝혀준 책입니다. 릴케는 자신의 성장 과정을 편지에 소상히 쓰기도 했고, 시작 지도를 구하는 후진에게는 보내온 작품을 객관적으로 감상해보라고 다시 베껴서 보내기도 하고, 자신이 감명 깊게 읽은 책을 소개하는 등 6년간이나 편지 왕래를 하는 등 대시인이 후배에게 대하는 인간적인 배려가 감동적이었어요. 이 밖에도 좋은 작품을 읽으면서 은연중 배우는 게 많지요.

시란 무엇이라고 생각하세요?

시는 무엇이다라고 한마디로 정의하기는 어렵지요. 시라는 것은 가장 적은 말로써 가장 깊고 큰 세계를 펼쳐 보이는 것이라고 생각해요. 무엇을 쓰는가보다는 어떻게 쓰는가 하는 것이 더 중요하고 이로써 같은 소재를 가지고도 시인들이 저마다 개성적인 작품을 써내는 게 아니겠어요. 시인은 남이 보지 못하는 것을 보는 감성의 눈이 있어야 하고 남이 듣지 못하는 것을 들을 수 있는 예민한 감성의 귀가 있어야 한다고 봅니다. 그리고 한 편의 시를 완성하기까지는 좋은 작품을 낳으려는 고민을 계속 해야지요. 시의 생명은 지은이와 읽는 이와의 소통을 통해서 문학적인 새로운 세계를 열어주는 데 있지 않겠어요?

그렇다면 시인이란 무엇이며 시인의 역할은 무엇이라고 생각하세요?

시인은 이슬을 진주로 만드는 작업을 하는 사람이라고 생각해요. 햇빛만 닿으면 스러져버리는 이슬을 하나의 진주처럼 변치 않고 사라지지 않는 작품으로 언어로 빚어내는 것이 시인의 역할인 것이죠.

나는 사회적인 관심을 많이 필요로 하는 신문기자 생활을 오래 하다 보니 자연을 보더라도 자연으로서의 아름다움만을 보는 것이 아니라 그것이 가지는 생명성을 우리의 삶과 사회적인 것과 연결시켜 보는 경향이 있어요. 그래서 시를 통해 혹은 산문을 통해 독자에게 무언가 주는 게 있어야 하고 그만큼 자신의 이름을 걸고 작품 발표를 하는 책임감도 무겁게 느껴야 한다고 생각합니다.


선생님께서 시를 창작하실 때 가장 유의하시는 점이 있다면요?

나는 시를 쓸 때 가능하면 그 작품을 통해 공감대가 잘 형성되는 것이 바람직하다고 생각해요. 그러기 위해서는 은유나 직유 같은 표현 기법이 다양하게 활용되어야겠지요. 응축된 언어의 집에서 시의 감칠맛이 느껴져야 하고 언어의 탄력으로 긴장감이 고조되면서 상상력이 자극을 받게 됩니다. 평면적인 서술 형식은 시라기보다는 산문이라고 해야겠지요.


서정시에 대해 어떻게 생각하시는지 말씀해주세요.

시에는 여러 가지 형태가 있지만 시적인 리듬과 감성이 살아 있는 서정시야말로 정감 있는 시라고 하겠지요. 물론 시를 쓸 때는 새로운 시도를 많이 하려고 노력은 하지만, 산문시를 쓰는 사람이거나 주지적인 시를 쓰거나 서경시를 쓰거나 다 그 바탕은 시로서의 정서와 서정이 맥을 이루는 것이기 때문에 그것이 산문과 시가 다른 점이죠. 하나의 형태,

그릇 안에 그것이 어떻게 담기느냐에 따라 창작으로서의 묘미가 달라지거든요. '무엇을 쓰느냐'보다는 '무엇을 어떻게 쓰느냐'가 중요합니다. 너무 파격적인 실험시의 경우 공감을 얻기가 쉽지 않지만 언젠가는 진정한 독자를 만날 수도 있겠고.

수필집도 많이 내셨던데 수필과 시의 매력이 뭐라고 생각하세요?

글 쓰는 것은 다 힘들고 다 즐거운 작업이에요. 시는 가장 적은 말로써 큰 세계를 열어 보여야 하고 그래서 압축된 긴장미 같은 게 필요한 작품이거든요. 그러나 거기 다 담지 못한 얘기들이 마음속에 분출하는 그런 문학적인 욕구가 또 있어요. 내 경우는 초기에 소설로 출발했었지요. 서울대학교 사범대학에 다닐 때 경향신문에서 대학생 문예작품 공모가 있었는데 단편소설로 입상해서 장차 소설가가 될 것 같았지요. 그런데 한국일보 기자로 기자 생활을 하면서 소설 쓰기 위해선 시간과 노력이 많이 필요한데 그게 안 되더라구요. 그러다 보니 늘 한쪽으로는 소설도 쓰고 싶고, 쓰고 싶은 얘기도 많았어요. 그런 잠재 욕구가 수필 청탁을 받으면 쓰게 되고 그러다 보니까 수필집이 10여 권이 되네요.

요즘 관심을 두시는 작품 세계에 대하여 말씀해주세요.

자연과 환경 문제에 관심이 많아요. 생명의 숲 국민운동이나 서울그린트러스트운동에 참가하기 이전부터 주로 자연을 소재로 시를 많이 썼고 『시인의 가슴에 심은 나무는』이라는 제목의 시집도 냈지요. 가족 사랑을 주제로 한 작품도 집중적으로 쓸 예정입니다.

종교와 관련된 시에 대해서 어떻게 생각하시는지요?

나는 가톨릭 신자예요. 평생 가톨릭 신자였던 건 아니고 90년대 중반부터 성당에를 나가게 되고 세례를 받았는데, 어떤 정신적인 구심점은 역시 하느님이다 하는 생각을 하고 있었죠. 그러나 종교에 너무 매여서 우리 생활이 거기에 완전히 흡수되기에는 체질이나 정신세계가 안 되더라구요. 객관적으로 바라보면서 예수님의 참모습을 보면서 정말 인간적으로 그분의 고뇌와 큰 세계를 이해하도록 노력하는 입장이라 할까. 인간 생활이나 정신적인 면에서의 정화작용을 해주는 게 종교의 힘이요 보이지 않는 큰 손이 나를 끌어주는 그런 어떤 힘. 이런 종교의 힘이 내 시에서 은연중 배어나왔으면 좋겠지요.


이젠 김후란 시인님의 작품 세계가 알고 싶습니다. 시인의 작품 「설야」의 창작 배경에 대해서 말씀해주세요.

　　　흰 눈이 지상을
　　　깨끗이
　　　덮는 날은

　　　대지의 침묵이
　　　흰 눈에
　　　겁탈당하는 날은

　　　절반쯤 감은
　　　신부의 눈으로
　　　이 허구를 감내하는 날은

강물도 목이 잠긴
유연(幽玄)한 수묵화 한 폭.

—「설야」전문

눈에 관한 시를 많이 썼어요. 눈의 희디흰 실체가 나를 사로잡습니다. 눈이라는 것이 가벼우면서도 무겁게 압도하는 게 있어요. 눈이 내릴 때는 그렇게 가벼운데 그것이 온 세상을 모조리 소리 없이 덮어버리는 그 힘. 여긴 아마 그걸 가지고 쓴 건데 있는 그대로예요. 유연한 수묵화(水墨畵) 한 폭을 대하는 심정입니다.


'겁탈'이란 표현에 대해 설명 좀 해주세요.

여기서 왜 '겁탈'이라는 단어를 썼느냐. 그게 너무 강해서 나도 주저되지만 온 세상이 하얀 눈에 덮여 있는, 대지의 의지와 상관없이 압도된 걸 내가 상징적으로 표현한 거지요. '허구를 감내한다'는 구절은 허구에 찬 인간 사회를 소리 없이 덮어버리는 그 위대한 힘을 감내한다는 뜻입니다.

시는 은유 비유 등 전혀 반대인 것에 부딪치는 쾌감 같은 것도 있어요.


작품 「오늘을」에 대해 설명해주세요.

높게 더욱 높게
낮게 더욱 낮게

남길 것은 남기고
구기지 않게

잊을 것은 잊고
시들지 않게

버릴 것은 버리고
쌓이지 않게

나를 세우고
너를 세우고

세상을 바르게
뜨겁고 아프게.

—「오늘을」 전문

　　높은 이상과 꿈을 품고 살면서도 자기를 낮춰서 겸허하게 살자. 그렇
게 살자는 하나의 인생관. 너무 높은 곳만 지향해서 가면 좌절하고 고
통스러운 경험을 하게 되는데, 꿈과 이상을 높게 가지되 헛되게 달려가
는 게 아니라 겸허하게 살자는 심정적 고백입니다. 남길 것은 남기되 산
뜻하게 꼭 필요한 것만 남기자, 이것은 물질적인 것을 뜻할 수도 있지만
나는 정신적인 것을 말하고 있습니다. 잊을 것은 잊고 시들지 않게, 우
리가 너무 매여서 사는 건 인생 낭비예요, 하지만 아름다운 추억은 어떤
고통도 어떤 섭섭했던 것도 해소될 수 있게 할 거예요, '너를 세우고', 이
것은 이 세상을 바르게 모든 것에 열의를 가지고 뜨거운 가슴을 가지고
살자. '아프게'는 이웃 사랑이지요. 나 혼자만 좋고 뜨겁게 열정적으로
사는 게 인생은 아니거든요. 우리가 함께 고통을 나누면 왜 그런 말 있
잖아요, 기쁨은 나눌수록 커지고 고통은 나눌수록 작아진다는 그 말과
같은 맥락이에요. 이웃 사랑 정신으로 손잡고 나가는 소중함을 생각하
고 싶었지요.

살고자 하는 것과 사는 것, 무엇이 다르다고 생각하세요?

끊임없는 자아 반성, 인간 존중, 상호 인격 존중 등 삶의 자세를 말하는 것이지요. 나 자신이 신성한 삶을 살기는 어렵지만 우리는 깊이 뭔가 생각하고 멀리 바라보고 하는 그런 시각을 가지고 살아야 하는데, 노력하자는 내용입니다. 주어진 삶을 타성적으로만 살지 말고 무언가 뜻있게 일궈나가려는 의식적인 노력이 필요하지요. 예를 들면 봉사활동도 스스로 기쁨을 갖고 남에게도 기쁨을 주는 일이에요.


작품 「바람 고리」는 삶의 존귀함을 보여주는 시 같은데요, '바람'은 어떤 이미지라고 볼 수 있나요?


그건 다만 흐름일 뿐
어느 기슭에 스쳐가는
노래일 뿐

떠난다는 건 슬프다
잠든 이의 평온함이
고요히 가라앉은 목소리로
허공에 사무친다

그러나 남기고 가는 것이 있다
이어짐에 얹힌 빛이
또 다른 고리가 되어
울림을 갖는다

어제와 내일을 이어주는

무한 공간의
바람 고리.

—「바람 고리」 전문

바람이란 보이지 않으면서 존재하는 것이지요. 살아 있음으로써 모든 것에 영향을 미치는 것이고. 나무가 가만히 서 있으면 살 수 없는데, 바람이 흔들어줌으로써 살아가지요. 바람은 보이지 않지만 바람이 스칠 때 생명이 있다는 걸 알죠. 바람을 중요시해요. 보이지 않아도 서로 연결된 고리 같은 생명감을 표현한 것이지요. 우리도 흘러가는 바람과 같지만 인간관계가 만남과 헤어짐의 연결고리죠. 무한 공간의 바람 고리를 느끼게 하는 인생을 생각한 것, 나 하나 살다가 사라지지만, 내 숨결은 가족을 비롯해서 사회로 연결되는…… 그런 것이지요.


그럼 3연, 4연의 '빛'이라는 시어에 어떤 이미지를 담으신 건가요?

이어짐에 빛이라는 것은 영원한 생명성을 의미하죠. 우리 각자는 그냥 떠나지만 거기에서 뿜어지는 빛은 남아 있다는 이러한 생명성, 여기서 빛은 매우 현실적인 생명감이라고 할 수 있죠. 나는 아주 작은 풀꽃, 돌 하나도 그렇고 모든 것이 그 나름의 삶의 의미가 있고 그 나름의 존재 가치가 있다고 생각해요. 누가 어디서 어떻게 살든 간에 각자 보람된 삶의 존재로서의 빛을 가지고 있지요. 모든 생명은 아무리 하찮은 것도 존재의 가치를 존중하고 싶습니다.


「바람의 고리」 2연에 나온 '떠난다는 건 슬프다/잠든 이의 평온함'에 대해 궁금합니다.

죽음을 부정적으로 본 것이 아니라 죽음을 그대로 수용한 것이지요. 죽음은 물론 슬픈 것이지요. 눈감으면 끝이니까……. 그러나 그것으로 그치는 것이 아니고 허공에 울리는 것 같은 가슴을 울리는 그분과의 연결점을 가지고 살아가는 것이지요. 그것이 바로 바람의 고리로 세대를 달리하면서 이어가는 것이고, 죽음이라는 이별은 솔직히 슬프지만 그러나 잠든 이의 평온함이 오히려 우리에게 무언가를 사무치게 그리움에 젖게 한다고 하겠습니다.


작품 「존재의 빛」은 즉, 존재 자체가 빛난다는 의미인가요, 별도 역시 빛나는 이미지라고 할 때 새벽별은 어떤 존재의 빛인가요?


새벽별을 지켜본다

사람들아
서로 기댈 어깨가 그립구나

적막한 이 시간
깨끗한 돌계단 틈에
어쩌다 작은 풀꽃
놀라움이듯

하나의 목숨
존재의 빛
모든 생의 몸짓이
소중하구나.

—「존재의 빛」 전문

이 작품은 어떤 돌계단 틈에 핀 손톱만 한 꽃 한 송이를 보고 쓴 것이에요. 우리가 흔히 뭔가가 절대 자랄 수 없을 것같이 생각되는 깨끗한 돌계단 작은 틈 속에 어디에선가 날아온 흙먼지가 있고 날아온 씨앗 하나가 자리를 잡고 뿌리를 내리고 생명을 이어가는 것을 보면 감동이 밀려오죠. 즉, 돌 하나도, 씨앗 하나도 다 의미가 있고 존재의 의미가 있다고 봅니다. 새벽별을 지켜본다는 것은 주어진 삶을 막연히 사는 것이 아니라, 뭔가를 응시한다는 것이거든요. 새벽에 빛나는 별을 보기 위해선 남들 다 잘 때 자신만이 눈을 뜨고 있어야 하고 창밖을 내다봐야 하는 구체적인 것도 있지만 뭔가 깊이 사색에 잠겨 응시한다는 것입니다. 우리는 그럴 때 인간 존재가 외롭다는 걸 느끼고 그리운 사람을 생각하게도 되고 그럴 때에 사람들에게 서로 기댈 어깨가 있어주었으면 합니다. 삶의 고절감, 고독감을 말한 것이에요. 작은 풀꽃을 보고 평소에 느꼈듯이 새벽별 하나를 보면서도 작은 생의 빛을 발견하고, 작은 생의 몸짓이 중요하다는 것을 우리가 다시 한 번 생각해보았으면 합니다.

선생님 작품들에서는 현대에 대한 선생님의 생각이 드러나는 것 같은데요, 현대에 대하여 어떤 생각을 가지세요?

현대는 아주 복합적이고도 첨단적으로 발전해가는 놀라운 시대입니다. 우리 삶의 모습을 보면 지난날의 우리 선조들과는 전혀 다르게 달려가고 있지요. 사회가 가지고 있는 현상을 냉철하게 볼 줄 알아야 하고 적절히 적응해갈 필요도 있어요. 그런가 하면, 안타깝고 괴롭고 힘든 면도 많지요. 사람들이 이기적이고 탐욕이 많아서 어지러운 세태를 빚기도 하구요. 종교가 정신적 순화를 영성을 통해서 기대할 수도 있게 한다고 생각합니다. 혼탁한 현실을 방어만 할 게 아니라 우리 지성인, 지식인들이 정말 마음 아프게 생각을 하고 사회의 흐름을 바로 잡아가야 하는데, 특히 문학인들이 문화적으로 선도해갈 수만 있다면 얼마나 좋을까요. 나는 주로 서정시를 쓰면서 서정시의 정신적 바탕은 인간 삶의 존재감과 함께 사회에 대한 날카로운 인식도 중요시합니다.

시인께서 참여하신 청미회에 대해서 말씀해주세요.

청미회를 발족할 당시는 1963년 일곱 명으로 시작했어요. 문단에 나온 지 3년쯤 된 여성 시인들입니다. 시 경향이 좀 비슷하고 서로 인간적으로 친화력이 있는 그런 시인들로 출발했어요. 그때 나는 『현대문학』지로 등단한 지 3년이 된 입장이었고 한국일보에서 서울신문으로 옮겨 일하고 있었지요. 멤버를 짜고 동인지를 내고 시화전도 열고 독자와의 대화라는 행사도 하고…… 여러 가지 활동을 활발하게 했습니다.

우리나라 문학 사상 여성 시인들만의 동인지는 처음이라고 해서 주목을 받았습니다. 그때 첫번 모임에 참석했던 분들은 김숙자, 김선영, 김혜숙, 김후란, 박영숙, 추영수, 허영자 이렇게 일곱 명이었는데 그 후 김숙자 시인과 박영숙 시인이 미국으로 가서 살게 되고 김여정, 이경희, 임성숙 시인이 합류했는데 김여정 시인이 나가고 다시 일곱 명 멤버가 되었지요.

청미회는 63년 1월에 여성 최초 서정시 동인회를 만들고 꾸준히 활동을 하다가 98년에 35년 총집 발간을 끝으로 동인지 발간을 마쳤지요. 최장수 동인회라는 점에서도 문단에서 의의를 높게 평가받는데요, 왜 해산하셨어요?

청미동인회가 해산된 게 아닙니다. 지금도 두 달에 한 번씩 모임을 계속하고 있지요. 초기에 얇게 『돌과 사랑』이라는 제목으로 계간으로 냈던 걸 '청미'라는 이름으로 1년에 한번씩 두껍게 앤솔러지로 냈어요. 그 후에 각자 개인 시집도 많이 내게 되고 그 밖에 후배들, 젊은 시인들의 활동도 많이 활발해지면서 동인지들도 계속 잇따라 나오고 하니까 우리는 동인지 내는 것만 중단을 했어요. 청미회는 아직도 존속하고 정기 모임도 하고 친목 모임으로서는 계속하고 있죠. 앞으로 2013년이면 창립 50주년이 되니까 그때는 기념집도 낼 생각입니다.


끝으로 일반적인 질문을 하겠습니다. 시를 제대로 감상하고 이해하기 위해서 어떻게 해야 할까요?

시를 문법적으로 해체해서 낱말의 의미를 따지고 하는 것은 불필요한 일이에요. 작가가 작품을 어떻게 쓰게 되었고, 그 작품은 무엇을 말하고 있고 우리에게 안겨주는 것은 무엇인지를 느끼면서 감상하는 것이 올바른 자세지요.

낱말 하나 문장 하나 가지고 이리저리 공식 답안을 만들어서 똑같은 답을 쓰지 않으면 틀리게 채점하는 교육 방식은 문제가 있다고 생각합니다.

가령, 프랑스나 미국 같은 경우는 초등학교 때 아이들한테 1주일에 시 한 편을 외우게 하는데요. 다 외운 다음에 그 시를 감상하고 작가를 알게 하고 해서 졸업할 때까지 한 100편을 외우게 한다고 해요. 그렇게 외우면서 제 나라 말의 아름다움을 깨우치게 되고 시가 갖는 정서적인 감성을 키워나가고 낱말을 다루는 능력이 자라나요. 시는 그렇게 접근을 해야지 수학 공식 풀듯이 할 필요가 없다고 생각합니다.

**문학을 공부하는 분들에게 필요한 말씀을 해주십시오**

우리말에 대한 사랑을 더 중요시했으면 해요. 왜냐하면 우리 자신이 우리글, 우리말을 아끼지 않으면 우리의 문화가 세계로 뻗어나갈 수 없기 때문이에요.

좋은 시, 좋은 작품을 많이 쓰는 것도 좋은 일이지만 우리글의 소중함을 생각하고 우리글로 작품을 쓰는 기쁨을 소중히 여겨야 할 것입니다.

요즘 책을 많이 읽지 않는 것 같아요. 바쁘게 흘러가는 속에서도 좋은 작품을 많이 찾아 읽으면, 세상이 얼마나 아름다운 곳인가, 인생이 어떤 건가도 알게 되고 책을 많이 읽은 사람은 창의성이 생기고 생각도 긍정적이거든요. 외국의 좋은 책들도 많지만 우리나라에도 좋은 작품이 참 많아요. 여러 작품을 접해보고 가장 느낌이 통하는 작가를 찾는 것도 즐거운 일이 될 것입니다. 문학은 그렇게 뿌리를 내리고 문화국민이 되는 겁니다.

## 김후란 · 김광협

---

# 시 쓰는 마음으로 일하고 사랑하며

시인이자 저널리스트이며 여성운동가인 김후란. 김후란이란 필명으로 난(蘭) 같은 시인의 삶을, 김형덕이란 본명으로 한국여성개발원장이란 공인의 삶을 함께 살아가는 그녀가 털어놓은 시와 사랑 그리고 일.

지난번 사실 저는 김선생님이 국회의원으로 가시는 줄 알았습니다. 그때 신문에 선생님이 민정당 전국구 후보로 이름이 오르내리시더군요. 나중에 들려오는 소리가 김 선생님께서, '나는 절대 국회의원을 안 한다. 다른 분으로 바꿔달라'고 하셨다더군요. 왜 사양하셨습니까?

이거 큰일났네. 오늘 그런 얘기 나올 줄은 몰랐는데……. 같은 시인끼리 그런 얘긴 하지 말기로 해요. 정말 부탁입니다. (웃음)

기자로서는 제 선배이신데, 기자가 그런 것 여쭈어보고 그 전후 사정이 어떻게 된 것이지 알아보고 싶은 거야 당연한 일 아니겠습니까?

그건 그런데, 내가 언론계 출신이라 그런 말이 나온 듯한데 나는 문학인으로 남고 싶어요. 우리 오래간만에 만났으니 시(詩) 얘기나 하고, 또 우리 한국여성개발원 얘기나 해요. 자, 차 한 잔……

이렇게 해서 이 대목은 어물쩍 넘어가고 만다.

한국여성개발원 초대 원장은 이화여대 교수를 지냈던 김영정—그는 지금 민정당 전국구 국회의원으로 가 있고, 부원장이던 김형덕(金炯德·52)이 2대 원장으로 있다. 본명 김형덕, 필명(筆名) 김후란(金后蘭)이다.

오늘 시인 김후란, 한국여성개발원장 김형덕을 만난다. 그는 시인이며, 저널리스트이며, 여성운동가이다.

한국여성개발원은 서울 여의도 국회 앞 신화빌딩 4층(여의도동 14의 33)에 있다. 사무실에는 국회의원 소곡(素谷) 윤길중(尹吉重)이 '지란만향'(芝蘭滿香, 영지(靈芝)와 난초의 향내가 가득하다)이라고 쓴 가로 글씨(橫軺)가 걸려 있다. 또 난초 분 서너 개가 사무실의 분위기를 격조 높게 엮어가고 있다. 그의 필명에 '난(蘭)'자가 붙어서가 아니라, 김후란은 항상 저 동양의 난초와도 같은 어떤 기품을 지니며 있다. 훤칠한 키는 저 난의 쭈욱 뻗어 오른 잎사귀 같으며, 항상 잔잔하게 내어뿜는 미소는 난의 그윽한 향내 같다.

요즘도 뚝섬에 그냥 사시나요? 뚝섬이 이름은 근사하게 성수동(聖水洞)인데, 사실 옛날 시골이거든요.

그냥 삽니다. 20년 넘어 살고 있지요. 왜 사느냐고요? 벽오동이 이제 2층 베란다 위까지 올라와 있거든요.

그는 벽오동이 2층 베란다 위까지 올라온 품이 꼭 '잘생긴 청년' 같다고 한다. 또 후박나무가 점잖게 올라가 하늘로 뻗어 있음이 '선비'

같다고도 일컫는다. 은행나무는 두 그루를 암, 수라고 생각해서 심었는데, 열매가 안 열려 '잘못 심었구나' 하던 참에 작년 가을 청미회(靑眉會) 동인들이 놀러왔다가 '야, 열매가 열렸다. 저거 암컷 수컷이 틀림없네'라고 하는 바람에 그렇게 부부 은행나무도 함께 데리고 살게된 김후란, 김형덕이다.

은행나무의 암컷, 수컷을 알아낸 '청미회'란 이제 40대 후반~50대초반의 한국의 '내노라'하는 쟁쟁한 여성 시인들 열 사람의 모임이다. 김후란, 박영숙(朴英淑·미국에 가 있음), 김선영(金善英), 김숙자(金淑子), 김혜숙(金惠淑), 추영수(秋英秀), 허영자(許英子), 임성숙(林星淑), 이경희(李璟姬), 김여정(金汝貞) 등이 그 회원들이다.


**자녀들이 이제 다 성장했겠군요. 자녀는 몇이나 두고 계십니까?**

아들 둘입니다. 스물일곱 살 난 큰아들이 대우자동차에 다니고, 스물네 살 된 둘째 아들이 군대(공군)에 나가 있지요. 요즘 나도 손녀 하나를얻었어요. 손녀딸 유빈이가 재롱 떠는 모습에 재미있게 지냅니다.


언뜻 보기에 나이 쉰두 살 같아 보이질 않고, 손녀까지 둔 할머니같아 보이질 않는데, 그도 이제 어차피 '할머니' 소리를 면치 못하게된 모양이다. 잘됐다. 여성개발원장쯤 하려면 세상 이력을 쌓은 관록이 붙은 '할머니'라야 할 것이다.

그는 교통부 공무원의 4남 3녀 중 셋째 딸로 태어났다. 서울 태생으로 종로구 인사동에서 낙원동으로(5세), 일제 말기 지방 소개정책에 안양으로(10세) 옮겼다가 부산으로(12세) 간다. 부산에는 아버지가 부산 공작창으로 전근되어 이사 가서 8년 동안을 산다.

서울 인사동에서는 어머니가 전국 여학교 대상 수예품 및 편물점인'제일모사점(第一毛絲店)'을 경영하여 크게 번창했던 일도 있다.

부산에서 그는 부산진국민학교에 6학년 초 전학, 수석 졸업을 하게되고, 부산사범(현재의 부산교대 전신)병설 중학교 여학생부 수석 합격의 영광을 안아 부모님을 즐겁게 했다.

그의 재능은 이 '부산 시대'에 봉오리를 내밀게 된다. 중학교 교내 예술제 때 음악극 「꿈못」에서 주연을 하게 되고, 당시 교감이던 금수현(작곡가·『월간음악』 발행인)이 쓰고 연출한 연극 「페스탈로치」에서 페스탈로치의 아내 안나 역을 맡게 된다. 뒤이어 부산사범학교에 입학, 문예반에 들어가 교지 『종』에 시·콩트 등을 싣는가 하면, 교내 백일장에서 장원(壯元) 입상을 하고 학예부장도 지낸다. 이때에 4인 시집 『푸른 꿈』을 낸다. 당시 중학교용 음악 교과서 『새 음악 교본』엔 금수현 선생 지시로 그의 작시 「저녁종」(보헤미안 민요곡) 노래도 실린다.


# 1. 화려했던 대학 시절

피카소를 보면 그의 활동 시기 또는 화풍이 달라짐에 따라서 '청색 시대'다 '도색(桃色) 시대'다 해서 구분하는 것을 볼 수 있는데, 선생님한테는 부산 시절을 '분홍 시대'라고 부르면 어떨까요. 그때 부산 시절의 추억, 부산의 인상은 어떻던가요.

부산에 가기 전 나의 '물과의 만남'이란 것은 부모 따라간 뚝섬 인천 앞바다 정도였거든요. 그런데 부산에 가서 그 큰 바다, 그 먼 바다를 하염없이 바라다보면서 내 또래 소녀들과 재잘거렸는데 그 속에는 무한한 환상과 야심이 섞여 있었던 것 같아요. 내 시에 이따금씩 나오는 바다는 그 부산 바다에의 그리움 같은 것인 듯싶어요. 요즘 '바다'를 소재로 연작시를 구상 중인데 그것도 내 부산 시절의 정념(情念) 같은 것이 농밀하게 묻어 나올 것 같은 기분입니다.

그리고 그는 1953년 열아홉 살 되던 해에 사범학교를 졸업하고 서울대 사대 가정교육과에 입학하게 되고, 그 이듬해에 집안이 모두 서울로 돌아온다. 그는 여기서부터 다시 '서울 시대'를 열기 시작하는 것이다.

대학 2학년 때 반공통일연맹 주최 대학생 문예 콩쿠르에서 단편소설 「아버지」가 당선되고, 경향신문 주최 대학생 문예작품 공모에서 역시 단편소설 「고아」가 당선된다. 이 「고아」는 김훈(金薰)의 삽화를 곁들여 1주일간 연재됐다.

이 시절 그에게는 큰 변화가 온다. 서울대 사대에 강사로 나오던 시인 김남조(金南祚) 선생을 만나게 되고, 교지 『사대학보』에 단편소설 「불안한 위치」를 게재하게 되고, 당시의 중앙방송국(KBS라디오) 주최 전국 대학생 방송극 경연대회에 서울대학교 대표팀으로 나가 주인공 역을 맡았다.

이 무렵 종합 교양 월간지 『새벽』에 기자로 근무하면서 대학에 다녔다. 당시 방송극 연출을 맡았던 사람이 대학 선배인(사대 국문과) 김아(金雅)—그는 그의 부군이 되었고 KBS PD, MBC 기획위원 등 방송계를 거쳐 지금 서울시 공연기획관으로 세종문화회관 근무.

그분은 사대에서 『사대학보』 창간호를 낸다면서 원고를 하나 달라는 거예요. 아마 경향신문에 내 작품이 당선된 걸 알고 청탁한 건데 그래서 단편소설 「불안한 위치」가 실렸습니다. 그런데 또 어느 날 만나자고 하더니 대뜸 '이번에 중앙방송국에서 처음으로 전국 대학생 방송극 경연대회를 여는데 서울대학교에선 사대에서 나가기로 했다'면서 '주인공으로 나와줬으면 좋겠다'는 거예요. 한참 망설이다가 '그러마'고 했지요.

그는 이것이 인연이 돼서 김아와 스물네 살에 결혼하게 된다.
그가 재학 중 『새벽』이라는 잡지에 기자로 나간 내력은 이렇다.

그때 사장이 주요한(朱耀翰) 시인이셨고 편집국장이 김용제(金龍濟) 선생이셨는데 이분들이 나보고 '기자로 일해볼 생각이 있느냐' 이래서 갔던 것이지요. 대학은 그대로 다니는 조건으로요.

그리고 『새벽』지는 그가 나가기 시작한 지 2년 만에 문을 닫는다. 다시 『한국일보』로 옮긴다.

한국일보엔 어떻게⋯⋯.

한국일보 문화부에 여기자를 찾는다는 소식을 듣고 장기영사장과의 인터뷰를 거쳐 뽑혔지요. 이때가 언론인으로서의 첫발을 뗀겁니다. 그래서 지금도 『한국일보』라면 친정집같이 느끼고 있어요.

그 뒤로 이무현(李武賢, 한국일보 조사부 차장), 이영희(李寧熙, 아동문학가), 정광모(鄭光謨, 소비자 보호연맹 회장) 등이 한국일보로 오게 된다.

그래 기자로부터 출발해서 시인이 되고 또 여성운동에도 기여하시면서 오늘날은 한국여성개발원이라는 큰 기구를 이끌게까지 되셨는데, 한국여성개발원이 하는 일은 무엇입니까.

한국여성개발원은 83년 4월에 발족해서 이제 3년 반이 돼갑니다. 여성개발원은 의원입법(발의자 김현자 · 김모임 의원 외 34명)으로 '한국여성개발원법'이 통과되면서 발족했지요. 여야 의원, 남녀 의원 만장일치로 법이 통과됐어요. 한마디로 개발원은 여성 문제를 전담하는 국가 차원의 연구기관입니다. 70년대에 들어서면서 급격한 산업화의 시대를 맞게 되고, 생활 여건이 달라지고 의식의 반경이 커졌어요. 따라서 여성들의 사회참여 의식도 커져 어려운 문제점들이 많이 생겼습니다. 그동안 기성 사회는 남성 본위 사회였거든요. 여성들의 교육 기회는 확대되는데 배운 여성들이 발붙일 곳이 없어요. 이것이 심각한 여성 문제로 대두됐지요. 우리나라가 진행해온 '국가사회발전 5개년 계획'에 이번에 처음으로 '여성개발 부문'이 포함되어 위원장을 맡고 있습니다만, 한마디로 이런 취업 문제뿐만이 아니라 여성계의 여러 문제점들을 연구해서 국가 정책에 반영하는 일을 하는 것이 여성개발원의 역할입니다.

민간 차원에서 자생적으로 나온 여성 단체들도 꽤 되는데, 개발원이 생김으로써 자기네 할 일이 없어졌다 하는 그런 반응 같은 것은 없었던가요?

아닌 게 아니라 처음엔 여성 단체들이 더러 의구심을 갖기도 했었지요. 사회 발전에 남녀 공동 참여 사회를 목표로 그동안의 남녀 차별을 해소하려는 지상과제를 풀어가는 우리의 입장을 이해하면서 서로 우호적으로 됐어요. 여성단체들이 60여 개가 있습니다. 과거에는 이 단체들이 제각각 산발적인 이야기들을 함으로써 허공에 메아리처럼 되는 경우도 있었는데, 이제는 가지가지 여성계의 문제점들이 한군데로 착실히 모아지고 다듬어져서 집중적으로 정책에 직접 반영되게 되니까 서로 좋은 관계를 갖게 됐지요. 그리고 우리가 여성단체에 여러 가지 지원 활동도 하고 있지요. 좋은 모델들을 만들어서 보급도 하고요.

모델이란 어떤 것인가요.

예를 들면 '모자(母子) 여름학교' '여성 사회참여 훈련' 같은 것들입니다. '모자 여름학교'란 아버지는 안 계시고 어머니가 홀로 자녀를 키우는 가정의 어머니와 아들, 또는 어머니와 딸이 한곳에 3박 4일 동안 함께 지내면서 그 자녀들이 '어머니는 왜 고생을 하시는가' '그때 왜 내가 어머니께 짜증을 냈을까' 서로 돌아보고 '어머니만의 무조건 희생이란 없다' '희생을 반반씩 나눠 가져야 한다'라는 것을 일깨우는 프로그램이지요. 84년, 85년 2년간 실시했는데 아주 성과가 좋았습니다. 금년엔 가정법률상담소의 기러기반에서 이 모델을 가지고 실시하게 될 겁니다.

좋은 프로그램입니다. 전국에 편모 가정은 얼마나 될까요?

아버지만 계셔가지고 자녀를 키우는 가정은 그렇게 많지 않아요. 대체로 재혼을 하거든요. 그런데 편부모 가정 중에서 어머니 혼자 자녀를 기르는 가정이 85%에 이릅니다. 전국 900만 가구 중에서 편부모 가정이 75만 가구 정도 되고 그 85%에 해당하는 약 64만 가구가 편모 가정입니다.

또 '여성 사회참여 훈련'은 어떤 것입니까?

이것도 84년과 85년에 실시했고 YWCA에서 모델을 가져다 실시하고 있습니다. 여성들이 대학을 나오고서도 이력서 한 장을 못 쓰는 사람도 없지 않은 실정입니다. 그래서 이력서 쓰는 법부터 시작해서 기업체, 사무실 등 현장에 나가 현장에서 일어나는 여러 가지 일들을 체험하게 함으로써 앞으로 취업을 하는 데 예비 지식과 소양을 갖게 하는 프로그램입니다.

업무에 바쁘실 텐데 글은 언제 쓰십니까?

그래서 산문은 될수록 안 쓰고 있습니다. 20여 년 동안 언론계에서 생활하면서 여성 문제도 많이 다뤄왔습니다마는, '지금이 바로 그 해결점을 찾는 여울목이다'라고 생각해서 개발원 일에 우선 일차적으로 전심전력하고 있습니다. 다른 것은 가지를 치고, 또 어떤 것은 제쳐놓고 지냅니다. 그러나 본능적으로 항상 "나는 시인이다"라는 생각을 놓지 않고 주로 밤 시간, 새벽 시간을 내어서 열심히 쓰고 있고요.

그동안 에세이집도 여러 권 내셨지요? 학원사에서 낸 『너로 하여 우는 가슴이 있다』는 독자도 많은 모양이던데요. 인세도 꽤 받으시고…….

독자들이 꾸준히 있습니다. 현재 21판까지 나왔어요. 사실은 여성 문제를 생각한 에세이집 『외로움을 앓는 작은 풀꽃을 위하여』(학원사)를 여러 사람들이 읽어주기 바라는데 그 책은 많이 안 나가 섭섭합니다.

그는 그동안 『장도와 장미』 『음계』 『어떤 파도』 『눈의 나라 시민이 되어』 등 네 권의 시집을 냈고, 이 네 권을 모두 묶어 작년 말께 『김후란 시 전집 — 사람 사는 세상에』(융성출판사)를 냈다. 이 전집도 2판까지 냈다.
수필집으론 위의 두 권 말고도 『태양이 꽃을 물들이듯』 『예지의 뜰에 서서』 『봄 여름 가을 겨울의 목마』 등이 있다.

『너로 하여 우는 가슴이 있다』는 21판까지 나왔다니 인세만도 꽤 되겠습니다. 요즘 특히 여성 시인들이 쓴 에세이집이 잘 팔린다고 들리는데 특별한 이유라도 있는 것일까요?

우선 감성적으로 쉽게 공감대가 형성되는 것 때문이겠지요. 글의 깊이는 장담할 수 없습니다만, 시 쓰는 사람이 쓰는 산문은 문장도 생각해서 쓰게 되고 내용도 무언가 깊이 생각하도록 쓰는 데에 독자들이 이끌리는 것이 아닌가도 생각됩니다. 산문 한 편을 쓰더라도 시 한 편 쓰는 공력을 들여서 쓰고 또 그 내용 속에 시적인 에스프리 같은 것을 담아내기 때문인 것 같아요.

선생님께서는 주로 소설을 쓰셨는데 언제부터 어떻게 시를 쓰게 되셨던가요?

여기서 그는 부군의 이야기로 되돌아가고, 한국일보 시절로 거슬러 올라간다. 대학 시절 부군을 알게 되면서 부군이 열심히 발레리, 릴케, 말라르메 등 서구(西歐) 시인들의 작품집을 사다주어 그 시인들에게 관심을 갖게 되었단다.

## 2. 정치에는 뜻 없어

선생님께서는 60년대 신석초(申石艸·시인) 선생님한테서 『현대문학』에 추천을 받아서 시단에 데뷔하셨습니다마는, 신선생님하고는 그전에 무슨 연분이라도 있었던 것입니까?

한국일보에서 처음으로 뵙게 됐지요. 제가 들어가니까 그분이 문화부장 겸 논설위원으로 일하고 계시더군요. 그분은 그때 발레리에 심취해 계셨어요. 제가 막연하게나마 이해했던 발레리와 그분이 말씀하시는 발레리와 맥이 통했던 거지요. 은연중에 그분의 암시와 감화를 많이 받았습니다. 이때부터 시작(詩作)에 몰두하게 되고, 그분이 문단에 천거까지 해주신 거지요. 그분은 돌아가셨지만 인품도 학같이 고고했던 분이셨습니다.

> 그의 언론계 생활은 대학 재학 시절 『새벽』지 기자로 출발하여 『한국일보』 『서울신문』 『경향신문』 『부산일보』로 이어진다. 『서울신문』과 『경향신문』에선 문화부 차장, 부산일보에선 서울지사 사무실에서 논설위원으로 일했다. 1주일에 서너 편은 사설과 칼럼을 꼭 써야 할 만큼 바쁘게 지냈단다. 기억에 남는 일의 하나는 통신에 단편적으로 보도된 국정교과서 회사 사건을 사설로 다뤘는데, 뒷날 중앙지들이 거의 같은 논조로 쓰고 있어 기뻤던 일이다. 이 밖에도 그는 논설위원 시절, 공해 문제와 여성 문제에 남다른 관심을 기울여 그 방면 논설을 많이 썼다.

언론계를 지망하는 여성들, 그리고 후배 기자들에게 한 말씀……

기자란 사회현상의 한가운데를 달려가는 전문 직업이거든요. 여기자의 역할이 따로 있는 건 아니고 얼마든지 능력을 발휘할 수 있는 곳이 언론계입니다. 여성이기 때문에 도전할 수 있는 분야도 있고 또 재미도 있고 보람도 느낄 수 있다고 봅니다. 앞으로는 보다 전문성을 살릴 수 있게 공부하는 기자가 돼야 한다고 봅니다. 그냥 피상적인 취재 보도에 그치지 않도록 세계로 눈을 돌리는 기자가 돼야 할 겁니다. 제가 여기자로서는 처음으로 월남전(越南戰) 취재를 한 달 동안 하는 기회가 있었는데, 긴박감이 감도는 전쟁터에서 움직이는 사람들을 보고 느끼고 하면서 소중한 체험을 했던 기억이 새롭습니다. 그리고 열심히 해야지요. 기자란 혼자 뚫고 나가는 직업이거든요. 제가 언론계 생활을 20여 년 했습니다만 문화부 기자여서 저명한 문인들을 많이 만날 수 있었지요. 논설위원으로 있으면서는 사회를 보는 안목이 확대되더군요.

학교 다니실 때 수석 졸업, 수석 합격도 해보셨는데 요즘 자녀 교육은 어떻게 시켜야 됩니까?

제가 울었던 것이 제 부모님, 동생 등 육친들이 세상을 하직했을 때, 그리고 제 큰아이가 대학입시에 실패하고 재수를 하게 되었을 때였습니다. 나는 내가 공부할 때만 생각해서 아들한테 입시교육을 특별히 안 시켰던 것이지요. 더구나 아들은 학교 미술반에서 아주 그림을 잘 그렸는데 미대 가는 건 안 된다고 다른 분야를 도전하게 했거든요. 미술에 소질이 있는 것을 살려주었어야 하는데…….

옛날에는 남자는 이공계 아니면 상경계, 또 여자는 인문계 아니면 예능계를 보낸다고 했지만 요즘은 사정이 많이 달라진 것 같아요. 소질대로, 본인이 원하는 대로 취미를 살려서 기쁨과 보람을 찾도록 해줘야 할 것입니다. 나는 다 지내놓고 보니까 깨닫게 됐어요. 그렇게 훨씬 뒤에 새로이 깨닫게 되고 느끼게 되고 하는 것이 인생인가도 싶고요. 인생이란 그래서 힘들고 재미있어요.

젊은 여성들에게 당부하는 말씀은? 그렇게 선생님처럼 다 지내놓고 나서야 새로이 깨닫고 느끼고 하지 말라고…….

우선 실력을 갖추어야겠지요. '여성이기 때문에 못한다' 하고 지레 겁을 먹지는 말라는 부탁을 꼭 하고 싶어요. 우선 제 몫을 어느 한 가지는 할 수 있어야 돼요. 저는 '능력 있는 여성, 노력하는 여성, 발전하는 여성'을 모토로 하고 권장합니다. 항상 꿈과 이상을 지녀야 합니다."

정치에는 뜻이 없습니까?

없습니다. 지금 주어진 일 임기 마치고 조용히 내 본연의 자세로 돌아가서 문학에 정진해야지요.

김후란 · 김재홍

# 나의 문학, 나의 시작법(詩作法)

　오늘 선생님의 작품 세계에 관해 말씀 나누게 되어 반갑습니다. 선생님의 시력도 이젠 꽤 오랜 연륜을 헤아리게 되셨죠?

　반갑습니다. 그리고 보니 제가 『현대문학』의 추천으로 등단한 것이 1959~1960년이었습니다. 부질없이 세월만 보낸 듯하여 안타깝기만 하네요. 김 선생과의 이 대담을 계기로 지난 기간을 반성해보고 새 출발의 한 계기로 삼아야겠습니다.


　좋은 말씀이십니다. 시인이나 작가에게 가장 중요한 것은 지난날 자신의 작품 세계를 정확히, 또 진실되게 반성해보는 미학적 명상의 시간을 자주 갖는 일이라 생각됩니다. 특히 이즈음과 같이 들떠 있는 시대일수록 자신과 세계에 대해 진지한 명상을 꾸준히 지속한다는 것은 예술가뿐만 아니라 현대인 모두에게 소중한 일이 아닐 수 없을 것입니다. 그러면 먼저 데뷔 시절의 이야기를 들려주실까요?

　제가 문학에 관심을 가졌던 것은 여학교 시절부터입니다. 부산 피난 시절 국어 선생님께서 소개해주신 박두진 선생님의 시집『해』를 처음 사서 읽었던 것이 문학적 충격을 받은 시발이 된 것 같습니다.『해』의 분출하는 생명감과 아름다운 리듬감에 강하게 끌렸습니다. 또 조병화 선생님의 시집들도 제게 신선한 감동을 불러일으켰던 것으로 기억됩니다. 이후에 1954년 서울대 사범대에 재학 중『경향신문』주최 전국대학생 문예 콩쿠르에 입선한 것도 한 계기가 됐던 것 같습니다.

본격적인 시작의 동기는 1957년 한국일보 문화부 기자로 입사해서 신석초 선생님을 만나게 된 때라고 하겠습니다. 그 무렵 신 선생께서 시집『바라춤』을 내셨지요. 신 선생께 직접 시작의 지도를 받지는 못했었지만 시인으로서의 자세는 영향을 받았던 것 같습니다. 그래서「오늘을 위한 노래」로 1959년 11월에 시작하여「문」「달팽이」등의 시로 1960년 12월 신 선생의 추천으로 등단하게 된 것이죠. 그때 신석초 시인이 필명 '김후란'을 지어주셨습니다. 조선조 허난설헌 시인의 뒤를 잇는 시인이 되라고 '金後蘭'이라고 지어주셔서 현대문학에 추천받을 때는 그대로 나왔는데 그후에 '后蘭'으로 바꾸게 되었지요. 추천의 말씀에 유니크한 시인이 될 것으로 기대한다고 쓰신 게 크게 용기를 갖게 하더군요.


제가 생각할 때도 신석초 선생의 정신적 지향이 김 선생님의 시에 한 흔적으로 남아 있는 듯싶습니다. 정신과 육체, 관념과 서정의 갈등의 문제라든지 허무 속에 빛나는 정신의 모습이라든지가 그것입니다. 결국 인간 본질로서의 허무와 이것의 초극을 위한 정신적 몸부림, 그리고 사랑의 정신이 초기 시에 두드러진다는 뜻일 수도 있을 겁니다. 이러한 문제들이 몇 권의 시집으로 상재되었죠.

저의 첫 시집은 1968년 간행된『장도(粧刀)와 장미(薔薇)』입니다. 여기서 저는 자연 관조를 바탕으로 한 서정시를 쓰려고 노력했지요. 생의 의미에 대한 관심도 두드러졌고요. 제2시집 『음계(音階)』(1971)에서는 언어의 조탁에 몰두해봤고, 제3시집 『어떤 파도』에서는 사물을 대하는 시인으로서의 시각의 중요성에 대해 깊이 생각해보았습니다. 제4시집은 1982년 말에 나온 『눈의 나라 시민이 되어』인데 여기에서는 주로 사랑과 평화의 정신에 관해 탐구해보았습니다. 그런데 제 자신 특기할 만하다고 생각되는 것은 첫 시집부터 매 시집마다 「목마」「쓸쓸한 여자의 장소」「환(歡)」「빛의 나그네」「헌화가(獻花歌)」 등 장시를 실험해본 것입니다. 이러는 과정에서 78년에 111매의 서사시 『세종대왕』을 썼던 것은 특히 기억에 남습니다. 여기에서 나는 우리 말과 글, 그리고 우리 정신의 소중함을 되새기게 됐습니다. 아울러 문자를 창작 매체로 삼는 문학인으로서의 소명 의식을 절감하게 됐던 것은 소중한 일이 아닐 수 없습니다.

## 1. 총체적 세계 인식과 생명 감각

이번 대담에서 선생님 시세계의 전모를 논하기는 어려울 듯 싶었습니다만, 이번에 짚고 넘어가고 싶은 것은 서사시 『세종대왕』의 문제입니다. 선생님의 말씀대로 이 작품은 세종대왕의 위업을 감동적으로 서술한 한 역작으로 생각됩니다. 특히 세종의 표면뿐만 아니라 인간적인 고통과 사상의 내면까지도 깊이 있게 탐구한 것은 주목할 만한 일입니다. 그러나 제가 관심 갖는 것은 서사시라고 할 때, 이 작품의 전체적인 스케일이나 시각의 다원성, 그리고 총체적 역사 인식의 면에서 다소 미흡한 것이 아닌가 생각된다는 점입니다. 또한 흔히 이런 유의 서사시가 위인이나 영웅들의 위업에 대한 찬사 또는 일방적인 존경

심만으로 가득 차 있다는 것도 문제라 생각됩니다. 역사적 존재로서의 세종을 바라보는 시각과 관점이 더욱 다양·다원화돼야 하고, 여기에 신화·민담·시가 등의 파란만장한 문학적 얘깃거리의 교직(交織)이 이루어져야 하고, 역사의식의 확고한 태도, 즉 사관의 확립과 함께 사상사적 천착이 대규모로 이루어져야 할 것으로 판단됩니다. 이 점에서 이 작품은 미완의 작품이라 생각되는데요.

사실 그렇습니다. 이 작품이 좀 더 넓고, 깊고, 총체적인 확대가 필요하다고 저도 생각하고 있습니다. 저 자신 이 작품을 제1부로 생각하고, 한글 창제 이후론 제2부로 써나갈 작정입니다. 특히 역사적 존재로서의 세종의 면모와 인간적 존재로서의 세종을 깊이 있게 탐구함으로써 한국적 사랑의 정신을 탐구하는 것과 동시에 민족적 주체성의 발견과 확립의 형상화에도 힘쓰고 싶습니다.


제가 생각하기에 근년의 한국 시단에서 비교적 부족한 요소가 바로 이러한 시인들의 총체적 세계 인식의 노력이 부족하지 않은가 하는 점과, 당연한 결과로 사상성의 깊이가 결여되어 있지 않은가 하는 점입니다. 많은 시인들이 그때그때 생활의 단편을 시로 써서 이것이 일정한 편수에 이르면 시집으로 발간하기 때문에 '구멍가게식 시집'을 벗어나기 어려운 것 같습니다. 하나의 커다란 테마를 발견하여 이것을 다양하면서도 꿈이 있는 탐구 정신으로 천착함으로써 정신의 깊이에 도달하려는 노력이 있어야 할 것입니다. 깊이 있는 사상으로 체계화되고 심화되지 않는 시 정신이나 시 정서는 예술성에의 경사를 초래할 뿐인 것이지요. 훌륭한 시인이란 예술성의 꾸준한 천착 속에서 깊이 있는 사상성을 발견해내고, 이것들을 탁월하게 천착·결합시킴으로써 조화 있는 정신의 저 아스라한 세계에 도달하고자 노력하는 사람들을 일컫는 말이라 생각합니다.

저도 그렇게 생각합니다. 훌륭한 시인이란 사상성과 예술성을 조화시킴으로써 독자적인 시 정신과 사상 체계를 완성해내는 사람을 일컫는 것이겠죠.

그렇다면 선생님께서는 시를 어떻게 정의하시겠습니까? 또한 왜 시를 쓰시고, 그 효용은 어떠하며 결국 어떠한 것이 좋은 시라고 생각하시는지요?

저는 시를 '동적인 침묵'이라고 정의하고 싶습니다. 현대는 언어가 범람하는 시대입니다. 이러한 요설의 시대에 시란 가슴에 고여 넘쳐나는 그 무엇을 시라는 결정체로 표현하는 것입니다. 예컨대 '바다'와 '다이아몬드'의 비유를 들 수 있겠습니다. 멀리서 보면 평면적인 바다가 가까이 다가서 보면 천파만파 크고 작은 파동으로 출렁거립니다. 또 다이아몬드도 그냥 보면 별것 아니지만 빛을 반사하면 찬란한 아름다움으로 떠오르지요. 이 바다의 숨겨진 생명력과 다이아몬드의 발광 미학이 시의 요체이지요. 또한 시를 '왜 쓰느냐' 한다면, 그것은 우선 나 자신의 충족감을 위해서고 그다음이 독자와의 만남을 위해서라고 생각합니다. 따라서 시의 효용이란 직접적으로 타인(독자)에게 영향력을 행사하기는 어렵지만 그들에게 시인이 지닌 영혼의 빛을 던져주는 일이라 생각합니다. 일상의 눈으로는 보지 못하고 느끼지 못하던 것을 시로 구체화시켜 정신에 불을 붙여주는 일, 또는 공감대를 형성하는 일이라 생각합니다. 따라서 아까 김 선생께서 말씀하신 대로 좋은 시는 사상성과 예술성이 조화돼야 할 것입니다. 이것의 어려움 때문에 창작의 고통이 따르는 것이겠죠. 깊은 사상성이 높은 심미안에 의해 탁월한 상상력으로 결합, 승화되어 탄력 있게 형상화된 것이 좋은 시라고 말할 수 있겠죠.

좋은 말씀이십니다. 실상 인류의 정신사·예술사를 볼 때 훌륭한 문학·예술이란 직접 주장·제시해주는 것보다는 은은히 지속적으로 감동을 줌으로써 정신을 고양시키는 것들이 대부분이지요. 흔히 말하듯 한 시대와 시대를 넘어 감동을 불러일으키고 힘을 주는 것은 문학작품의 핵심이라 할 수 있는 깊은 사상성과 예술성이 결코 분리될 수 있는 것이 아니라, 유기적이고 탄력 있게 결합함으로써 총체성을 지니는 것이라 할 수 있지요. 또 어느 것이 '더냐, 덜이냐' 할 수도 없을 것입니다. 이 두 가지 요소는 서로 팽팽하게 긴장하고 하나로 통합됨으로써 상보적·상승적 결합 효과를 발휘하고 마침내 완성하는 것일 테니까요. 다만 어느 시대에 따라 그 시대의 상황이나 정신이 그 어느 한 측면을 더 강조하게 될 수도 있으리라는 것은 오히려 당연한 일일 것입니다. 이 점에서는 소위 참여시냐, 순수시냐 하는 논쟁은 무의미한 일이 아닌가 싶습니다. 문학에서 어느 한쪽으로 확연히 구분할 수 있는 경우는 거의 없을 것입니다. 그 시대정신에 따라 한쪽의 비중이 높아지는 경우가 있을지언정 획일적으로 가치를 양분한다는 것은 불가능한 일일 수밖에 없으니까요.

사실 저는 '참여시·순수시'라는 용어나 구분 자체에 거부감을 갖습니다. 시는 어떤 형태로 쓰였더라도 시로서의 정서와 시대정신과 함께 문학성이 중요시되어야 합니다. 자유로움을 생명으로 하는 예술, 특히 시를 칼로 베듯 획일적으로 양분하는 것은 무리가 아닌가 합니다.


## 2. 체험의 변용과 상상력의 힘

그러면 실제 선생님의 창작론이랄까 하는 얘기로 옮겨보지요. 체험과 상상력의 상호 관계를 중심으로 시작의 모티프와 그 창작 과정을 말씀해주시지요.

저는 한정된 체험의 영역을 중시하기보다는 이것을 발단으로 한 경험세계의 확대와 상상력에 주로 의지하여 시를 쓰는 편입니다. "시의 첫 구절은 신(神)의 선물, 그다음은 스스로 개척하지 않으면 안 된다"라는 발레리의 말이나 "나는 영감 따위를 기다리지는 않고 일하는 과학자와 같은 태도를 배워야 한다고 생각한다"라는 쥘 쉬페르비엘의 두 입장을 모두 수용해야 하리라 믿습니다. 가슴속에 떨어진 씨앗 하나가 어느 날 눈을 떠 싹이 트기 시작할 때 창작 의욕과 시적 긴장감을 강하게 느낍니다. 또한 이 점에서 침잠과 초월은 시작 과정에서 매우 중요한 과정이라 생각합니다. 대상과의 깊은 조응의 시간이 필요하며 완전한 자기 함몰 속에서 어떤 큰 세계, 무한한 시야를 주는 저 밝은 세계, 또는 끝없이 깊은 어둠을 볼 수 있을 때 좋은 작품이 탄생됩니다.

실상 체험이냐 상상력이냐 하는 문제는 큰 문제는 아닐 것입니다. 상상력 자체도 크게 보면 문학적 체험의 영역에 속하는 것이며, 체험 또한 상상력에 의해 조정되고 완성되는 것이니까요. 실상 릴케가 얘기한 시적 변용도 그런 뜻일 겁니다. 하나의 실제적 체험 또는 상상적 체험은 창작의 씨앗으로 모티프가 되지만, 이것이 발아하고 개화하고 결실을 맺게 하는 것은 예술가의 상상력의 힘이며 그 노력의 결과이니까요. 특히 시의 경우는 그 어느 예술장르보다도 직관과 상상력의 중요성이 강조되는 부문이지요. 체험이 작가의 상상력을 통해서 작품 세계로 변용되는 과정에서는 앞에 말씀하신 초월과 명상이 중요하지요. 때로는 대상에 함몰해야 하지만, 어느 경우는 대상과 냉정한 미적 거리(aesthetic distance)를 유지하고, 초월과 명상을 통해야 할 테니까요. 이 점에서는 언어의 선택과 조탁의 문제도 어려운 과제이지요.

시를 쓸 때 어려운 문제는 아마 이 과정일 거예요. 시인의 눈(시각)과 가슴(감성)이 어떻게 훈련되고 숙련된 언어와 결합될 수 있는가 하는 것이니까요. 가려진 세계에서 베일을 벗겨내어 마치 처음 보는 것 같은 신선한 충격을 주는 게 시라고 할 때 새로운 언어 표현이 필수적이죠. 상상력의 개발을 위해서라도 경험 분야를 넓혀야 하고, 언어의 폭과 벽을 깨뜨려야 할 거예요.

실상 시인의 작업이란 언어와의 격투이며 허무와의 투쟁이리라 생각합니다. 시 정신의 핵심이 결국은 없는 것(허무, 무)에서 새로운 것을 만들어내야 하는 것이 시인의 숙명이라는 사실에 기인하는 운명적 고통이지요. 바로 여기에서 시인의 진실성과 성실성이 문제될 것입니다. '피를 잉크로 삼아서 쓴다. 즉, Blood in ink'라는 엘리엇의 말은 이 점에서 깊은 시사를 던져줍니다. 새로운 체험과 상상력은 새로운 언어를 필요로 하며, 새로운 언어의 발견과 창조는 새로운 사상의 형성으로 연결되는 일이라는 점에서 언어의 문제가 창작의 핵심일 수 있습니다.

시작이란 막연·모호하던 대상·사물·관념을 선명하게 구체화하고 형상화하는 작업이 아닐는지요. 평범 아닌 비범, 보편 아닌 특수, 고정관념 아닌 새로운 시각의 확보를 위해 언어와의 싸움이 절실한 것이지요. 습관적으로 사물의 실상과 이면을 동시에 보고 이를 거슬러 올라가려는 노력 때문에 항상 저는 갈증과 갈등을 겪습니다. 이 점에서 자신의 사고의 문을 열고 나가는 정신의 자유로움이 필요한 것이고 그 결과 탄생되는 것이 한 편의 시라고 하겠지요.

## 3. 구심력과 원심력의 미적 긴장

그런데 선생님의 작품에는 상상력의 상반되는 두 힘이 작용하고 있는 듯싶습니다. 즉, 자기 응시에 의한 자기 발견과 탐구로 내향하는 상상력의 구심 작용과, 세계와 이웃에 대해 외향하는 원심력의 작용이랄까 그런 것이지요. 끊임없는 자아 성찰, 즉 내성(內省)에의 길과 외부 세계에의 길이 두 가지 축으로 존재하면서 이 두 힘이 서로 밀고 당기는 상상력의 미적 긴장에 의해 시가 구성된다고 할 수 있을 것입니다.

그것은 잘 지적하신 것 같네요. 실은 저 자신 잘 깨닫고 있지 못했던 사실이지만, 그러한 구심력과 원심력의 상호작용이 제 상상력의 한 비밀한 원리인 듯싶습니다. 제겐 며칠이고 계속해서 저 자신에 대한 끊임없는 성찰과 탐구에 몰두하는 버릇이 있습니다. 인간 생명의 유한성과 인간으로서의 허무와 한계, 그리고 좌절과 번뇌를 겪으며 그의 초극을 위해 노력합니다. 또한 나를 둘러싼 삶의 현장과 이웃, 그리고 세계에 대한 관심과 이해의 문제로 많이 괴로워합니다. 이러한 구심력의 두 힘이 독자적으로, 혹은 서로 이어지고 얽혀들면서 조합된 생명감 있는 언어의 결정이 바로 제 시라고 할 수 있을 것입니다. 끊임없이 자신의 현존재(dasein)를 확인하면서 나 이외의 생명체에 대한 연민과 사랑의 시선을 던지는 것이라고나 할까요.


옳은 말씀입니다. 시란 내면적인 면에서는 궁극적으로 깨달음과 반성을 통한 자기발견과 자기 구원의 길로 이해할 수 있을 것이고, 외향적인 면에서는 세계에 대한 인식의 확대와 사랑의 실천에 의미가 주어질 수 있는 것이니까요. 아울러 선생님의 시에는 중심 이미지라 할 수 있는 것이 흰색 계열로 나타나는 듯 싶은 데요. 푸른 색감이 배어든 은은한 흰색이라고나 할까요. 시집 제목에서도 '장도' '음계' '파도' '눈의 나라' 등의 어휘들이 대체로 그러하며, 또한 반복적으로 나타나는 백조(白鳥)·백운(白雲)·은어(銀魚)·백일(白日)·아침·아기 등이 대부분 그런 인상을 던져줍니다. 특별한 이유라도 있습니까?

그러고 보니 그런 듯도 싶습니다. 제겐 흰 것이 표상하는 맑은 것·밝은 것에 대한 무의식적 동경이 있는 듯싶어요. 어느 면에서는 결벽증에 가까우리만큼 맑고 투명한 것에 대한 집착이랄까, 아니면 순수나 지적 명징성에 대한 지향이 의식의 내면에 잠재되어 있는지도 모르겠어요.


선생님 시에서의 전통의 문제랄까, 역사의식의 문제는 어떻게 생각하십니까?

전통이란 우리 생활과 정신의 뿌리로서 마음속에 자연스럽게 살아 있는 것이라 생각합니다. 따라서 양식상으로는 외래의 합리적인 것들을 받아들이되 내용상으로는 내 나라의 고유성을 잘 살리고 변혁시켜 나아가야 할 것입니다. 그러므로 문학인들은 긴 역사 속에서 체득한 문화와 정신을 계승 발전시켜갈 의무가 있습니다. 여기에서 역사적 필연성과 발전을 시대성 파악이라는 관점에서 검토·수용하는 역사의식이 필요한 것이겠지요.


실상 선생님의 시에는 고전 정신이랄까, 우리말과 글의 멋스러움과 아름다움을 바탕으로 한 고전적 상상력이 짙게 깔려 있는 듯싶습니다. 그런데 문제는 선생님의 시에 날카로운 현실 인식이랄까 하는 투철한 역사의식이 좀 부족하다는 점입니다. 전통적인 것, 뿌리에 대한 열망이 담겨 있으면서 미래적인 것 희망적인 것에 대한 동경과 지향이 담겨 있는 것은 사실이지만 예리한 현실의식이랄까 준열한 비판 정신에 근거한 역사의식이 다소 결여돼 있다는 말씀입니다. 진정한 사랑의 정신에는 따뜻한 이해와 포용의 정신도 중요한 요소이지만, 때때로 준열하게 나무라고 꾸짖는 비판의 정신도 필요하다는 뜻일 겁니다.

새삼 돌이켜보니 김 선생 말씀대로 그 문제는 다소 소홀했던 듯싶습니다. 그런 것을 예리하게 지적하고 비판하니 과연 평론이 무서운 것이고 꼭 필요한 것이라 생각되는군요. 언젠가 시인협회 세미나에서 김 선생께서 발표하신 시와 비평의 상관성에 관한 평론이 생각납니다. 비평이란 비유컨대 나무(시인)들이 꽃을 더 잘 피우고 튼튼한 결실(시)을 맺게 하는 데 촉매 작용과 전지 작용을 한다는 말씀 말입니다. 실제로 제 작품이 사랑의 실천이라는 주제를 많이 다루면서도 그것이 보다 큰 측면에서의 투철한 현실 인식이나 예리한 비평 정신을 결여하고 있었던 것 같습니다. 진정한 사랑의 정신과 그 실천에의 길에는 그러한 비평적인 역사의식이 깊이 있게 작용해야 할 것 같습니다. 참 좋은 지적을 해 주셨습니다. 아마 그래서 사람들은 자신의 내심의 소리에 겸허해야 하고, 또한 언제나 타인의 비판의 소리를 경청할 필요가 있는 것 같군요.

## 4. 사랑의 시, 평화의 시

선생님의 시에는 아까 잠깐 언급했지만 사랑의 정신이랄까 그 실천에의 길이 중요한 지표인 듯싶습니다만, 또한 이것의 연장으로서의 평화에의 길에 대한 지향이 강력히 표출되는 것도 사실인 것 같습니다. 스스로는 어떠한 시의 지표를 가지고 계시는지요?

이즈음의 생활처럼 감동이 없는 시대도 없을 것입니다. 많은 사람들이 점차 신선한 생명력과 생명 감각을 상실하고 따뜻한 인간미를 잃어가고 있는 듯합니다. 이런 시대일수록 사랑의 정신이야말로 가장 소중한 것으로 생각됩니다. 새삼 말할 것도 없이 사랑은 모든 생의 바탕이며 감동 있는 생활의 기본 요건일 것입니다. 이러한 평범한 사실이 언제나 소중히 인식되고 존중돼야 한다고 믿습니다. 생을 긍정적인 눈으로 바라보고 삶의 부피에 따사로움을 더하게 하는 일로서의 사랑의 정신은 인류의 역사를 이끌어가는 원천적 힘이며 동시에 시의 이상이라고 생각합니다. 또한 사랑의 정신이 더 넓어지고 커지고 높아진 경지가 바로 평화에의 동경과 지향입니다. 개인의 존재론적, 사랑에서 한 걸음 더 나아가서 '함께' 살아가는 것으로서의 세상의 평화는 인류의 구원한 테마이며 이상일 것입니다. 실상 내 시의 지표는 사랑과 평화에의 지향이라고 믿습니다. 세계의 어둠, 그 어두운 지하 갱도에서 광맥을 캐고 그것으로 다른 사람들의 생활을 따뜻하게 해주고 밝혀주는 광부의 모습, 그것이 바로 시인의 모습이 아닐는지요.

시집 『눈의 나라 시민이 되어』에는 그러한 사랑과 평화의 사상이 잘 형상화되고 있는 것으로 판단됩니다. 특히 표제시 「눈의 나라」는 그 대표적인 예가 됩니다. "겨울이면 나는 눈의 나라 시민이 된다/온 세상 눈이 다 이 고장으로 몰린다/고요하라 고요하라/희디흰 눈처럼/차고도 훈훈한 눈처럼/고요하라는 계율에 순종한다/사랑을 하는 이들은/안개의 푸른 발/이사도라 덩컨의 맨발이 되어/부딪치는 불꽃이 되기도 한다/겨울이면 나는 눈의 나라 시민이 되어/유순하게 날개를 접는다/그러나 이따금 불꽃이 되고/허공에서 눈물이/되려 할 때가 있다/슬픔이 담긴 눈송이들끼리."라는 이 시에는 허무와 애수로서의 생과 환희와 아름다움으로서의 생의 양면성이 생의 근원적 모습으로 제시돼 있어요. '눈'에 담겨진 '눈물'의 모습은 허무와 페이소스를, '불꽃'의 모습은 사랑과 환희를 함께 표상해줍니다. 허무한 길이면서도 보람을 찾을 수 있는 길이며, 슬프면서도 아름다운 길로서의 인생이 '눈'으로 표상되고, 아울러 이 '눈' 속에 사랑과 평화에 대한 동경과 갈망이 드러나 있는 것으로 보입니다. '고요하라 고요하라' 라는 외침 속에는 사랑을 갈구하는 은은한 목소리와 함께 평화에 대한 영원한 지향의 목소리가 담겨 있는 것으로 판단된다는 점에서 이 시의 의미가 놓이는 것으로 보입니다. 실상 이러한 참된 사랑의 정신의 회복과 실천에의 지향, 그리고 진정한 평화에의 갈망과 희구야말로 이 시대에 가장 간절한 시의 명제일 것입니다. 사랑의 길과 평화의 길에 대한 동경과 갈망 그리고 실천 의지를 구현하려는 노력에 인생의 참뜻이 놓일 수 있으며 또한 시가 시다움을 간직하는 일로 받아들여진다는 점입니다. 이러한 정신적 지표 말고도 선생님이 시의 방법적인 면에서 중요하게 여기는 것은 무엇입니까?

평소 시를 쓸 때 내가 가진 생각들, 예컨대 사랑의 정신과 평화에의 지향 같은 것들을 어떻게 미학적인 구조로 상승시키느냐에 관심을 많이 갖습니다. 시는 근본적인 면에서 예술의 장르에 속하는 것이기 때문에 그 미학적 구조에 세심한 배려를 쏟는 것이지요, 그 구체적인 방법론은 바로 은유와 역설, 그리고 상징과 운율을 깊이 있게 구사하려고 노력하는 것입니다. 특히 현대시의 핵심 방법인 은유와 역설 및 상징에 최대의 관심을 기울이며, 시어가 최대한의 의미 영역과 섬세하고 정서적 가치를 지닐 수 있도록 노력하는 편입니다. 김 선생님의 말씀대로 시의 정도는 지성과 서정의 조화이고 사상성과 예술성의 총화이니만큼 내용면과 함께 방법적인 면에서도 시가 꽉 짜이고 탄력 있는 예술적 구조를 획득할 수 있도록 시 한 편마다 정성을 기울이고 있습니다.

## 5. 사상성과 예술성의 조화

어떤 것이 이 시대의 바람직한 시의 모습이라 생각하십니까?

저는 기본적으로 시인이 역사의 증언자이기 전에 역사의 생성 과정과 정신사적 발전 과정에 창조적으로 기여하는 발현자의 위치를 지켜야 한다고 생각합니다. 역사적 현실도 중요하지만 그 역사적 현실을 넘어설 수 있는 예지와 슬기도 필요한 것이지요. 우리의 문화가 큰 물줄기를 지니며 흘러가는 데 있어 그것이 잘 뻗어가게 지키고 가치 창조자로서 참여하되 겸손하고 진지한 자세를 잃지 말아야 할 것입니다. 현대는 무엇보다 인간성을 회복하는 휴머니즘의 시가 요구되는 시대가 아닐는지요. 우리에겐 빵의 문제도 중요하지만 예술(시)의 향기를 간직하려는 문제도 역시 소중한 일이지요. 마찬가지로 시가 현실 문제에 깊이 관여하는 것도 필요한 일이지만 좀 더 본질적인 인간 삶의 문제, 원형적인 인간성 회복의 문제에 관심을 갖는 일이 더 중요한 일이라 믿습니다. 시가 현실에 집착하고 목소리 높여 외치는 일보다는 우선 삶의 근원적 과제에 맥락이 닿아야 하고 삶을 올바로 살아가려 노력하면서 이웃을 진실되게 사랑하고자 하는 일이 더욱 중요한 시대라고 생각합니다. 시는 예술적 감동을 통해서 시대인을 서서히 일깨워야 하리라 생각합니다.


시인이 정신적·예술적 가치의 창조자로서 역사적 삶에 참여하는 것은 중요한 일입니다. 시인이 역사와 현실에 무관심하기는 어려운 일이 아닐 수 없습니다. 다만 치열하면서도 객관적인 비평 정신을 갖는 일이 긴요한 일이겠지요. 그러나 시인이 투철한 현실 의식·역사의식을 갖는 것이 중요한 것 이상으로 탁월한 예술 의식을 가져야 한다는 것은 상식일 것입니다. 시가 사회를 비판하고 변혁시키는 데 중요한 역할을 수행할 수 있는 기능도 지닐 수 있습니다. 그러나 그것은 어디까지나 예술성을 몰각하지 않는 데서 설득력을 지닐 수 있는 것입니다. 시인이 단순한 선전가나 선동가 또는 혁명가가 되길 원한다면 그는 시를 포기하고 행동으로 나아가야 할 것입니다. 시인의 현실 참여는 어디까지나 시다운 시를 통해서 이루어질 때 참뜻이 있습니다. 시의 역사란 인류의 정신사이면서 동시에 예술사이어야 합니다. 따라서 이 시대의 시인들은 참된 역사의식과 휴머니즘 정신에 바탕을 두면서 철학적인 깊이가 있는 시, 예술적 향기가 드높은 시, 신선하고 생명감 있는 개성의 시, 예언자적 슬기로 가득찬 지성의 시를 쓰기 위해 몰두해야 하리라 믿습니다.

그렇지요, 시는 근본적으로 휴머니즘에의 길이며, 인간이 진실되게, 선하게, 아름답게 살아가려는 인간적인, 너무나 인간적인 예술에의 길이니까요.


시인이란 가치 창조자이며 동시에 예언자적 지성의 상징이니까요. 먼저 이 시대의 시인들은 자기 나름대로의 깊이 있는 철학 또는 사상 체계를 반드시 가져야 할 것으로 봅니다. 그것은 어떤 완제품 사상의 시적 해설을 의미하는 것은 아닙니다. 인생과 역사, 세계관의 문제를 예술적으로 천착해가면서 거기에서 깨달은 생의 진실들을 체계화시킴으로써 독자적인 신념의 체계를 형성하고, 다시 이에 대한 깊고 넓은 탐구를 결합함으로써 예술적인 생의 철학 또는 사상 체계를 획득해가야만 한다는 점입니다. 조건반사적이며 근시안적인 현실에의 경사가 아니라, 인류의 사상사에 무언가 기여할 수 있는 크고 높은 생의 사상 혹은 깊이 있는 예술 사상을 형성해야만 그 시인의 예술과 정신이 오랜 예술적 생명력을 가지면서 역사 속에서 은은한 감동을 불러일으킬 수 있을 것입니다. 또 한 가지는 그러한 깊이 있는 사상 체계가 담길 수 있는 예술적 양식에 관해 과감한 실험과 모색이 있어야겠다는 점입니다. 연작시 모색이나 장시의 실험 혹은 서사시적 탐구가 활발히 전개돼야 할 것입니다. 큰 사상은 그것이 훌륭한 예술적 장치를 획득함으로써 더욱 훌륭한 가치를 지니게 될 것입니다. 바로 이 점에서 김 선생님의 시적 지향이 한 전기를 마련해야 할 것으로 판단됩니다. 선생님이 추구하시는 사랑과 평화의 정신을 더욱 집중적으로 탐구함으로써 사상적인 체계와 깊이의 획득으로 발전해가야 할 것이라는 말씀입니다. 이 점에서는 우리 시단에 대형 시인 또는 대가 시인의 출현이 간절하게 기대됩니다. 최근 의욕적인 한두 시인에 의해 본격적으로 탐구되는 사상성의 천착과 시 형식의 과감한 혁신은 이 점에서 그 성과가 기대됩니다. 김 선생님의 시는 난해한 실험시나 목소리만 높은 사회시가 범람하는 이 시대에 분명 자기 세계를 꾸준히 개척하면서 이것들을 소중히 지키고 또 참된 인간애의 길을 지향해 간다는 점에서 설득력을 주고 은은한 감동의 아름다움을 불러일으켜주는 것이 사실입니다. 이제 여기에서 한 걸음 더 나아가 사랑과 평화의 시 정신이 하나의 깊고 높은 사상 체계를 획득하고 예술성으로 상승됨으로써 완성에의 길로 한 단계 도약해가야 할 것입니다.

김 선생께서 최근에 펴내신 평론집 『시와 진실(眞實)』의 제목과 내용에서도 시사하듯이, 시인이 시를 쓴다는 것은 시적 진실을 추구하고 삶의 진실을 구현하려는 것이라고 생각해요. 시의 진실과 시인의 진실은 별개의 것이 아닙니다. 이 두 가지를 함께 추구하며 그 속에서 정신의 구원을 얻으려는 것이 영원한 시인의 이데아이며 소중한 꿈이 아닐 수 없기 때문입니다.

김후란 · 최 준

# 문학의 숲을 가꾸는 사람

## 1. 가는 길

설 연휴가 시작되기 전인 1월 27일 오후, 서울 남산에 있는 '문학의 집 · 서울'을 방문하기 위해 남산을 걸어 오른다. 나무들이 유달리 추운 겨울을 알몸으로 꿋꿋하게 버티고 있는 모습들에서 생의 경건함이 느껴진다. 남산은 서울의 중심이지만 문명보다는 자연에 더 가깝다. 산 아래와는 전혀 다른 질서, 다른 빛깔을 지니고 있다.

'문학의 집 · 서울'은 남산 산턱에서 자연림에 둘러싸인, 문명보다는 자연과 가까운 곳에 자리 잡고 있다. 자연이 곧 문학을 담보하지는 않는다 하더라도 문명의 시대에도 문학은 자연을 껴안고 있어야 한다는 필연을 그 위치로 확인하고 있는 듯하다. 현대의 삶이 인정 없고 온기 없고 삭막하다지만 우리들 인간의 본디 내면은 자연으로 채색되어 있는 것인지 모르겠다. 아무튼 문명의 중심인 한 나라의 수도에 살고 있는 도시인들에게 자연은 영원한 동경의 대상일 터이다.

'문학의 집 · 서울'은 그러한 우리들 그리움의 한쪽에 오롯이 앉아 있다. 그리고 '문학의 집·서울'에는 모든 것을 계획하고 설립하고 든든한 지킴이로 계시는 이사장 김후란 시인이 있다. '문학의 집'은 '시인'이 지키는 것이 당연한 노릇인지 모른다.

그리 춥지 않은 기온, 숨이 알맞게 차오를 즈음 '문학의 집·서울'에 도착한다. 미리 전화로 약속을 해놓았던 터라 1층에 있는 사무실에 들어서니 참 오랜만에 이희자 시인도 만났다. 그의 안내로 이사장 김후란 시인을 만나기 위해 2층으로 올라간다.


## 2. 만남

2층에 있는 문인 사랑방에서 '문학의 집·서울'의 이사장 김후란 시인과 만난다. 맑고 밝고 온화한 모습. 개인적인 감정을 정직하게 말하자면 사랑으로 충만하신 어머니 같다. 숨을 고르며 탁자를 놓고 마주 앉아 차 한 잔을 나누고, 사회인으로서 시인으로서 일생을 바쁘게 달려온 시인과 이야기한다. 마른 나무등걸처럼 딱딱한 취재가 아닌 대화의 형식을 취하지만, 어쩔 수 없이 이쪽에서 주로 질문하고 김후란 시인은 설명하거나 대답한다. 자상하고, 친절하게.

다음은 '문학의 집·서울'의 이사장인 김후란 시인과 나눈 대화를 요약·정리한 것이다.


자연을 사랑하는 '문학의 집·서울'은 2001년 10월 26일에 문을 연 우리나라 문학의 집 제1호인 것으로 알고 있습니다. 무엇이든 처음이 어렵고 힘든 것인데요, 어떤 계기로 문학의 집을 설립할 생각을 하게 되신 것인지요?

1999년에서 2000년에 이르는 2년 동안 17대 한국여성문학인회 회장으로 있을 때였어요. 독일 작가 초청 세미나를 개최했는데 그때 슬라이드로 보았던 독일 함부르크 문학의 집 소개가 계기가 되었지요. 우리나라의 문학관은 대부분이 문학인 기념관의 성격을 지니고 있잖아요. 저는 보다 더 적극적인 의미에서 문학인과 시민이 함께 만나 교감하는 자리가 필요하다는 생각을 하게 되었지요. 2001년 문학인들이 모여 사단법인체로 출발했는데, 이름을 '문학의 집·서울'이라고 한 것은 이러한 문학의 집이 지방 곳곳에도 생겨났으면 하는 바람에서입니다. 어느 지방에 문학의 집이 생기면 지방 이름을 뒤에 넣어 '문학의 집·○○'이라고 하면 되지 않겠어요?


　생각하는 것과 생각을 현실화하는 과정 사이에는 적지 않은 문제들이 많으셨을 것 같은데요? 이런 문제들은 어떻게 해결하셨는지요?

　도움을 주는 기관과 기업체가 있습니다. 문화부와 서울시의 지원을 받고 주식회사 유한킴벌리가 후원을 하고 있습니다. 문제는 장소였는데, 장소를 구하는 기준을 또렷하게 세워놓고 보니 힘들었지요. 우선은 일반적인 빌딩은 안 되고 많은 시민들이 찾으려면 교통이 편리해야 하고 주변에 숲이 있으면 금상첨화라는 생각에 참 여러 곳을 찾아 다녔어요. 이 장소는 보자마자 여기가 아니면 안 된다는 생각이 들었지요. 문학의 집으로 개조하는 데 든 비용이 새로 짓는 만큼이나 들었는데 유한킴벌리가 해줬습니다. 서울시에 임대료를 내며 사용하고 있지요. 주식회사 유한킴벌리의 대표이사인 문국현 사장님은 생명의 숲 국민운동 공동대표로 자연 사랑, 숲과 나무 사랑을 온몸으로 실천하고 계신 분입니다. 원래 대학 시절엔 시도 쓰고 문학 서클 활동도 해서 문학과 문인들에게 이해도가 높은 분입니다.

유리창을 통해 내려다보이는데, 맞은편에 있는 산림문학관에 대해서 말씀을 해주시지요.

산림문학관은 2005년 11월 14일에 개관했습니다. 150명을 수용할 수 있는 강당과 세미나실, 회의실, 휴게실 등을 갖추고 있지요. 그동안 지속해온 수요문학광장, 음악이 있는 문학마당, 각종 시화전, 청소년 백일장, 우리 시 우리 노래 등의 많은 행사들을 수용하기엔 '문학의 집 · 서울'이 너무 좁았습니다. 행사를 위한 시설과 편의 시설의 확장이 필요하다고 생각했는데 산림청과 유한킴벌리 도움으로 실현이 가능했습니다. 이제는 기존의 '문학의 집 · 서울'에다 강당인 산림문학관도 아우르게 되어 문학을 사랑하는 시민들에게 문학의 향기를, 문인들에게는 더욱 활성화되는 장소가 될 수 있게 되어 기쁩니다.

좀 전에 말씀하신 '문학의 집 · 서울'의 행사에 대해 좀 더 자세하게 소개해 주셨으면 합니다. 문학인과 시민들의 참여 프로그램이 많이 포함되어 있는 것으로 이해했는데 맞는지요?

잘 보셨어요. 제가 일 욕심이 많아서인지 새삼 꼽아보니 '문학의 집 · 서울'이 하는 일이 참 많네요. 우선 정례적인 프로그램인 수요문학광장은 월 1회 유명 문학인을 초청해서 갖는 시민들과의 만남의 장입니다. 문인이 자신의 작품 세계를 시민과 독자들 앞에서 직접 들려주는 프로그램입니다. 평소에 좋아하던 문인을 독자가 만날 수 있는 드문 계기를 마련한 셈인데 호응이 대단합니다.

그리고 음악이 있는 문학마당 또한 월 1회 우리 문학사에 업적을 남긴 작고 문인의 작품 세계를 음악과 더불어 재조명하는 시간입니다. 문학과 음악은 동전의 앞뒷면과 같은 게 아닐까요? 그 밖의 행사들로는 숲을 체험하고 독후감을 쓰는 자연 사랑 문학제, 시민 시낭송 경연대회, 가족 백일장, 우리 시를 우리 노래로 지어 부르는 신작 가곡 음악회, 청소년을 위한 문학 강좌와 백일장, 외국 저명 작가를 초청해서 갖는 세계 문학 교류 행사, 각종 문학 세미나 및 워크숍 개최와 연중 행사인 문학, 예술 관련 전시회와 월간 소식지 발간 등 많은 일을 희곡 작가인 전옥주 사무처장과 함께 진행하고 있지요. 그리고 든든한 문단 원로들로 구성된 고문진과 이사진, 후원인들이 큰 힘이 되고 있습니다. 뿐만 아니라 문인회원, 일반 시민회원들의 회비로 운영하고 있는데 참가 시민들에게 이 모든 행사를 무료로 개방하고 있다는 게 특색이 되겠지요. 현실이 아무리 어렵더라도 애써 마련한 소중한 장소를 문학 진흥을 위해 충실하게 살려가야 한다는 게 저의 신념이기도 합니다.

　　선생님은 일복을 타고나신 것이 아닐까 하는 생각마저 들 정도로 바쁘게 살아오셨고 지금도 그러하신 것 같습니다. 선생님은 시인으로서의 내적 모습과 일간신문 논설위원을 역임하신 언론인이자 한국여성개발원 원장으로 우리나라 여권 신장의 기반을 마련하시는 등 단체의 책임을 맡은 사회인으로서의 외적 모습을 일생을 통해 더불어 지니고 오셨는데 이러한 내외적인 분주함이 때로 버겁다는 생각을 해보신 적은 없으신지요?

　　참으로 바쁘게 살았습니다. 몸과 마음이 힘들 적도 없지 않았지만 그때마다 이게 다 타고난 운명인 걸 어찌하겠나 싶었지요. 돌아보면 바쁘게 살았기에 보람된 일도 그만큼 많지 않았나 합니다. 시인이 되어 평생 시를 써온 일도 그러했고, 지금 '문학의 집·서울'을 지키고 가꾸어나가는 일도 큰 보람의 하나입니다. '문학의 집·서울'을 계획하고 추친하면서 한동안 시를 쓰지 못했습니다. 이 일이 시를 쓰는 일과 다르지 않다는 생각도 했지만 무엇보다도 시간이 허락되지 않았기 때문이지요. 개관을 하고 어느 정도 자리를 잡아 가자 틈틈이 쓰기 시작한 시가 책 한 권 분량이 되어 시집을 엮었는데 오는 봄에 출간할 예정입니다. 아홉 번째 시집인 이 시집의 제목을 『나무 그늘 아래서』라 할까 하는데 어떨지요?

시집 속의 시들을 읽지 못했으니 말씀드리기 어려우나 정하신 제목으로 미루어보면 나무와 숲, 더 나아가 자연에 대한 시들이 많으실 것으로 짐작이 됩니다. 우리 강산 푸르게 생명의 숲 국민운동 이사장이기도 하신 선생님의 나무 사랑, 자연 사랑은 이미 유명하지 않습니까?

어렸을 때였는데 창문 밖에 서 있는 나무들을 보며 이런 생각을 한 적이 있었어요. 저 나무들도 분명히 저희들끼리 어떠한 말을 주고받을 게 틀림없다, 사람이 듣지 못할 뿐이지 나무들도 분명히 대화를 나눌 거라고. 저의 나무 사랑은 아마도 생래적이고 운명적인 것이 아닌가 싶어요. 말할 수 없이 바쁘고 피로할 때면 나무 그늘 아래서 한 편의 시를 읽는 저의 모습을 상상하면서 견디곤 했지요. 이제는 저뿐만 아니라 모든 이들에게 그런 정서가 필요할 것 같고 또 꼭 이루어졌으면 하는 바람에서 그런 제목을 생각해보았습니다.

1960년에 『현대문학』을 통해 등단하셨으니 올해로 시력 47년이 되시는데요.

우리의 현대 시문학도 역사 현실만큼이나 우여곡절이 많았습니다. 근래 들어 문학의 위기, 특히 시의 위기를 이야기하는 목소리가 퍽 자주 들리는데 대선배 시인이시자 문단의 어른으로서 이를 어떻게 생각하시는지요? 아울러 우리 시의 현실과 시가 가야 할 방향을 선생님의 시관에 비추어 말씀해주십시오.

예나 지금이나 변함없이 가지고 있는 시에 대한 개인적인 소신은 시가 인간 삶의 가장 깊은 곳에서 울려 나오는 심정적 감흥을 지니고 있어야 한다는 것입니다. 시인은 들리지 않는 소리를 듣는 귀와 보이지 않는 대상을 볼 수 있는 눈을 지니고 있는 존재라고 생각합니다. 이슬을 진주로 만드는 작업, 곧 가장 적은 말로 깊이 있고 큰 세계를 열어 보여야 하겠지요. 언어 고유의 힘을 빌려 함께 감동하는 공감대를 작품으로 이룰 수 있다면 더할 나위 없겠네요. 시인은 자신의 이름에 대한 책임을 져야 합니다. 소명감일 텐데, 일기장에 쓰는 일기와 시는 분명히 다르지 않겠어요? 언어도 사상도 장식처럼 함부로 해서는 안 되겠지요. 시의 위기라 하지만 나름의 문학적인 빛과 희망을 설정하고 진지하게 고민하며 이를 시로서 찾아가고 있는 좋은 시인들이 많습니다. 문학은 소멸하지 않습니다.

이제야 말씀드리지만 선생님과 마주하고 앉아 있는 내내 느낀 것이 바로 선생님이 지니고 계신 열정과 의지였습니다. 지금 이 순간에도 변함없이 느끼겠는데, '문학의 집·서울'의 지킴이로서의 계획이나 바람이 있다면 말씀해주십시오.

'문학의 집·서울'은 사단법인으로 회원들의 회비로 운영되고 있습니다. 어려운 점이 너무 많지만 저와 '문학의 집·서울'을 가꾸고 지켜 나가는 모든 문학 가족들은 이 땅의 문학 확산을 위한 크고 작은 역할을 담당하고 있다는 긍지로 이를 이겨내고 있습니다. 이러한 활동이 우리나라 각 지역으로 확산될 때 문학의 위기라는 말은 자연스럽게 사라지지 않을까 합니다. 2년 전 한국문학관협회가 창립되어 서로 발전하면서 통합적인 기능으로서의 역할도 해나가고자 합니다. 협회 대표들이 함께 국내외 문학관도 탐방하고 이를 본보기로 우리 문학관의 발전을 모색하는 등 한국문학관협회의 활동에 큰 기대를 가집니다. 이러한 노력이 계속되는 한 우리 문학의 미래는 어둡지 않습니다. 가장 절실하게 필요한 것은 일반 시민들의 관심과 사랑입니다. 우리 삶에 문학이 해로운가요? 그랬다면 문학은 이미 오래전에 역사에서 사라졌을 것입니다.

내일부터 설 연휴가 시작되는데요. 새해에도 뜻하신 일들 다 이루시는 한 해가 되시길 빕니다. 무엇보다 건강하셔야 하고요. 선생님, 오랜 시간 감사합니다.

이 시간이 독자와 시민들께서 문학관에 대해 새롭게 인식하는 계기가 되었으면 좋겠습니다. 여러분의 관심과 성원이 가장 큰 힘이 됩니다. 행복하시고, 문학을 더욱 사랑하시는 한 해가 되시길 빕니다.


## 3. 돌아오는 길

문학관을 나서기 전에 시인께서 당신의 시집 한 권에 서명을 해서 주셨다. 남산 숲길을 내려오면서 봉투에서 시집을 꺼내보았다. 김후란 제5시집. 제목이 『숲이 이야기를 시작하는 이 시각에』이다. 이번 봄에 출간할 예정이라는 시집의 제목을 상기했다. 『나무 그늘 아래서』. 시인의 말씀대로 숲과 나무는 시인의 영원한 화두인 모양이다. 시인은 고독하지만 시는 고독하지 않다. 문학이 골방에 드러눕지 않고 모든 이들의 가슴으로 자맥질해 들어가는 날이 다가오는 희망에 젖는다. 문학관이 모든 이들의 가슴에 한 채씩 세워지는 날이 오기를.

김후란 · 김인육

---

# 시를 먹이는, 시를 꽃피우는, 숲과 나무의 시인

올해 여름은 참 무덥고 길었다. 해마다 여름의 길이가 점점 길어지고 있는 느낌이다. 그러니 그냥 길었다는 표현보다는 전라도식의 '징~하게'라는 수식어를 넣는 것이 더 적절할지 모르겠다. 무더위의 끝자락엔 기상청 관측 사상 초유의 가을 폭우까지 수도권에 몰아쳤으니 말이다.

그 '징한' 여름도 어느덧 흘러간다. 막상 떠나가는 여름의 뒷모습을 보고 있노라니 가슴이 짠하다. 흘러가는 것은 아프다. 그립다. 우리들 사랑도 그랬다. 숨 막히도록 가슴속을 불태우더니 종내는 미친 듯이 한바탕의 폭풍우를 몰아쳐서는 순정의 푸른 나무들을 뿌리째 뽑아서 내동댕이치고는 생채기마다 철철 피눈물이 낭자하게 만들었다. 그래도 세월 지나면 그 아픈 사랑이 그립다. 마치 그 '징하던' 여름날이 어느새 그립듯이 말이다.

사진 촬영을 맡은 유현숙 시인과 함께 8월의 남산으로 간다. 서울시 중구 예장동 2-20번지! 바로 '자연을 사랑하는 문학의 집 · 서울'이다. 연세보다 훨씬 고운 자태를 지니신 김후란 선생님이 반가이 우리 일행을 맞이해주신다.

**김후란 · 김인육**  시를 먹이는, 시를 꽃피우는, 숲과 나무의 시인  |  411

선생님께서는 1934년에 서울에서 출생하셨는데, 1953년에 부산사범학교를 졸업한 것으로 되어 있습니다. 그리고 이후에 서울대학교 사범대학 가정교육과에 입학했으나, 중도에 한국일보에 입사하는 바람에 졸업을 못하시고, 올해 2월에 입학한 지 57년 만에 명예졸업장을 받으신 것으로 알고 있습니다. 이와 관련한 사연을 들려주십시오.

나는 본디 서울 사람입니다. 서울에서 태어나서 종로구에 있는 교동국민학교를 다녔죠. 초등학교 6학년 때, 부친께서 부산으로 전근을 가게 되어서, 그곳으로 이사를 하게 되었죠. 그때가 6·25가 발발하기 바로 1년 전인 1949년이니까 미리 피난을 간 셈이 되네요.

부산사범학교를 졸업하고 서울대학교로 진학을 했는데, 재학 중에 한국일보 기자가 되었어요. 그때만 해도 다시 복학할 마음으로 신문사에 입사한 것인데, 막상 신문사 기자 생활로 들어서니 너무 바빠서 복학할 엄두를 내지 못했습니다. 그 당시엔 조간과 석간이 나오고 일요판까지 있었던 시절이었죠. 그렇게 그럭저럭 세월이 지나고 말았습니다.

늘 마음 한구석엔 졸업을 안 한 미진함과 아쉬움이 있었는데, 작년에 서울대학교에서 '사회에 기여한 공로로 모교를 빛낸 사람에게 명예졸업장을 줄 수 있다'는 규정이 생겼나 봐요. 내가 첫 번째로 명예졸업장을 받게 되었는데, 당시 이장무 총장께서 성의 있게 맞이해주셔서 나로서는 영광스럽고 기뻤습니다.


2009년 11월에 현대시박물관(관장 김재홍)이 제정한 제1회 '님' 시인상의 본상을 수상하신 것으로 알고 있습니다. 수상의 기쁨도 컸겠습니다만 이때가 등단 50주년이 되는 때라 그것 역시 나름대로의 의미가 또 컸으리라 생각됩니다.

작년에 『따뜻한 가족』이라는 열 번째 시집을 냈는데, 내가 『현대문학』

을 통해 등단한 지도 50주년이 되는 해라서 나름대로 뜻깊게 생각하고 있었습니다. 그런데 시집을 낸 출판사에서 50주년 기념 행사를 하고 싶다고 발의를 해서 이루어졌습니다. 나로서는 정말 뜻하지 않게 내 문학을 총체적으로 조명하는 정말 뜻깊고 기쁜 날이었어요. 심포지엄도 하고 문학을 사랑하는 따뜻한 분들의 배려 덕분입니다.

선생님께서 1959년에 『현대문학』에 신석초 시인의 추천으로 등단하신 것으로 알고 있습니다. 등단 과정의 일화와 필명을 얻게 된 과정 등을 소개해주십시오.

기자가 되기 몇 해 전인 1954년도에 『경향신문』에서 주최한 대학생 문예작품 공모에 시와 단편소설을 응모했었는데 시는 떨어지고 단편소설이 당선이 되었어요. 그래서 그 작품이 1주일 동안 연재가 된 적이 있었어요. 그렇게 보면 소설가가 될 수도 있었겠지만, 신문사에 들어가니까 시간과 체력이 도저히 소설을 쓰기에는 맞지 않았어요.

그리고 무엇보다 그 당시 『한국일보』에는 신석초 시인이 문화부장으로 계셨어요. 당시 선생님은 『현대문학』 추천위원으로 위촉되어 있었는데 나를 추천하고 싶으셨나 봐요. 어느 날 시 쓴 게 있으면 보여달라고 하셔서, 「오늘을 위한 노래」라는 시를 드렸지요. 2~3일 뒤에 '김후란'이란 이름을 종이에 써서 주시면서 "김형덕이란 이름은 시인으로는 너무 무겁다. 조선시대 허난설헌의 뒤를 잇는 좋은 시인이 되란 뜻으로 이 이름을 지었는데, 이름으로 어떤가?"고 하시더군요. 그래서 추천받을 때부터 김후란이란 이름을 썼지요.

신석초 선생님께서는 나의 문학적 길잡이 역할을 해주신 분입니다. 직접 가르침을 주신 것은 아니지만 시단으로 내 손을 이끌어주셨고, 이름까지 지어주셨지요. 『현대문학』은 3회에 걸쳐 추천을 받아야 하는 여간 어려운 과정이 아니었는데, 나는 1년 만에 추천 완료되었으니, 신선생님을 만난 것이 나로서는 참 행운이었죠.

선생님께서는 오랜 세월 '청미동인회(靑眉同人會)'와 함께 문학 활동을 해오셨습니다. '청미회'의 역사와 얽힌 사연, 그리고 근황까지 자세히 소개해주십시오.

우리가 20대의 젊은 여성 시인들로 구성된 '청미회'를 결성할 때만 해도 문예지가 몇 개 안 되던 시절이었습니다. 대신 그룹별로 동인지가 활발하던 때였는데, 나는 여성들만으로 동인지를 한번 해보자는 생각이 있었습니다. 그래서 『대한일보』 기자로 있던 박영숙 씨와 서로 의기투합을 해서 일곱 명의 멤버를 짜서 동인 활동을 한 것이 '청미회'입니다. 초기에는 1년에 네 번 얄팍한 동인지를 내다가 도중에 1년에 1번씩 두툼하게 엔솔러지를 내고 했던 것이 무려 35년간이나 계속되었지요. 그중에 두 분은 미국에 가서 영주하는 바람에, 두 명을 다시 보완했지만 계속 일곱 명을 유지한 채 존속하고 있어요.

그러니까 나하고 박영숙 씨가 발의를 하고, 명단은 내가 짰어요. 그러는 과정에서 김남조 선생님을 고문으로 모시고 여러 좋은 말씀도 듣고 도움도 많이 받았습니다. 김남조 선생님께서 푸를 청(靑), 눈썹 미(眉) 자를 써서 청미회라 이름을 지어주셨어요. 모두 20대의 젊은 여성들이니까 선생님께서 아름답고 예쁘게 보셨나 봐요.

되돌아보면 우리 문단에서 여성 동인이 나와서 35년간 계속했다는 것은 하나의 기록임에 틀림없어요. 그것도 특별한 이념을 주장한 것이 아니고 서정시를 근간에 두고 모두가 좋은 시들을 썼기 때문에 그 문학적 순수성은 각별한 것입니다. 서로가 서로를 이끌고 위로가 되고 자극도 주면서 합동 시화전, 독자와의 대화, 합동 수필집 발간, 국내외 여행 등 많은 추억을 함께 했습니다.

청미회 35주년 때, 상하권으로 된 총집을 냈습니다. 그때까지 애정으로 바라봐주신 문단 선배들을 모시고 자축 행사를 한 것이죠. 지금은 두 달에 한 번씩 만나 담소를 나누는 아름다운 우정의 모임으로 계속하고 있어요.


선생님께서 현재 이사장으로 계시는 '문학의 집·서울'과 관련한 말씀을 듣고 싶습니다. 오늘에 이르기까지의 어려웠던 저간의 사정들과 소회, 그리고 '문학의 집·서울'이 가지는 기능과 역할, 앞으로의 바람이 있으시다면 그것까지 들려주시기 바랍니다.


여성문학인회의 17대 회장을 할 때, 외국 문인들과 국제 행사를 한 적이 있었어요. 그때 독일의 함부르크 문학의 집 관장도 심포지엄에 참석했는데 그분이 슬라이드를 보여주면서 독일에서는 베를린, 함부르크, 슈투트가르트 등의 도시마다 '문학의 집'이 있어서 이곳에서 문인들이 문학 행사도 하고, 시민들과 함께 만나서 문학적 교감과 소통을 하게 되면서, 삭막하던 도시가 점점 문학적인 분위기로 바뀌더라는 거예요. 그래서 자기네들은 '문학의 집'에 대해 대단히 보람을 느낀다고 하더군요.

그 발표를 들으면서 아아, 우리나라야말로 저런 게 필요하다고 생각했어요. 그 무렵에 나는 '생명의 숲 국민운동'의 공동대표로도 활동하고 있었는데, 그때 숲 가꾸기 활동을 하면서 유한킴벌리의 문국현 사장을 만나 '문학의 집'이 필요한데 문인들은 힘이 없어서 그걸 못 한다고 했더니, "그렇게 좋은 일이면 어떻게든 해야지요. 유한킴벌리에서도 도와

드릴 테니 한번 해봅시다."라며 용기를 주시더군요. 나는 너무나 기뻤지요. 그 이후로 독일의 경우를 참고해서 사업계획서를 만들고 집을 구하는 일 등 동분서주했지요.

　우선 서울에서부터 시작해야겠다고 생각했어요. 그리고 아무리 기업이 도와준다 해도 근본적으로는 서울시에서 지원을 받는 것이 옳겠다고 판단했지요. 그래서 서울시에 계획서를 냈어요. 그런데 반년이 지나도 아무 소식이 없어요. 나는 그 무렵에 '서울시 명예시민증 심사'라든가 '정도 600년 자랑스러운 서울시민상' 등에도 참여하고 있어서 당시 고건 서울시장을 자주 만날 기회가 있었는데 그때마다 '문학의 집'에 대해 허가를 부탁했습니다.

　'문학의 집'이 들어선 이곳은 본래 안기부장이 손님들을 영접하던 공관이었어요. 그런데 안기부가 다른 곳으로 이사를 가면서 7년간이나 비워두어서 이곳은 폐가처럼 되어 있었지요. 처음에 방문해보니 정원에 잡초가 우거져 있더군요. 하지만 위치라든가 교통편이라든가 주변 자연환경이라든가 모든 것이 '문학의 집'으로는 참 제격이라는 생각이 들었습니다. 그래서 서울시에다 이곳을 사용하고 싶다고 의견을 냈습니다. 당시에는 여러 기관과 단체에서 이곳을 사용하고 싶어 했는데 서울시에서 회의 결과 '문학의 집'으로 사용하는 게 좋겠다며 우리의 손을 들어주었어요. 그래서 유한킴벌리의 후원으로 전체를 리모델링을 했는데 거의 새 집 짓는 돈이 다 들었다고 합니다.

　문학의 집 행사도 많지만 문학단체의 행사들도 많아서 도저히 처음의 공간으로는 부족해서 맞은편 낡은 건물을 헐고 세미나실을 갖춘 강당 건물을 지었습니다. 산림청으로부터도 지원을 약속받아 유한킴벌리와 힘을 합쳐 산림문학관이 건립되었습니다. 우리가 이 집을 사용은 하고 있지만 서울시 자산이기 때문에 해마다 서울시에 임대료를 내고 있습니다.

원로·중진 문인들 100명의 서명을 받아서 사단법인으로 출발하고 이름도 '자연을 사랑하는 문학의 집·서울'로 지었습니다.

바람이 있다면, '문학의 집·부산', '문학의 집·광주', '문학의 집·대구'…… 이렇게 문학을 위한 공간이 계속 확장되어 나갔으면 하는 것입니다. 제주도에도 문학의 집이 생겼고 이번에 원주시에서 기존에 있던 '박경리문학관'을 새로 정비하고 재출발하면서 '박경리 문학의 집'으로 이름을 고쳐 지었다고 합니다. 그래서 참 기뻤습니다. 전국으로 '문학의 집'이 번져갔으면 좋겠습니다.


선생님께서는 본래는 교육자가 되는 것이 꿈이었는데, 현실은 언론인 즉 신문기자의 길을 걸으셨습니다. 프로스트의 시 「가지 않은 길」처럼 언론인으로서 삶을 사셨지만, 가지 않은 길인 교육자의 삶에 대한 아쉬움이나 동경은 없으신지요?

그래요. 로버트 프로스트의 「가지 않는 길」처럼 누구나 인생에서 가지 못한 길에 대한 아쉬움이 있기 마련입니다.

부산사범을 졸업할 무렵 부산사범병설초등학교 교감 선생님은 나에게 특별히 관심을 가지시고 자기네 학교에 특채하겠다고 하셨는데, 나는 서울사대로 진학할 거라며 그 제의를 거절했습니다. "졸업생 중에 너 하나만 특채하겠다."시며 각별히 기회를 주셨는데, 내가 거절하는 바람에 교감 선생님께서 참 많이 아쉬워했었습니다. 어쨌든 나는 서울대학교 사범대학으로 진학을 했으니 당연히 교사가 될 운명이었는데, 뜻밖에도 기자가 되었고 언론인으로서의 삶을 살게 되었습니다.

내가 교육자가 되고 싶었던 이유는, 부산사범 다니던 시절은 6·25사변이 나서 윤이상 선생님, 금수현 선생님, 국전에서 대통령상 받은 화가 선생님 등등 참 좋은 분들이 부산으로 피난 왔을 때 우리 학교로 오셨어요. 그런 좋은 선생님들의 수업을 받으면서, 나도 저런 훌륭한 선생님이 되어야겠다고 생각했던 것이지요.

선생님께서는 제2대 여성개발원장, 여성정책심의위원, 한국여성문학인회 17대 회장, 성숙한 사회 가꾸기 모임 공동대표 등 여성과 관련한 공직을 많이 맡으셨습니다. 선생님의 이력을 보면 아무래도 여성과 관련한 소회가 많으실 것 같습니다. 오늘날 한국 사회에서 여성의 역할과 위상은 어떠하며 또 어떠해야 하는지, 그리고 우리 사회에서의 여성과 관련한 문제점은 무엇이라고 생각하시는지요?

나는 남녀를 구분하려는 것에 찬성 안 하는 사람입니다. 생리적으로 구분된 것이야 하느님의 뜻이고, 인간적인 차원에서 남녀는 똑같은 존재입니다. 그런데도 우리나라는 이상하게 유교적인 틀에 갇혀 여성들이 오랜 세월 억압적인 생활을 했지요. 돌이켜보면, 고려 시대까지만 해도 정도가 덜했다 싶은데 조선 시대에 와서 남존여비적인 의식이 심화되었습니다. 특히 반가(班家)에서는 더했습니다. 그 대표적인 사례가 허난설헌의 경우입니다. 16세기 허난설헌은 개화된 훌륭한 부모 밑에서 자랐으나, 결혼을 하고 보니까 시댁은 아주 고루한 집안이었습니다. 여자가 방 안에 앉아서 시 쓰고 화선지에다 그림 그리고 하는 것을 그다지 예쁘게 봐주지도 않았고, 불행하게도 두 아이까지 어릴 때 다 잃어버렸고, 그녀 역시도 27세에 요절하게 됩니다. 그때 유언으로 남긴 말이 자신의 작품들을 다 불태워달라는 것이었어요. 살았을 적에도 곱게 봐주지 않았던 작품들인데, 죽은 뒤에는 더 함부로 다루어져 휴지처럼 돌아다니는 것을 원치 않았기 때문이겠죠. 그 귀한 작품들이 그렇게 허망하게 불살라졌던 것처럼 여성의 운명도 함부로 다뤄진 것이지요. 그래서 세인들은 허난설헌에게는 세 가지 한이 있다고 합니다. "나는 왜 여자로 태어났는가, 왜 나는 하필이면 왜 조선 땅에 태어났는가, 나는 왜 하필이면 김성립의 아내가 되었던가!"라고요. 여성의 운명은 재능이 있어도 꽃피지 못하고 억눌렸던 시대였습니다.

그런데, 현대는 특히 최근 2~30년 사이에 확 달라졌어요.

나는 여성 문제에 대해서 언론계에 있으면서 많이 다루긴 했었지만, 그중에서도 가장 의미 깊게 생각하는 것은 우리나라에 여성개발원(현재의 한국여성정책연구원)이 생기면서 그곳에서 여성 문제를 집중적으로 연구하는 전문 연구원들과 함께 했던 7년간 생활이에요. 한국여성개발원은 1983년도에 나라에서 설립했는데, 여성 인적 자원의 중요성에 대한 사회적 인식의 제고와, 여성의 인권과 사회참여권의 신장을 통해 나라 발전에 기여한다는 취지로 세운 연구기관입니다. 국가경제사회발전5개년계획에 처음으로 여성 개발 부분이 포함되었고 오늘날 시행되고 있는 육아휴직제, 출산휴가 등도 그 당시에 기획하고 제시한 것들이죠. 나는 그때 남녀공동참여사회, 남녀공동책임사회를 주장했고 여성의 사회적 역할과 위상의 강화에 많이 기여했다는 긍지를 갖고 있어요. 지금은 정말 많은 변화가 이루어졌습니다.

그런데 지금 와서 좀 섭섭한 것은, 여성들이 경제권도 생기고 자아성취욕이 생기고 보니 출산을 기피하려는 경향이 팽배해졌다는 것입니다. 사회 활동에 지장이 있다는 이유로 아이를 안 낳거나 적게 낳는 것은 참 문제입니다. 우리나라는 선진국인 OECD 국가들 중에서도 출산율이 가장 낮은 나라에 속한다고 하는데, 이런 문제는 국가적으로도 큰 문제이지만 여성 개인으로 보더라도 너무 협의의 삶을 사는 것 같아서 아주 안타깝습니다. 물론 육아 문제나 자녀교육 문제로 어려움이 많지만 사회

생활을 하면서도 아이들을 낳고 기를 수 있도록 제도가 정책적으로 마련된 시대잖아요? 충분하지는 않지만…… 우리 여성들이 좀 더 인생을 폭넓게 수용했으면 좋겠어요.

이제는 여성들이 재능을 맘껏 발휘하고 빛을 보는 시대, 노력하면 하고 싶은 대로 다 할 수 있는 시대입니다. 전문직에도 여성들이 점점 많아지고 있어요. 가정생활도 사회생활처럼 그렇게 좀 욕심을 내고 적극적이었으면 좋겠어요. 내 경험으로 볼 때 충분히 양립이 가능한 일입니다.


선생님께서는 1995년에 세례를 받으셨으니까 종교적으로는 상당히 늦둥이라 할 수도 있는데, 선생님의 삶이나 문학에 있어 종교란 어떤 것인가요?

나는 종교에 대해서 스스로 책임질 수 있을 만큼의 자신이 없어서 선뜻 들어서지 못했습니다. 그런데 남편이 아파서 병원 생활도 하고, 집에서의 요양 생활도 하며 8년을 지냈습니다. 어느 날 가족들은 모두 성당에 가고 나 혼자 남편 옆에서 책을 읽고 있다가 불현듯 나도 성당에 가고 싶다는 생각이 들더라고요. 그것이 첫걸음이었습니다. 1995년에는 영세를 받았는데 김남조 선생님이 대모가 되어주셨지요. 하지만 나는 스스로 반성하건대 아직 신앙심이 약해요. 의문도 많고, 모든 것을 초월해서 몰입을 해야 하는데 아직 많이 부족합니다.

가장 잊을 수 없는 일은 명동 대성당에서 2004년에 했던 하상신앙대학입니다. 김수환 추기경님, 당시의 정진석 주교님과 함께 나도 열 명의 강사진에 든 거예요. 모두가 성직자이시고 고대 교수 한 분과 나만 평신도여서, 자신 없다며 사양했더니 회의를 한 결정이어서 바꿀 수가 없다는 거예요. 그 일로 하여 종교적으로 많이 성숙해졌어요.

선생님께서는 오랜 세월을 언론인으로 생활하셨습니다. 선생님께서 언론계에 있으시면서 문인들과 관련하여 가장 기억에 남은 일이 있다면 소개해주십시오.

주요한 선생님이 주간 겸 발행인으로 있던 『새벽』이라는 잡지가 있었어요. 내가 서울사대 다니면서 여기저기 글도 쓰고 하니까 나를 기자로 부르셨어요. 학생 신분이라 망설였지만 학교에 가는 시간은 내주겠다고 해서, 잡지사 기자 생활을 하게 되었고 그것이 계기가 되어 한국일보 기자로까지 이어졌지요. 23년을 언론계에 있었습니다.

한국일보 기자 때 황순원 선생님을 만났던 일이 잊히질 않아요. 연재소설을 부탁하기 위해 문화부장 신석초 선생님과 함께 만났는데, 황선생님은 글쓰기에 대해 굉장히 엄격하신 분이셨습니다. 신문의 연재소설은 못 쓴다고 거절하시더군요. 아닌 게 아니라 선생님께서는 수필 같은 것도 일절 쓰지 않으셨지요. 문학인으로서 자기 작품에 대한 엄정성, 이것을 철저히 지켜가는 모습이 참 돋보였습니다. 문인이란 문학에 대한 엄정성과 자긍심을 가지고 살아가는 아주 특수한 존재가 아니겠습니까? 또 그래야 좋은 글도 쓸 수 있다고 생각해요.

선생님께서는 1979년에 『세종대왕』이란 장편 서사시를 쓰셨는데, 어떤 계기에서 창작이 이루어졌는지, 그리고 어떤 점에 중점을 두고 창작한 작품인지요?

정한모 선생님이 문예진흥원의 원장으로 계실 때인데, 그분이 중요한 두 가지 일을 하셨어요. 그 하나는 월북 작가에 대한 해금이고 또 하나는 『민족문학대계』를 편찬한 일입니다. 소설가와 시인 20명이 역사적 인물, 역사적 사건을 문학적으로 풀어내는 것이었는데, 나는 장편 서사시

『세종대왕』을 쓰게 되었습니다. 서사시는 상상만으로는 쓸 수 없잖아요. 그래서 자료를 수집해서 공부도 하고 몇 달 동안 정말 몰두해서 썼지요. 우리말의 아름다움을 최대한 수용하는 데 중점을 두고, 총 11장, 1110행에 이르는 서사시를 완성했어요. 정한모 선생님은 작품을 보시더니 대만족하셨어요. 나중에 책이 나오고 거기에 총평을 쓰셨는데, 『세종대왕』을 제일 앞에 놓고서 너무 극찬을 해놓으신 거예요. 아쉬운 점은 그 책이 18권 전집에 들어 있어서 사람들이 쉽게 접할 수가 없다는 점이었고 나중에 어문각에서 독립된 시집으로 만들어서 출간이 되긴 했지만요. 어쨌든 『세종대왕』이란 작품을 쓰기 위해 정열을 다 바쳤다는 생각에 지금도 스스로 뿌듯한 기분입니다.

선생님의 시에 나타나는 '나무', '바람' 등이 많이 나타납니다. 그리고 시집에는 『우수의 바람』도 있고, 『시인의 가슴에 심은 나무는』도 있습니다. 선생님의 문학에 있어 '나무'나 '바람'은 어떤 각별함을 지니는 것인지요?

어떤 문인이든 처음 작품 활동을 시작할 때는 자연을 소재로 한, 자연을 자신의 세계로 영입하는 과정이 있어요. 나 역시도 그랬습니다. 물론 지금은 의도적으로 더 자연을 가까이하려고 하지만, 지난 시절에 쓴 시들 중에도 나무나 자연을 주제로 한 시들이 많다고 할 수 있습니다. 그리고 그것은 거의 본능적이었던 것 같아요. 그리고 얼마나 좋습니까. 자연이 있음으로 하여 우리 인간 생활이 있는 것 아니겠어요? 자연은 신이 인간에게 준 선물인데 그 자연을 사랑하는 것은 우리 인간의 너무나 당연하고 자연스런 호응이며 상호 교감이지요.

최근에 어른이 읽는 자서전적 동화 『덕이』를 출간했다는 소식을 들었습니다. 이 책의 집필 동기와 내용에 대해 소개를 부탁합니다.

이 책이 금년에 연인출판사에서 나오긴 했지만, 원래는 『노래하는 나무』라는 제목으로 10년 전에 나온 것입니다. 내 어린 시절의 이모저모를 스케치해서 한 토막씩 쓴 것입니다. 전체를 보면 연계성이 있지만 하나하나는 다 소제목이 있고 독립되어 있는 일종의 옴니버스씩 구성이에요. 나는 어릴 때부터 나무를 보면서, "저 나무들은 왜 말을 안 할까? 말을 하는데 우리들이 나무의 말은 못 듣는 것은 아닐까? 개미들도 자기들끼리 의사소통하면서 무리지어 왔다 갔다 하는데 나무도 자기네끼리는 말을 하는 것이 아닐까? 지구의 자전하는 소리는 너무 커서 우리의 청각이 감지하지 못하듯이 너무 작은 소리도 우리가 감지하지 못할 뿐, 나무는 자기네끼리 말하고 노래하고 있는 것이 아닐까? 내가 이담에 커서 나무의 말을 연구해야겠다. 그리고 그때까진 내 생각을 비밀로 해야겠다." 이런 엉뚱한 생각을 하며 나무를 바라보는 것을 퍽 좋아했어요. 나한테는 나무와 얽힌 어떤 숙명이 깃들어 있는 것 같아요.

남편은 서울대 사범대 선배였어요. 학교에서 대학생 방송 경연대회를 할 때 그분이 연출을 하고 내가 주인공을 맡아서 방송극을 한 적이 있는데, 그것이 인연이 되어서 평생을 함께 살다가 한 3년 전에 세상을 떠났어요. 세상을 떠나시기 전에, 집에서 요양할 때도 있고 병원에서 몇 달씩 입원을 할 때도 있었는데, 그때 남편 옆에서 한 토막 한 토막 어릴 적 추억을 생각나는 대로 쓰다 보니 한 권의 책이 되더군요.

그것을 연인출판사에서 『덕이』라는 동화책으로 재탄생시킨 거예요. 삽화를 전부 바꾸고 장정도 새롭게 했어요. 해방 전후의 어린 시절의 체험을 주로 담고 있는데, 우리 인간이 지닌 순수함이나 사랑스러운 마음은 언제 어디서나 어떤 환경에서나 그대로 온전히 존재한다는 것을 말하고 싶었습니다. 물질적으로는 비록 넉넉지 못했고 문명의 혜택도 누리지는 못했던 시절이지만 그 나름대로 오순도순 자연과 함께 행복하고 재밌게 살았다는 것을요. 그리고 일제하의 고통이나 광복 이후 초등학교 5학년 때 한글을 다시 배우게 된 이야기도 새롭게 넣었습니다.

선생님의 문학적 생애에서 가장 영향을 많이 끼친 작품이나 문인이 있으시다면 어떤 작품, 어떤 분이신가요?

나는 문화부 기자를 했기 때문에 많은 문인들을 만날 수 있었지요. 내가 스스로 내 용돈으로 시집을 산 것은 박두진 선생님의 『해』라는 시집입니다. 학창 시절에야 문예부장도 하고 학예부장도 하면서 활동도 많이 했지만, 그때까지만 해도 시집을 직접 사본 적은 없었습니다. 국어 시간에 선생님이 수업에 들어오셔서 정말 좋은 시집이니 모두들 기억하라면서, 「해」를 낭독해주시는데, 마치 전기를 맞은 듯이 가슴에 전율이 부딪혀오더라고요. "해야 솟아라, 해야 솟아라, 말갛게 씻은 얼굴 고운 해야 솟아라……." 그날 방과 후 시집을 사 들고 갔고 날마다 「해」를 낭송했어요.

훗날, 어느 행사장에서 박두진 선생님을 만나서 점심을 대접하면서 "선생님의 시집 『해』의 초판본 지금까지 가지고 있어요."라고 했더니 너무 좋아하시더라고요. 그 책이 지금은 귀한데 어찌 가지고 있느냐면서……. 어쨌든 그 이후로 시를 더 좋아하게 되었던 것 같아요.

문학인들은 누구나 자기 나름의 문학관을 지니고 있는 것 같습니다. 선생님께서는 문학이란 무엇이라 생각하는지요? 혹은 문학이란 무엇이어야 한다고 생각하시는지요? 문학에 대한 선생님의 고견을 듣고 싶습니다.

문학이라는 것은 예술 중에서도 언어와 문자를 통해서 지어진 집이라고 생각합니다. 그 집 속에는 많은 꿈틀거리는 애환이 살아 숨쉬고 있죠. 그런 의미에서 문학이라는 창작 활동은 서랍 속의 일기장처럼, 문인들 혼자만의 것이 아니라 자기 이름을 걸고 세상과 교통하는 것, 소통하는 것, 그리고 함께 즐기는 것이어야 합니다. 그러므로 문인들은 자기 작품에 대해 책임을 져야 한다는 것이 내 소신입니다. 그러니까 시를 쓰든 수필을 쓰든 재미로만 써서 독자에게 전달하는 것은 안 된다는 겁니다. 책임을 져야 합니다. 그러기 위해서는 정말로 진지한 자기 단련이 필요하다고 생각해요. 문학 창작이란 영혼과 교감하는 행위입니다. 그런 측면에서 보면 종교에 몰입하여 사제님이 강론 원고를 쓰듯이, 그런 자세로 창작에 임해야 한다고 생각해요. 우리는 외줄기 자기 생밖에 못 살지만, 문학작품은 남의 인생을 이해할 수 있는 하나의 다리 역할을 해주는 것이지요. 그렇기에 작가가 심혈을 기울여 작품을 써야 합니다. 그래야 읽는 사람에게 건강한 정신적인 양식이 될 수 있겠지요.

선생님에게 있어 혹은 시란 어떤 의미를 지닌 존재인가요? 그리고 문학적 산고에 시달리면서도 운명처럼 시를 쓰는 이유는 무엇이라 생각하시는지요?

'나는 문학과 연애하는 사람이다. 문학과의 동반은 행복한 길이다.' 이런 생각과 믿음으로 살고 있습니다. 더 좋은 작품을 써야겠다는 속 깊은 번뇌를 늘 앓으면서 말입니다. 나는, 시인이란 이슬을 진주로 만드는 사람이라고 생각합니다. 이슬은 영롱해서 모두가 좋아하지만 햇빛이 닿으면 금방 스러져버립니다. 그런데 시인은 사라져버릴 그 이슬을 영롱한 진주로 빚어서 영원히 빛나게 만드는 것이죠.

그리고 늘 자신에게 주문을 외우듯이 말합니다. "나는 시의 깊이를 원한다. 고요하고도 감각적인 아름다움으로 동경(銅鏡)이나 진주처럼 내부에 깊은 숨결을 지닌, 그래서 은은한 빛을 발하는 그런 생명력을 갖게 하는 작품을 쓰고 싶다." 이렇게 스스로를 세뇌합니다. 마치 피그말리온 효과처럼 자신이 원하는 바를 간절히 되풀이할 때 점점 그것에 가까이 갈 수 있는 거지요. 나는 그렇게 믿습니다.

우리가 시를 쓰는 이유는 그것이 그리움의 소산이라서 그렇습니다. 감동이 없는 시대에 메마른 가슴으로만 살지 않고 꿈과 그리움이 있기 때문에 시가 태어납니다. 만나고 싶은데 못 만나고, 추억에 매달리고…… 그런 것이 다 꿈과 그리움에서 연유하는 것이라 생각합니다.

무지개를 보고 가슴이 뛰지 않으면 죽은 목숨과 같다고 시인 헤세는 말했습니다. 우리 가슴에 감동이 출렁이는 것은 그리움이 있기 때문입니다. 지치고 힘들어도 시인이 작품을 쓰려고 밤을 지새우는 것은 그 가슴속에 잠재된 그리움의 물결이 파도치고 있기 때문입니다.

윌리엄 블레이크라는 영국의 시인이 한 말이 생각이 납니다. 이분은 시인이면서 화가였는데, "한 알의 모래 속에 우주를 보고, 한 송이 들꽃에서 천국을 본다."라는 말을 했습니다. 나는 이 말을 참 좋아합니다. 이 말 속에 모든 것이 다 들어 있다고 생각합니다.

하늘의 은하수는 2억 5천만 개가 되는 별들의 무리가 모여서 강물처럼 보인다고 해서 붙여진 이름입니다. 그야말로 별들의 대집단인데, 우주에는 이런 은하수가 수없이 많다는 거예요. 그런데 우리가 살고 있는 지구는 그중에서도 아주 작은 모래알 같은 별이라고 해야겠지요. 그런데 윌리엄 블레이크는 한 알의 모래 속에서 우주를 본다고 그랬고, 한 송이 들꽃에서는 천국을 본다고 말했어요. 이것은 시인의 심미안이 아니면 포착할 수 없는 겁니다. 남들은 무심히 흘려보낼 수 있는 것을 시인은 그것을 의미 깊게 보면서 영롱한 작품으로 만들어냅니다. 그런 의미에서 시인은 축복받은 존재라고 말하고 싶어요.

선생님이 생각하시는 문학의 정향, 문학이 가야 할 바른 길이란 어떤 것인가요? 그리고 후배 시인이나 독자에게 들려주고 싶은 말씀이 있으시다면 어떤 것인지 들려주십시오.

발레리가 이런 말을 했어요. "좋은 시는 그 가장자리에 침묵을 거느린다."라고. 우리의 작품은 햇볕이 닿으면 스러지는 이슬 같아선 안 되고 읽으면 읽을수록 뭔가가 가슴에 와 닿는 것, 뭔가 생각하게 하는 것이어야 합니다. 그것이 빛일지 그림자일지 그건 모르겠어요. 분명한 것은 좋은 작품을 읽었을 때 가슴속에 빛이 확 고이는 것을 느끼게 한다거나, 뭔가 깊이 생각하게 한다거나, 새롭고 즐거운 인식에 눈뜨게 한다거나, 이런 것들이 다 좋은 시가 거느리는 침묵일 것입니다. 시인은 그런 침묵을 세상 사람들에게 전해주기 위해 노력해야 합니다. 그것이 시인이 지녀야 할 문학적 엄정성이자 하나의 바탕이며 심지가 아닌가 생각합니다.

"시를 읽자, 시를 먹자, 시를 가슴에 꽃피우자!" 이 말은 내가 시인과 독자 모두에게 즐겨 하는 말입니다. 아동보육학자들은 아이들에게 동화를 읽어주고 노래를 들려주면서 말을 가르치는 과정을 "언어를 먹인다"라고 표현하기도 합니다. 우리도 모든 세상 사람들에게 시를 먹였으면 합니다. 시를 먹고 시를 소화하는 동안에 우리의 감성이 아름답게 깨어나고, 고운 서정의 씨앗이 마음에 움트고, 그래서 우리 모두의 가슴속에 환하게 시가 꽃피워졌으면 합니다.

선생님께서는 워낙 활동력이 대단하신 분이라 앞으로도 많은 일을 하실 것으로 예견되는데, 앞으로 특별히 열정을 갖고 하고프신 일이 있으시다면 어떤 것인지요?

나는 아직도 나이 생각 안 하고 마냥 젊은 기분이에요. 새로 배우고 싶은 것도 많고 새로 하고 싶은 것이 많아요. 물론 다 할 수는 없겠지요. 굳이 욕심을 내자면, 문인으로서 좋은 작품을 써야 한다는 것이 앞으로의 최상의 목표라고 할 수 있습니다. 안중근 의사에 대해 장편 서사시로 써보려고 자료만 모아놓고는 아직 엄두를 못 내고 있어요. 워낙 훌륭한 분이라 의욕만 가지고 가능할는지 모르겠어요.

대담을 마치고 짙은 녹음으로 가득히 채워진 '문학의 집·서울'의 정원을 둘러보았다. 스란치마처럼 드리워진 동쪽 비탈의 키 큰 단풍나무는 가을이면 눈부신 절경을 이룬단다. 몇 장의 기념 사진을 찍고 선생님과 함께 점심식사를 하러 가까운 식당으로 이동했다. 점심 장소에는 본지의 편집위원 일행과, 김석준 평론가까지 자리를 함께하여 분위기가 절로 풍성해졌다.

선생님께서는 우리들에게 동화집 『덕이』를 선물로 건네주시며, "시를 사랑하듯이 인생을 사랑하자."고 친필로 경구까지 써주신다. 기품 있는 자태로 한 잎 한 잎 손을 내밀어 다정히 우리에게 악수를 청하던 '문학의 집·서울'의 그 단풍나무가 자꾸 선생님의 모습과 겹쳐 떠오른다.

─────────

# 외유내강의 아름다움

남산 자락을 오르며 세상을 뒤집어놓을 듯 바람이 몹시 불어 심란한 마음이었는데 선생님을 뵈니 마음이 편안해집니다. 사인해주신 시집도 받고 기분도 아주 좋아요. 선생님의 온화하고 단아한 모습이 정말 보기 좋습니다. 근황을 말씀해주시지요.

'문학의 집 · 서울'에 토, 일요일 빼고 매일 출근하여 오로지 '문학의 집 · 서울' 운영이 잘되도록 애쓰고 있어요. 내가 이런저런 관계하는 일들이 많이 있는데 하나씩 정리해가면서 내게 가장 중요하고 소중한 문학 생활에 충실한 시간을 갖고자 노력하고 있지요.

'문학의 집 · 서울' 이사장직을 맡고 계신데 주로 여기서 하시는 일이 무엇인지요. 또 '문학의 집 · 서울'이 한국 문단에 어떤 역할을 하고 있는지 궁금합니다.

서울 남산 자락에 '문학의 집 · 서울'이 개관한 지 10년이 되었어요. 이곳에는 대문이 없어요. 문학을 사랑하는 모든 시민이 무료로 문학 행사에 참여하고 문학인과 직접 만나는 곳입니다. 작고 문인들의 문학을 재조명하고 '수요문학광장'에는 문인이 시민들과 직접 만나 문학 비전을 얘기하고 청소년을 위한 문학 강좌와 백일장이 열리고 문학 세미나, 심포지엄 등 많은 행사를 통해 시민들이 문학을 더 사랑할 수 있게 하는 원동력이 되고 있습니다.

'구상선생기념사업회' 회원이신 걸로 알고 있는데 구상 선생님과의 인연과 그리고 잊지 못할 에피소드가 있다면 한 말씀 부탁드립니다.

나는 현대사를 같이 겪은 선배 문인들을 많이 만난 사람 중 하나예요. 언론계에 20여 년 종사했기 때문에 요즘 젊은이들이 활자로만 대하는 훌륭한 문인들을 직접 만난 입장인데 그중 구상 선생님을 존경하고 있어요. 작품이 좋고 인품이 있으시고 살아온 궤적을 보면 좋은 일 많이 하셨어요. 연배 차이가 있어서 개인적으로 교류는 별로 없었지만, 문인들과 함께 여의도 아파트 그분 댁을 찾아뵌 적은 여러 번 있었어요. 아파트 옆 일식당에서 식사도 하고 얘기 나누던 정다웠던 장면이 지금도 생각나네요. 구상 선생님의 작품 세계는 심오해서 좋아요. 특히 「오늘」이라는 시는 수첩에 적어가지고 다니며 보기도 합니다.

선생님의 시를 '일상으로 빚어진 사유' 혹은 '일상으로 빚어진 언어의 숲'이라 평하는 글을 보았습니다. 문학이면서도 가식과 허세 없이 진정성을 지닌 문학을 추구한다는 점에서 구상 시인의 시세계와 비슷함을 느꼈습니다. 사유와 명상을 끌어내며 성찰 후에 얻어지는 명징한 이치 등을 깨닫게 하는데 선생님에게 있어 '시'는 이래야 된다는 생각이 있다면 말씀해주세요.

시인들이 부단히 추구하고 새롭게 시도하는 많은 시가 있지만 내 시는 기교 부리지 않아요. 시는 독자에게 울림을 주고 어떤 공감대를 형성해야 한다고 보는데 경계해야 할 것은 너무 기교에 치우치거나 난해해서 사람들을 혼동시키는 것은 바람직하지 않다고 봅니다. 그리고 문학이 정신세계를 정화시켜주고 정신세계를 이끌어가는 생명이라면 사용하는 단어를 좀 더 신중하게 찾아 써야 한다고 생각해요. 작품 완성을 위해 언어의 조탁이나 탄력감 있는 작품으로 하나의 그릇에 담기 위해 고민하고, 이 작품을 발표해도 좋을까 거듭 생각해보는 자세가 필요하다고 봅니다.

첫 시집 『장도와 장미』 이후 '님 시인상'을 받은 『따뜻한 가족』까지 열 권의 시집을 내셨는데 가장 애착이 가는 시집이 있다면 말씀해주세요.

모든 작품에 대해 책임과 애정을 갖게 되지만, 좋아하는 작품이 각 시집 속에 흩어져 있지요. 그래서 어떤 시집이든 다 소중한데 그중에서도 역시 첫 시집 『장도와 장미』가 가장 애착이 가고 이번 열 번째 시집 『따뜻한 가족』이 다음으로 애정이 갑니다. 왜냐하면 『현대문학』에 추천을 받아 등단한 후 1967년에 첫 시집이 나왔는데, 추천을 해주신 신석초 선생님께서 그 시집에 축하 글을 써주셨어요. 요즘 읽어보니 과찬을 하셨더라고요. 너무 소중한 글을 써주셔서 개인적으로 첫 시집 내고 행복했어요.

현대문명은 편리함과 풍족함을 가져왔지만 경쟁과 인간성의 상실, 스트레스로 인한 질병과 불안, 이기주의 등 역효과도 많다고 봅니다. 이런 문명의 부작용에 대한 치유로 '가족'이 대안이 될 수 있나요. 선생님의 시집 『따뜻한 가족』에서 말하고자 하는 가족의 의미를 듣고 싶습니다.

시집 서문에 가족 해체 풍조가 비극적이라는 내용을 언급한 게 있어요. 가족 간의 불화와 친척 간의 교류가 없는 모래알같이 흩어진 세상은 슬픈 일이지요. 가족은 가장 소중한 인간관계의 단위이고 사회 구성체 속에서도 기본이 되는 게 가족인데 가족의 소중함을 잊어버리고 산다는 것은 확대된 사회의 이웃도 소중하지 않게 생각하는 것이라고 봐요. 그래서 가족의 화목과 따뜻함이 회복되면 이웃도 밝아지고 세상도 밝아지리라 생각합니다. 밤하늘의 별을 보면 무수한 별이 흐르는 은하수만 해도 2천 500억 개의 별이 모인 거라 해요. 그런데 우주에는 그런 은하수가 셀 수도 없이 많다고 하지요. 그중에 조그만 지구의 60억 인구, 그 속에 한국에서 가족이 되어 만난다는 것은 너무나도 소중하고 신기한 일 아닙니까. 함께 한가족이 되어 살고 있다는 것이 보통 인연이 아니라는 인식을 새롭게 하며 살아야 겠지요.

여성 작가로서 50여 년 문학을 해오셨는데 가사와 가족을 보살피는 일이 창작 활동에 어려움을 가져다주지는 않았는지요?

한국의 여성들이 조금 초능력을 발휘하는 존재인지 모르겠어요(웃음). 한국일보 기자로 있을 때 결혼을 했고 두 아이의 엄마가 되면서 가정생활을 도와주실 분이 필요했고 내 경우 도우미(당시 가정부)가 있었지만 시어머니께서 아이들을 키워주셔서 직장 생활을 계속할 수 있었지요. 그 당시 결혼을 하면 직장을 그만두어야 하는 걸로 여기던 땐데 결혼 후에도 신문사에서 계속 월급을 주며 나오라고 해서 그러다 보니 지금껏 평생을 직업여성으로 살아오고 있어요. 그 과정에서 자녀 양육 문제 등 어려움이 적지 않았지만 두 아이들이 잘 자라줘서 고맙지요. 신문사를 그만두고 여성개발원 원장으로 있으면서 여성이 사회 활동을 하려면 가정 안에서의 가족적인 도움도 필요하지만, 사회적인 뒷받침이 필요하다는 걸 느끼고 육아휴직제, 여성이 전문적인 직종에 종사할 수 있도록 자리를 마련하는 일 등, 여성 지위 향상을 위한 역할을 많이 했습니다. 그런 의미에서 보람을 느끼지요. 평생 직업여성으로 살면서 많은 직책도 가졌고 많은 일을 했지만 그래도 '나는 역시 시인이다'라는 생각을 놓지 않고 살아왔어요. 그리고 시인으로 불려질 때가 제일 좋습니다.

어린 시절이나 학창 시절의 문학적인 환경이 문학적인 기질이나 재능을 지니게 만든다고 생각합니다. 어린 시절 가정이나 학교 생활에 대해 듣고 싶습니다.

성장기를 돌이켜볼 때 내 문학적 기질은 가정교육으로 키워진 것 같아요. 아버지께서 공무원이셨는데 퇴근하시고 집에 오시면 가족적인 분위기를 즐기셨어요. 칠남매에게 달리기도 시키고 노래자랑이나 글짓기도 시키셨어요. 부모님이 문화 마인드를 가진 분이었지요. 한번은 '자장가'라는 제목으로 가족 백일장을 했는데 내가 장원을 해서 공책을 받았고 그곳에 동시도 쓰고 일기를 쓰며 문학소녀 시절을 보냈습니다. 부산사범학교 시절 시화전에 내 시가 뽑혀 교무실 바로 앞 복도에 걸려 자랑스러워한 기억도 있어요. 그리고 책을 좋아했어요. 초등학교 5학년 때 광복이 됐는데 한글 책이 귀하던 때라 일본어로 된 책을 볼 수밖에 없었지요. 아버지 서재에는 책이 많았는데, 일본어로 된 책이었지만 나이 어린 내가 참 많이 읽었어요. 그래 그때 내 별명이 책벌레였어요(웃음).

선생님 시에 「가야 할 길이 있으므로」라는 시가 있는데 칠순을 훌쩍 넘기신 시인에게 더 가야 할 길은 무엇인가요?

지나고 보면 언제 이렇게 나이가 많아졌나 싶고, 하고 싶은 일도 많아 미련이 있죠. 난 아직도 미술 전시회에 가면 학생 때 미술반 활동하던 생각이 나고 그림을 그리고 싶어 가슴이 뜨거워지곤 해요. 음악회에 가면 음악을 하고 싶다는 생각도 들고 아직 호기심과 열정이 식지 않은 나를 보게 돼네요. 나이를 의식하지 않고 살고 싶어요. 하지만 물리적 나이야 어쩔 수 없고 지금의 생활을 무한정 끌고 갈 수도 없으니까 차츰 정리해가는 마음으로 살고 있습니다. 뭔가를 꼭 결과물로 만들어내는 것만이 아니라, 정신적으로 내공을 쌓고 자아 성찰과 깊이 있는 생각에 몰입하고 싶어요. 그래서 좋은 작품 한 편이라도 남기고 싶은 그런 마음, 그게 내가 가야 할 길입니다.


프랑스 시인 발레리는 "좋은 시는 그 가장자리에 침묵을 거느린다."라고 했는데 그 의미를 선생님의 시 작업과 관련하여 한 말씀해주신다면?

작품을 쓰더라도 있는 그대로 누구나 볼 수 있는 세계를 담는다면 창작이 아니지요. 시인의 눈과 가슴으로 보고 느낀 그것을 표현하는 데에서 창작이 나오는 거지요. 나는 발레리의 말 중 두 문장을 좋아해요. 하나는 "시의 첫 구절은 신의 선물이다."입니다. 시의 시작은 언뜻 떠오르는 불꽃처럼 나를 쏘아대는 순간이 있어요. 그 한 가닥을 붙잡고 시를 쓰는 거죠. 또 하나는 "좋은 시는 그 가장자리에 침묵을 거느린다."라는 말인데, 시가 있는 그대로 드러내는 것만이 아닌, 인간 생활의 신비로움을 드러내든지 어떤 형태로 깨달음을 주든지 간에 가장자리의 침묵을 생각하면서 남이 보지 못하는 것까지 보는 창작인이 되어야겠지요. 시를 읽고 크게 오는 감동의 침묵, 동양화에서 여백의 아름다움 같은 침묵, 그런 시를 쓰고자 노력해야죠.

긴 시간 인터뷰에 응해주셔서 정말 감사합니다. 조용히 말씀해주시는 모습이 인상적이었고 문학에 대한 열정과 고민을 느낄 수 있는 좋은 시간이었습니다. 앞으로도 건강하시고, 더 좋은 시 작업을 통해 한국 문단에 더 깊이 영향을 주시기를 부탁드립니다.

| | |
|---|---|
| **1934년**(1세) | 12월 26일 서울 인사동에서 아버지 김해 김씨 김기식, 어머니 전주 서씨 서문길 사이의 3녀(형자, 형원, 형덕) 4남(형곤, 영세, 신홍, 형찬) 중 셋째 딸로 태어나다. 이름은 형덕(炯德). |
| **1939년**(5세) | 어머니는 여학생 대상 편물수예점을 경영하고, 아버지는 철도청 총무국에 근무하다. |
| **1941년**(7세) | 서울교동초등학교에 입학하다. |
| **1945년**(12세) | 교동초등학교 4학년 때 2차대전이 막바지에 이르러 일본 도쿄에 공습이 심해지자 서울도 위험하다고 지방으로 소개(피난)를 가라는 지시가 내려 안양으로 임시 이사를 가다. 4학년 1학기까지 몇 달 동안 기차 통학을 하다. 수업이 끝난 오후 3시경부터 5시 10분발 기차를 타려면 시간이 남아 서울역으로 바로 가지 않고 화신백화점 4층에 있는 서점으로 가서 책을 읽다. 영국 작가 제임스 매튜 배리의 『피터 팬』(일어판)에 빠져 기차 시간이 임박할 때까지 읽고 다음 날 다시 가서 읽고 하다가 어느 날은 기차를 놓치다. 저녁밥을 굶은 채 당시는 버스도 없어 밤 10시 기차를 타다. 며칠 뒤 안양초등학교로 전학 수속을 밟다. 제 시간에 귀가하지 않은 일 때문에 온 가족의 걱정이 컸고 어린 나이에 기차 통학이 무리라고 여긴 것이다. 덕택에 8·15광복 때까지 시골의 전원 생활을 체험할 수 있었다. |
| **1947년**(13세) | 아버지가 부산 공작창으로 전근되어 부산진초등학교로 전학하다. 수석 졸업과 부산사범 병설중학교 여학생부 수석 합격으로 부모님을 기쁘게 하다. |
| **1949년**(15세) | 부산사범 예술제에서 작곡가 금수현 교감 선생님의 희곡 「페스탈로치」에 페스탈로치의 아내인 안나 역으로 출연하다. |
| **1950년**(16세) | 한국전쟁 발발로 부산 거제동 1등급 철도관사인 집엔 서울에서 |

피난온 친척들로 붐비다. 한때는 42명이 함께 살기도 해 재미있
는 동거를 하다. 학교에서는 조재호 교장 선생님, 윤이상 음악
선생님 등 피난온 유명한 교육자들의 가르침을 받는 기회를 가
지다.

1952년(18세)    부산사범 문예반 활동을 하다. 교지 『종』에 시와 산문, 콩트 등을
발표하고, 교내백일장에서 장원을 하다. 금수현 편저 남녀 중학
교용 음악 교과서 『새 음악교본』에 보헤미아 민요곡에 가사를 지
은 「저녁종」이 김형덕(본명)으로 실리다. 문예반원 4인(한순태,
황규진, 박무익, 김형덕)이 합동시집 『푸른 꿈』을 등사판으로 제
작, 선생님들과 문예반원들에게 돌려 화제가 되다.

1953년(19세)    한국전쟁 중 부산에서 서울대학교 사범대학(전시 연합대학)에
입학하다. 휴전이 되어 환도와 함께 서울 용두동 가교사에서 김
남조 교수의 강의를 듣다. 대학생 문예 콩쿠르에서 단편소설
「아버지」가 당선되어 월간 『현대공론』에 실리다. 이를 계기로 주
요한 시인이 사장이고 김용제 시인이 편집국장인 월간 교양지
『새벽』사에 기자로 특채되어 근무하면서 대학에 다니다.

1955년(21세)    경향신문 주최 대학생 문예작품 공모에 단편소설 「고아(孤兒)」가
당선되어 일주일 간 김훈 화백의 삽화와 함께 『경향신문』에 연재
되다. 서울대학교를 중퇴하다.

1956년(22세)    교지 『사대학보(師大學報)』 창간호에 단편소설 「불안한 위치」를
발표하다. 중앙방송국 주최 '제1회 전국 대학생 라디오 방송극
경연대회'에 서울대학팀으로 참가하여 주인공을 맡다. 교통부
간부이던 부친이 지병으로 별세하다.

1957년(23세)    『한국일보』 문화부 기자로 신문기자 생활을 시작하다. 1980년
(46세)까지 『서울신문』, 『경향신문』 문화부 차장, 『부산일보』 논
설위원 등 언론계에 종사하다. 『한국일보』에서 문화부장 겸 논
설위원이던 신석초 시인과의 만남이 이루어지다.

1958년(24세)    대학 선배이며 드라마 경연대회 때 연출을 맡았던 김아(金雅,
사대 국문과)와 결혼하다. 장남 기현, 차남 승현을 두다.

1959년(25세)    『현대문학』에 시 「오늘을 위한 노래」(1959년 4월호), 「문」(1960
년 4월호), 「달팽이」(1960년 12월호)를 신석초 시인 추천으로

발표하고 문단에 나오다. 이때 필명 김후란(金后蘭)을 신석초 시인에게 받다.

1963년(29세)  신진 여성 시인 일곱 명과 청미동인회(靑眉同人會)를 창립하다. 창립 동인은 김선영, 김숙자, 김혜숙, 김후란, 박영숙, 추영수, 허영자. 동인지 『돌과 사랑』을 계간으로 발간하다가 『청미(靑眉)』로 개제해 35주년까지 발간하다. 시화전, 시 판화전, 독자와의 대화, 합동 수필집 발간, 시 낭송회 등도 가지다. 2014년 청미동인회 창립 50주년 기념 총집을 발간하여 우리나라 문학 사상 최장수 동인회로 기록되다. 그간 박영숙, 김숙자, 김여정 시인 대신 임성숙, 이경희 시인이 참여하다.

1967년(33세)  첫 시집 『장도(粧刀)와 장미(薔薇)』(한림출판사)를 간행하다. 신석초 시인은 서문에서 "긴박한 가락, 치밀한 대비, 압축된 구절, 강렬한 어운, 감각적인 빛깔, 아우성치는 꽃잎의 소리……. 이러한 것은 여류 시인에게서 드물게 보는 수법이다. 그것은 김후란의 개성이고 모더니티다. 김후란만이 가질 수 있는 매력이기도 하다." 라고 쓰다.

『서울신문』 문화부 차장 때 정부 문화부에서 월남 전선에 국군 위문공연단을 파견하며 문인 대표 최정희 선생님과 여기자 세 명(『한국일보』 이영희, 『동아일보』 박동은, 『서울신문』 김형덕)이 종군 취재를 하다. 프랑스 여기자가 베트콩에 납치된 직후여서 초긴장 상태로 각 부대를 순방하고 해병대가 전투 중인 북방 끝 추라이까지 가 국군 장병들을 만나 취재하다.

1969년(35세)  제24회 현대문학상을 받다. 한국문인협회와 국제펜클럽 한국 본부 회원이 되다.

1971년(37세)  제2시집 『음계(音階)』(문원사)를 한국시인협회의 현대시인선집으로 간행하다.

1976년(42세)  제3시집 『어떤 파도』(범서출판사)를 간행하다. 이 시집으로 제12회 월탄문학상을 수상하다. 월탄 박종화 선생님의 친필 상장을 간직하다.

1979년(45세)  한국문예진흥원 『민족문학대계』 제18권에 장편 서사시 「세종대왕」을 집필해서 수록하다. 1981년 문학세계사 대표 김종해 시인이 주최한 현대시를 위한 실험 무대 행사로 시극(詩劇)「비단 끈의 노래」를 집필하다. 손진책 연출, 이주실·이도련 출연으로 일주일간 신촌 민예극장에서 공연하다.

**1982년**(48세)　7월 25일 어머니(72세) 별세하다. 크게 상심해「떠나가신 빈 자리에」「꽃이 피고 지듯이」「어머니」「저 불빛 아래」「저 달빛」등 일련의 추모시를 쓰다. 제4시집『눈의 나라 시민이 되어』(서문당)를 간행하다.

**1983년**(49세)　한국여성개발원 초대 부원장으로 취임하다.

**1984년**(50세)　국가 제6차 경제사회발전 5개년 계획 여성개발부문위원회 위원장을 맡다.

**1985년**(51세)　시 전집에 대한 출판사의 요청이 있었지만 은사인 신석초 시인의 시 전집이 먼저 나오지 않고는 응할 수 없다고 하자 신석초 시인의 작고 10주기를 기념해 시 전집『바라춤』과 산문 전집『시는 늙지 않는다』가 출간되다. 출판사와의 약속대로 다섯 권의 시집을 엮은 시 전집『사람 사는 세상에』(융·성출판사)를 간행하다. 제2대 한국여성개발원 원장으로 취임하다. 아프리카 케냐 수도 나이로비에서 열린 유엔 세계여성발전 10년 결산을 위한 세계여성대회에 비정부단체(NGO)대표단 단장으로 참가하다. 국무총리실 산하 여성정책심의위원회 위원, KBS시청자 고충처리위원회 부위원장을 맡다.

**1987년**(53세)　시선집『오늘을 위한 노래』(현대문학사)를 간행하다.

**1988년**(54세)　공연윤리위원회 위원 및 영화심의의장을 맡다.

**1988년**(54세)　최은희여기자상(崔恩喜女記者賞) 심사위원장을 맡다.

**1990년**(56세)　제5시집『숲이 이야기를 시작하는 이 시각에』(어문각)를 간행하다. 민간방송설립추진위원회 자문위원장, 방송광고공사 공익자금관리위원회 위원장을 맡다.

**1992년**(58세)　병원에 입원한 남편을 간병하면서 쓴 자전동화집『노래하는 나무』(자유문학사)를 간행하다. 우리글과 말을 금지하고 일어로만 공부하던 일제강점기에 서울 종로구 인사동의 교동초등학교에 다니던 시절과 1945년 8·15 광복 직후인 5학년 때 한글을 처음 배웠던 체험을 담은 것이다. 동화의 일부분을 일본 와세다대학 한국어학과 오무라 마스오(大村益夫) 교수가 일어로 번역해서 교재로 사용하다. 2010년 다시 부분 보완을 하여 '연인M&B' 출판사에서 새로운 그림으로 장정하고 제목도 『덕이―나무도 말을 하겠지?』로 바꿔 출간하다. 간행물윤리위원회 윤리위원 및 교양분과 심의위원장을 맡다.

**1993년**(59세)   제1대, 제2대 정부공직자윤리위원회 위원을 맡다.

**1994년**(60세)   제6시집 『서울의 새벽』(마을)과 제7시집 『우수의 바람』(시와시학사)을 간행하다. 『서울의 새벽』으로 서울시문화상 문학부문상을 받다. 제31회 한국문학상을 받다. MBC문화방송재단 방송문화진흥회 이사, 서울시 명예시민증수여(외국인) 심사위원을 맡다.

**1996년**(62세)   국제펜클럽 한국본부 부회장을 맡다. 문학의 해 3·1절 기념행사로 문인 100명과 함께 독도에 가다. 자작시 「독도는 깨어 있다」를 대표로 낭독하다.

**1997년**(63세)   제8시집 서사시 『세종대왕』(어문각)을 간행하다. 1979년 한국문예진흥원의 『민족문학대계』 제18권에 수록된 것을 세종 탄신 6백 돌을 기념해 단행본으로 간행한 것이다. 김희백 서예가가 시 전문을 붓글씨로 써서 특수 제작을 하다. 국민훈장 모란장을 받다.

**1998년**(64세)   한국여성문학인회 제17대 회장을 맡다.

**2001년**(67세)   '생명의 숲 국민운동' 공동대표, 이사장을 맡다.

**2001년**(67세)~**현재**(81세)   자연을 사랑하는 '문학의 집·서울' 창립, 이사장을 맡다. 한국여성문학인회 회장 때 국제 행사를 하면서 독일의 함부르크 문학의 집을 알게 되어 우리나라에도 그것이 필요함을 느껴 '생명의 숲' 공동대표로 숲 가꾸기 운동을 함께 하던 유한킴벌리 문국현 사장과 함께 진행하다. 서울시 소유인 현 예장동 건물(전 안기부장 공관)의 사용 허가를 받아 문인 110명이 창립위원이 되어 사단법인체로 등록하고, 세종문화회관 세종홀에서 창립총회를 열다. 2001년 10월 26일 개관식을 갖다. 서울시와 (주)유한킴벌리(현 최규복 대표이사 사장)의 후원을 받고 있는 '문학의 집'은 문인들의 활동 무대로, 문학을 사랑하는 시민들이 참여하는 다양한 문학 행사로 유익하게 활용되고 있다.

2003년(69세)  성숙한 사회 가꾸기 모임 공동대표, 한국문학관협회 회장을 맡다.

2004년(70세)  11월 16일 명동대성당에서 하상신앙대학 특별 강좌 '문학과 인
생'을 강의하다. 김수환 추기경, 정진석 대주교, 차동엽 신부 등
성직자들과 '나는 누구이며 어디로 가는가?-현대인을 향한 영
혼의 울림' 주제로 진행된 기획 행사에서 평신도 대표로 문학과
종교의 문제를 다루다.

2005년(71세)  비추미여성대상을 수상하다.

2006년(72세)  제9시집 『시인의 가슴에 심은 나무는』(답게)을 간행하다.

2007년 10월(73세)  한국어린이재단 지원사업인 평양만경대 제2어린이종합식
료공장(빵공장) 증설 개막식에 참여하다.

2008년(74세)  서울대학교 총동창회 종신 이사로 위촉되다.

2008년(74세)  문화체육관광부 올해의 예술상과 훈장 심사위원장을 맡다.

2009년(75세)  제10시집 『따뜻한 가족』(시와시학사)을 간행하다. 이 시집으로
국제 펜클럽 한국본부주최 펜문학상을 받다. 김후란 시인 등단
50주년 기념 문학 심포지엄이 한국시박물관(김재홍 관장) 주최
로 '문학의 집 산림문학관'에서 열리다. 이날 제1회 '님시인상'
을 받다. 한국 · 폴란드 수교 20주년 기념 '한국문학의 밤' 행사
로 바르샤바대학 강당에서 김영하 소설가와 함께 특강을 하다.

2010년(76세)  한국 · 러시아 수교 20주년 기념 행사 때 「겨울나무」 「눈의 나
라」 등이 러시아어로 번역되어 번역자와 함께 두 나라 언어로
낭송되다.

2010년(76세)  2월 25일 서울대학교 사범대학 명예졸업장을 받다. 안중근의사
숭모회 고문을 맡다.

2011년(77세)~현재(81세)  한국문인협회, 국제펜클럽한국본부, 한국시인협회
고문을 맡다.

2012년(78세)  제11시집 『새벽, 창을 열다』(시와시학사)를 간행하다. 이 시집
으로 한국현대시인협회상을 받다. 한국대표명시선 100으로 시
선집 『노트북 연서』(시인생각)를 간행하다.

2014년(80세)  제12시집 『비밀의 숲』(서정시학)을 간행하다. 이 시집으로 한국
문인협회주최 제4회 이설주문학상을 받다. 시집 『따뜻한 가족』

이 조영실의 번역에 의해 *A Warm Family*(Codhill Press, New Paltz, New York)로, 시집 『빛과 바람과 향기』가 왕수영 시인의 일어 번역에 의해 일본 토요미술사에서 간행되다. 문화예술 은관훈장을 받다.

**2015년**(81세) 현재 　 한국심장재단 이사, 대한민국예술원 회원이다.

# 제1부  주제론

구명숙, 「김후란 시에 나타난 '가족'의 의미와 현실 인식」, 『한국사상과 문화』 51
　　　호, 2010.

김석준, 「시간의 무늬 혹은 사랑으로 쌓은 언어의 집」, 『미네르바』 겨울호, 2010.

김재홍, 「생명과 사랑의 시, 희망과 평화의 시학」, 『따뜻한 가족』, 시학, 2009.

김주연, 「서정, 자연에서 신(神)을 노래하다」, 『비밀의 숲』, 서정시학, 2014.

맹문재, 「존재의 심화와 확대」, 『김후란 시 전집』, 푸른사상, 2015.

이건청, 「정제된 부드러움의 시」, 『오늘을 위한 노래』, 현대문학사, 1987.

이태동, 「내면 공간의 확대와 미학적 현현(顯現)」, 『계간문예』 가을호, 2009.

홍용희, 「'오늘'의 진정성과 충만한 영원」, 『어문연구』 64호, 2010.

# 제2부  작품론

고영섭, 「가시와 칼날 혹은 미(美)와 미소」, 『문학과창작』 6월호, 1999.

김재홍, 「사랑과 평화의 시」, 『사람 사는 세상에』, 융성출판, 1985.

김재홍, 「삶에 대한 존재론적 성찰」, 『우수의 바람』, 시와시학사, 1994.

김현자, 「바람의 영속성과 내면적 탐구」, 『간행물 윤리』 6월호, 1995.

신진숙, 「서정의 지평과 주체」, 『유심』 가을호, 2009.

오세영, 「빛과 음악이 짜아올린 영원의 공간」, 『본질과 현상』 가을호, 2014.

오승희, 「삶, 그 위대성과 강인함」, 『펜과 문학』 겨울호, 1997.

이가림, 「향기로운 포도주 맛의 시」, 『창작과비평』 여름호, 1997.

정한모, 「문화적인 치적과 인간 면모 시적으로 승화시켜」, 『민족문학대계』 제18
　　　권, 한국문화예술진흥원, 1988.

최동호, 「빈 의자와 생명의 빛」, 『새벽, 창을 열다』, 시학, 2012.

최호빈, 「약동하는 자연과 생명적 상관물」, 『서정시학』 봄호, 2015.

## 제3부　시인론

이승희, 「시인으로 살아가는 일의 행복」, 『문학사상』 5월호, 2013.

이현재, 「이 주일의 시(詩)―김후란과의 '감성 대화'」, 『한국일보』, 1995년 6월 11
　　　일.

## 제4부　대담

김후란 · 김광협, 「시 쓰는 마음으로 일하고 사랑하며」, 『여성동아』 8월호, 1986.

김후란 · 김인육, 「시를 먹이는, 시를 꽃피우는, 숲과 나무의 시인」, 『미네르바』 겨
　　　울호, 2010.

김후란 · 김재홍, 「나의 문학, 나의 시작법(詩作法)」, 『현대문학』 11월호, 1984.

김후란 · 정진혁, 「외유내강의 아름다움」, 『홀로와 더불어』(구상선생기념사업회
　　　소식지) 여름호, 2011.

김후란 · 조병무, 「이슬을 진주로 만드는 자연 사랑의 시인」, 『계간문예』 가을호
　　　(통권 21호), 2010.

김후란 · 최　준, 「문학의 숲을 가꾸는 사람」, 『시안』 봄호, 2006.

# 기타 연구 목록

김인육, 「종심(從心)의 끝에 발견한 깨달음의 시학」, 『미네르바』 봄호, 2013.

빈명숙, 「한국 기독교시에 나타난 생명의식 연구 : 김지향, 김후란, 김소엽의 시를 중심으로」, 대전대학교 박사학위 논문, 2012.

이건청, 「삶을 고양시켜주는 희망적 전언의 시편들」, 『우수(憂愁)의 바람』, 시와 시학사, 1994

이성렬, 「사랑과 희망의 언어」, 『미네르바』 가을호, 2009.

이태동, 「견인력과 "난(蘭)"의 미학」, 『조선문학』 10월호, 1994.

이태동, 「꽃, 그 향기로운 대화」, 『계간 수필』 여름호, 2013.

정종민, 「한국 현대 페미니즘 시 연구 : 사적 전개 양상을 중심으로」, 성균관대학교 박사학위 논문, 2008.

한영숙, 「김후란 시인과 시」, 『한비문학』 1월호, 2009.

## 작품

**ㄱ**

「가야 할 길이 있으므로」 123, 267

「가을밤에」 224

「가족」 26, 347

「가지 않는 길」 417

「가짐에 대하여」 233

「강물은 살아 있다」 109

「강변의 연인」 148, 196

「거울 속 에트랑제」 37

「고독 1」 204

「고독 2」 204

「고래바다에서」 268

「고향의 쑥 냄새」 225

「공양」 338

「그 눈앞에」 97, 208, 209, 333

「그 섬은 어디에 있을까」 47, 59, 267

「기도」 132

「기쁨과 사랑」 130

「깊어가는 겨울밤」 290

「꽃의 눈물」 48

「꽃 한 송이 강물에 던지고 싶다」 296

「꿈꾸는 새여」 80, 123

**ㄴ**

「나그네의 노래(Wanderlied)」 56

「나도 바다새가 된다면」 237

「나무」 154, 167

『나무 그늘 아래서』 406

「나무 그늘에서 잠을 잔 새들은」 226

「나의 서울」 203, 325

「낙엽이 되어」 280

「너를 반기며」 103

「너의 빛이 되고 싶다」 164

「네 잎 클로버」 302

『노트북 연서』 58, 162

「눈 덮인 언덕에서」 275

「눈부신 봄빛」 291

「눈의 나라」 45, 72, 85, 217, 222

『눈의 나라 시민이 되어』 58, 186, 207, 222, 396

「님의 말씀」 152

**ㄷ**

「다보탑 앞에서」 150

「달팽이」 35, 192, 193, 342

「덕이」 329, 330, 331
「도시의 봄」 152
「돌과 사랑」 324, 328, 343, 368
「동백 한 송이」 66
「따뜻한 가족」 49, 58, 73, 105, 111,
　　145, 262, 322, 431
「떠나가는 시간」 91, 230

ㅁ

「마음의 고리」 276
「먼지처럼」 89, 228
「멀지도 않은 길」 226
「모래알로 만나」 213, 216
「목련 절창」 100
「목마」 37, 38, 199
「무관심의 죄」 204
「무국을 들며」 130
「문」 35, 132, 190, 342
「문화의 뿌리」 81
「민족문학대계」 245

ㅂ

「바람 고리」 168, 235, 242, 311, 313
「바람 부는 날」 242
「바람 엽서」 231
「바람은 살아 있다」 231, 241
「밤비」 42
「밤의 파도」 52
「밤하늘에」 77, 141
「백자」 44, 70, 204

「봄밤」 42, 204
「봄 여름 가을 겨울의 목마」 379
「불어라 바람아」 234
「비단 끈의 노래」 245, 255
「비밀의 숲」 52, 287, 295, 297
「비 오는 밤」 111
「빈 의자」 274
「빛으로 향기로」 296
「빛의 나그네」 134, 199

ㅅ

「사과를 고르다」 96
「사라지는 모든 것이」 264
사랑 시학 76
「사랑의 말」 137, 147
「사랑의 손을 잡고」 340
「사랑이란」 197
「사슴」 312
「사우가(思友歌)」 211
「산 그림자」 243
「살아 있는 기쁨」 75, 147
「새벽, 창을 열다」 58, 273, 284, 296,
　　299
「새벽에 일어나서」 122, 156
「새 생명」 101, 223, 243
「생명의 깃털」 277
「생명의 얼굴」 57
「생선 요리」 43, 204
「생성과 소멸」 296
「샤넬의 향기를」 204
「서울의 새벽」 58, 186

「서울의 새벽」 135

「설야」 361

「세상 보기」 161

「세상은 이처럼」 151

『세종대왕』 58, 136, 199, 245, 251, 256, 331, 387, 421

「소나무야 소나무야」 215

「소망」 24, 25, 170, 283

「수표교(水標橋)」 135

『숲이 이야기를 시작하는 이 시각에』 58, 186, 408

「슬픔에 대하여」 297

「시의 집」 143, 158

『시인의 가슴에 심은 나무는』 58, 87, 141

「쓸쓸한 여자의 장소」 199

**ㅇ**

「아기」 66, 148

「아기의 웃음소리」 302

「안개와 파도 속에」 278

「안중근 의사」 331

「어느 새벽길」 267, 268

「어느 여름날」 95, 244

「어둠은 별들의 빛남을 위하여」 226

「어디론가 모두 떠나가네」 28

『어떤 파도』 58, 145, 186

「어머니꽃」 113

「어질고 현명한 임금 나시니」 245

「언젠가는 바람이 되어」 233

「예(禮)로써 큰 별을 세우시다」 245, 254

『예지의 뜰에 서서』 379

「오늘 만나는 우리들의 영혼은」 204

「오늘은」 362

「오늘을 위한 노래」 30, 129, 146, 159, 188

『오늘을 위한 노래』 58

「우기(雨期)」 204

「우리 가족」 112

「우리 둘이」 70

「우리들의 고향」 116

『우수(憂愁)의 바람』 58, 186, 221, 230, 239, 311

「우중 꽃잎」 39

「유성을 바라보며」 282

「은빛 세상에서」 267, 269

『음계(音階)』 58, 145, 186, 337

「의자를 보면 앉고 싶다」 275, 296

「이 고요한 밤에」 299

「이 기쁜 성탄절에」 152

「이 눈부신 봄날에」 231

「이슬방울」 302

「이 오월에」 112

**ㅈ**

「자연 속으로」 52, 54, 55

「자연은 신의 선물」 114

「자화상」 50, 158, 157, 326

「작은 행복」 301, 318

『장도와 장미』 58, 73, 145, 186, 195, 431

「장마철 날씨처럼」 232

「장미 1」 25, 33, 187
「장미 2」 25, 33, 99, 187, 188, 325
「장미 3」 25, 187
「저 산처럼」 57
「젊은」 232
『정글북』 312
「조국」 215
「존재의 빛」 98, 326, 347, 166, 365
『존재의 빛』 23, 28, 93, 104, 324,
　　330
「지하철 공사」 204

「참 아름답다 한국의 산」 292
『청미』 343
「칠 년 가뭄 이겨내다」 245


ㅋ

「코스모스」 40


ㅌ

『태양이 꽃을 물들이듯』 379
「토요일」 130


ㅍ

「파도」 41
「풀꽃」 315


ㅎ

「한가위」 233
「한글, 그 빛나는 창제」 247, 256
「한 쌍의 원앙새」 245, 255
「한여름」 233
「한 잔의 물」 60, 61, 279
「행복」 293
「향나무 한 그루」 215
「헌화가(獻花歌)」 140, 199
「환(歡)」 68, 137, 199, 204
「환청」 299
「황홀한 새」 165, 281
「횃불」 35
「휴식」 300
「흐르는 강물에」 88
「희망」 83, 123
「희망의 별을 올려다보며」 27, 122,
　　142

# 인명, 용어

**ㄱ**

견인력과 난의 미학 193
괴테 56
규수시인 194
금수현 417
김남조 328, 375
김선영 343
김숙자 343
김여정 307
김영태 307
김용제 376
김혜숙 307, 343

**ㄴ**

노천명 29

**ㄷ**

대지 사상 79
동일성의 시학 162
동적인 침묵 197, 389

**ㄹ**

로버트 프로스트 417
리얼리즘 문학 29

**ㅁ**

모성적 정서 118, 125
모성적 포용성 117
모윤숙 29
미래지향성 82
미학적 현현 49

**ㅂ**

박영숙 343
보편적 희생 309

**ㅅ**

상생의 철학 88
상호 인격 존중 363
생명 사랑 73
생명 존중 25, 88
생명 활동 317
생태문학 317
서정시인 326
세월의 언어 168
수직적 상상력 155
순간의 시학 162
시말 운동 127
신동엽 307
신석초 189, 191, 193, 198, 307,
    380, 413

**ㅇ**

아리스토텔레스 288
아이도스(Eidos)의 모방 288
여성운동가 372
우주적 범주 96
우주적 섭리 168
우주적 자리 96
원초적 바이탈리즘 292
유경환 307
윤희상 417
이경희 307
이형기 307
인간 사랑 73
인간 존중 25, 363
임성숙 307

**ㅈ**

자아 반성 363
자연의 모방 288
자유 사랑 73
저널리스트 372
전통적 서정시 53
정제된 부드러움의 시 193
정한모 313
종교적 구원 197
주요한 376, 421
지기지우(知己之友) 307

**ㅊ**

천상병 307
청미회(靑眉會) 307
추영수 307, 343

**ㅍ**

평화 사랑 74
평화의 시학 84
포스트모던 53

**ㅎ**

한국여성개발원 376, 419
해체시 53
허영자 307, 343
홍윤숙 29
환경문학 317
황명 307
황순원 421
희망의 시학 84

### 고영섭

1963년 경북 상주에서 태어나 동국대학교 불교학과와 같은 대학원을 졸업했고 고려대학교 대학원 철학과 박사 과정을 수료했다. 1999년 『문학과창작』 추천으로 등단해 시집으로 『몸이라는 화두』 『흐르는 물의 선정』 『황금똥에 대한 삼매』 『바람과 달빛 아래 흘러간 시』 『사랑의 지도』, 저서로 『한 젊은 문학자의 초상』 『원효, 한국사상의 새벽』 『한국의 사상가 10인, 원효』 『원효탐색』 『분황 원효』 『삼국유사 인문학 유행』 『한국불교사탐구』 『한국불교사연구』 등이 있다. 현재 동국대학교 불교학과 교수이다.

### 구명숙(필명 구이람)

1950년 충남 논산에서 태어나 숙명여자대학교 국어국문학과 및 같은 대학원을 졸업하고, 독일 빌레펠트대학에서 문학박사 학위를 받았다. 1999년 『시문학』으로, 2009년 『시와시학』으로 등단한 뒤 시집으로 『그 여자 몇 가마의 쌀 씻어 밥을 지어 왔을까』 『걷다』 『산다는 일은』 『하늘나무』 등이, 저서로 『한국 여성 문학의 이해』 『한무숙 문학의 지평』 『전쟁기 문학담론과 집단 기억의 재구성』 『디아스포라와 한국 문학』 등이 있다. 현재 숙명여자대학교 명예교수이다.

### 김광협

1941년 제주에서 태어나 서울대학교 사범대를 졸업했다. 1963년 『신세계』 신인문학상, 1965년 『동아일보』 신춘문예로 등단한 뒤 시집으로 『강설기』 『천파만파』 『농민』 『예성강곡』 『황소와 탱크』 『돌할으방 어디 감수광』 등이 있다. 『동아일보』 기자 및 편집위원을 역임했다. 현대문학상, 대한민국문학상을 수상했다. 1990년 타계했다.

### 김석준

1964년 충남 아산에서 태어나 고려대학교 철학과와 서울대학교 대학원 국어국문학과를 졸업했다. 1999년 『시와시학』 시 부문 신인상, 2001년 『시안』 평론 부문 신인상을 받으며 등단했다. 저서로 『현대성과 시』 『의미의 곡면』 등이 있다.

### 김선영

1938년 경기도 개성에서 태어나 1962년 『현대문학』 추천으로 등단했다. 시집으로 『사가(思歌)』 『허무의 신발가게』 『풀꽃제사』 『환상의 분위기』 『밤에 쓴 말』 『라일락 나무에 사시는 하나님』 『사모곡』 『작파하다』 등이 있다. '청미' 동인. 세종대학교 교수를 역임했다. 현대시학 작품상, 한국문학상을 수상했다.

### 김인육

1963년 울산에서 태어나 경남대 국어교육과와 고려대학교 교육대학원을 졸업했다. 2000년 『시와생명』으로 등단한 뒤 시집으로 『다시 부르는 제망매가』 『잘가라, 여우』가 있다. 현재 양천고 교사이다.

### 김재홍

1947년 충남 천안에서 태어나 서울대학교 국어교육과와 같은 대학원 국어국문학과를 졸업했다. 1969년 『서울신문』 신춘문예에 문학평론이 당선된 뒤 저서로 『한국 현대시인 연구』 『한용운 문학 연구』 『시어사전』 『현대시 100년 명시 감상』(전5권) 『한국 현대시의 사적 탐구』 『한국 현대시인 비판』 『한국 대표시 평설』 『한국 현대 시문학사』 『생명 · 사랑 · 평등의 시학 탐구』 등 30여 권이 있다. 1990년 시 전문 계간지 『시와시학』을 창간해 현재까지 100호를 간행했다. 현대문학상, 녹원문학상, 편운문학상, 후광문학상, 현대불교문학상, 김환태평론상, 유심특별상, 서울시문화상, 만해대상, 김달진문학상 등과 보관문화훈장, 홍조근정훈장을 받았다. 현재 경희대학교 명예교수, 백석대학교 석좌교수이다.

### 김주연

1941년 서울에서 태어나 서울대학교 독어독문학과와 같은 대학원을 졸업했다. 1966년 『문학』으로 문학평론 활동을 시작한 뒤 계간 『문학과 지성』 동인으로 활동했다. 저서로 『상황과 인간』 『문학비평론』 『변동사회와 작가』 『고트프리트 벤 연구』 『독일 시인론』 『인간을 향하여 인간을 넘어서』 『독일 비평사』 등이 있다. 숙명여자대학교 독어독문학과 교수, 한국독어독문학회 회장, 한국문학번역원 원장 등을 역임했다. 김환태평론문학상, 우경문화저술상, 팔봉비평문학상, 대한민국 보관문화훈장 등을 받았다. 현재 숙명여자대학교 명예교수이다.

### 김현자

1944년 부산에서 태어나 이화여자대학교 국어국문학과와 같은 대학원을 졸업했다.

1974년『중앙일보』신춘문예에 문학평론이 당선된 뒤 저서로『시와 상상력의 구조』『한국 현대시 작품 연구』『문학의 이해』『한국시의 감각과 미적 거리』『한국 여성시학』『한국 현대시 읽기』『아청빛 길의 시학』『현대시의 서정과 수사』등이 있다. 이화여자대학교 국어국문학과 교수를 역임했고 현재 명예교수이다.

### 문효치

1943년 전북 군산에서 태어나 동국대학교 국어국문학과와 고려대학교 교육대학원을 졸업했다. 1966년『서울신문』『한국일보』신춘문예에 시가 당선된 뒤 시집으로『연기속에 서서』『무녕왕의 나무새』『백제의 달은 강물에 내려 출렁거리고』『남내리 엽서』『백제시집』『별박이자 나방』등이 있다. 천상병문학상, 김삿갓문학상, 정지용문학상, 익재문학상 등을 수상했다. 현재 한국문인협회 이사장이다.

### 서정자

1942년 전남 목포에서 태어나 숙명여자대학교 국어국문학와 같은 대학원을 졸업했다. 저서로『한국 근대 여성 소설 연구』『한국 여성 소설과 비평』『우리 문화 속 타자의 복원과 젠더』등이 있다. 초당대학교 교수 및 부총장, 박화성연구회 회장, 나혜석학회 회장 등을 역임했다. 나혜석학술상, 숙명문학상, 한국여성문학상 등을 수상했다.

### 성춘복

1936년 부산에서 태어나 성균관대학교 국어국문학과를 졸업했다. 1959년『현대문학』으로 등단한 뒤 시집으로『공원 파고다』『산조』『복사꽃 제(祭)』『바깥세상에 띄우나니』『꽃잎 띄운 물 마시듯』『네가 없는 이 하루는』『떠돌이의 노래』『혼자 사는 집』『마음의 불』『부끄러이』『그림자 놀이』『봉숭아 꽃물』등이 있다. 한국문인협회 이사장을 역임했다. 월탄문학상, 동포문학상, 펜문학상, 서울시문화상 등을 수상했다.

### 신진숙

경희대학교 국어국문학과와 같은 대학원을 졸업했다. 2005년『유심』신인문학상 평론 부문이 당선되었다. 저서로『윤리적인 유혹, 아름다움의 윤리』가 있다. 현재 경희대학교 국제지역연구원 학술연구교수이다.

### 오승희

1941년 경남 사천에서 태어나 동아대학교 대학원에서 문학박사 학위를 받았다. 1981년『한국수필』『시조문학』추천, 1986년『중앙일보』신춘문예에 시조가 당선되었다. 수필집으로『생성의 소리』『가을을 앓는 사람』, 시조집으로『물오리고 싶어라』『부르며 따라가며』『부활의 바다』, 저서로『현대시의 의미와 구조』『한국 현대시인 연구』(전3권)『가설의 미학』『시조문학의 공간과 구조』『현대시조의 공간연구』 등이 있다. 황산시조문학상 학술부분을 수상했다. 동백문화재단 이사장 및 한국·대만 문화교류협회 이사장이다.

### 유종호

1935년 충북 충주에서 태어나 서울대학교 영어영문학과를 졸업하고 뉴욕 주립대(버팔로) 대학원에서 석사학위를, 서강대학교에서 박사학위를 받았다. 1957년『문학예술』로 등단한 뒤 저서로『시란 무엇인가』『서정적 진실을 찾아서』『한국 근대시사』『나의 해방 전후』『문학과 현실』『과거라는 이름의 외국』『문학이란 무엇인가』 등이, 번역서로『파리 대왕』『무지개』『풀잎』『이솝 우화집』 등이 있다. 이화여자대학교, 연세대학교 교수를 역임했다. 현대문학상, 대산문학상, 인촌상, 만해학술대상 등을 수상했다. 현재 대한민국예술원 회장이다.

### 이가림

1943년 전북 정읍에서 태어나 성균관대학교 불어불문학과와 같은 대학원을 졸업하고 프랑스 루앙대학에서 문학박사 학위를 받았다. 본명은 계진(癸陳). 1966년『동아일보』 신춘문예에 시가 당선된 뒤 시집으로『빙하기』『유리창에 이마를 대고』『슬픈 반도』 등이, 번역서로『촛불의 미학』『물과 꿈』 등이 있다. 정지용문학상, 편운문학상, 유심작품상, 펜번역문학상 등을 수상했다. 인하대학교 교수, 한국불어불문학회 회장 등을 역임했다. 2015년 타계했다.

### 이건청

1942년 경기도 이천에서 태어나 한양대학교 국어국문학과와 같은 대학원에서 석사학위를, 단국대학교에서 박사학위를 받았다. 1967년『한국일보』 신춘문예에 시가 당선된 뒤 시집으로『목마른 자는 잠들고』『망초꽃 하나』『하이에나』『코뿔소를 찾아서』『석탄 형성에 관한 관찰 기록』『푸른 말들에 관한 기억』『소금창고에서 날아가는 노고지리』『반구대 암각화 앞에서』『굴참나무 숲에서』『푸른 말들에 관한 기억』 등이 있다. 한국시인협회 회장, 한양대학교 교수를 역임했다. 현대문학상, 한국시협상, 목월문학상, 현대불교문학상 등을 수상했다. 현재 한양대학교 명예교수이다.

### 이경철

1955년 전남 담양에서 태어나 동국대학교 국어국문학과와 같은 대학원을 졸업했다.

『중앙일보』기자를 비롯해『문예중앙』, 랜덤하우스, 솔출판사 주간을 역임했다. 2010년 『시와시학』에 시가 추천되어 등단한 뒤 저서로『천상병, 박용래 시 연구』『21세기 시조 창작과 비평의 현장』이 있다. 현대불교문학상 평론 부문을 수상했다. 현재 동국대학교 국어국문문예창작학부 겸임교수, 만해연구소 전임연구원이다.

### 이길원

1945년 충북 청주에서 태어나 연세대학교를 졸업했다. 1991년『시문학』으로 등단 한 뒤 시집으로『어느 아침 나무가 되어』『계란 껍질에 앉아서』『은행 몇 알에 대한 명상』 『하회탈 자화상』『해이리 시편』『가면』 등이, 영역 시집으로 *Poems of Lee Gil-Won, Sunset Glow, Mask* 등이 있다. 국제펜클럽 한국본부 이사장을 역임했다. 대한민국문화예술상, 천상병시상, 윤동주문학상을 수상했다.

### 이승희

1965년 경북 상주에서 태어나 1997년『시와사람』신인상, 1999년『경향신문』신춘문 예에 시가 당선된 뒤 시집으로『저녁을 굶은 달을 본 적이 있다』『거짓말처럼 맨드라미 가』, 동시집으로『달에게 편지를 써볼까』(공저)가 있다.

### 이태동

1939년 경북 청도에서 태어나 한국외국어대학교 영어과를 졸업하고 미국 노스캐롤 라이나 주립대학 대학원에서 석사학위를, 서울대학교 대학원 영어영문학과에서 박사학 위를 받았다. 1976년『문학사상』으로 등단한 뒤 저서로『부조리와 인간의식』『김동리 평 전』『한국 현대 소설의 위상』『우리문학의 현실과 이상』『현실과 문학적 상상력』『나목의 꿈』 등을 간행했다. 조연현문학상, 김환태평론상, 서울시문화상, 이종구 수필문학상을 수상했다. 서강대학교 영어영문학과 교수, 솔벨로우 멜러머드학회 회장 등을 역임했다. 현재 서강대학교 명예교수이다.

### 이현재

1929년 충남 홍성에서 태어나 서울대학교 경제학과와 같은 대학원에서 박사학위를 받았다. 저서로『경제발전론』『재정경제학』 등이 있다. 부산대학교 상과대 교수, 서울대 학교 경제학과 교수, 미국 피츠버그대학교 객원교수, 한국경제학회 회장, 서울대학교 총장, 대한민국 국무총리, 대한민국학술원 회장, 호암재단 이사장, 한국학중앙연구원 이사장 등을 역임했다.

### 정진혁

1960년 충북 청주에서 태어나 공주대학교 국어교육과 졸업했다. 2008년『내일을 여는 작가』신인상으로 등단한 뒤 시집으로『간쟁이』『자주 먼 것이 내게 올 때가 있다』가 있다. 구상문학상 신인상을 수상했다.

### 정한모

1923년 충남 부여에서 태어나 서울대학교 국어국문학과와 같은 대학원에서 박사학위를 받았다. 1945년 동인지『백맥』에 시를 발표하고, 1955년『한국일보』신춘문예에 시가 당선된 뒤 시집으로『카오스의 사족(蛇足)』『여백(餘白)을 위한 서정』『아가의 방』『원점에 서서』등이, 저서로『현대 작가 연구』『한국 현대 시학사』등이 있다. 서울대학교 국어국문학과 교수, 문화공보부 장관, 잡지간행윤리위원회 이사장 등을 역임했다. 한국시인협회상, 서울시문화상, 대한민국예술원상, 대한민국문학상 등을 수상했다. 1991년 타계했다.

### 정호승

1950년 경남 하동에서 태어나 경희대학교 국어국문학과와 같은 대학원에서 석사학위를 받았다. 1973년『대한일보』신춘문예에 시가 당선된 뒤 시집으로『슬픔이 기쁨에게』『서울의 예수』『새벽편지』『별들은 따뜻하다』『사랑하다가 죽어버려라』『외로우니까 사람이다』『눈물이 나면 기차를 타라』등이 있다. 소월시문학상, 동서문학상, 정지용문학상, 한국가톨릭문학상, 공초문학상 등을 수상했다.

### 조병무

1937년 일본 오사카에서 태어나 동국대학교 국어국문학과와 단국대학교 대학원에서 석사학위를, 한양대학교 대학원에서 박사학위를 받았다. 1965년『현대문학』에 문학평론이 추천된 뒤 시집으로『꿈 사설』『떠나가는 시간』『머문 자리 그대로』『숲과의 만남』, 저서로『가설의 옹호』『새로운 명제』『존재와 소유의 문학』『시짜기와 시쓰기』『시를 어떻게 쓸 것인가』『문학작품의 사고와 표현』『문학의 환경과 변화의 시대』『조운 평전─구름다리 위를 거닐다』『한국소설묘사사전』(전6권) 등이 있다. 한국현대시인협회 회장, 동덕여자대학교 문예창작과 교수를 역임했다. 현대문학상, 시문학상, 윤동주문학상, 동국문학상, 조연현문학상 등을 수상했다.

### 최준

1963년 강원도 정선에서 태어나 1984년『월간문학』신인상, 1990년『문학사상』신인상에 시가 당선된 뒤 시집으로『개』『나 없는 세상에 던진다』『뿔라부안라뚜 해안의 고양이』가 있다.

### 최동호

1948년 경기도 수원에서 태어나 고려대학교 국어국문학과와 같은 대학원에서 박사학위를 받았다. 1979년『중앙일보』신춘문예에 문학평론이 당선된 뒤 시집으로『황사바람』『아침책상』『딱따구리는 어디에 숨어 있는가』『공놀이하는 달마』『불꽃 비단 벌레』『얼음 얼굴』『수원 남문 언덕』등이, 저서로『현대시 정신사』『디지털 문화와 생태 시학』『진흙 천국의 시적 주술』『디지털 코드와 극서정시』『정지용 시와 비평의 고고학』등이 있다. 경남대학교, 경희대학교, 고려대학교 교수와 한국시학회 회장 등을 역임했다. 대한민국문학상, 소천비평문학상, 현대불교문학상, 김환태평론상, 편운문학상, 고산문학상, 혜산 박두진문학상, 유심작품상 등을 수상했다. 현재 고려대학교 명예교수, 경남대학교 석좌교수이다.

### 최호빈

1979년 서울에서 태어나 한국외국어대학교 불어과를 졸업하고 고려대학교 대학원 국어국문학과 박사과정을 수료했다. 2012년『경향신문』신춘문예에 시가 당선되었다. 현재 안양대학교 등에서 강의를 하고 있다.

### 한영옥

1950년 서울에서 태어나 성신여자대학교 국어국문학과와 성균관대학교 대학원에서 박사학위를 받았다. 1973년『현대시학』으로 등단한 뒤 시집으로『비천한 빠름이여』『아늑한 얼굴』『다시 하얗게』등이, 저서로『한국 현대시의 의식 탐구』『한국 현대시의 장』『한국 이미지스트 시인 연구』등이 있다. 최계락문학상, 한국시인협회상 등을 수상했다. 현재 성신여자대학교 명예교수이다.

### 홍용희

1967년 경북 안동에서 태어나 경희대학교 국어국문학과와 같은 대학원에서 박사학위를 받았다. 1995년『중앙일보』신춘문예에 문학평론이 당선된 뒤 저서로『꽃과 어둠의 산조』『아름다운 결핍의 신화』『대지의 문법과 시적 상상』『현대시의 정신과 감각』등이 있다. 젊은 평론가상, 편운문학상, 시와시학상, 애지문학상, 김달진문학상 등을 수상했다. 현재 경희사이버대학교 미디어문예창작과 교수이다.

## 오세영

서울대학교 국어국문학과와 같은 대학원을 졸업했다. 1968년 『현대문학』 추천으로 등단한 뒤 시집으로 『사랑의 저쪽』 『바람의 그림자』 『마른하늘에서 치는 박수소리』 등 20여 권이, 저서로 『시론』 『한국 현대시 분석적 읽기』 등 30여 권이 있다. 현재 서울대학교 명예교수이다.

## 맹문재

고려대학교 국어국문학과와 같은 대학원을 졸업했다. 1991년 『문학정신』으로 등단한 뒤 시집으로 『책이 무거운 이유』 『사과를 내밀다』 『기룬 어린 양들』 등이, 저서로 『시학의 변주』 『만인보의 시학』 『여성시의 대문자』 등이 있다. 현재 안양대학교 교수이다.

# 서정과 생명의 시학

초판 인쇄 · 2015년  9월 24일
초판 발행 · 2015년 10월  5일

엮은이 · 오세영, 맹문재
펴낸이 · 한봉숙
펴낸곳 · 푸른사상사

주간 · 맹문재 | 편집 · 지순이, 김선도 | 교정 · 김수란
등록 · 1999년 7월 8일 제2-2876호
주소 · 서울시 중구 충무로 29(초동) 아시아미디어타워 502호
대표전화 · 02) 2268-8706(7) | 팩시밀리 · 02) 2268-8708
이메일 · prun21c@hanmail.net / prunsasang@naver.com
홈페이지 · http://www.prun21c.com

ISBN 979-11-308-0563-4  93810

값 35,000원

  이 도서는 대한민국예술원의 예술창작지원을 일부 받아 제작되었습니다.

서정과 생명의 시학